巨龙的黎明

[美] 理查德·A. 纳克 著

江流 译

新 星 出 版 社　NEW STAR PRESS

魔枢

考达拉

COLDARRA
考达拉

诺森德
NORTHREND

迦拉克隆之墓

龙眠神殿

Dragonblight
龙骨荒野

诺森德
Northrend

导 读

《巨龙的黎明》是时隔数年再度由理查德·A.纳克执笔的一部魔兽官方剧情小说，与其他官方小说有所不同的是，本书所讲述的故事发生在更为遥远的过去，五位主角分别是成为守护巨龙之前的始祖龙阿莱克斯塔萨、伊瑟拉、玛里苟斯、诺兹多姆与耐萨里奥。

一直以来，理查德·A.纳克都与艾泽拉斯的巨龙们有着不解之缘，在他笔下的"上古之战"系列、《巨龙之日》、《巨龙之夜》和《太阳之井》三部曲等作品中，都有着巨龙一族活跃的身影。这部讲述守护巨龙起源传说的小说，由他执笔正是再合适不过的。

本书虽然采用了理查德·A.纳克偏好的双线叙事手法，但主体叙事风格与其他官方小说都大相径庭。故事以智力尚未发育完全的始祖龙的视角展开叙述，介绍了未来即将成为龙王的始祖龙们从还只会用简单的语言进行着原始的交流，到后来他们在蛮荒的大地上狩猎、争斗，充分展现出艾泽拉斯被改造之初的勃勃生机。本书的线索在卡雷经历的现实与神器重演的历史间交错，明暗交替的描写手法让玩家的意识随着卡雷一同穿越，一窥那个遥远的时代被刻意隐藏的真相。

在巨龙一族衰败的时代，玛里苟斯死于自己的疯狂，耐萨里奥堕落成了灭世者死亡之翼，诺兹多姆也为永恒所困……在本书中，理查德·A.纳克塑造了五位与玩家们固有印象相去甚远的守护巨龙形象，在成为龙王之前，五位年轻的巨龙有着与日后迥乎不同的性格。但也正因为他们的勇气和担当打动了守护者提尔，令他们获得了守护者的赐福，肩负起保卫艾泽拉斯的重任。

《巨龙的黎明》也解开了《巫妖王之怒》资料片中的一个巨大谜团，龙骨荒野上被称为"龙父"的迦拉克隆骸骨究竟属于一只何等恐怖的史前巨兽，在它身上又发生了怎样的故事？这一被巨龙一族尘封了数万年的秘密终于在这本小说中被揭晓。

——编者

楔 子

我害死了一位同族。

这个念头在诺兹多姆看到那头枯槁的青铜龙时骤然而生。兹里昂的躯体已经萎缩到了平日里的一半大小。他周身遍布伤痕,然而伤口之中流出的却并非鲜血,而是宛若涌泉一般永无止尽的金色沙砾。在沙砾的微光中,他本该活着经历的那些事与物一幕幕闪过——未来正在弃他而去。

永恒者诺兹多姆越过身侧的海加尔孤峰,向兹里昂疾驰而去,过往的一切就如同涟漪一般在他阳光色的鳞片上荡漾开来。当他降落在濒死巨龙身旁的时候,无助的情绪淹没了他。此处的时间线已经被一道诡异的遮幕隔断,甚至就连他这位青铜龙王——时光守护者都无法看透。过去与未来——他曾经清晰可见的一切——都已经变得混沌不堪。

"其他巨龙在哪儿?"诺兹多姆扭过他粗壮宏伟的颈项,望向身侧的提克。这位忠诚的青铜龙背负着兹里昂从时光之穴一路疾驰至此，事实上，她能用上这样的速度也正是因为同伴的身躯已然破败萎缩。

"他是独自回来的。"提克的呼吸因为长途跋涉而显得急促不堪。

"这怎么可能？"诺兹多姆在挫败感中咆哮起来，"我派了十二名龙族回到过去，十二名！"

先前，他曾派出一支特别小队前去调查时间线中的乱流，而此刻他感觉这就像是自己把他们推向了死亡。按照先前的计划，巨龙小队应该在正午时分赶到海加尔山的至高峰向永恒者汇报情况。然而直到正午过去了许久，诺兹多姆才看到与任务无关的提克载着兹里昂赶来。

"兹里昂，你看到了什么？"诺兹多姆一面提问，一面施法试图将从青铜龙身上漏掉的时光之沙送回兹里昂体内。

"恐怕他已经没有力气说话了。"提克插嘴道。

她的话音对永恒者来说几不可闻，一件不可思议的事情正在发生：诺兹多姆的法术丝毫未见效果。他的动作被一个同样强大的法术所预见并抵消了。在时间操控的领域，能拥有如青铜龙王这般完美的预知能力和法力的，只有一个存在……

"当他刚从时间线中折返的时候，"提克在短暂的迟疑之后继续说道，"讲述了他的见闻。不管他和其他同伴在时间线中如何穿行，最终都只能抵达未来的一个时间点——暮光审判。"

诺兹多姆垂下头颅，紧闭双目。事情的发展正如他所担心的那样。时间线正在汇聚收拢，指向末日。在那个灰暗死寂的未来里，就连永恒者也一样会被终结。至少，他是这样认为的。许久许久之前，在泰坦阿曼苏尔赐予他操控时光的能力时，诺兹多姆就已经知晓了自己的结局。

"是谁，让他伤成这样？"永恒者很清楚答案，但他祈祷着是自己错了……祈祷着他所预见的，只不过是个虚无的幻象。

"是永恒龙军团，以及他们的……首领。"提克甚至不敢让自己的目光落在诺兹多姆身上。

我害死了一位同族。这该死的想法回荡在龙王的脑海里，挥之不去。

他原本以为永恒龙军团的出现不过是时间线错乱的症状之一。然而现在他明白了，不管听上去多么难以置信，他与他的青铜龙军团，终将在未来的某个时间点背弃他们守护时间线的神圣职责，并且反其道而行之。

诺兹多姆强压怒火，开始仔细思虑过去几周发生的种种事情。他曾被困在时间线中无法自拔，直到最近，那位凡人萨尔才让他记起了初始之训：把握现在，要远比沉浸过去或是构想未来更加重要。青铜龙王带着对时间的全新理解重返尘世……却发现自己马上就要直面最为黑暗的恐惧。

"原谅我。"诺兹多姆对着兹里昂轻声低语，却无从得知这位他所钟爱的仆从是否还能听到。重伤的青铜龙缓缓抬起头来，他呆滞的目光左右游离，最终聚焦在了诺兹多姆身上。

"原谅我。"永恒者重复了一遍。兹里昂张大了嘴，浑身颤抖不止。他看起来像是在笑，但诺兹多姆很快便意识到这头巨龙是在呜咽。

在体内的时光之沙即将流尽之时，兹里昂满眼恐惧，用上了自己仅有的力气挣扎着想要避开诺兹多姆。

海加尔山沉浸在一片欢歌笑语中。

在种种延误之后，守护巨龙阿莱克丝塔萨、伊瑟拉、诺兹多姆和卡雷苟斯最终还是将他们的魔法和大地之环的萨满，以及塞纳里奥议会的德鲁伊们的力量结合在一起，修复了古老的世界之树诺达希尔。在这之后，企图带领爪牙将诺达希尔烧成灰烬的炎魔之王——拉格纳罗斯被凡人联军击败的消息也传到了这里。

然而对于身在世界之树脚下的塞纳里奥避难所中的觉醒者伊瑟拉来说，欢庆之声就如同遥远的耳语一般。绿龙军团的守护巨龙耳边所萦绕的，只有一个可怕灾难的传说。

她原本正在和其他龙王集会，讨论接下来该如何对抗死亡之翼——那头疯掉的黑龙军团首领，大灾变的罪魁祸首。尽管艾泽拉斯的守护者们近来在海加尔以及其他地区捷报频传，但只要死亡之翼还有一口气在，他就不会放弃他的黑暗计划。那头扭曲的龙王如今正在盘算着更进一步，让暮光审判降临于世。

不过此刻龙王们并不是在商议对策，而是静听诺兹多姆讲述兹里昂之死以及永恒龙军团对时间线的侵袭。皱纹在永恒者本该光滑无痕的高等精灵面庞上纵横延伸。和其他同伴一样，此刻的他保持着凡人形态。在现身于诺达希尔周围的短命种族附近时，龙王们通常都会如此。

"他因为我的魔法而死……因我而死。"诺兹多姆自责不已。伊瑟拉看在眼里，心中满是不安。永恒者陷入了可怕的困境，她却开始不自主地魂离此地。她感觉自己仿佛飘浮在现世与梦境之间，无法在任何一处稳定下来。

"我必须赶回碰面地点。"青铜龙王坐立不安，焦躁地攥紧了双手，"我的其他属下或许只是错过了约定的时间。我没法确定，我只能希望是这样。"

当诺兹多姆转身欲离之时，伊瑟拉焦急地想要挤出一些安慰的话语。他显然已经屈从于自己的命运了。阿曼苏尔曾经委以他保持时间线纯净的职责，不论是面临多么惨痛的事件或宿命也不得偏离。在某种意义上，伊瑟拉并不认可这样一种使命，但她并没有资格去质疑永恒者的职责。

对于一位愿意不惜一切代价保护自己的龙群，如今又将族人死亡的罪责完全归于自身的龙王，你还能多说什么呢。伊瑟拉沉思着。各种思绪的碎片如同风暴一般在脑海里飞腾翻滚。这种感觉就如同身处一个被飓风撕碎的图书馆，一页页充满各种想法和图画的书页在视线里上下翻飞，但他们并非来自同一书本，也就无从理出任何头绪。

在觉醒者拼凑出任何有用的字句之前，诺兹多姆已然离开。接着，是一阵可怕的死寂。原本居于此地的暗夜精灵德鲁伊们在龙王集会期间善意地搬离了此地，但人去楼空随之也就带来了冰冷与空寂。

"不论永恒龙军团与死亡之翼之间有多少联系，"红龙军团的守护巨龙，生命缚誓者阿莱克丝塔萨最终说道，"我们决定聚集于海加尔山商量如何对抗死亡之翼的初衷都不会改变。时间线的波动只不过让这变得更加紧急而已。卡雷苟斯，你的龙群仍在保持研究吗？"

"是的。"蓝龙军团的守护巨龙清了清嗓子，挺直背脊。在近来的会议中,卡雷苟斯一改随和之态,言行举止显得异常正式。他是所有龙王中最年轻的一位,不久之前才在前任玛里苟斯逝去之后被选为新任的蓝龙之王。在伊瑟拉看来,卡雷似乎很希望前辈们认可自己。但事实上,他们早已平等视之。

卡雷在半空中挥了挥手,唤出一组闪烁微光的符文,每一块都详细描述了他的龙群进行的一种实验。蓝龙们搜寻了魔枢最深处的远古知识宝库,试图找出死亡之翼的弱点。卡雷的龙群担负着管理魔法的职责,如果他们想要的讯息潜藏在奥术之中,那蓝龙军团必定会找出答案。

"我们在死亡之翼多年来的藏身之处——深岩之洲的元素区域采集到了他的血液样本。样本数量不多,但是对于我们的实验来说已经足够。"

"那么到目前为止,有什么结果了吗?"阿莱克丝塔萨的声音充满了期待。在最近这些徒劳的会议中,伊瑟拉还从没见过姐姐如此满怀期望。

"我们向血液样本中持续灌注大量的奥术能量——足够让其他任何物质分崩离析的剂量——却也只是让样本进入了躁怒状态。血液游离翻腾,但最终还是恢复了原样。"

"就连奥术魔法也没有效果。"生命缚誓者耸了耸肩。

"但我们才刚开始测试不久。"卡雷迅速补充道,"我认为我们必须要找出一件能够帮助我们面对死亡之翼的工具,不然的话,即便数量再多恐怕也难以取胜。我们需要一件武器……一件前所未有的武器。我的龙群会不眠不休,直到找出可行的方案。"

"感激不尽。"阿莱克丝塔萨致以谢意,然后转向伊瑟拉,"你有没有收到什么有用的预示。"

"暂时……还没。"她略显惭愧地答道。在最近的会议中，觉醒者时常会感觉自己就像墙壁上的苍蝇一样没用。泰坦艾欧娜赐予了她支配自然的力量，负责统御被称作翡翠梦境的特殊区域。千万年来，她以沉睡者伊瑟拉之名长眠于此，直到大地的裂变前夕才从梦境中惊醒。如今，她被称作觉醒者伊瑟拉。她久久阖上的双眼终于睁开，却不知道自己究竟应该看些什么。

"如果你看到了什么，务必要让我们知晓。"生命缚誓者面带微笑，但伊瑟拉感觉到了姐姐的焦虑。"我们将在明天继续商讨。"

如此，这场会议在落幕时与开场并无二致：一切都毫无头绪。

第二天早晨，伊瑟拉漫步在诺达希尔脚下零星的营地间。巨大的世界之树耸立在她面前，穹冠蔽日遮天。大地之环的萨满和塞纳里奥议会的德鲁伊们稀稀落落地在各处冥想着。在诺达希尔恢复生机之后，伊瑟拉教授了德鲁伊们如何让自己的精神与世界树的根部融为一体，来帮助诺达希尔更好地生长。同时，萨满们则致力于安抚大地元素，让树根安全地蔓延到艾泽拉斯大陆深处。两个全然不同的凡人组织如此精诚合作实属难得的创举。这给予了伊瑟拉莫大的鼓舞，但她知道，若是任由死亡之翼继续逍遥法外，那么所有的努力最终都会变成徒劳。

觉醒者继续前行，步入了世界之树脚下东北方的一片隐秘环林。她来到树林中的一片空地，发现萨尔已经在这里冥想多时，静候着她。伊瑟拉一直对这位兽人萨满深怀敬意——或许远远超出他所意识到的程度。数周之前，死亡之翼及其爪牙对绿、蓝、红、青铜四位龙王发动突袭，如果不是萨尔从旁协助，邪恶的黑龙之王恐怕早已得逞。正是萨尔让龙族的首领们团结在一起，记起了守护艾泽拉斯的职责。数万年来，守护巨龙们从未像现在这样精诚团结。

"萨尔。"觉醒者轻声唤道。自然的气息回荡在她的声音里。微风拂动了兽人黑色的长辫，青草在他简朴的长袍下簌簌作响。然而萨满并没有睁眼。

萨尔的专注力让她赞叹不已，但她知道这份专注力委实来之不易。在他们方才开始对诺达希尔的治疗时，死亡之翼的仆从伏击了萨尔并且将他的心智、身体和灵魂切裂成四个元素——地、风、火、水。全靠另一位凡人英雄——萨尔的伴侣阿格拉的努力，萨尔才得以回天。从那时开始，萨尔与大地之间的联系便更进了一步，不再仅仅局限于与元素沟通。他可以以一种不可思议的方式让自己成为艾泽拉斯大陆的一部分，就好像是与世界融为了一体一般。伊瑟拉相信，在他重塑自己的灵魂同时，艾泽拉斯的本源也已进入了他的身体。

"萨尔。"伊瑟拉轻轻地将手搭在萨满的胳膊上。

兽人终于停止冥想，站起身来。"伊瑟拉女士，很抱歉我未及等到你就独自开始了冥想。"

"我来这里只是为了在必要时为你提供帮助。"绿龙女王示意他不必介怀。

"容我冒昧问一句，会议进行得怎么样？"

"有进展。"伊瑟拉并不情愿地回了一句，然后立即岔开话题，"我们可以开始了吗？"

"好的。"萨尔重回坐姿，伊瑟拉也在他面前坐了下来。她在很久以前就已经明白,亲自示范是最好的教学方式。在萨尔的灵魂与大地融合的过程中,她也让自己和诺达希尔的根脉结合在一起。魔力运作的方式并不相同,但集中精神的原则是相似的。

"还是和之前尝试时一样困难吗?"伊瑟拉问道。萨尔曾经提到过,当他试图和海加尔之外的大地进行连接时,似乎总有股精神屏障让他不能如愿。这位兽人打算弄清楚自己的新能力,但他一直在犹豫到底该不该贸然进入艾泽拉斯深处。

"我……"萨尔挫败地皱起眉头,"就像是置身在滔天的浪潮之中。潜得越深,就越感觉不到水流的涌动。"

"萨尔,"伊瑟拉一面说着,一面将一把泥土放到兽人的左掌内,"这就是艾泽拉斯。如果你的灵魂可以进入这撮泥土,那你就理当能融入任何地方。海加尔山并不是什么独特的魔法锚点,这儿的泥土与奥格瑞玛街道或是荆棘谷丛林之下的尘泥别无二致。世界本就是一个整体。"

"一体……"兽人看着土壤由衷地笑了起来,"越是困难的问题,解决的方法往往越是简单……摆在我们面前的情况也正是这样。这个道理是我年迈的导师德雷克塔尔在许多年前告诉我的。你与他有太多相似的地方,你们都一样地睿智且充满耐心……不管我遇到什么样的困难,你们总能知晓克服它们的方法。"

伊瑟拉勉强地挤出笑容,萨尔的话刺痛了她心中某个地方。

"我将把这里作为我的锚点。"萨满握紧了掌中的泥土。

萨尔闭上双眼,同时深吸一口气。伊瑟拉也效仿他,然后说道:"平静你的思绪。让你的灵魂摆脱肉体,去仔细感受我们身边的大地。你身下的碎石与我所在之处的并无不同。若你能迈出第一步，那去到更远的地方也就顺理成章。"

与此同时，伊瑟拉的本心也在贯彻自己的话语，她将自身的灵魂和世界之树其中一根巨大的根茎结合在一起。萨尔一直都认为他那迅速成长的能力是意外恩赐，与自己的作为并无关系。但事实却完全相反。他并不知道自己的目标其实是如此明确，多年来，他鞠躬尽瘁地履行着萨满的职责，正是这种奉献才带给了他这股能与大地融合的超凡能力——这种觉醒者一直渴求拥有的能力。

接着，她的思绪又回到了近来的龙王集会中。她仔细地回顾每一个细节，想知道那些无止无休的讨论中是否已经藏着一个简单可行的方案。觉醒者想到了卡雷。那位年轻龙王的话让她颇为在意。

"一件武器……一件前所未有的武器。"

这些词汇所象征的力量超出了她的理解范围。

一件武器……

"……独一无二的武器。必须得是独一无二。"一个熟悉的声音在她脑海中回荡。这声音就像海浪一般汹涌而来，推开了其他杂乱无章的万千思绪。

伊瑟拉猛然睁眼，却发现自己已经不在海加尔山。

一个巨大的阴暗洞穴——龙王之厅——五大龙族的共同圣地，而聚集的群龙，就在她面前的下方。

伊瑟拉——过去的那个自己——也在他们之中，同阿莱克丝塔萨站在一起，此外还有诺兹多姆和他的首席配偶索莉多米、过世的前任蓝龙王玛里苟斯，以及…死亡之翼。

不……这并不是如今那个狰狞的巨兽，而是大地守护者奈萨里奥，黑龙们引以为傲的守护巨龙。在场的龙群并不知道，他早已经被阴险的上古之神——一群力量深不可测、被泰坦囚禁在地底的疯狂怪物——给腐化了，并抛弃了他守护艾泽拉斯的使命。

这时伊瑟拉明白了，她所看到的景象源自万余年前的上古之战期间。当时燃烧军团的恶魔大军汹汹来袭，为此龙王们齐聚一堂以进行一个魔法仪式，希望可以借此抵御强敌，避免艾泽拉斯遭受毁灭。此刻龙群们正环绕着一个飘在半空、外型普通的金色圆盘。

初看之下，这似乎只是个平凡无奇的小玩意儿，但实际上它就是之后导致龙群分崩离析的罪魁祸首……一件屠杀了无数蓝龙并使得玛里苟斯陷入千万年孤独的武器：巨龙之魂。

伊瑟拉在惊恐中目睹了仪式完成。除了奈萨里奥外，每一位守护巨龙都耗费了他们相当一部分的本源之力来强化这件神器。而诸位龙王愿意如此冒险的原因，是他们相信如此一来便可以将燃烧军团彻底赶出艾泽拉斯。

"仪式完成……"奈萨里奥宣布道，"所有需要的能量都已经注入完毕。现在我就将巨龙之魂永久封存起来以免落入他人之手。"

一阵诡异的黑晕笼罩了大地守护者和他掌中的神器，就像是在揭露其邪恶的本质一般。

"这样做合适吗？"过去的伊瑟拉平静地发问。

"为了让它在正确的时机履行使命，必须如此。"奈萨里奥毫不掩饰傲慢地答道。

"这是件独一无二的武器，对待它必须要格外谨慎。"玛里苟斯补充道。

玛里苟斯刚说完，大厅的墙壁如玻璃一般碎裂，然后消散，让一片翡翠色的大地重回视野。萨尔仍还处于冥想的状态，没有被伊瑟拉经历的幻境影响。她顾不上多看兽人一眼便站起身来，试图将她刚刚看见的一切理出头绪。在巨龙之魂引发了如此大的浩劫之后，是否还能相信它可以挽救艾泽拉斯？

觉醒者冲出树林，开始找寻卡雷和阿莱克丝塔萨。当她提出使用巨龙之魂来解决目前的问题时，其他龙王一定会觉得她疯了。然而一个简单的想法促使着她忽视这种忧虑：死亡之翼的暴行必须从根源上终结。

对萨尔来说，掌中的泥土已不再是身外之物。正如手指生于掌上，它自有形态与特质，但归根结底是整体的一部分。

这位兽人的灵魂开始融入身下的大地，进入海加尔深处。他所接触到的每一块石头和砂砾都好像是自己身体的延伸。他多年来试图安抚的混沌的大地元素们也开始拥抱他、欢迎他，接纳他成为一分子。

山脉活了过来，充满了活力。包括阿格拉在内的萨满们低声唱着大地的颂歌，和谐的歌声就像安抚元素那样抚慰了萨尔的灵魂。在其他地方，德鲁伊们引导着诺达希尔的树根往艾泽拉斯的更深处伸展。萨尔的本源就从他们身边经过，让尖利的石块和巨大的花岗岩都化为松软的泥土，以便世界之树汲取营养并巩固大地。他游荡于生命的回路之中，如鱼得水。

萨尔的灵魂来到海加尔山麓，这是他之前敢去的最远之处。在这里他感到肉身离自己是如此之远，一如往常。萨尔反复默念着伊瑟拉的睿智教诲，开始集中精神感应掌中泥土的微弱气息。这就是艾泽拉斯……这就是一体的世界。

在伊瑟拉之语的鼓舞下，萨尔摒除一切杂念，全身心地融入到了艾泽拉斯之中。

他的灵体迅捷地穿过了一片又一片土地。他穿过了阳光笼罩的杜隆塔尔，又经过了悲伤沼泽的泥泞堤岸。所有的土地，无论多么遥远或者多么独特，都以一种他曾经无法理解的方式连结在了一起。

除了这些熟知的地方，萨尔还到了更多艾泽拉斯上他闻所未闻的奇异角落。

在无尽之海的某处，他见到了一座笼罩在迷雾之中的神秘小岛……

在东部王国的深处，他于卡兹莫丹山中见到了一个奇特的灵魂。他异常强大，却并非元素，反倒是和萨尔非常相似：一个从肉体中解脱而来的凡间种族。这个不知其名的灵魂在古老的大地中游荡，似乎在守护着这片土地。他带着矮人口音的话语回荡于整个艾泽拉斯。

"看，我们即是泥土，即是大地。它的灵魂与我们同在，苦痛与我们同在，心跳亦是与我们同在……"

萨尔还在大地的深处看到了肆虐的熔岩和其他种种伤痕。

但让萨尔驻足最多的是那些散布在世界各地，寒冷而反常的巨大洞穴。它们是如此地了无生机，即便是大地元素也不愿靠近。

其中一个洞穴座落在海加尔山脉极深之处。萨尔驱动自己的灵魂朝着洞穴之中走去。与其他洞穴不同的是，洞中之物目不能及。在他靠近的时候，一股充满了深不可测力量的声音迎面扑来。

"萨满。"

声音淹没了萨尔的灵魂,就好像是艾泽拉斯的本体在跟他对话一般。

"过来。"

萨尔朝着音源走去,迫不及待地想要一探究竟。他的灵体徘徊于密室之外,直到他在看似坚固的墙壁中发现了一个缺口。当他穿行而入的时候,石块与泥土也跟着涌入。碎石在密室内汇聚成双腿、躯干、手臂,以及头颅;两颗多棱的水晶则化作双眼。他的新形态看起来就像是依照他原本的身体来塑造的一般,只不过由大地元素构成。

"你是谁?"萨尔的声音就像是由石块翻滚摩擦所发出,远不如本体那么流畅自然。

翻滚的岩浆池是密室内唯一的光源。墙壁和地面全部布满了粗糙的结晶。这些结晶如此之黑,似乎要吞噬周围所有的光亮。

"来这里,"回应的声音自更深处传来,"这里有这个世界的真理。"

在这些笃定话语的引诱之下,萨尔缓缓步入密室深处。每走一步,他与艾泽拉斯以及在海加尔上的肉体之间的连结就变得更加微弱。最终,在密室的正中,他发现了一个面容被诡异甚至触手可及的黑雾遮去的人形身影。

他继续缓步靠近,直到那个雕像一样的生灵睁开了如熔岩般火红的双眼。

接着黑雾褪去,现出一个长相怪异的男性人类,惊得萨尔踉跄后退了几步。这个男子青灰色的脸上固定着一片巨大的钳状金属,双肩上伸展出锯齿似的甲片,指尖则如匕首一般锐利。而他的胸膛之上，更是流淌着翻腾的熔岩。

萨尔未曾见过这些形体特征，但他能够感觉到这名人类的身份：凡人形态的死亡之翼。

"萨满惯有的傲慢总是能给我带来各种惊喜。"黑龙王开口说道，他的声音好像两块巨石在相互碾磨。"你在试图驾驭一种不该由你掌控的力量……一种超出你理解范围的力量。"

萨尔立即转身冲向方才他进入此地的那个缺口，然而黑色的水晶自地面破土而出，填满彼处的整面墙壁。兽人侧身以肩撞向屏障，同时祈求元素之灵将其移除。但这面恶灵造物并没有像艾泽拉斯的其他大地元素那样回应他的呼唤。

"很有趣，不是吗？"死亡之翼在他身后叫嚣着，"上古之神的鲜血是不会回应你的妄想的，因为它们根本就不属于这个世界。只有被选中的人才能掌控它们。"

萨尔转身面朝这位曾经的守护巨龙，准备迎击，但死亡之翼并没有发起攻势。

"我一直都在观察着你在海加尔山脉的魂游之旅，期待着有天你会来到这里。"死亡之翼说道。"我一度以为你没有勇气踏足海加尔山以外的地区，但你的进步证明了我并没有看错……其他龙王打算让你继承我的力量，打算让一个凡人来取代我的位置。"

萨尔不太明白这话中的含义。他的能力与日俱增，但是伊瑟拉和其他龙王告诉过他，他永远也不可能成为守护巨龙，或者大地守护者。

"这些力量不是他们赋予我的。"萨尔沿着墙壁侧身移动，想要查明古神之血形成的墙壁是否存在裂隙或是什么薄弱点。"运用这股力量的决定也是由我自己所做出。"

密室在死亡之翼的狂笑之下震颤起来。"没想到你还真的相信是这样。我在许多地方都有眼线，萨满。我知道其他龙王正在海加尔山举行集会，而你也脱不了干系。他们就像懦夫一样，想要让你在不明就里的情况下接受这份命运，继承我的诅咒。"

"你所得到的不是诅咒，而是一份馈赠。"萨尔开口说道。近来这段时间他了解了许多关于泰坦和守护巨龙的故事。上古之时，泰坦卡兹格罗斯赐予了死亡之翼支配大地的权利并赋予他守护大地免受伤害的责任。然而，这份职责也让他变得易于受到被封印于艾泽拉斯的上古之神的影响。从古至今，从死亡之翼叛变到即将到来的暮光审判，龙族所受到的折磨与苦痛全都是源自上古之神企图毁灭所有生灵的阴谋。

"馈赠？"死亡之翼咆哮道，"你和其他龙王一样深陷迷途，看不出强加给我们的这些职责根本就如同牢狱。"

"那可是泰坦给予你的崇高使命。"萨尔反驳道。他感到与海加尔的联系比以往任何时候都更加微弱，也感觉到手中握住的泥土正在从指缝中流失。

"他们的意愿根本就称不上使命。"死亡之翼迈着沉重的步伐走向萨尔，每一步都让密室震颤不已。"艾泽拉斯只是泰坦们的一个实验场，如同玩具一般。等到玩够了，他们就转身离去，对于留给我们的伤痕累累的世界毫不关心。"

"这个世界的伤痕都是拜你所赐，都是因为你辜负了你所得到的馈赠！"萨尔咆哮道。

"这不是馈赠！"死亡之翼的身躯在怒火中震颤起来。

萨尔发现自己的话似乎起了作用。他继续对龙王挑衅，希望这能让对方暴露出某些弱点。"这是一份超出你承受能力的馈赠。这份馈赠——"

"闭嘴！"死亡之翼喝斥道，"如果你坚持称它为馈赠，那你自便。现在，就让我把这份馈赠转送给你，让你体验一下我曾经经受过的一切……去感受这个世界炽烈的心跳吧！"

一阵烧灼的刺痛从萨尔土质胸腔深处传来。从艾泽拉斯地心涌出的无尽烈焰在他灵魂深处不断翻滚。他石砌的皮肤开始转变成黯淡而愤怒的褐红色，嘶嘶地蒸腾着水汽。

"现在，你知道肩负这垂死世界的感觉了吧。"

萨尔的双腿颤抖着，就好像艾泽拉斯的每一块岩石都压在了他的身上。他的身体开始崩出裂痕。这是一种远超生理感受的痛苦，他的灵魂也开始在这份不可估量的重负之下土崩瓦解。

"这份馈赠品尝起来有没有像你原本所想的那样甜美啊？"死亡之翼消遣道，"这就是其他龙王想做的：把你像我这样与这个世界锁在一起，将你的人生置于永恒的苦痛之中。"

然而，在感受苦痛的同时萨尔也感觉到自己似乎获得了一股难以置信的力量。整个艾泽拉斯大陆似乎都正处在他的支配之下。难道是死亡之翼太过自负，真的全数转移了自己的力量？

兽人没有多做疑虑。这是敌人的一手臭棋，是千载难逢的良机。萨尔将整个艾泽拉斯的重量汇聚在拳，迅速移动身形扑向死亡之翼。这力量如此骇人，他甚至感觉自己能够一拳击碎山川。

面对迎面扑来的萨尔，黑龙王纹丝未动。然而在这一记重拳击中死亡之翼胸膛的瞬间，萨尔感觉整个艾泽拉斯的重量——他手中的全部力量——全都消散无形。

萨尔击中了人类形态的守护巨龙，但这只导致了自己的双手散成了千百块裂片。熔岩从断肢处喷涌而出，他跪倒在地痛苦地哀嚎起来。

他同时也感觉到，在遥远的海加尔山，他的肉体的所在之处，大地正在四分五裂。

许多凡人法师，甚至于不少蓝龙都认为奥术魔法的规则是绝对的。然而在他们认为已是极限的地方，卡雷却总能看到新的可能性。对他而言，魔法并不是一个严酷逻辑下的死板系统，而是世界的活力之源。魔法具有无限的可能性，是他见过最能体现"美妙"这个字眼的事物。

当伊瑟拉找到他，激动地说起巨龙之魂以及用其充当武器的可能性时，卡雷立即就开始了对于这种渺茫可能性的沉思。死亡之翼并未像其他龙王一样向巨龙之魂中注入本源之力，要想用这件神器去对付他并不是件容易的事情。况且，先前的案例表明龙族以本体使用巨龙之魂时自身就会受到其强大力量的反噬。死亡之翼就是因为使用巨龙之魂才导致身体四分五裂，不得不锻铸钢铁甲胄来维系身躯健全。

尽管困难重重，卡雷还是把运用神器视为一个证明自己配得上和其他龙王并驾齐驱的机会。他在蓝、绿、青铜、红这四大龙族面临灭顶危机时成为魔法管理者，继承了由泰坦诺甘农赐给前任首领玛里苟斯的神奇力量。他是蓝龙军团众望所归的选择，是整个军团信念的寄托。他绝不能让他们失望。

"巨龙之魂没有吸纳死亡之翼的本源，所以也就无法用来直接攻击他。"阿莱克丝塔萨如此说道，但口气却像是有些动摇。在伊瑟拉告诉卡雷自己的发现之后，两位守护巨龙又来到了塞纳里奥庇护所中与生命缚誓者进行进一步讨论。

"的确如此。"蓝龙王暂停了一下。他感觉其他守护巨龙是如此专注，就好像接下来的每一句话都会被仔细剖析。"我们需要他的本源之力。不幸的是，目前取得的血液样本虽然能起到一些作用，但其中并不包含死亡之翼的力量。不过我们或许可以尝试用足够多的奥术能量去改变巨龙之魂的性质，让它可以影响到黑龙之王……理论上应该可行。"

"理论上……"生命缚誓者重复了一遍。

卡雷也有些动摇。这件神器的危险性不容忽视。他对巨龙之魂的了解大部分都来自肯瑞托法师——尤其是人类法师罗宁——的著作。罗宁曾经亲手把持过这件武器，并且亲自分析了它的一些特性，他撰写的相关论述对卡雷来说弥足珍贵。但是，这些材料也并不足以证实自己的猜想。

"我们没有其他选择。"伊瑟拉踏步上前，让卡雷感觉安心了不少。"这件武器让龙群四分五裂，造就了如今的一切。我知道它曾经让你承受苦痛，但卡雷的想法是正确的……它所引发的黑暗也该由它来终结。"

阿莱克丝塔萨闭上双眼。但卡雷已经注意到了她眼中燃烧的怒火。事实上，他一开始就在担心生命缚誓者对于这个计划的反应。他知道神器的黑暗秘史。在上古之战的终焉之时，四位守护巨龙找到了这件武器并且施法将其封印。如此一来，无论死亡之翼还是其他任何龙族都再也不能用它作恶。然而千年之后，龙喉氏族的兽人找到了神器，并用其奴役了生命缚誓者和她的同族。在那段悲惨的岁月里，许多红龙被迫沦为坐骑参战。

"这是我们一直都想要解决的问题，阿莱克丝塔萨女士。"卡雷安慰着她。

"我知道……"生命缚誓者语调哀伤，"我这就去通知诺兹多姆，你们继续进行研究。"

现在所有事情的关键都在于永恒者。即使卡雷找到调整神器的方法，其他龙王们也必须得依赖诺兹多姆去时间线中取得神器。巨龙之魂早已不存于现世，十多年前，大法师罗宁就已经将其主体摧毁。之后，黑龙希奈丝特拉收集了神器的残片，尽管这些碎片已经没剩多少神力，她依旧还是用其掀起风浪，并且招致了自己的末日。再然后，这些仅有的巨龙之魂残片也被彻底毁坏。说服永恒者去时间线中拿回神器的可能性微乎其微，但是卡雷、伊瑟拉以及阿莱克丝塔萨知道他们必须得去尝试。

生命缚誓者离开之后，卡雷来到了塞纳里奥庇护所的一张小桌旁。桌上散落着许许多多可以用来与魔枢进行通讯的水晶球。卡雷一面思考着如何克服调整巨龙之魂这个难题，一面拿起一颗水晶球准备施法。

就在伊瑟拉轻轻走到卡雷身边准备开口的时候，大地忽然震颤起来，几乎把两人都掀倒在地。尖叫声从诺达希尔脚下传来，那里是大地之环和塞纳里奥议会驻扎的地方。蓝龙王同伊瑟拉交换了担忧的眼神。大地的裂变之后地震时常发生，但是这一次，震源似乎就在他们立足之处的正下方。

大地再次震颤，比刚才还要更加剧烈。

"这不可能……"伊瑟拉瞪大双眼，紧靠在一面由德鲁伊造出的木墙上。她语气中所夹杂的恐惧和惊觉让卡雷心头一紧。

"死亡之翼？"一阵寒意爬上卡雷的背脊，"是他在这里？"

绿龙女王并未答话就径自冲出了房外。卡雷也立即跟着她跑向诺达希尔脚下。

世界之树周围的大地已然千疮百孔。萨满和德鲁伊们正在忙着把掉入地缝的同伴们拉到安全的地方。但伊瑟拉并没有停下脚步。在卡雷疑惑的目光中，她越过世界之树来到了一片灌木环绕的安静空地。空地的正中，萨尔正坐在地上，看上去像是陷入了极深的冥想。而他的伴侣阿格拉，正待在他身旁不停摇晃着他的肩膀。

在感觉到两位龙王的到来之后，棕色皮肤的女兽人立即转向了他们。

"古伊尔有些不太对劲，"她所用的是萨尔的兽人名，"地震开始后我就到处找他，最后在这里发现了他，却怎么也唤不醒他。他这是怎么了？"

伊瑟拉在萨尔面前屈膝半跪。这位兽人身上并无伤痕，但表情却像是正在承受极大的痛苦。"看来，真的是他……"绿龙女王说道。

觉醒者打量着萨尔的左手。在卡雷看来，他的掌中空空如也。绿龙女王停顿了一会儿，然后迅速抓起一把泥土放入萨尔掌中。

"萨尔和这场地震之间有什么联系吗？"卡雷问道。

"他正在以一种其他萨满从未尝试过的方式与大地接触。大地成为他的一部分，他也成为大地的一部分。有什么东西困住了他的灵魂。这些地上的裂隙……就如同他自身的伤口一般。"

"一定有什么方法能让他脱离出来。"阿格拉恳求道。

"如果他的灵魂没有远离海加尔山,那应该有救。"伊瑟拉朝着阿格拉点头示意,"我们必须召集那些萨满和德鲁伊们。接下来有得忙了。"

萨尔的伴侣有些犹豫。"我不能就这样丢下他……"

"你必须相信我,如果你想要救他的话。"伊瑟拉的话音低若耳语,但卡雷可以从中明确感受到紧张的气息。

阿格拉想必也感受到了同样的气氛。这位兽人缓缓起身,来到绿龙女王身旁。

"伊瑟拉女士,有什么我可以帮忙的吗?"卡雷感觉自己可悲得就像个局外人一样。萨尔被困在了元素的领域,而蓝龙之王对那里毫无办法。

"留在他的身旁,接下来无论发生什么,都要确保他的掌中放有泥土。"

于是,阿格拉跟着伊瑟拉离开了此地——在这过程中,她依旧忧虑地回望了一眼。

这不是卡雷希望听到的回复,但他还是照做了。一时间他甚至有点怀疑伊瑟拉这样安排,是因为她觉得卡雷担负不起更重要的工作,但他最终还是意识到了觉醒者绝不会对他人妄下这种评断。她的指令并没有什么潜在意义。他需要留在这里,如此而已。

当他在萨尔身边坐下时,卡雷意识到或许自己太过费力在寻找一个可以亲手打败死亡之翼的途径,从而忽视了其他更有希望的方法。如果萨尔真的能够将他的本源与大地结合,而且反之亦然的话,是否意味着这个凡人已经具备了同死亡之翼一样将自己灵魂同艾泽拉斯联系到一起的能力？

蓝龙之王从身边的袋子中掏出一颗水晶球。片刻之后，笼罩球体的迷雾散去，蓝龙军团成员纳瑞苟斯的面容出现其中。

"卡雷苟斯。"这位蓝龙领首致意。

蓝龙王回之以礼后说道："曾经有个凡人成功使用巨龙之魂奴役了红龙军团，对吧？"

"那是一个被称作耐克鲁斯·碎颅者的兽人，"纳瑞苟斯答道，"一个卑劣无耻的家伙。"

"没错，没错。就是他。他在使用神器之后身体有何反应？"

"根据罗宁的记录，他毫发无伤。"纳瑞苟斯说道，"短命种族在使用巨龙之魂时并不像我们那样会遭受反噬。这的确有些奇妙。"

"谢谢你，我的朋友。那就这样吧。"卡雷将水晶球重新放入口袋。

萨尔是一位能够融入大地之本源的凡人，蓝龙王沉思着。不久之前，正是在这位兽人的帮助下，卡雷、伊瑟拉、诺兹多姆和阿莱克丝塔萨才得以将自己的力量同大地的力量结合在一起，从而击退死亡之翼的爪牙。当时，这位萨满还只是个传输艾泽拉斯之力的导体。但如今，他已远不止如此。他就是自己一直在寻找的答案……将巨龙之魂反过来对付其制造者的关键。

卡雷苟斯往萨尔的手中加了一把泥土。他看着这位兽人的面容因为疼痛而抽搐不止，不禁担心守护巨龙们的最后希望是否会就此落空。

死亡之翼伸出利爪划过萨尔的胸膛，在兽人石砌的皮肤上又留下了新的伤痕。这位萨满的身上已经千疮百孔，但他的敌人并没有打算取其性命。

看起来黑龙之王是想要摧毁萨尔的意志，让萨尔成为自己手下的棋子。这是萨尔所能想到的死亡之翼迟迟不下杀手的唯一解释。

死亡之翼已经接近成功。萨尔的灵魂被困在此处，除了艾泽拉斯的痛楚之外，他感受不到其他任何知觉。若是在几周之前，在还没有摆脱疑惑、恐惧和愤怒的支配时遇到这样的情形，他恐怕早已崩溃，早已迷失于这个孤寂的牢笼。但此时此刻，他身为萨满的意志比以往任何时候都要更加坚定。

"泰坦们认为你有能力担负重任，他们信任你。"萨尔开口说道。他的力量同守护巨龙相比微不足道，因此他只能使用唯一的武器——语言。"是恐惧和疑惑致使你自甘堕落，转而与那些妄图终结艾泽拉斯所有生命的怪物为伍吗？"

"你的忠诚用错地方了，萨满。如果这个世界对他们有一丝不合意，泰坦们就会毫不迟疑地消灭你们和所有其他弱小种族。上古之神早就看透了他们的把戏，他们承诺过，会让我从这桎梏一般的身份中解脱出来。当那天来临之时，我会将整个世界所有残余的泰坦造物一扫而净，至高无上地统治这个世界，让艾泽拉斯以崭新的面貌重生。"

死亡之翼抬起膝盖重击萨尔的胸膛，使其重重地撞在了身后的石壁之上。这时，几个回荡在大地中的声音透过石壁传进了密室里，激励着萨尔保持站立。他可以辨认出，那是大地之环的成员：穆恩·大地之怒、努波顿，以及……阿格拉。

萨满们正在透过元素之灵搜寻萨尔，萨尔也打起精神开始搜寻自己的肉体。出乎他意料的是，他竟然感觉到自己的掌中又握着一把清凉湿润的泥土，这泥土就是维系在他海加尔山上的肉体和密室中的灵魂之间的生命闪光。兽人排除杂念，全身心地以意念向着密室之外的元素呼喊回应。

随之而来的是一阵沉默。

能量在体内澎湃，石质身体上的伤口也开始愈合，他准备再次向外呼喊。他意识到了萨满们正在封闭海加尔山的裂痕，他身上的创伤也是因此得到治愈。兽人突然双腿站直，振作了起来。

"你还没有回答我的问题，"萨尔继续挑衅道，"是恐惧和疑惑导致你堕落的吗？"

死亡之翼眼中的红光更甚。他上前掐住萨尔的喉咙，将其提至半空，接着另一只手恶毒地扫过兽人的腹部。

"在一个根源上存在缺陷的世界中，你最可悲的地方就是始终相信自己认定的真理。不过，你，还有其他龙王，你们这些可怜虫的虚妄追求终究都只会是徒劳。只要你们还在继续为那个无望的未来卖命，胜利就永远不会属于你们。"

黑龙王手指触及之处，萨尔的石头皮肤开始熔化起来。他继续加重力道，手指掐入兽人的脖子之中。萨尔感觉到自己和海加尔山之间的联系再一次变得微弱起来。

"不……"萨尔一面将手抵上死亡之翼的手臂，一面高声怒吼，"我们必将胜利……因为我们从不退缩……众志成城，而你必将失败……因为你选择独自一人……背负自己的罪责。"

周围的大地开始摇晃，萨尔原本以为这是死亡之翼愤怒的体现，但黑龙王并没有继续攻击，而是突然反手把萨尔甩到一边。

死亡之翼展开双臂，愤怒咆哮。大量的上古之神血块从地板中猛然蹿出，直冲密室顶部的一个角落，在那形成一层厚重的结晶障壁。好一会儿之后，萨尔才明白到刚才那阵颤动的缘由。那是诺达希尔的树根正在以难以置信的速度钻开岩石泥土伸向此处的密室，大地之环和塞纳里奥议会已经找到他了。

萨尔朝着黑龙王冲撞上去，打断了他的施法，并将他击倒在地。死亡之翼在怒火中站起身来。他的身体震颤不止，藤条般的岩浆从胸甲的裂隙中向外扩散。然而就在他打算冲向萨尔的时候，诺达希尔的树根击穿了屋顶，撒下一片结晶碎屑。

树根径自伸向黑龙。死亡之翼稳住脚步，一时间，他就像是迎上了一部自主行动的攻城锤，其尺寸甚至比科多兽还要巨大。很快，又有三条树根紧随而至。这一次，黑龙王被重重地压向了地底。

第五条树根的动作则要温柔许多。它缠住萨尔的腰部将他向外拉去。离开密室之后，萨尔立即感到自己的灵魂又重新和肉身联系到了一起。他真切地感受到了周围的土地，这片未受上古之神腐蚀的大地。方才所经历的一切苦痛与折磨，以及被死亡之翼撕裂灵魂的煎熬都随之散去。

阿莱克丝塔萨发现永恒者正在等待着什么。

他一动不动地站在山顶。在这个远离德鲁伊与萨满营地的地方，生命缚誓者现出了巨龙的形态。在长时间保持精灵形态之后，伸展双翼让她倍感神清气爽。她降落在青铜龙王身侧，陈述了伊瑟拉和卡雷关于巨龙之魂的构想，以及在这个构想中诺兹多姆必须要扮演的角色。生命缚誓者原本并没有对此抱以太大期望，但出乎意料的是青铜龙王的语气似乎并没有排斥的意思。

"巨龙之魂……"诺兹多姆说道，"我曾经不止一次想要回到过去去纠正那一天。去拯救玛里苟斯的龙群……去避免我们遭受那可怕的命运。"

永恒者望着远方的地平线，叹了口气。"但若是我真的这样做了，我就和那些干扰时间线的永恒龙军团——以及未来的我——没什么两样了。"

"你大可以换一个角度去审视自己的使命。"阿莱克丝塔萨回答道。"艾欧娜赋予了我守护生命的职责。因此当使用巨龙之魂的构想被提出时，我就在质问自己，在让有史以来最具毁灭性的武器重现于世的过程中，我该如何正视自己的使命。"

"然而你还是接受了这个计划。"诺兹多姆陈述道。

"是的。为了守护生命，有时候你不得不扼杀那些妄图毁灭生命的罪恶之源……"

关于巨龙之魂，还有她对自己、对红龙军团以及历史长河中许许多多的生命所造成的难以想象的苦难，生命缚誓者已经思虑良久，最后，她终于得出一个艰难的领悟：为了守护这个世界，任何巨大的代价都必须去承受。

"我不能逼迫你去做你认为错误的事。"阿莱克丝塔萨道，"但请扪心自问：阿曼苏尔赐予你支配时间的权力是为了让你看着这个世界走向灭亡吗？"

"如果我迈出这一步，未来就会被永恒龙军团所统治……"诺兹多姆的声音越来越低，忧虑和恐惧的神情难掩于面。生命缚誓者看出了青铜龙王所担心的是时间线本身所面临的宿命。她已经请求过诺兹多姆太多事情了，如果他真的不愿说出他的顾虑，她尊重他的选择。

阿莱克丝塔萨对着诺兹多姆颔首低吟："赐予你们每一人的，是一份馈赠……"

"赐予你们所有人的，是一份责任。"永恒者没有迟疑地接上了这句古老训诫的后半句。这是泰坦对守护巨龙们留下的最后一个命令，用来提醒他们虽然每位龙王都将独当一面，但他们的知识和力量不应分出彼此，他们应当一体同心。

"你的职责是守护时间，就好像我的职责是守护生命，但什么才是我们共同的使命呢？"阿莱克丝塔萨问道。

"不计代价地……守护这个世界，避免暮光审判的降临。"诺兹多姆低语道。

永恒者缄默良久。生命缚誓者顺着他的视线望向天空，一时心如刀绞。"可有其他部下归来？"

"没有。也不会有了。我只是……想要等在这里。我曾迷失在时光之中，直到萨尔点醒了我。而现在，我感觉自己迷失在了时光之外。"阿莱克丝塔萨吃惊地看着青铜龙王苦中作乐地取笑自嘲道。

最终，永恒者从地平线的方向转回身来，迎上阿莱克丝塔萨的视线。"我在自己的道路上固执前行得太久了。你说得对，我不应再沉浸于过去……"

四位龙王和萨尔齐聚于诺达希尔脚下的德鲁伊庇护所内。一个巨龙之魂的影像飘浮在众人之间的半空中。它的存在让阿莱克丝塔萨心中感到一股寒意。在某种程度上，这让她回忆起了万余年前那个给神器充能的仪式。

尽管只是一个卡雷苟斯用奥术魔法具现出来的影像，这武器依旧还是具有一股魔力。沐浴在巨龙之魂投影的淡紫色光芒下，龙王们注意到他们的影子开始在凡人形态和巨龙形态之间闪烁波动。

"如果想要拿到巨龙之魂，我们必须先前往我曾预见过的未来：时间的尽头。"诺兹多姆说道，"只有击败了终焉之境的统治者——永恒龙军团及其首领，时间线才能恢复正常运作，才能让我们回到过去，取回巨龙之魂。"

"如果过往时间线中的神器就这么凭空被我们拿走，历史又会怎么延续呢？"萨尔问道。这位兽人方才一直在龙王们的身旁一言不发。龙王们已经欠了他许多恩情，生命缚誓者很希望能让他回归安宁的生活，但为了艾泽拉斯的安危，她不得不再次让萨尔将自己的生命置于危险之中。

"时间并非如一些人想象中那样延绵不断。我的龙群会切断那部分历史，以消除我们造成的影响。不过我也不能将时间的断层维持太久。一旦任务完成，我们就必须将巨龙之魂送回它原本的位置……"

"关于这个原本位置……"卡雷苟斯说道，"我们可以从历史上的许多节点拿到这件神器，但是它的性质在历史的推演中曾经多次被转变。如果想要计划成功，我们就必须拿到最纯净状态下的巨龙之魂。因此在诺兹多姆打开时间通道之后，我们要前往的就是神器被创造的那个年代：上古之战时期。"

"然后需要确定的就是它的使用者。"阿莱克丝塔萨对着萨尔点头示意。

"我的朋友。"卡雷苟斯将手放在萨尔的肩膀上,"从我已知的讯息来看,任何使用这件神器的巨龙都会被它的能量反噬撕裂。这是巨龙之魂创生伊始就具有的天性,它所能带给我们的只有足以逼疯我们的苦痛。但是凡人种族,由于其天性的独特,就可以不受反噬地任意使用这件神器。"

"我们所请求你参与的这件事情风险极大,萨尔。"伊瑟拉轻柔的声音在房间中飘荡,"一旦巨龙之魂被取回现世,你就得马上将它送往龙眠神殿。那是一个与神器诞生之地龙王大厅相连,同样也蕴藏无穷力量的地方。你拿到的将会是已经充能过的巨龙之魂,但我们会往其中再次灌注龙王的本源之力,让它变得比以往更加强大……也更不稳定。你必须清楚若是死亡之翼发现了我们的计划,他必定会带着爪牙赶往神殿,不惜一切代价阻止你。"

"我无意质疑你们的智慧。"萨尔谦卑地说道,"但是艾泽拉斯的其他生灵也都在死亡之翼的怒火下遭受了太多苦难。我们可以集结一支由凡人种族组成的前所未有的大军,来一同见证黑龙之王的末日。这样不是会让事情变得更容易一些?"

"即便是所有凡人都联合起来,恐怕也插不上手。"阿莱克丝塔萨说道,"死亡之翼已经被上古之神的黑暗力量扭曲了。无论多么强大的物理攻击都没法将他摧毁。他必须得被……逆转。他体内的本源之力必须被剥离出去,而这只有巨龙之魂才能办到。"

"而这必须要有你站在我们这边才能办到。"卡雷补充道,"这件神器蕴藏了四位龙王的本源,唯独死亡之翼没有将他的本源之力注入。如果我们想要用这件武器来对付他,我们就必须把大地守护者的力量也注入进去。而你,萨尔,无论多么微弱,恰好就持有了一部分这样的力量:艾泽拉斯大陆自身的本源。"

"龙族的身躯无法承受巨龙之魂的反噬。"阿莱克丝塔萨对萨尔说道,"于是责任就落到了你的身上……如果你愿意的话。你已经多次置身险境来帮助过我们,如果可以的话,我真不想再对你提出这样的请求。"

"您的请求让我倍感荣幸。"萨尔说道,"但我必须指出一点。短命种族前不久才终结了炎魔之王拉格纳罗斯,在这之前更是消灭了巫妖王以及其他数不清的威胁。一直以来,我们都是守护艾泽拉斯安危的辛勤卫士。我们对这个世界关心并不比你们少上分毫。恕我直言,我认为无论这个计划多么超凡,它都只有在凡人们的帮助下才能成功。"

萨尔的看法毫无疑问是对的,但阿莱克丝塔萨还是希望尽量避免更多的凡人卷入这场危机。"如果他们自愿加入的话,我们表示欢迎。"

"永远都会有人自愿的。"兽人微笑道,"我这就派人去通知他们。"

萨尔离去之后,诸位龙王沉默了良久。

"有个问题一直困扰着我。"卡雷说道,"如果阻止暮光审判是我们的使命,是泰坦创造我们的目的,那么在这之后我们又该何去何从?"

一阵凉风悄然穿入了塞纳里奥庇护所,就好像是在强调卡雷的话语。龙王们目光游移,彼此交换着眼神。这是一个他们都为之困惑的谜题。

"是的……在完成了自己的使命之后，我们还有什么价值呢？"诺兹多姆深沉地说道，"在时间线遭到侵袭之后，就连我也无法预知我们的未来……"

"这次行动究竟会带领我们走向圆满……还是迷失？"伊瑟拉也陷入了沉思。

"泰坦们的安排肯定有其深意。"卡雷想要说服大家，"魔法、时间、生命、自然……都是永恒的存在。这说明我们应该将这些东西永久守护下去。"

阿莱克丝塔萨在一旁聆听了伊瑟拉、卡雷和诺兹多姆的讨论，体会了他们的希望和担忧。摆在他们面前的道路非常明确，但是阻止暮光审判之后的未来究竟会是怎样，这始终是一个谜团。生命缚誓者将自己的担忧深深埋藏心底，她是红龙女王，此时此刻，正是需要她站出来指引龙群走出迷思的时候。

"我们谁也无法确定。"阿莱克丝塔萨将诸位龙王的注意力都引向了自己，"又或者即便知道结局，难道我们会改变初衷吗？泰坦晋升了我们，赐予了我们奇妙的馈赠，而眼下，正是我们运用这些能力的时候。"

生命缚誓者牵起身边伊瑟拉和卡雷苟斯两位龙王的手，他们也同样牵起了诺兹多姆的手。他们的魔力交汇合一，缓缓流过每一位龙王的身体。这股柔和的能量缓和了他们的紧张，也给予了他们坚定不移的决心。

"我们将会携手并肩，一同走向未知。"阿莱克丝塔萨说道，"这是我们一直以来都该履行的使命。"

马特·伯恩斯

第一章

他盘旋着准备降下，模糊的投影亦随之掠过身下宏伟的建筑。他并非初次来此，但这石砌之殿以及周遭事物的沧桑与广阔依旧让他深为触动。神殿拔地而起，分为数层，每一层都对应着某个种族的其中一支——一个明显比人类或兽人高出数倍的种族。雕文的石柱从边缘贯穿整座神殿，从圆形的底座一直伸展到半球形的穹顶，仿佛哨兵一般守望着龙骨荒野的每个方向。狭长的冰锥倒悬而下，可怖的裂缝遍布于石柱和拱门之上，然而即便在时间的侵袭和数次恶战的洗礼之下，龙眠神殿依旧屹立不倒。

相较于艾泽拉斯世界变化无常、永无止境的灾厄，这永恒之殿倒像是在欢迎着他。

其他龙王或许已经身在其中。他凝视着那些环绕神殿的圣地——青铜、翡翠、碧蓝、晶红，以及黑曜石。在巨龙军团们遭受重创的当下，这些圣地已然废弃。而龙眠神殿本身或许可以千万年伫立下去，但也只是作为一座象征着逝去希望的远古遗迹，再没有其他意义。

这头蓝色巨龙叹息着，降下身来。他的目光越过神殿和圣地，向着更远的北方，停驻在了那些点缀着冰原的扰人心绪的土堆上。那里的每一个土堆之下，都掩藏着一具被冰霜包裹的巨龙尸骸，其中一些甚至已经埋藏了数千年之久。龙骨荒野是一座容纳了数百具龙族尸骨的墓园——无论他们生前从属于哪一色的军团。这里提醒着龙族，即便是最强大的生灵，也并非不败不死。

这头展翼的巨兽将目光收回到了自己的目的地。随着高度的降低，龙眠神殿在他眼中变得愈加宏伟，当他最终抵达神殿底部的一个入口时，自己身躯的大小已相形见绌。他收翼而立，最后环顾了周遭一眼，随即步入殿中。

殿内的空间同样宏伟无比，第一间殿室的高度便是他体高的三倍有余。墙壁上的火把提供着微弱的光亮，千万年来不变如斯。古老的石雕若隐若现，其中一些形象与人类和精灵倒有几分相似，但又明显不是。或许这些形象便是泰坦的象征——那些终结混沌、带来秩序，将艾泽拉斯世界塑造成如今模样的神样生灵；又或者这些石雕有着别的寓意，巨龙无从知晓。这座神殿建造于他的时代之前，或者说，远在所有龙族存在的年代之前。

谁也不知道神殿因何而建，但是亘古以来，它便是龙族之首——守护巨龙们的会面地点。守护巨龙不仅仅是龙族的守护者，他们更肩负着守护整个艾泽拉斯的重任。千万年来，他们在此处共聚一堂，商议巨龙军团的具体行动。在魔枢战争——那场蓝龙之王试图带领蓝龙军团杀死一切凡间施法者的战争中，另外三名龙王便是在此处建立了龙眠联军，并约定之后的每年再次聚首，协商如何应对这世界中接连不断的危机。而在上古之战——那场恶魔入侵，导致古卡利姆多分崩离析的战争结束之时，四大龙王——疯癫之前的蓝龙王当然也包括其中——也正是在此处齐心商议该如何应对死亡之翼的背叛，后者一度成为他们最头疼的难题。但即便是这场经年累月的斗争，也无法与他们最初肩负的使命相提并论：阻止暮光审判，阻止那场会让艾泽拉斯所有生灵灭绝的灾难。

守护巨龙们最终赢得了辉煌的胜利……尽管代价是如此沉重。此时此地，他们再次如约前来，但已不再是以世界守护者的身份，而仅仅是代表自己出席。这样的相逢，自上古之约以来还是头一次。

巨龙沿着由寒冰裂层形成的峡谷，朝着龙眠神殿半掩入土的最底层走去。他倾听着，但是里面并无一丝声响传出。或许他成了来得最早的那一个。他思量着是否该离开此处，到附近寻个地方等待其他与会成员的到来。作为四大龙王中最年轻的一位，他始终觉得自己不该在任何情况下位列于其他龙王之前。

然而当他继续深入来到更低一些的位置时，最终听到了另一位龙王的声音：诺兹多姆。即便是现在，青铜龙王仍旧是他们之中最守时的。

这位雄龙在说些什么，蓝龙王没能听清。不过，与诺兹多姆交谈的那位雌龙的声音倒是清晰地传了过来。

"我们应该等待所有成员到齐，"这是一个温柔而又充满威严的声音，"卡雷苟斯应该得到与大家同等的尊重。"

听到自己的名字后，蓝色巨龙加快了速度。很明显，事情与他设想的恰恰相反，现在是所有龙王在一起等着他。

"我到了！"蓝龙高声喊道，同时步入了这间宽阔的圆形穹殿。穹殿的正中是一块凸起的大理石平台，平台在正南和正北方向都设有阶梯，同时在每个角落都立着直耸而上的巨大支柱。

诺兹多姆将他锐利的目光投到了迟到者的身上。这位青铜龙王的两侧各站着一名威严与体型均与之相当的雌龙。右边是颀长光洁的翡翠龙王，正用她缤纷多彩的双眼凝视着蓝龙。伊瑟拉，曾经的梦境女王，她的双眼在沉睡中紧闭千万年之久，如今却片刻也再未阖上。她向着卡雷苟斯点了点头，但并未开口。

诺兹多姆的另一侧，一头端庄威仪，全身布满晶红鳞甲的雌龙迎着蓝龙往前走了几步。不论身长还是体宽，她都要超出另外三位龙王许多，然而在这令人生畏的外表之下，却藏着一颗温柔之心。修长的鳞鳍从后背一直延展到尾部，而她傲人的双翼——蓝龙王知道——一旦展开便足以将另外两位龙王完全遮蔽。

其他三头稍小一些的巨龙为蓝龙的到来轻轻颔首致意。他们都静立于圆台之上各自的龙王身后。他们都是龙王麾下出生入死、忠诚不渝的亲信。卡雷苟斯了解他们每一位，机敏的克罗诺姆——或是被称作克罗米，还有离她最近的伊瑟拉之女——勇敢的麦琳瑟拉。不过在这三位之中，卡雷苟斯最为熟悉的还是红龙阿弗拉沙斯塔兹，在暮光之锤的狂热信徒试图将艾泽拉斯拖入末日时，正是他担任着龙眠神殿守卫军的指挥官。

三位巨龙在后方静立着。他们的职责只是聆听。这再一次提醒了卡雷苟斯，他也应当有亲信陪伴。

只不过，魔枢里已经找不到蓝龙来担此责任了。

"无须多心，卡雷苟斯。"红龙女王试图让卡雷苟斯平静下来，她用悠扬的声音继续说道，"我们知道你会迟到一会儿。诺兹多姆只是在为你担心而已——是吧，诺兹多姆？"

"如你所说。"青铜龙王用飘忽的声音答道。他的身形与其他巨龙一样充满生命力，但嗓音却浸透着岁月的洗礼。

"承蒙关心。"蓝龙在三位年长巨龙的面前躬身示意，接着转向红龙女王，"如果您不介意的话，请叫我卡雷，阿莱克丝塔萨。"

诺兹多姆冷哼一声，不过阿莱克丝塔萨点头表示了接受。"卡雷。请原谅我忘记了这个你偏爱的——那些年轻种族是怎么称呼它来着……昵称？不过我原本以为你只会在人类形态下使用这个称呼。"

"在经历了一些事情之后，我就开始喜欢在任何场合使用这个称呼了。"卡雷并未详述其中事由。

"或许我们都该有个昵称。"伊瑟拉插进了对话之中，丝毫没有讽刺的意思。"毕竟，现在是他们的时代了。事实上，最近我以人类形态出现的时间比用本体现身的时间还要多。或许这就是为我们的时代画下句号最快最完美的方式。"

她的坦率直言让另外三位龙王都陷入了沉默。在一阵明显的不安之后，阿莱克丝塔萨上前来到了平台的正中心处。其余三名龙王也随之而动，诺兹多姆漫步走向最南方的边缘，伊瑟拉径自往东面去，卡雷苟斯则是向北。而西面——奈萨里奥的位置——自他从上古时代的背叛以来，便一直空缺着。

红龙女王环视一圈，接着昂首向上凝视了片刻，然后高声宣布道:"让这场大会开始吧!"

曾经,开场仪式都会伴随着一些法术特效,但这都已是往事了。这四头巨兽看起来仍让人敬畏,但他们已不再是艾泽拉斯的守护者了。他们牺牲了守护巨龙的全部力量以彻底击败黑色巨龙死亡之翼。死亡之翼……曾经是他们并肩战斗的同伴,而后却陷入了邪恶的癫狂,几乎将暮光审判付诸现实。

牺牲是值得的,不过卡雷清楚地意识到,这已经让四位龙王永久地转变了。

卡雷悄悄地观察着另外三位年长的龙王。资历最浅的他,是在前任领袖玛里苟斯陨落之后,才勉强接过了魔法守护者的身份和统帅蓝龙军团的职责。玛里苟斯——也被称作织法者,他厌倦了成天担忧年轻种族对奥术魔法的滥用,最终宣布这股能量只能被龙族及其盟友掌控。由此引发的魔枢战争席卷了整个艾泽拉斯,直到阿莱克丝塔萨和她的子嗣们伸出援手,载着一群英雄们深入魔枢,玛里苟斯和他的狂热举动才得以终结。先王已逝,新王当立,蓝龙们将目光投向了在一系列事件中成功证明了自己值得被信赖,值得被托付重任的那一位——卡雷。

蓝龙静侯着,但谁也没有开口,就连阿莱克丝塔萨似乎也无意在宣布开场之后继续发言。生命缚誓者仿佛在等待着谁来主持会议,但伊瑟拉和诺兹多姆显然也没有这个打算。

空气中不耐烦的气息越发明显,直到克罗米终于打破了沉默。"恕我冒昧,但有件事我们应当留心。时间线开始变得极不稳定,这或许是由于我们取走了巨龙之魂所引起的。"

诺兹多姆打断了她。"时间线已经不受我的能力控制了,这不再是我们该关心的问题。从今往后，年轻种族们所引导的未来将由他们自己负责，也只有他们自己。"

克罗诺姆欲言又止，最终点头退下。然而，伊瑟拉之女却在此时壮着胆子接上了话茬。"或许我的发言亦有僭越，但是有传言说噩梦领主正在奥恩裂隙兴风作浪。它或许是在寻找一位新的代理人——新的梦魇来帮助它脱离翡翠梦境，进入现实世界。"

"我们已经讨论过此事了，"伊瑟拉厉声训斥道，但她的神色转瞬又变得迷离起来，"我想我们应该是……是的！我们讨论过了！裂隙和那些试图接触梦境的污染应该由德鲁伊去处理……是的，交给德鲁伊！暗夜精灵纳拉雷克斯已经成功封印了一次梦魇。德鲁伊们现在比我们更有能力去对抗梦魇的侵袭。"

伊瑟拉现在的情形已经比她刚失去守护巨龙之力时好上了许多。在那段时间里，卡雷眼见着她甚至无法组织语句表达自己的想法，幸而在那之后她总算逐渐恢复了过来。

麦琳瑟拉看起来有些失望。"如您所说，母亲。"

阿弗拉沙斯塔兹看起来要比另外两名随从更为明智，并不打算在这种情况下表达自己的看法。会场再次陷入了令人不安的沉默。卡雷突然清楚地意识到，自己身边也该有亲信同行。

时间仿佛静止了一般，甚至没有人动弹。最终，年轻的天性打败了他的自控能力，卡雷开口喊道："我有话要说。"

其他巨兽都转过了头来，用温和而又好奇的眼神注视着他。

不安的情绪涌上心头，但卡雷很快意识到这只是因为自己缺乏自信，而不是其他龙王有任何蔑视。他的生命与这些尊贵生灵所经受过的一切比起来根本微不足道，曾经与他们平起平坐的事实至今仍让他无所适从。

"说吧。"伊瑟拉最终回应道,"如果你有话想说,那就该说出来。就是这么简单。"

她的直言让卡雷略感讶异。伊瑟拉曾经是梦境的守护者,可如今对她来说,入梦,以及犹豫,都是在虚掷光阴。"关于魔枢有一些事情……"

"这件事只牵扯到魔枢吗?"她似乎感觉乏味更甚之前,"每个龙群都该处理好自己的事务。你是知道的。你想说的与其他任何龙群有关系吗?"

"没有直接的关系……"

"'没有直接的关系'?那么,这就是没关系,此事到此为止。或者说,看起来到目前为止根本就没有值得被讨论的事情。"伊瑟拉转向阿莱克丝塔萨抱怨道,"我有告诉过你吧?我记得我是有说过的!是的……我说过!我告诉过你就连我们在这里集会都只是在浪费时间,我的姐姐。"

"我们在每个双月循环期都会在此集会,就此取消恐怕太过无礼。"

诺兹多姆再次冷哼一声。"对谁无礼?艾露恩?月神自有她的暗夜子民来敬奉。对泰坦,或是泰坦的仆人与守护者无礼?我们甚至不知道今时今日泰坦是否仍旧存在!反正这对我们自己来说算不上无礼。我同意伊瑟拉,这都是在浪费时间。我们已经失去了召开例会的意义。如果说此刻的这一场还能有一点什么意义的话,那就是宣布龙眠联军至此解散,让我们各自都去关注解决自己的问题。"

这场意料之外的对话让卡雷有些不知所措。他屏息以待，希望阿莱克丝塔萨能让两位龙王冷静下来，但是生命缚誓者并没有做出任何举动。相反，她似乎正在仔细思考诺兹多姆的提议，就好像这真的裨益良多一般。

蓝龙之王离开了自己的位置，上前来到平台的中心，停在阿莱克丝塔萨的面前，并转身面对青铜龙王。"但是龙眠联军所包含的并不仅仅只是我们在座的诸位。它是整个龙族数千年来的支柱！龙族之盟让我们进退齐心，让我们一次又一次阻止了灾难的降临！我们知道只要龙族团结一心，希望就永远不会弃我们而去。"

"'团结'？"伊瑟拉打断了卡雷。"是的，我们数千年来一直都很团结，是吧？比如奈萨里奥……比如玛里苟斯……"她看起来似乎还想再多举几个例子，但忽然间好像意识到了什么，匆匆结束了自己的发言，并带着歉意望了诺兹多姆一眼。

"别把我漏掉了。"青铜龙王舒展了一下双翼，冷峻地说道。"你们通常把他称作姆诺兹多，永恒龙军团之王。不过那头可恶的巨龙正是我在遥远未来的化身。所以我难逃其咎，正如奈萨里奥理当为他以死亡之翼的身份犯下的罪行负责。"

阿莱克丝塔萨插入了他们的对话。"不，诺兹多姆。没有人会因为你从未做过的事情而非难于你。你与我们一同击败了姆诺兹多，永远地避免了历史走上那一条歧途。即便有人想要怪罪你，那怪罪也随着姆诺兹多的败亡一同被抹去。"

卡雷和伊瑟拉点头以示赞同。青铜龙王的尾部舒缓地来回扫动着，感激之情溢于言表。但紧接着，他又陷入了阴郁之中。

"是的……我击败了未来的自己……在我仍有力量战斗的时候。

现在，我、我们，都不过是普通的龙族。守护巨龙已经不复存在，所以我说龙眠联军也该如此。"

旧论重申，卡雷注意到两位雌龙依旧没有反对的意思。"但你们三位依旧是我们族群中最伟大的智者。守护巨龙不会就此……"

伊瑟拉用吻部碰向他的侧脸。"我们……已不再是……守护巨龙。"

"但你们三位仍然……"

"我们理解你的担忧，卡雷。"阿莱克丝塔萨语气中明显带着伤感，这是卡雷最不愿看到的，"但我们的时代已经过去了，守护艾泽拉斯的重任需得有他人来肩负。"

言尽于此。诺兹多姆越过他们朝着一个出口走去，伊瑟拉紧随其后。

卡雷简直无法相信眼前的景象。"你们要去哪里？"

青铜色的巨兽昂首远望。"回家。已经结束了。这样扰人心绪的会谈最好再也不要举行。"

"很不幸，他的最后一句话说对了。"生命的缚誓者满怀心痛地承认道。直到此时卡雷才意识到，一直以来他所希望三位龙王去履行的是他们自己都不再承认的职责。在他们的眼里，如今的龙王不过是普通的龙族，与其他同族并无二致。

"阿莱克丝塔萨！至少你……"

方才的心痛转变成了关怀，红龙女王如慈母一般注视着他。"即使没有我们，艾泽拉斯也会安然存续下去。而你，一样也会存续下去——你不过最近才被卷入这些事态。"阿莱克丝塔萨转头望向正在离去的青铜龙王。"诺兹多姆，请稍等片刻！我们最好在一个月内再聚一次。如果确定要解散联军，至少让我们带着敬意去完成。"

他停下脚步，转头回望。"是的，是应该有个体面的仪式。我同意，就在从今天算起的一整月之后吧。"

晶红巨龙接着转向她的姐妹。"伊瑟拉？"

"我同意，这合情合理。"

阿莱克丝塔萨回过头来面向卡雷。他已经震惊得无法言语，只是不住地摇着脑袋。

"三对一。"红龙女王喃喃地说道，"那么……提议通过。"

诺兹多姆甚至没有等她宣布结果，便带着随从向外走去。伊瑟拉和她的女儿亦紧随其后。

阿莱克丝塔萨注视了他们好一会儿，接着，用一种即使对女王来说亦是优雅异常的姿态，缓步跟了上去。阿弗拉沙斯塔兹稍停了一会儿，用自己的方式对蓝龙表达了足够的同情，但最终，他也不得不离去。

摆在卡雷面前的只有两个选择，跟着他们离去，或是独留于此。他年轻力壮、行动迅捷，可是当他在犹豫之后赶到室外时，三位龙王都已经做好了各奔一方的准备。

"请重新考虑！"他恳求般的咆哮回荡于整片荒野之上。卡雷的脑中一片混沌，他确实是带着自己的问题来到此地，希望能与其他龙王商讨，但事情最终却演变成他独自一人绝望地想要避免这个远古联盟分崩离析。

诺兹多姆将双翼完全伸展开来，甚至没有再看这位年轻龙王一眼，便凌空跃起。当伊瑟拉决定最后再开一次口的时候，他已经化作了天边的一颗圆点。

"真的，我们考虑过了……是的……是的，我们考虑过了，早在很久之前。我们只是需要有人站出来挑明而已。"翡翠色的巨兽也跃入了空中。"此时此地正是最合适的时机，只是很遗憾你才加入我们不久。我很抱歉，年轻的卡雷。"

于是，留下来的只剩下了阿莱克丝塔萨和他。

"就此别过吧，卡雷。我很抱歉你的长途跋涉只换来了这样的会谈……这显然不是你所期望的局面，也本不该让你经历。"

就这样，红龙女王也离开了。无言以对的卡雷望着他们渐行渐远，消失于乌云之中。这乌云漫无边际，所及之处不仅是龙骨荒野，甚至于几乎将阴冷的诺森德完全包覆其中。

这里发生了什么？蓝龙一遍又一遍地追问自己。刚刚发生了什么？

在卡雷应大法师卡德加的邀约加入肯瑞托并留在达拉然之后，曾经有那么一阵，他一度以为事情都在朝着好的方向发展。但很快，卡雷就感觉到了其他法师对他的不信任。他是一头蓝龙，前任龙王所引发的敌意绝非一朝一夕可以消除。最终，他向吉安娜罗列了一些理由，比如需要妥善处置魔枢中收藏的法器，并检查外围的防御法术等，借故离开了达拉然。

卡雷是由衷地期盼着这场会谈，希望几位前辈能让他振作起来。蓝龙军团如今已不复存在。聚焦之虹失窃一事让他觉得自己愧居于领袖之位，族人也由此陆续四散而去。魔枢已成空寂之地，而卡雷，发现自己竟已没有了重整旗鼓的动力。

而现在，他如此拼命想要抓住的最后一根救命稻草——他所寄予希望的前辈们，选择了背弃这个世界。

更为讽刺的是，尽管对会谈寄予厚望，卡雷一开始所考虑的却是避不出席。聚焦之虹的失窃，以及之后引发的一系列事件——尤其是塞拉摩王国的惨剧，一直都让他耿耿于怀。卡雷一度认为他的出席对那些接纳了他，视他为平等的年长龙王来说是一种侮辱。当然，最终他还是选择了赴会……可没想到这只是让自己陷入了新的困境。

一股寒意侵上背脊，显然并非因为霜雪。蓝龙转回头注视着龙眠神殿，这里曾是他心中的圣地。他心想，此刻的凝望即便不是最后一次，恐怕也差不了多少。如果龙眠联军不复存在，那他再来此地的原因就只剩下一个……安息。

当然，不管如何苦痛，现在仍不到安息的时候。年轻或许是他失败的重要原因，但也鼓舞着他继续前行——即便迷惘仍未褪去。

寒风骤起，穿过神殿发出阵阵低号。蓝龙终于迈出了返程的步伐。他轻拍双翼，向上升起。一旦乘上风势，远离此地的欲望就变得愈发强烈。调整好归途的方向之后，卡雷的速度开始不断攀升。

然而就在越过神殿之时，他忽然感觉到了某种气息。尽管失去了守护巨龙神力，卡雷也仍还是一头蓝龙，这意味着他对任何形式的奥术能量都有着敏锐的嗅觉。而眼下这感觉是如此特别，以至于虽然心情低落，卡雷还是想要找出它的来源。

对身下这片土地的第一眼扫视并没能带来具体线索。卡雷心想，或许应当先确定一个大致区域。方才的不悦被抛在脑后，蓝龙降低高度，开始了仔细搜索。

搜索路线指引着他越过了一片巨龙尸骸。霜寒通常有助于防止腐烂，但狂风以及其他元素最终还是将亡者侵袭得无法辨认。终有一天，这些骸骨自己也会忘记他们曾经是多么高傲魁梧的野兽。继神殿的会谈之后，眼下的景象再次为他带来感伤，但是搜寻的脚步并未因此停止。

最终，他感觉到了这股魔法能量的准确来源。卡雷转向了那个方向——接着惊得呆立在了半空。眼前之物让他一片茫然，除了拍打翅膀之外再没有其他意识。

或许是因为骇人的尺寸，这副骨架在死亡之后如此长久的岁月都还保持在原位。然而，与他的尺寸同样令人震惊的是他倒地时的身姿。几乎其他所有散布于这广阔荒原的冰封尸骸，都仿佛只是在安详地长眠一般。事实也的确如此，大部分临终的龙族都是在同族的帮助与安慰之下，在极小的痛苦中，咽下最后一口气。

但这头蔽日之兽不是，他显然是在恶战中死去的。

而且，在现场的狼藉中，还躺着更多、更多的尸体。

碎裂的鼻梁坍进了咽喉之中，那咽喉巨大得足以吞没卡雷。下颚已经没了踪迹。颈部诡异地扭向一侧，昭示着着地时的冲击有多猛烈。躯干也同样如此，整条脊柱以不可思议的角度折成了弓形。半掩入土的肋骨形成了一个蜿蜒的隧道，其内的高度甚至比得上龙眠神殿恢宏的内殿。

卡雷准确地感应到，他所找寻的事物正是位于这条可怖通道中。蓝龙惧从心起，不寒而栗。但紧接着，他便让自己刚强起来，一头冲进了这巨硕冻骨之中。

冲进了诸龙之父……迦拉克隆的骸骨之中。

第二章

伴随着挥之不去的惧意,卡雷在迦拉克隆的肋骨间降落了下来。即便自己的想象力一直在恐吓自己这骨架下一秒就会恢复活力,迦拉克隆会拍地而起一口将他吞没;即便狂风一再号叫着穿透骨隙,仿佛此地所有逝去的龙族都在警告他别做傻事——

卡雷仍旧决定探寻此地。这是好奇心使然,亦是因为别处等着他的也全都是麻烦。

在接近感应源头的时候,蓝龙伏低了身子。迦拉克隆的这部分尸骸已经深陷地底,原本就令人不安的景象此刻更增添了几分幽闭。但卡雷还是没有退却。他从未探寻过这样的魔法痕迹,更让他在意的是,他先前多次造访龙眠神殿的过程中竟然都没有察觉此地。

一开始,他猜测是有人最近才将这件器物安置于此。毕竟,亡灵天灾的腐烂仆从们曾经花费了大量时间来试图挖掘这副骸骨。

他们的领袖希望为其注入生命，以创造一头史无前例的冰霜巨龙。但是，他们很快便被驱赶开了，他们的挖掘从未深入到卡雷所感应的位置。正因如此，蓝龙只得认为诱使他来到此地的器物恐怕已经被埋藏了很久——或许自巨龙陨落之时就已在此。

卡雷集中精神，接着张嘴呼气。一颗紫色的光球出现在了空中，然后缓缓向目标飘去。在它接触到地面的时候，立时生成了一片白雾。在卡雷的引导下，法力之球开始让千万年积覆的霜雪渐渐消融，它一点一点朝着更深的地底飘去。

但仅仅才接触地面片刻，光球就开始迅速瓦解。即便在卡雷的全力维持之下，光球也没能走上多远，就彻底消散。

卡雷有些挫败地望着地上的浅浅小坑，然后伸出前爪一挥。奥术能量接连轰入坑中，一层层削开地表。如同被无形之手引导一般，奥术能量在卡雷的注视下持续工作着。终于，蓝龙在越来越深的坑洞面前满意地眯起了眼睛。

忽然间，接连的画面在脑海中闪过。

一头浅黄色的始祖龙正在和另一头橙色始祖龙争吵。

一头炭灰色的始祖龙正放声大笑。

一个身着长袍，头盖兜帽，只露出一条手臂的人形生物。

一头白色始祖龙尖啸着化作枯骨。

另一头依稀可以看出是绿色皮肤的始祖龙，正朝卡雷飞来。它干裂的肌肤黏附在腐败的骸骨之上，苍白的双眼已然失去了生机……却仍然向前直冲，准备攻击。

卡雷大喝一声，蹒跚后退，跌进了迦拉克隆的胸腔之中。这里早已被层层霜雪封死，不仅承载了他的体重，还让他的撞击发出了清脆的声响。

刚才，刚才发生了什么？卡雷甩了甩脑袋，接着望向坑洞。在经历方才的幻象之时，第二个法术也消退了。但他此刻所关心的已不再是坑洞。那幻象实在是太过栩栩如生，仿佛自己曾置身其中。但是这让他丝毫理不出任何头绪，尤其是最后那两头宛如灾厄化身的始祖龙。

他再次甩了甩头，回到眼前的境地中来。透过坑洞，他能感觉到法力的源头已经非常接近，现在所需要的不过是往下再挖深一点。

卡雷不想冒险施放第三个法术，他开始用前爪直接刨开泥土与积雪。这需要付出不少劳动，但他已看到了喜人的成效。魔力的感应越来越强烈，只是幻象再也没有出现。

柔和的、淡紫色的光晕开始从坑洞中散出。卡雷立即收住双爪。在确认没有其他情况发生之后，他开始谨慎地从边缘翻开土壤。

最初，他所触碰到的只有污泥，但是当他从边缘往中心切入的时候，双爪最终接触到了某件不是泥土的东西。

卡雷用一种与巨龙形态极不相称的精细动作将法器提了起来，这是一件难以辨认材质的八角形器物。初看似是黄金，但是当他换一个方向握持时，看起来又像是钢铁一般。再换一个角度，又变得好像是纯白闪耀的稀有金属。

而自始至终，它都被淡紫色的光晕环绕着……包裹却不接触，就好像笼罩在小小世界上的不散云层一般。

卡雷着迷地研究着这件工艺品。但就在此时，光晕突然散去。蓝龙立即停止了动作，然而光晕再也没有出现。同时，奥术能量的感应也随之消退了。

蓝龙怒喝一声，几乎想要将其脱手摔出，但最终还是紧紧握住了它。卡雷在肋骨的间隙间找到了一个宽到足够让他离开的缺口。然而当他回到外部时，一种被人注视的感觉突然袭上心头。卡雷往右望去。

诸龙之父空洞的眼窝对上了他的目光。

卡雷为自己的疑神疑鬼嘲弄般地笑了一声。他埋首再次确认了一遍握持法器的方式，然后便冲向天幕。远离脚下的荒原之后，他感觉自己的呼吸通畅多了。他抖擞精神直奔魔枢飞去，在那里，或许便能从这件器物上研究出更多信息。在玛里苟斯担任魔法守护者的千万年里，蓝龙一族汇集了大量的奥术知识。即便失去了守护巨龙的头衔，那些知识也仍然随时可供卡雷学习。

卡雷并没忘记其余的严峻事态，比如蓝龙军团的土崩瓦解。但这件法器给了他一个完美的借口，让他暂时不去想近来的失败。就如同生死攸关的守护巨龙之责，曾一度成功地让他将安薇娜放下。

蓝龙苦笑一声，赶走了脑中的思绪。半空之中他划出一道弧形的轨迹，龙眠神殿在视线中一掠而过。跟爪中所握法器一样，龙眠神殿也曾是远古遗迹，只是对卡雷来说，如今后者已不再有任何意义。它已如同方才逃离的那具尸骸一般，再没有生命的痕迹。

就如同他原本想要以守护巨龙的身份迎接的未来一样，都已沉沉死去。

* * *

魔枢绝不仅仅只是织法者和蓝龙军团的王国那么简单。它汇集了来自整个艾泽拉斯的奥术力量，蕴含着无穷无尽的魔力。这座冰冷陈旧的堡垒，其内是错综的隧道和洞穴，其外是大量的守护符咒，只允许蓝龙一族安然进出。只不过随着符咒力量的逐渐消退，卡雷借故离开吉安娜时描述的事态已变得比他想象得更加严峻。

一段距离之外，两头蓝龙齐齐飞上高空，朝向南方而去。他们是否还会归来，卡雷无从知晓。飞抵魔枢的最后一段路程里，他试着让自己不要再去为此烦心。在龙眠神殿的峰会中，卡雷是最后一个到达的，这并不是因为路途比其他任何一位龙王更加遥远。魔枢所处的这块冰封之岛——考达拉，位于北风苔原的西北方向，而北风苔原与龙骨荒野一样，本身就是诺森德大陆的一部分。事实上，他所需要飞越的距离是所有与会者中最短的。而他迟到的原因，卡雷相信若是说出来恐怕连三位龙王都会吃惊。

不过所有这些关于"她"和龙眠联军的思绪都在卡雷抵达魔枢结界时退去了。在穿越这道无形法网时，他只察觉到了轻微的刺感。此刻，结界仍旧存在，但已比他出发前往峰会时更为衰弱了。

卡雷顺着走廊往密室走去。沿途之中，他一次又一次体会着这些符咒几不可察的触感。它们还能持续多久，他说不上来。总之，不会太久了。

前方有声响传来。一头雄龙突然出现在了通道中。卡雷本没有指望还能在魔枢中遇见族人，他尴尬地停住。

"向您致敬，织法者。"年迈的蓝龙低头行礼。通道是如此宽敞通畅，只要他们愿意，随时可以擦身而过。

卡雷摇头否定，回答道。"那个头衔已经不属于我了，扎拉克苟斯。"

"如你所愿。我很高兴还是等到了您的归来，否则的话我会倍感愧疚。"

接下来将要发生的事情不难预料，卡雷试着想要打断他。"扎拉克苟斯，你不必如此……"

"请让我说完。"即便年岁更长，这位蓝龙在体型上仍不及卡雷，"穷我一生，都在织法者麾下尽忠职守，无论这头衔是由你还是玛里苟斯所持。我曾在恶战中杀敌，也曾在任务中涉险，自始至终从未逃避过任何职责……"

"我知道。你一直都是我最钦佩的蓝龙之一。你从不计较个人得失，这一点我一直都以你为榜样。"

年长的蓝龙清了清嗓子，声响在空寂的走廊中反复回荡。他埋下头，说道："你让我更难说出口了，卡雷。我有一个一直藏在心底的愿望，希望有一天能接触到那些我从未有机会学习的奥术知识。因此，我恐怕得踏上一段遥远的旅程了……"

"你不必为此自责，扎拉克苟斯。"卡雷温柔地打断了他。"我尊重你的选择，我感激你没有不辞而别。说实话，早在你先前离开的时候，我就以为你不会再回来了。"

扎拉克苟斯满怀敬意地埋下头颅。"我会偶尔回来的。"

"谢谢。一路平安。"

再一次的致敬之后，这头巨兽离开了。卡雷盯着他看了好一会，然后在寂静中回到了自己的密室。他并不确定扎拉克苟斯是否还会回来。毕竟，正是卡雷鼓励蓝龙们要遵循自我的天性，即便这将会让他们离魔枢越来越远……

"别惹事,奈萨里奥!"一声嘶吼突然在卡雷的脑海中响起。

"少废话!来,战个痛快!"

神秘的话音仍在继续争吵,卡雷只觉得脑中一片混沌。紧接着幻象也开始在眼前出现。那是一头有着浅黄鳞甲,年岁尚幼的始祖龙,神色恰似某位他认识的巨龙。远处挺拔的山脊也与他在东面某处见过的山脉异常相似,只是更为险峻,未经时间的打磨。

在交错的影像和喧嚣的话音中,他听到了一头雌龙正在呼唤着他。当其他声音越发嘈杂、越发真实的时候,她的声音反而越来越遥远、模糊。

一头巨龙咆哮着……在卡雷失去知觉前的最后一刻,他意识到,那头龙正是他自己。

* * *

狩猎总是能让心情舒畅。这冰洋中到处都活动着体型庞大,肉质鲜美的生物。某些他的同类偏爱于捕捉食草动物。当然,那也不失为一种美食。但是对此刻的玛里苟斯来说,搜索深海中朦胧的身影,然后趁它们浮出海面时一击拿下,才是最为惬意的事情。相对于大多数始祖龙来说,玛里苟斯更热衷于智力上的挑战。这让他倍感自豪,他认为这代表着自己远比其他同类聪明。

蓝白色的始祖龙舒展开自己被霜花点缀的双翼,他已经为自己选好了今天最后的猎物。相对于其他同类来说,他这样的亚种更加适应在这一片区域生存。其他族群偶尔也会涉足至此,但绝大多数时候他们都倾向于留在温暖的地方。

不过，今天就恰好出现了一位这样的稀客。阴影从玛里苟斯头顶掠过，以一种他要施展全力方能企及的速度破空遁去。卡雷立时跃起，想要找出这头……

卡雷。我是卡雷。玛里苟斯体内的某个思想突然反应了过来。这……这到底是发生了什么？

他想要转身返回魔枢，但身体并没有顺从意志。相反，他继续往上爬升，来到了更高的位置，试图找出方才经过的神秘始祖龙。同类相残的案例他早就听过许多。对始祖龙来说，确保领地的支配权向来都是至关重要的事情。

为什么我会知道这些？卡雷无助地自问。我是在哪里？

卡雷唯一能记起的，便是他在一声痛苦的咆哮之后就失去了意识。他没法解释为什么自己会在这里，飞越水面并共享着玛里苟斯的视线。他能感觉到这身体属于自己的前任，能感觉到此时的玛里苟斯尚且非常年幼；能感觉到时光已回溯亘古，此时真龙尚且没有诞生，更不用说守护巨龙。但这是为什么，卡雷想不出来。

卡雷／玛里苟斯往上飞入云层。始祖龙的身体轻吸一口气，卡雷也随之嗅到了此处另一头生物的气息。看起来他可以与这具躯体一同经历所有事物，只是既不能行动也无法发言。简单来说，就好像自己只是寄生在玛里苟斯身体中的幽灵。天地万物将他们包覆其中……卡雷怀疑，幼年的玛里苟斯或许便是这一切的关键。

突然，一个火红色的身影蹿出，让卡雷和玛里苟斯都略微一惊。这头雌性始祖龙在蓝白始祖龙面前不远处停了下来。

"不打！"她吼道，"我，没有恶意！"

事态的进展让卡雷开始吃惊了。首先，他所读到的些许资料让他一直以为始祖龙是不能说话的。他印象中的始祖龙不过是龙族最初原始的动物形态而已。

显然，某些认知正在被颠覆……

雌龙焦虑地等待着回应。卡雷回想起先前所见幻象中也有一头火红色的始祖龙，或许就是这头。除此之外，她的身上还有一种莫名的熟悉感。

"不打。"玛里苟斯表示同意。这让雌龙松了口气，也让卡雷松了口气。卡雷意识到自己并不奇怪玛里苟斯也能说话，不过这只是因为他寄居在后者体内，所有的视线和思绪都能即时感知。

这不是卡雷所认识的玛里苟斯，但即便是在这个未历世事的时期，他的思绪也异常敏捷。玛里苟斯谨慎地在天空中搜寻着是否还有其他红龙，确定安全之后，才将注意力放在眼前的雌龙身上。而她，在听到和平的回复后就再没有显露任何不安。到目前为止，卡雷还没法对她做出评价。

"我，单飞。"她继续说道，"在找另一头，像我这样的，雄龙。同巢兄弟。"

同巢兄弟，卡雷知道其中的意义。龙族认为同一批卵所孵出的兄弟姐妹是最为亲近的。卡雷当时就是与另外三颗卵处在同一巢穴，只可惜最后只有自己得以降生。他假设始祖龙能一次产出更多的卵，这样最后成功生存下来的幼龙就会多出许多。不过即便如此，家族亲情也仍然存在，至少眼前的雌龙就是这样。

玛里苟斯马上回复她道："没看到，你这种的。"

雌龙看起来有些失望。"到处，都找过了。"

玛里苟斯脑中一连串的心思被卡雷感知着。这两头始祖龙来自不同族群，没有办法谈恋爱，但是他仍热衷于证明自己的能力。同时，他现在既不累也不饿，正适合做些运动。"他，在狩猎吗？我还知道，一些地方。"

她想了一下。"他，热衷于，探险。"

这勾起了玛里苟斯的兴趣，因为这也正是他平时的爱好。"不在这里，那肯定，在南方。有什么痕迹吗？"

"我知道他刚才的位置，不知道，现在的。"

"带我去。"

雌龙转身起飞，玛里苟斯立即跟上。奇特的飞行方式让卡雷一时间有些晕眩，但他很快就适应了过来。然后他注意到了这对始祖龙正在穿越一片岩地，往更暖的地区飞去。

"这是哪里？"玛里苟斯问道，"同巢兄弟，来过的地方？"

"是的。"

卡雷对始祖龙的交流能力更感兴趣了，不过正当他想要听到更多对话时，另一头炭灰色的始祖龙出现在了西面的视野中。这头灰色野兽发现了他们，并且马上冲了过来。

玛里苟斯低吼一声，两头始祖龙一触即发。卡雷意识到这一次恐怕不会是他所期望的和平会面了。

"不要打架！"雌龙呼喊道，"不是敌人！"

"没用的！"玛里苟斯咆哮着迎上了新出现的始祖龙，"他是笨龙！不聪明！"

灰龙张开血盆大口，雷鸣般大吼一声。震荡如同锤击一般，刺激着卡雷和玛里苟斯的感官，让他们的身体在空中划出一道回返后退的弧线。

灰龙丝毫没有迟疑，跟着又冲了过来。与先前的两头不同，这头始祖龙正如玛里苟斯所言，也正是卡雷原先了解的类型——原始的野兽。

玛里苟斯及时恢复了平衡，在来敌逼近时转身喷出一口寒霜。灰龙被包覆其中，双翼和头部立时冻结，倒头栽了下去。

玛里苟斯俯冲直追，不过很快他就意识到这是个错误的决定。灰龙挣扎着震落冰碴，准备再次爬升，慌乱中尾部恰好扫中了玛里苟斯的胸口。

空气在玛里苟斯的胸肺中乱作一团，冰蓝色始祖龙挣扎在昏迷边缘。卡雷努力地想要与他一同理顺气息，尽力让自己稳在空中。卡雷想要鼓励他，但自己的意识也在无助地一点一点流逝着。

就在此时，一道火浪狠狠拍在了灰龙脸上。灰龙痛苦地号叫着。火焰在他双眼附近烧灼着，他紧紧阖上眼睑不停甩动脑袋。

第二发火球被释放的时候，喘过气来的玛里苟斯也跟着喷出一颗冰球。两面夹击之下，灰龙退却了。他带着挫败而痛苦的号叫，远远逃去。

玛里苟斯抬头望向雌龙，让卡雷也得以一同观察。她看起来松了口气，但也有些困惑。

"他，在害怕。我不想打。没有办法。"

"'害怕'？"玛里苟斯哼了一声，但卡雷却开始仔细品读她的解释。他的宿主只看到了袭击者的表象。"哼！傻龙，笨死了。不像我，不像聪明的玛里苟斯！"

"你很聪明，玛里苟斯。"她附和道，"超级聪明，比我聪明。"

玛里苟斯欣然接受了她的赞美，但卡雷怀疑这头火红色的始祖龙远比她自己描述得要聪明。

"我很聪明。"玛里苟斯高傲地复述了一遍,"我会找到你的同巢兄弟,阿莱克丝塔萨。"

阿莱克丝塔萨!卡雷开始更加仔细地观察面前的年轻雌龙,最终从她平整、清瘦的面庞上确认了特征。是的,这是阿莱克丝塔萨,只是远比他所能想象得还要年幼,使他难以相信这就是生命缚誓者。显然,两头始祖龙在先前卡雷丧失意识时所见的骇人景象中的某个时刻互相告知了名字。

奇怪的是,阿莱克丝塔萨只是无神地点了点头。她仍旧望着袭击者逃走的方向。"他很害怕。他打我们,是因为害怕。为什么这么害怕?"

玛里苟斯耸了耸肩,他完全没注意到这点。一如既往,卡雷感受着玛里苟斯的每一条思绪。可他只想赶快摆脱眼下的疯狂,他担心着自己的身体现在不知道会是怎样。

又一阵晕眩袭来。卡雷在黑暗中迷失了一会,睁眼时却仍没能回到魔枢,而是进入了幼年玛里苟斯的另一段经历。

根据卡雷的判断,这里就是刚才那片崎岖岩地的另一块区域。天幕昏昏暗暗,一如诺森德上空的阴霾。

一声悲号传到了他的——玛里苟斯的——耳边。

玛里苟斯并没有如卡雷所期望那般立刻扭头望去,看来,他已经知道发生了什么。直到哭号毫不减弱地持续了许久,他才终于转身。

在那里,卡雷终于看到了阿莱克丝塔萨。她仰头望天,正为逝去的生命哭泣。这声音是如此悲恸,让卡雷不禁想到若是他怀抱自己族人的尸体，也定会在彻骨的寒意中不能自拔。

阿莱克丝塔萨垂下双翼将逝者的尸身盖住。她的身子颤动不止，龙尾一次又一次地朝着坚硬的岩地狠狠拍下。

一如玛里苟斯所应承的那样，他找到了她的同巢兄弟……或者说，她兄弟的遗体。卡雷已不忍再看，但玛里苟斯反倒对尸骸生出了兴趣，就仿佛他正试图搞清楚死亡的含义。

阿莱克丝塔萨的兄弟死得格外惨烈。对于这个残酷世界来说这并不稀奇，但他显然不是在与别的始祖龙战斗时败亡的。在卡雷，甚至于玛里苟斯的了解中，都没有任何始祖龙能将尸体毁坏成这副模样。这头火红色的雄龙除了干枯的皮肤和骨架之外，再没剩下任何东西。

而更糟的是，扭曲的面容昭示着阿莱克丝塔萨的兄弟在整个过程中承受了极其可怕的痛苦。

阿莱克丝塔萨仍在哀悼。然而不知为何，玛里苟斯突然颤抖了起来，一种不祥的感觉涌上了他的心头。卡雷知道，这其中的缘由就连玛里苟斯自己也不清楚。

一个巨大的阴影覆盖了他们所在的区域，随即又消失无踪。玛里苟斯立即升空，迅速地环视了一圈，但唯一看见的只有一片厚重的云层。

不！有什么东西在云层之上。卡雷立即反应了过来，并试图驱动玛里苟斯往头顶望去。

他的宿体最终照做了。也就在此刻，潜伏于高空之上的生物突然掠出了云层底部。

卡雷还没来得及仔细辨认，周遭的一切就开始化作一片混沌。

诡异的声响、怒吼,以及走马灯一样闪过的画面包围了他,让他完全理不出任何头绪。

黑暗再度吞噬了他。

第三章

卡
　　雷？卡雷？

她的声音刺破黑暗,将他拉回现实。他喃喃地呼唤她的名字,即便这声音来得毫无道理。曾经的守护巨龙睁开双眼,期待着自己仍在昏迷时的通道,期待着她就在身旁。这两者中的哪一条更让他羞愧,他说不上来。

他四下环顾,发现周围再无他人……自己也并非躺在原先的通道。不知为何,他已经被转移到了自己空阔的私室中。更为奇怪的是,恰好就躺在自己平时入眠的位置。

不过相对来说卡雷个人的遭遇都是小事,重要的是幻境之中后来发生了什么。卡雷不清楚自己昏迷了多久,但他已经对那离奇影像的来源有了几分把握。

巨龙舒展开僵硬的手爪,掌中之物看起来仿佛只是件普通寻常的工艺品。咒骂脱口而出,他几乎就想脱手把它往墙壁上砸去,幸而总算还是忍住了。巨龙带着它朝向私室中阴暗的一角走去。

在卡雷的催动下，阴影中出现了一个立方体，并且不断扩张，直到足以容纳一名暗夜精灵的程度。如果卡雷愿意，只消一个念头就还可以让它继续变大。魔枢中到处都藏匿着这样的奥术牢笼，它们的用途多种多样，当然也包括其名字的本意。卡雷选择这一个，只是因为它看起来最为空旷。

硕大的立方体飘浮在地面之上，被一层噼啪作响的蓝色能量笼罩。在旁人看来，这只是一个木石为壁，青铜为边的大箱子而已。箱壁由一条横向的暗色边框拦腰切断，宽厚的蓝色封圈从顶面一直伸展到底面，纵向贯穿四壁，似乎正是它们将上下两部分固定在一起。

在前任守护巨龙无声的指挥下，封圈自行解开，边框也开始分离。上半部分像盖子一样被掀了开来。并非所有的奥术牢笼都是这个形态，这一个是被特别设计以作仓储之用，只要卡雷愿意，他还可以用好几种别的方式来打开它。

巨龙探出爪子，将那件器物放了进去。这里不仅能防范觊觎之徒，也能阻绝法器对他神志的干扰。

封存妥当之后，奥术牢笼再度遁去形迹。卡雷长舒一口气，然后又想起了那个把他从黑暗中拽回来的声音。离开达拉然以来，这已不是他第一次听到她的声音。在他们分离之时，她毫不怀疑卡雷会同她保持联系。但卡雷找了许多理由说服自己不要如此，比如她显然在一定程度上怪罪他没能及时找回聚焦之虹。

他们不能再继续保持这种关系了，卡雷已不是第一次这样告诫自己。这个世界绝没有可能让他们走到一起。

然而，又一次，她的声音幽幽传来。"卡雷……卡雷……回答我……"他想要无视她,但他的意志已因为幻象的摧残而变得薄弱。此外,卡雷还告诉自己,关于自己找到的那件法器,身为大法师的她——也许是龙族之外最为强大的一名——或许知道些什么线索。毕竟,在他曾经对聚焦之虹的方位束手无策时,正是她帮助自己找到了感应的方法。他相信她在很多方面都远比自己更聪明,更懂得随机应变……这比失败本身更让他感到惭愧。

当她再次呼唤的时候,卡雷终于回应了她。"吉安娜,我在这里。"

就在他回答的时候,两件事情随之发生。一道裂隙出现在他面前,裂隙正中的图像里,千百里之外他所熟知的那个房间正在形成。接着,一个女性的身影也开始成形。

与此同时,卡雷也开始改变自己的形态。他迅速变小,缩小到与原先尺寸反差极大的程度。龙类反曲的后腿转变成人类的模样,前肢也开始化作手臂。他的双翼和尾部不断萎缩直至不见。前凸的吻部开始向后收缩,褪去蓝色的鳞片,露出一张虽然苍白却不输任何精灵的英俊脸庞。

墨蓝色的长发和同样墨蓝相间的猎装依稀保留了他原本形态的痕迹。卡雷站直身子,对他来说,现在的形态在很多方面甚至比龙形还要舒适。正是在这个形态下,他才开始了解生活,才真正体会到了什么是幸福……和痛苦。有时候,他真希望自己当初是以此刻所伪装的这幅模样降生的。

当他幻化完成的时候,裂隙中的人物也开始清晰起来。然而,与卡雷不同,眼前的这位女性现出的就是她原本的面目——人类,美丽而又饱含力量的人类。

她仍旧年轻，却已经历了太多变故。她装作没事一般，但卡雷还是看得出，近来的遭遇已让她变得更加坚强。成为六人议会的首领并非吉安娜·普罗德摩尔的本意，这个统领达拉然的法师议会，在前任首领罗宁牺牲后一致推举由她接任。但同时，她还是毁誉参半的已故海军上将戴林·普罗德摩尔之女，治理海滨王国塞拉摩对她来说与议会的职责同样重要，两个身份必须要妥善平衡。

对于很多生物——包括龙族来说，这都已是难以承受之重——但吉安娜还必须面对因父亲的死和塞拉摩的毁灭而导致的悔恨。她在她的父亲和部落之间选择了站在部落一边。反对她的父亲，最终导致了她父亲的死亡。

我们是一样的，卡雷看着她想道。

但他的脸上并没有露出任何神色。反倒是吉安娜冲着他舒心地笑了，就仿佛是卡雷终于答应要帮她什么大忙一样。这让他更加惭愧了。

"我很担心你。"她的声音清澈而悠扬，但又深藏着过往的伤痛和悔恨。

伤痛是因为塞拉摩的逝者，悔恨是因为她曾窃走聚焦之虹试图毁灭奥格瑞玛。卡雷惊讶于她在这两种情感下依然挺了过来。不过，这也正是他被她深深吸引的原因。"我很好，吉安娜。谢谢你的关心。"

"真的吗？"她往前靠了一些，看起来几乎触手可及。这位法师注视着卡雷，就仿佛可以看透他的灵魂一般。"你很疲惫，我看得出来。你给自己太大压力了，手上的工作就不能缓一些吗……"

"这必须马上完成。"他几乎是脱口而出。

他与她同样惊讶于他语气中显而易见的苦涩。但吉安娜很快便恢复常态，同情的神色取代了讶异。而这只是让卡雷陷入了更深的窘迫。

"你近来好吗？"卡雷顾左右而言他，"肯瑞托怎么样了？"

吉安娜知道他是故意岔开话题，却也没再追问。"我们仍在努力保持达拉然的团结，这很困难，但我们没有放弃。你上一次逗留时候也看到了现状是如何混乱。我被迫做出了一些非我本意的变革，时局如此，我别无选择。"

吉安娜没有详述是怎样的变革，卡雷也没有追问。他非常希望自己能够帮助到她，可他自顾尚且不暇，更谈何帮她。

或许该结束这场谈话了，蓝龙心想。我们谁也帮不了谁……

幼年阿莱克丝塔萨的影像突然进入了他的脑海。

卡雷大口喘息着，身体也不由自主地颤抖了起来。不幸的是，两者都被吉安娜注意到了。

"卡雷！你身体不舒服吗……"

一声龙吼——或者说，更像是始祖龙的吼叫——盖过了她的声音，但蓝龙尽力支撑着装作没事一般。"如你之前所说的，我有些疲惫，或许是因为睡眠不足。抱歉，让你担心了。"

他努力让自己的语气听起来像是轻描淡写，希望她不要起疑。卡雷不太确定自己的神志是否仍然清醒，他希望自己能稳住，因为更多声音和影像已开始涌入脑海。

吉安娜仍还在那里，脸上的表情难以辨认。"你确定自己没有大碍吗？"

一头始祖龙的尸体吸引了他的注意。这一头甚至比先前所见的还要更加让人不安。但是在卡雷试图搞清楚具体是什么让他不安时，影像又消失不见了。脑海中的声响，尤其是始祖龙的吼叫，开始变得愈发疯狂。

"是的！"他的声调明显增高了许多。"抱歉，我有个会议需要出席。"

不管这理由是否说得过去，卡雷单方面切断了会谈。吉安娜的影像在她看起来正想说些什么时消散无形了。曾经的守护巨龙蹒跚着走向自己私室的中心，汹涌而来的声响和混乱的影像让他没法保持平衡。他很庆幸这幅模样没有被吉安娜或是军团中的任何蓝龙看到。

卡雷跪倒下来。他伸出一条半覆鳞片，长着骇人利爪的手臂想要撑住身体，不让自己倒向光洁岩石铺就的地面。他的脑中乱作一团，身躯开始蜷缩，并转变成一种介于龙类和人类之间的形态。他的口鼻向前凸起，双膝在剧痛中反曲了回来。从一个形态转变到另一形态并不困难，然而在两者之间反复切换让他承受着前所未有的痛苦。

痛苦最终超过负荷，卡雷向前倒下了……

然后，他再一次发现自己附身于幼年的玛里苟斯，飞腾于空中。

时间线又有所变动。这一次，玛里苟斯身旁的不再是阿莱克丝塔萨，而是另外一些始祖龙，至少有六种不同颜色的始祖龙。尽管彼此相异，他们看起来却并不打算争斗。不过卡雷怀疑变故随时都可能发生。

玛里苟斯似乎比卡雷还要更加烦乱。卡雷无法探知其中的缘由。这一次，这头始祖龙将心绪藏得很深，看起来甚至不想和自己交流。

某种长着棕色长毛,形似驯鹿的野兽潮水一般涌进了这片地区,在下方那片长满青草的山丘上肆意狂奔。这似乎解释了为什么如此多种类的始祖龙聚集在此。两头始祖龙已经准备妥当冲了出去,然而其中那头稍小一些的黄色雌龙错误估计了俯冲的角度,几乎一头栽倒在地。

当她再度爬升的时候,另一头始祖龙已经成功捕获了猎物,而卡雷注意到,那正是阿莱克丝塔萨。与其他猎手不同,这头火红色的雌龙利落地咬断了猎物的动脉,一击致命。卡雷能感觉到玛里苟斯对此产生了兴趣。大多数始祖龙都偏爱活剥猎物,让口粮直到最后一刻都能保持鲜嫩。然而阿莱克丝塔萨,却似乎一直都对狩猎这件事心怀愧疚。

她试着将猎物分享给稍小的那头雌龙——这头黄色的始祖龙显然需要多补充点营养。但后者毫不领情,反而龇牙相向。阿莱克丝塔萨没有气恼,还是继续耐心地照顾着自己的同伴。

卡雷钦佩地望着阿莱克丝塔萨——未来的生命守护者。即便是在如此年幼的时候,她也总是在照顾弱者,总是比其他同类更加热心。

卡雷注意到玛里苟斯的视线转向了其他猎手,看起来他已经对两头雌龙失去了兴趣。他饶有兴致地观察着一头皮肤粗糙的棕色雄龙娴熟的捕猎技巧。一般的雄龙捕猎时都会在猎物上空盘旋,所以猎物们总是会预测这些带翼生物的轨迹,在他们扑来的时候猛然急转。但这对那头棕色的雄龙却没有效果,他似乎对猎物转向的速度和角度都了然于心。当其他猎手的俯冲只换来满嘴啃泥的时候,他已经连续两次一击得手。

玛里苟斯对那头雄龙的机敏和聪慧表示钦佩,不过接着他的兴趣便被另外两头狩猎失败而互相怪罪的始祖龙吸引了过去。他们没法说话,只是朝着对方龇牙低吼。这两头始祖龙和卡雷与玛里苟斯之前遇到的那头灰龙一样,只是原始的野兽,比起散布于世界各个角落的山猫和野狼也好不到哪里去。玛里苟斯鄙夷地注视着他们的争斗,而卡雷却开始好奇为什么有部分始祖龙在向着理性的方向进化,而其他的却没有。

一些进餐中的始祖龙也在注意着争斗者,他们之中有的明显具有智慧,有的却只是如野兽一样在提防打斗者抢走自己的食物。一头蓝绿色的始祖龙正在嘲笑那俩傻蛋,但接着便警觉到了玛里苟斯正在观察他,转过头来怒目相向。

寇洛斯。卡雷从宿主的脑海中读到了他的名字。玛里苟斯显然认识他,而且彼此恨意颇深。寇洛斯挑衅地冲他嘶吼一声,接着便从自己的猎物身上扯下一口鲜肉塞进嘴里,直视着玛里苟斯开始细细咀嚼起来,就仿佛这肉是从蓝色始祖龙身上撕下来的一般。

卡雷感觉到了玛里苟斯正在考虑要不要和寇洛斯开战的思绪,还好这个危险的想法被降落在他身边的那头瘦小黄色雌龙打断了。当跟来的阿莱克丝塔萨带着猎物紧挨着她也降落在卡雷宿主的面前的时候,她哼了一声。

"我的兄弟……"瘦小的始祖龙有些犹豫,"我姐姐说,你找到了他。"

她们竟然是姐妹?卡雷和玛里苟斯都震惊了。她们俩的皮肤颜色完全不同,她的是黄色,而阿莱克丝塔萨和先前死去的兄弟都是火红色的。两头雌龙唯一的共同点就是她们都有着光滑的，如同琉璃一般的皮肤，这与普通始祖龙典型的粗糙皮肤明显相异。

"我们一窝，原本有三个。现在，只剩两个。"

玛里苟斯点头表示理解。对始祖龙而言，一窝蛋只孵化了三个，说明这是一个病弱的家族。不过，若是在健全的始祖龙族群中，像黄色雌龙这样病弱的个体很可能生下来就会被杀死。

她看起来像是在期望玛里苟斯告知详细情况。他最终开口了。"你的同巢兄弟。死得很怪。"

如果让卡雷与玛里苟斯互换位置，他绝不会说这样的话。不过阿莱克丝塔萨的妹妹看起来却很满意这个回答。"是的！死得很怪！为什么会这样？"

"我不知道。"

瘦小的雌龙靠得更近了。

"不，伊瑟拉！"阿莱克丝塔萨猛地打断了她，"我们说好了——"

后面的内容卡雷没能听清，他借着玛里苟斯的视界吃惊地打量着未来的守护巨龙。即便是最终失去了守护梦境的能力，伊瑟拉也仍然是艾泽拉斯最强大的力量之一。卡雷实在无法想象眼前这头孱弱的生物竟然就是她。

咬牙嘶吼的声音让卡雷的注意力回到了眼下玛里苟斯所注视的场景。阿莱克丝塔萨和伊瑟拉都蜷缩着脖子蓄势以待，场面一触即发。她们各自都亮出了锋锐的尖牙和完全展开的利爪，即便是伊瑟拉也证明了自己能够威胁到对方。好几次她们的下颚几乎就要咬到一起，但最终还是退了回来。

卡雷在自己的族群中也见过这样的对抗，并且通常都能分辨出哪些是在嬉闹，哪些是准备动真格。但眼前这对姐妹却说不清楚。阿莱克丝塔萨与伊瑟拉互不示弱，口中低沉的嘶吼满是杀意，前爪也不止一次抵上对方的身躯。

然而下一刻……一道比雷霆还要巨大的声响划破天际。对峙的姐妹，以及这片区域中的所有始祖龙都沉寂了下来。

声响再一次爆发，让整片岩石山脊都为之震颤。栖身在此处的不少始祖龙都陷入了战栗，卡雷感觉到就连玛里苟斯都在艰难地维持平衡。

这时，卡雷才意识到震天的声响原来是一声咆哮。

天幕骤然崩塌，急坠而下。云层也因此被生生撕开。接下来的景象别说是始祖龙，就连龙族军团中最强大的成员也会感到骇然。

这应该也是一头始祖龙，但他的身躯是如此庞大，无论任何龙类都无法与之相提并论。这样的庞然巨兽卡雷只能想到一个名字……迦拉克隆。

卡雷从未见过活着时的迦拉克隆，但是当这个名字一遍又一遍在玛里苟斯脑中滚过的时候，卡雷可以确信自己绝没有弄错。并且，当他宿体的视线短暂地离开诸龙之父瞥向其他始祖龙时，卡雷发现已经没有一名猎手敢留在空中。整片天幕都已归于迦拉克隆支配，没有任何始祖龙会愚蠢地向他发起挑战。

他俯冲而下，短短数秒便已掠过整片丘陵。甚至于单是双翼掀起的烈风便将好几头始祖龙活活撕裂，并卷得残体四处滚落。迦拉克隆的咆哮让方圆数里的地面都开始震颤，迫使玛里苟斯和那对姐妹不得不死死抓住栖身的地表。

然而在这样庞大的体型之下，迦拉克隆转身的时候却异常矫捷。他折返过来飞越惊恐的鹿群，只不过这一次，明显是带着目的。迦拉克隆伸出两只巨爪各抓起两头驯鹿，同时张嘴活活将另一头驯鹿整个生吞。他往上爬升，让口中的美味顺着咽喉滑进胃里。接着，左边爪子上的两头也遭受了同样的命运。当迦拉克隆升上高空的时候，五头猎物俱已不复存在。

五头还远远不够，迦拉克隆再度冲向四散逃窜的兽群。但这一次，他不知为何突然刹住了身体。一开始卡雷还在困惑，但接着便发现这头生物反向扇动的翅膀掀起了一阵飓风，吹得十几头驯鹿满地翻滚。

迦拉克隆一把抓起好几头还没来得及挣扎站起的驯鹿。单卡雷视线所能确认的，这一把便至少收获了八头战利品。诸龙之父带着它们，再次隐没于高空之上的云层。

迦拉克隆消失之后好几秒钟，才终于有始祖龙敢于动弹。狩猎活动没有重新开展，驯鹿群已经被分得太散，四下追赶太过于耗费体力，而且大多数始祖龙都还在迦拉克隆的威势之下心有余悸。一部分始祖龙升上天空开始往看上去安全一些的区域迁徙，另一些则仍六神无主地呆在原地。

诸龙之父……卡雷仍不敢相信刚才发生的一切。亲眼目睹活着的迦拉克隆是他从未想象过的事情。

蓝龙对迦拉克隆所知甚少，只知道他曾是艾泽拉斯世界有史以来最庞大的生物之一；以及正是在他所处的年代，始祖龙开始朝着真龙进化。迦拉克隆并不是真正意义上的龙族祖先，那只是千万年来一直流传的神话而已。但五位守护巨龙和他们各自统领的军团的确是出现在"龙父"死亡之后的时代。而始祖龙,也正是从此时开始销声匿迹。

除此之外还有许多关于迦拉克隆的传说,但卡雷知道,真正了解实际情况的恐怕只有自己的三位前辈。他从未起过向他们询问诸龙之父的念头,而现在他真希望自己曾经问过。

卡雷心怀的敬畏很快便被愤怒和挫败取代——以及逐渐增长的担忧——他仍被困在这远古幻象之中。周围的每一头始祖龙看起来都如此鲜活,就好像他原本就生活在这个时代,之前的记忆反而才是幻象。

又一次,他尝试集中意志回到现实世界,但依旧无果。他就像是一只附着在玛里苟斯身上的毫无存在感的幽灵。就连阿莱克丝塔萨和伊瑟拉都感觉不到他的存在。未来的她们毫无疑问具有感知到卡雷的能力,但此时此刻,她们只是好奇地看着身旁的雄龙。

我要自由!卡雷骤然怒吼,但这咆哮除了他自己以外谁也没法听到。失去喉咙,或者说失去身体的他,感觉自己就像是一段已然逝去的回忆。

笑声涌进了他的耳朵——或者说,玛里苟斯的耳朵。卡雷原本以为这是冲他而来的嘲笑,但实际上,这是一头体型稍大一些的灰色雄龙在嘲笑其他所有始祖龙。

"可怜虫!"他吼道,"害怕天!害怕地!迦拉克隆看不起你们的胆小,而我,奈萨里奥,也看不起!"

一些始祖龙开始对着灰龙嘶吼,但谁也没有上前挑战。他们看得出来,这头雄龙很强壮,足以击退任何被激怒的对手。即便是这群没比野兽聪明多少的始祖龙也看得出来,最好不要……

奈萨里奥？卡雷终于反应了过来。然而在他徒劳地想要控制玛里苟斯的身体时，这头新出现的始祖龙已经带着嘲笑声飞向了远方。对未来的艾泽拉斯而言，迦拉克隆不过是个动人心魄的远古传说，这头灰龙却是所有生命的死敌。要说有什么生灵还能比奈萨里奥更加邪恶，卡雷想不出来。

当然，在卡雷的时代，这头灰色雄龙还有一个更加恰如其分的头衔——死亡之翼。

第四章

　　艾泽拉斯已经经受了无数苦难,其中带来最大伤害的两次便是燃烧军团恶魔的入侵和毁天灭地的大灾变。对龙族,以及对这个世界的所有居民来说,再没有什么能比一头疯狂的守护巨龙更加可怕。从一万年前的上古之战一直到眼下的时代,这头曾经的大地守护者都在想方设法毁掉一切生灵。

　　在付出极其惨重的代价之后,死亡之翼终于被彻底消灭。但卡雷在借着玛里苟斯视线观察幼年奈萨里奥飞进云层时,不禁想象若是他未能成为死亡之翼,艾泽拉斯世界该会变得多么平和。

　　追上他!卡雷徒劳地催促玛里苟斯。追上他,在他成为恐惧化身之前将其终结!

　　他的宿主毫无反应。玛里苟斯对奈萨里奥失去了兴趣,也对周遭的一切失去了兴趣。他甚至于没有向阿莱克丝塔萨或是伊瑟拉道一声告别,便升空朝着南方飞去。一些始祖龙在玛里苟斯经过时龇牙冲他低吼,但他只装作没看见。他已经饱餐过了,现在只想折返自己的巢穴,美美地打一个盹,好好消化一下腹中的食物。这不是卡雷所期望看到的,但是一如往常,他的想法对这头始祖龙产生不了任何影响。

但是突然间,什么东西从后面狠狠地撞了玛里苟斯一下。他被撞得在半空中连滚了几圈,然后直坠而下。在他挣扎着试图重新爬升的时候,他和卡雷都瞥见了麻烦的来源。

寇洛斯和另外一头与他相同颜色的雄龙正接着俯冲袭来。玛里苟斯成功减缓了坠下的速度,但始终无法恢复平衡。寇洛斯和他的同伴嘶吼着越逼越近。

玛里苟斯张开大口喷出一片冰锥。寇洛斯侧身回避,但另一头始祖龙却没能躲开,冰锥冻住了他的一只翅膀。

不过,又一头灰龙悄然从背后袭来,再一次成功击中玛里苟斯。卡雷无助地看着,猜想寇洛斯早在迦拉克隆出现前就已经策划好了这次袭击。从玛里苟斯脑中杂乱涌现的思绪里,卡雷探知到了这场长久以来的竞争——关于领土、食物,以及谁更聪明。而此时此刻,看起来寇洛斯最终占据了上风。

寇洛斯蓄力吐息,喷出一阵烟雾将玛里苟斯团团裹住。烟雾塞住了玛里苟斯的口鼻,让他的呼吸变得异常困难。

最初那头负伤的始祖龙也忍痛再度加入战局。带着急切的渴望,这头始祖龙张嘴便朝玛里苟斯的喉咙咬去。

伴随着千钧雷霆……或者说是如若雷霆的声响,这头负伤的袭击者就如同被无数矮人战锤砸中一般坠了下去。

紧接着传来的是一阵放肆的狂笑。卡雷眼见一道灰影越过玛里苟斯,正面寇洛斯。

"想战？来战！"奈萨里奥冲着玛里苟斯的老对头吼道。

寇洛斯没有料到的会有搅局者出现，但他也没打算退让。他张开血盆大口……然而奈萨里奥一击砸中他的下巴，让这头蓝绿色始祖龙的上下颚紧紧嵌在了一起。

寇洛斯赶忙拉开距离，用爪子撕开血肉，直到他能够再次张嘴。奈萨里奥的行动成功将另一头始祖龙的吐息引向了他，为玛里苟斯和卡雷争得了时间。

然而，得意的灰龙全然没有注意到自己已经将破绽暴露给了第三头敌人。这头蓝绿色始祖龙从上方扑到了奈萨里奥身上，伸出两条前爪扼住后者的喉咙。同时，他还张口咬向了奈萨里奥的翅膀。

但就在下一秒，终于恢复过来的玛里苟斯便把他从灰龙身上扯了下来。玛里苟斯撕裂了那头始祖龙的翅膀和脖子，造成两记重伤。尖牙也咬进了敌人的身体，鲜血浸得满嘴都是。

伤者的翅膀猛地拍在了玛里苟斯的脸上，让他一时松爪。那头始祖龙趁着这个机会赶忙挣脱。重伤之下他不敢再战，赶忙以最快的速度转身逃走。

另一头袭击者也急速越过玛里苟斯往上空逃离。片刻之后卡雷和他的宿主才反应过来那正是寇洛斯。而最后那头狡诈的偷袭者，更是早就已经没了踪影。

"不痛快！懦夫！回来！战个痛快！"奈萨里奥冲着两个越来越小的背影大吼。

尽管大获全胜，玛里苟斯还是没有兴趣向他的老对头进一步追击。他只是默默地看着仍在嘲讽手下败将的灰龙，直到那两个影子彻底飞出视野。

终于没了兴致，奈萨里奥转头看着玛里苟斯。"你打得不错！不如迦拉克隆，不如我，但也很不错！"

玛里苟斯点头同意。"你非常厉害。玛里苟斯谢谢你。"

诚挚的谢意换来了一阵大笑。"不！谢谢你！让我战得很爽！"

玛里苟斯并不畏惧战斗，但他没法像奈萨里奥那样乐在其中。而卡雷，则陷入了深深的纠结。一方面，奈萨里奥的助战让他松了口气；另一方面，死亡之翼存在的未来又让他忧心不止。

"是的，战得很爽。"冰蓝色的始祖龙最终同意道。

"我们是一起战斗的兄弟。"奈萨里奥靠近过来继续说道，"我们俩，比其他龙都聪明！"

玛里苟斯没有否认。的确如此，奈萨里奥是很聪明。但玛里苟斯更感兴趣的是灰龙之前偶然提到的那件怪事。"迦拉克隆。他从没来过这里捕食。这是第一次，为什么？你知道吗？"

"哈！迦拉克隆想去哪儿狩猎就去哪儿！"不过说完这句之后奈萨里奥顿了一下。他明显思考了一番，然后补充道："猎物更多。是的，这里猎物更多。"

"猎物更多。"玛里苟斯表示同意。但接着他便意识到了后果的严重。"我们的猎物！"

奈萨里奥立即明白了。"我们的猎物……糟，糟糕。"

"不好，很不好……"玛里苟斯右侧山坡上的某个东西引起了两头始祖龙的注意。玛里苟斯立即转头瞥去，让卡雷也得以看到。

"他们回来了？"灰龙急切地问，他指的是寇洛斯和他的两头同伙。

"不是。"玛里苟斯仍旧被那件事物所吸引，但卡雷什么也没从他的意识里读到。突然,玛里苟斯朝着那片山坡猛冲了过去,好奇的奈萨里奥也紧随在后。转瞬间他们便已抵达,然后玛里苟斯便开始勘测附近的土地。

"什么都没有。"奈萨里奥在他的同伴完成探查之前便匆匆做出了结论,"没有敌人,没得打。可惜。"

"没有敌人。"玛里苟斯不情愿地同意道,"我……"

未来的守护巨龙再一次注意到了那个东西,远在他视线边缘的地方。这一次,他更加迅速地做出了反应。

"什么东西?"灰龙的兴趣被勾了起来。

玛里苟斯眯起眼睛远眺。视线中什么都没有,但卡雷明显感觉到了玛里苟斯心中的紧张。

如此敏锐的感知……

这句话不是卡雷说的。也不是玛里苟斯的想法。

尽管清楚地知道自己无法开口,卡雷还是感觉倒抽了一口凉气。视线中,某个比人类高不了多少的物体正在移动。它极其缓慢地移动了一小段距离,仿佛也在观察事态的发展一般。大多数生物都不会注意到这个东西,比如奈萨里奥就是一个证据。他冷哼着把头偏向了一边,盼着玛里苟斯赶快结束探查。

看那里!看那里! 卡雷徒劳地呼喊,很明显玛里苟斯并没有注意到他所看见的东西。玛里苟斯最终放弃了,转向奈萨里奥。

就在这个瞬间,卡雷——而不是他的宿主——看清了那名观察者。

但也就是在这个时候,世界天旋地转。黑色的旋涡吞噬了卡雷。他的身体和精神都找不到任何东西可以依靠,无根地飘荡于永无止境的虚空。

醒来的时候，他浑身都已被汗水浸湿。他发现自己仍旧还是处在私室之中，他的身体也还是蜷作一团，一半龙形，一半精灵的形态。

卡雷呻吟着，拖着虚脱的身体走向附近的墙边。当他靠近的时候，一座闪着银光的袖珍喷泉凭空出现。喷泉自主地引着水流从空中缓缓朝卡雷飘去。半龙形态的卡雷伸长了脖子，张开嘴将这清凉的饮品吞入腹中。魔法的涓流漫过全身，卡雷的精神才终于开始清醒振作起来。

首先涌进脑海的不是刚才最后时刻的景象，而是浑身上下切实的痛楚。蓝龙挣扎着起身，再次来到了先前存放法器的秘密地点。

不出意料地，它又像最初卡雷找到它时候一样泛着光晕。光晕转瞬消散，但卡雷不会再被它愚弄了。这件法器正在运作，而且很可能自卡雷第一次感应到它的时候就一直在运作。

卡雷不再关心它是因何而造的。他只想把这东西扔得老远，或者干脆毁掉。

但他毕竟深知对魔法物品处理不当会有多大的潜在风险，所以还是选择了保守一些的那个方案。他选了一个鲜有人知的地点，然后施了个法术便将这件不祥的法器扔了过去。

从未有过像此刻这般如释重负。卡雷跌坐在地，感恩地享受眼下的安宁。

他不愿再想，可思绪还是回到了方才的幻象。玛里苟斯、阿莱克丝塔萨、伊瑟拉，以及奈萨里奥。他们四位将会在担任守护巨龙的过程中永久地改变艾泽拉斯。卡雷猜测在幻象中的时代，幼年的诺兹多姆也一定存在于某处。幻象的每一个场景都深深烙进了蓝龙的脑海。卡雷理性的一面想要弄清其中的含义；感性的一面却再也不愿多想。他担心若是幻象再度涌现，自己的心智恐怕会被全部摄走。

他回到魔法喷泉旁边，这件由他制作的装置如今被证明大有益处。他喝了个饱，强迫自己不再去想幻象。还有一些更重要，更紧急的事情需要他去关心——

一具浑身萎缩，眼球苍白的巨龙尸骸突然出现在卡雷面前。它腐烂的舌头掉在一旁，径直朝卡雷冲来——

转瞬却又消失不见。

卡雷战栗了。他的心狂跳不止。鼻子里的腐臭也挥之不去。即便在他缓过神来意识到方才的一切都只是幻象之后，也仍然如此。想要让任何一头巨龙陷入恐惧，哪怕一会儿都绝非易事。但刚才的景象显然做到了。卡雷仍无法赶走他从那头幽灵身上嗅到的气味，尽管那绝不可能是真实的。

当卡雷平静下来之后，他怀疑一切仍然与那件法器有关。但那东西已经被甩在了数千里之外。卡雷无法相信它竟然能在如此遥远的距离外影响他。可他越回想，就越是从蛛丝马迹间觉得一切都与那件法器有关。那不是真龙，而是一头始祖龙……然而在他从迦拉克隆的冻骨之下找到那件不祥之物前，他都从未见过——甚至于从未想到过始祖龙。

迦拉克隆……

杂乱的对话声包围了他。但他立即意识到这声音源自心底，而不是外部。

那家伙已经死了！那家伙已经没法再战斗了！

卡雷愤怒地咆哮，吼声回荡于穹顶屋壁之间。可最终什么也没能帮上，反而让更多的话音开始涌现。巨龙绝望地转身，龙尾疯狂地甩向墙壁，打落一地碎石。

"我不会听的！我绝不屈服！"

已经死了这么多……

我们打不过的……

他必须死，无论付出多大的牺牲……

最后这一句让所有话音戛然而止。与此同时一个影像出现在卡雷面前，一个如此真实，几乎让他信以为真的影像。

一个身着兜帽长袍的人影。

人影最终重归于黑暗。而卡雷保持着绝对静止，生怕自己稍一动作，疯狂的景象就会再度发生。如此过了许久，他才终于深吸了一口气。他只能想到一个能够帮助他的存在。

他得要再去见一次阿莱克丝塔萨。

* * *

寻找阿莱克丝塔萨——曾经的生命的缚誓者，对于大多数生灵来说都是一件不可能完成的任务。阿莱克丝塔萨从不在一个地方逗留太久，或许是因为若是如此，她就会沉浸在逝去的过往中不能自拔。最后一批龙蛋孵化之后，这个世界已再不会有新的龙族诞生。从今往后，龙族的数量只会随着周遭的环境一只只减少。卡雷能够理解这给阿莱克丝塔萨带来的痛苦，能够理解她想要改变现状的心情。

然而，或许是因为曾经同为守护巨龙而建立起了某种链接，又或者只是单纯地因为他比自己认为的还要更了解阿莱克丝塔萨，卡雷在几次尝试之后就成功定位到了她。他降到身下的林中，在离目标很远的地方便转变成了类人的形态。这并不是因为他想要给她惊喜，而是因为他不想惊扰到一座在老远之外就发现了的人类村庄。

在卡雷找到红龙女王之前，一阵孩童的笑声就传到了他耳边。四名小孩正在村庄边界处的大树下玩耍。他们进行的游戏似乎叫作捉迷藏，每过一会儿，负责捉人的角色就会轮换成另一名小孩。

后来，孩子们便被一名男性唤回了村庄。这里时不时总会有狼群或是一些其他什么危险出现，但是相较于大灾变之后的许多地方，这个村庄已经算得上是一片安宁之地。而且，考虑到此刻就在附近的两位人物，这座村庄，至少就目前来说，远比其他任何地方都要安全。

"他们看起来真是幸福。"卡雷评论道。

他左侧大树的一部分突然从本体上分离了出来。接着褪去表皮，显出一名身着金红相间合身护甲，留着一头火红长发的美丽女性。同为精灵的形态，但她所属的分支看起来似乎要远比卡雷更加高贵，更加神秘。她披着一件深红色的薄纱斗篷，来到卡雷身边。

"他们是如此年轻，如此富有活力。"她喃喃地说道，鲜红的双眼显得有些忧郁，"我能理解为什么考雷斯特拉兹那么喜欢同他们生活在一起了。"

卡雷简短地躬身行礼，关于考雷斯特拉兹的记忆在脑海中活跃了起来。考雷斯特拉兹，这位曾经以法师克拉苏斯的身份生活于凡人种族之间的红龙，可以说是阿莱克丝塔萨配偶中最为传奇的一位，但卡雷却一度与他处于严重对立的状态。在这位红龙离世之前，他和卡雷最终互相取得了谅解，但每当阿莱克丝塔萨提起她这位心爱的配偶，卡雷还是会心怀愧疚。

"人类可以带来希望，但也会带来威胁。"他忍不住这样回答，"巫妖王就曾经是人类。"

"为反抗巫妖王付出最多努力的，也是人类。"她将目光转回到那座村庄。"你找我是需要帮忙吗？"

卡雷忽然间觉得自己是如此年幼，就好像他们方才注视的孩童一样年幼。"我……当我们在龙眠神殿集会的时候，我就有些事情想问您，但集会结束得如此迅速，如此突然……"

阿莱克丝塔萨看着他。"我很抱歉。我们没有给你应有的尊重。那个时刻让我们都很难受，但这不是借口。我们确实疏忽了你的感受。"

"我知道你们三位之间有着一些我难以领会的羁绊。但我仍然为自己被选作守护巨龙而感到荣幸，即便那时光如此短暂。"卡雷急切地说。"阿莱克丝塔萨，在你们三位离开龙眠神殿之后，我找到了一件摄人心魄的法器，我需要你的指引……"

"'指引'？"自卡雷抵达以来她首次露出了不悦。"我的意见恐怕起不到什么帮助，卡雷。作为蓝龙，我想你应该比我更擅长解读法器的构造和用途。事实上……"

孩童们再一次跑进视野。尽管这一次大家都老实地待在了村庄之内，他们的玩耍还是吸引了阿莱克丝塔萨的注意。当一位小女孩停下玩耍,抱住了另一位看起来稍大一点的男孩时,红龙女王兴奋地拍起手来。

卡雷想要开口,但就在这一刻,他注意到了她脸上的笑容实际上竟是如此苦涩。他想象着所有逝去的生命,尤其是那些如眼前孩童一般幼小的生命,以及他们对前任守护巨龙产生的影响。阿莱克丝塔萨承受了远比大多数生灵更多的苦难。起初,她的龙卵遭受腐蚀,配偶考雷斯特拉兹牺牲了自己将所有龙卵毁去,以防它们被孵化成暮光幼龙。接着,她永久失去了生育的能力。然后,她又得知了其他所有龙族军团俱是如此。她也许能接受失去守护巨龙神力,但她绝无法接受自己种族无望的未来。毕竟,她曾是生命缚誓者。

卡雷向后退开,将安宁留给了阿莱克丝塔萨。他没法让自己把麻烦引到她身上。寂静中,他走进了森林深处,直到确定已远得不会惊吓到村民,他才变回原本的形态,振翅飞走。

这已经是第二次了,他所期望能从前辈巨龙身上获得的理解和指引再次化作泡影。阿莱克丝塔萨甚至在他提到神秘发现的时候借故推脱。作为蓝龙,他的确更擅长解读各种类型的魔法,但她宝贵的经验毫无疑问也能提供莫大帮助。

卡雷意识到:她,或者说他们,正在抽身离开这个世界。他们坦然接受了神力的消失,就如同自己一样,可他们如今竟已不再把自己当作艾泽拉斯未来的一部分……卡雷只能靠想象去理解阿莱克丝塔萨和另外两位巨龙,在千万年肩负的沉重记忆是如何——

死的!它是死的!它不该能动的!

又一头！小心！又一头……

强烈的晕眩再次击倒了卡雷。蓝龙翻滚着向前坠下。他没能来得及调整平衡，一头冲进了几棵大树的顶冠。

声音渐渐消退。但卡雷已是精疲力竭，他重重地撞向地面，然后便失去了知觉。

他很快苏醒过来，看起来似乎才刚过去几秒。声音已经完全消散，也没有任何幻象出现。卡雷庆幸地起身，一面站稳脚步一面四下张望。

但接着巨龙闪光的瞳孔便在惊骇中骤然放大。他已经不再位于阿莱克丝塔萨附近的区域。此处的树木明显要稀疏得多，一道蜿蜒幽深的峡谷朝着北方一直延展了数里。这片无名之地远离一切文明，不论联盟还是部落的势力都触不到此处。只有极少数人知道此处的存在，而在这少数人里，卡雷，恐怕便是最为熟知的一位。

某种力量带着卡雷穿越了整个艾泽拉斯……而那件再度泛起骇人红光的不祥法器，突然间就出现在了他面前几步之外，让他再也没办法把视线挪开寸许。

第五章

蓝龙暴怒地喷出龙息,用寒霜将那法器层层包裹。接着重重地一爪拍下。无论什么样的金属,在这样的冰封下也都该变得生脆无比,一击即碎。但卡雷惊奇地发现,自己的报复除了让手爪隐隐作痛之外,什么都没能实现。那件远古法器仍还在那里,各个方面都完好如初。

"我不会被你支配的!"蓝龙愤怒地咆哮道,毫不在乎回荡的声响是否会被他人听见。"诅咒别人去,你这该死的东西。"

这件八边形法器的光晕变得更加明亮了。为防事态进一步恶化,卡雷赶紧收回了手爪。

什么都没有发生。卡雷伸出手爪放在法器的表面,还是什么也没有发生。但即便是这样,卡雷也还是感觉这件神秘的器物无时无刻都在侵蚀他的心智,甚至于所有龙族的心智。

卡雷抓起它,准备将其扔入山谷深处。然而,当他举起这件法器的时候,前臂立即就因为使力而开始剧痛。而且,全身上下的每一处肌肉似乎都是如此。卡雷感觉自己就像是绕着世界飞过了半圈。

飞？……

卡雷试着拍动了一下翅膀，然后发现它们也是一样，一动就剧痛不止。巨龙再一次怒火中烧。他竟然是消耗自己的魔力和体力而来到这里的。他只能通过想象来还原这段旅程。难道说自己是无意识地飞完了全程？

这已经不再重要！卡雷郑重地提醒自己。现在唯一重要的是如何才能摆脱这东西的纠缠……

这是一个他答不上来的问题，再把它扔一次恐怕也是徒劳。卡雷想不出其他办法，只得将它紧紧握在胸前，然后起飞升上天空。

忽然间，卡雷感觉自己想到了一个摆脱这件荒诞器物的办法。于是他立即转向北方，奋力地拍打着翅膀，直奔最初挖掘到这件法器的地点而去。

迦拉克隆的冻骨。

对抗着周身的疲惫，卡雷艰难地持续向前，最终在夜幕降临之前抵达了龙骨荒野。冰封的废土和龙族的墓园很快便进入视野，卡雷以龙眠神殿作为参照，校订了最后的路线。

尽管天色已沉，迦拉克隆的骸骨仍然相当显眼，而那些千万年来陆续安葬在附近的数百头巨龙，如今大多都只剩下了一座土堆。卡雷悄然着陆，但突然间，他还是感觉自己打扰到了逝者们的安眠。然而，在经过了这样遥远的旅途之后，蓝龙绝不会让自己无功而返。

卡雷一边转变形态，一边回想着自己挖出法器的位置。接着，他唤出了一个散发着微光的金色球体，为自己照亮道路。寒风刮过墓园，冻土在脚下嘎吱作响，精灵模样的他用左手将法器挽在腰间，一步步朝着高耸的骸骨走去。

一阵悠长而又怪异的呻吟传来，让他打了个寒战。他停了下来，引导光球朝着那可怕声响的来源飘去，但什么也没有照出。卡雷自己也走了过去，然后好一会儿，他才终于意识到呻吟声原来是寒风穿过那巨大而空洞的眼窝时所发出。

回想起幻象中活着的迦拉克隆——那头让所有真龙都相形见绌的始祖龙，卡雷又打了个寒战。如此巨大的生灵曾存活于世，使得卡雷深感敬畏。迦拉克隆是一个传奇，而亲眼目睹活着的传奇……

接着他便开始心烦起来。卡雷很好奇在自己的疯狂遭遇中，迦拉克隆究竟扮演了什么样的角色。很明显那些幻象都是围绕他而展开的。卡雷暗自发誓等到把手中的器物处置妥当之后，他定要再次尝试向那名前任守护巨龙寻求帮助。毕竟，除此之外他也没有多少事情可忙了。

从低处观察这片区域的时候，卡雷发现了一些先前没有注意到的事情。在光球的探照下他看到了脚印。他从未想过这片圣地会有其他生物造访。其中一些脚印很大，尽管没有到龙族的尺寸，也算是相当庞大了。这些最大的脚印从形状上来看是属于猛犸人——一种体形硕大，下半身如若猛犸，上半身却长成人形，从嘴里伸出两枚巨大獠牙的野蛮狩猎者。

除此之外还有一些较小的蹄形的踪迹。但这反而让猛犸人为何来此捕猎这个问题变得更加错综复杂。蹄印表明至少有两名牦牛人曾经经过这里。牦牛人的领地距此十分遥远，他们是一个远比猛犸人开化，并且十分尊重逝者的族群，若没有隐情绝不会冒犯其他种族的墓园。

某件又细又长的物体躺在光球照明区域的边缘。卡雷引导光球飘近一些，确认那是一柄猛犸人惯用的长矛。矛尖浸染着鲜血，而附近的雪地里有好几处都被染成了黑色。猛犸人在这里放倒了猎物，但四下里并没有尸体的踪迹。卡雷只能假设这名不幸的牦牛人已经被作为食物带走了。

带着厌恶，卡雷转过身来继续朝目的地走去。在最近的一根弧形巨骨面前，他停下犹豫了一阵，接着便步入了诸龙之父的胸腔之中。

就在此刻，卡雷感觉到此地并不止他一人。他迅速将光球导向前方。

一位全身覆着厚重皮毛的女性牦牛人正站在另一根巨型肋骨的旁边，倚着一柄由长骨作为躯干，利石作为尖端的简陋长矛。

"向你致敬，巨龙。"这名白色毛发，有着野牛般脑袋的猎手一面鞠躬，一面用低沉的嗓音说道。她身上的皮革外套很明显是从自己捕获的猎物身上取材制成。"我叫邦妮可。我无意冒犯此地。"

卡雷并不惊讶她在黑暗中注意到了巨龙变身的过程。在牦牛人居住的地区，一年中有很长时间白昼也如夜晚一般黑暗，一名优秀的牦牛人猎手必须具备出色的夜视能力。

"不用紧张，邦妮可。我没有恶意。"蓝龙回复道。他试着用手臂尽量挡住法器，同时不露声色地增加了光球的亮度，以刺激这头牦牛人的视力。

她抬起一只手遮住双眼。"我也没有恶意。我的族群很少涉足此地，但我需要来这里搜寻一件远古遗物并带回去，向我的爱人证明我配得上他。"

卡雷掩饰着对此事的惊讶，但他又觉得对方正在找寻的器物不可能是自己持有的这件。着急于赶紧埋葬这件愚蠢的东西，他简短地答道："那么，去做你自己想做的事情吧。"

"这片土地对我们来说也是一样神圣。"牦牛人就像是没有听到卡雷的话，继续说道："猛犸人，他们毫无信仰，只想着填饱肚子。"邦妮可放下手，朝着卡雷靠近一步，"但我们牦牛人自存在以来，就格外尊重其他伟大种族的安息之地。"

"我很高兴能听到你这么说，但……"

她将骨矛的末端插入土中……正好就在卡雷需要前往的那个洞口附近。"没有巨龙的世界将会变得非常奇怪，将会变得……不再和谐。这个世界已经经受了太多苦难。这个世界需要龙族。"

卡雷无意于用死亡之翼和玛里苟斯的恶行来反驳她。相反，他开始思考如何才能婉转地告诉这名健谈的牦牛人别再纠缠了。

突然，他注意到邦妮可已经不在原本的位置上。

卡雷转身……然后发现她正在自己方才经过的肋骨旁边。蓝龙想不出她是怎么绕过自己的，但邦妮可此刻正背对着他，光球照亮的冻土上依稀还留着她的蹄印，显然是与他刚刚擦身而过。

就仿佛感受到了他的注视，邦妮可回过头来。牦牛人硕大的棕色眼珠盯着卡雷，或者确切地说，盯着他手臂上一直试图遮住的那件物体。

"有些东西不该被掩埋。"邦妮可默默低语道，"再见了，伟大的巨龙。"

不知为何，卡雷挽住的法器突然打滑了。他赶忙低头，在其跌落之前重新拿稳。

然后他问道："你的意思是……"

但是邦妮可已经不见了。卡雷将光球引向她最后所处的位置，可就连片刻之前都还存在的蹄印也看不到了。

蓝龙转回身来。他否定了牦牛人是源自自己的臆想。他假设是这件愚蠢的法器再次玩弄了他。卡雷此刻只想着赶紧埋葬法器，彻底摆脱它的疯狂。他已经准备好了把法器放入坑洞之中……但就在这时，在光球的照明下，他注意到了某件东西正躺在方才邦妮可随手插下骨矛的位置。

一只手。

蓝龙咒骂了一声。它完整地躺在那里，看起来很像是人类或矮人的残肢，但尺寸却要大上许多。手掌显露出的诡异灰色让卡雷深感不安。然而，当他靠近一些观察的时候，才发现原本以为是断手的东西结果只是一只遗留的手套。

为什么自己之前会没注意到呢，卡雷很快便找到了答案。手套原本被一大块结霜的土地掩盖，直到邦妮可的长矛撬开了泥土。卡雷转回头，确信她前一秒就在那里，但现在却无迹可寻。

在卡雷差不多就快决定不去管这诡异的发现时，他看见了手套里还握着什么东西。那是一件又小又圆的物体，第一眼看上去就像是玻璃。然而当卡雷鼓起勇气触摸它的时候，蓝龙感觉到了一种异样的温暖。

手中那件八边形的法器开始闪耀着蓝光。蓝光，而不是紫光。

卡雷踉跄着后退，脑海中某个名字开始不断重复。他并不知道这代表着什么。法器从手臂中滑落，恰好掉在了那只手套的上面……

世界被一片强光笼罩。

"这不是真的。"卡雷听出了这是幼年伊瑟拉的声音，"他们错了……"

"他不是特别聪明，"玛里苟斯的声音回答道，"但也足够了……"

然后，卡雷的视觉恢复了……首先出现在眼中的是一具干瘪的始祖龙尸体。这是一头白始祖龙，但现在已经变成了灰色。和之前见到的那头一样，它的面部扭曲可怖，就如同是在极大的痛苦中死去的。

玛里苟斯的目光短暂地扫过伊瑟拉和另一头火红色的始祖龙，然后转向了一个稍远一些的地方。在那里，躺着另一具尸体。这一头仍然还保留着一些冰蓝色的表皮，这表明它和玛里苟斯是同属于一个族群，而且显然彼此认识。

各种各样的情感涌现出来，包括一些更加年幼时的记忆。卡雷读到了他的名字——泰瑞斯。在稚嫩的年岁里，玛里苟斯和泰瑞斯总是结伴而行，一同锻炼狩猎的技巧。

卡雷注意到自己对宿主情感的感应变得比以往任何时候都要敏锐。这一次的幻境起了变化，变得更加栩栩如生，就好像卡雷真的成了它的一部分。

在现在的情况下，这并不是件让他愉悦的事。

玛里苟斯……

一些流言开始在始祖龙间流传，难以置信的流言。玛里苟斯不知道这些流言产生的原因。伊瑟拉并不当真，而阿莱克丝塔萨觉得至少应该把这当作一种可能性。

这两头，以及此外十几头始祖龙，都死于迦拉克隆之手。

告知这个消息的始祖龙正瑟缩在阿莱克丝塔萨的身边。这头紫色的始祖龙看起来已是奄奄一息，此刻的他显得比伊瑟拉还要娇小，但其实他平时完全不是如此。

"吞了他们！吞了他们！"他一遍又一遍地重复。

"这两头就没有被吞。"伊瑟拉反驳道。她仍然不相信紫龙的描述。"迦拉克隆不喜欢他们的味道？"

"吞了他们！"

伊瑟拉皱起了眉头。紫龙瑟缩得更厉害了。阿莱克丝塔萨凑到他耳边，用温柔的语调抚慰着他。伊瑟拉将皱眉的脸转向了自己的姐妹，但阿莱克丝塔萨无视了她。

透过宿主的思维，卡雷了解到了事情的前因后果。那对姐妹偶然发现了一具始祖龙的干尸，然后，在听了那头紫色始祖龙的描述——玛里苟斯暗地里觉得不过是胡言乱语的描述之后，便四下搜寻找到了他。玛里苟斯不知道她们为什么最终决定来找自己，但他假定这只有一个理由——因为自己非常聪明。

玛里苟斯试着想要维持自己的聪明形象，他望向尸体。"还有更多？"

"更多？……是……是的……更多！"紫色雄龙紧张不安地望向西面，那里的地势先是耸起一片山脊，然后又在更远的地方降了下去。这群始祖龙来自东面，他们对那里唯一的了解便是目光所能瞥见的事物。只有玛里苟斯曾经去过那片区域——春季的时候那里会聚集大片的食草动物以供享用——但他现在唯一能记起的只有山脊脚下的河流,而这对于此刻来说并不是什么有用的信息。

玛里苟斯朝着那里飞了过去,不确定自己能找到什么。卡雷很高兴这一次宿主的意志能够与他同步,因为他也正在好奇着事态的发展。卡雷仔细观察着玛里苟斯视线中的每一件事物,突然他注意到了泥地里的某些痕迹,看起来似乎是某个和玛里苟斯差不多体型的生物艰难地拖着身躯去往了山脊。

他的宿主并没有发现到这一点,至少最开始没有。玛里苟斯直到抵达山脊顶部之后,才突然转头回去注意到了那条轨迹。他降到了踪迹的旁边低头嗅探。一股怪异——但是对他和卡雷来说都并不陌生的恶臭,充斥了他的鼻子。

山脊的另一面,突然传来了岩石滚落的声响。玛里苟斯立即转身飞去。

卡雷在魔枢中所遭遇的可怕幻象,如今化作现实开始攻击他的宿主。腐烂的血肉,深陷的苍白眼球……即便已不是第一次遇到这样的骇人景象,卡雷也仍忍不住想要退却。

但玛里苟斯已经向着那只畸形生物冲了过去,同时喷出一口龙息。寒霜包裹了那头亡灵始祖龙,将其整个冰封。

但这只维持了短短的一秒。枯萎的尸体震落了身上的寒冰,然后继续进攻,行动丝毫没有减缓。玛里苟斯与那头食尸鬼般的生物撞在一起,腐肉的恶臭让他与卡雷都倍感恶心。

泛黄的尖牙咬向玛里苟斯的喉咙,爪子撕扯着他的胸膛。近身肉搏时,亡灵始祖龙的面孔看起来还要更加可怕,大片的皮肤都像是在某个时刻被炙烤过一般。这些被烤焦的地方腐败得更加迅速，许多处都已经深陷了进去，让玛里苟斯和卡雷一览无余地看到了敌人脑袋里面血腥破败的景象。

玛里苟斯试图吸气，而那头亡灵做了一件与他恰恰相反的事情。一团恶臭的绿雾包围了玛里苟斯的脑袋，不断地涌进了他的口鼻，烧灼他的双眼。恶臭击倒了他，也击倒了卡雷。他们俩都感觉自己正在从内部腐败。玛里苟斯虚弱地向前跪倒下去。

有什么东西飞快地破空而来，发出巨大的声响，接着是一阵酷热的炙灼，让卡雷和他的宿主再次清醒了过来。一对爪子将玛里苟斯从高温中拽了出来。泪液清洗着双眼，让他和卡雷都得以勉强看清了正在发生的事情。

阿莱克丝塔萨站在亡灵始祖龙面前，喷出了更多的火焰。这头生物整个燃烧了起来，但仍没有倒下。它朝着火红色的始祖龙扑了过去。

"放开我！"玛里苟斯对着正打算将他拖到安全地点的伊瑟拉命令道。她立即照做。那头亡灵的腐烂吐息仍旧让玛里苟斯步履蹒跚，但他知道自己必须去帮助阿莱克丝塔萨。

玛里苟斯使出浑身力气全力吐息。反冲的力道使得头部不停颤动，卡雷几乎觉得他们马上就要昏迷过去了。但玛里苟斯坚持着让自己保持神志清醒，让冰息随着雌龙的攻击一同攻向敌人。

这头亡灵始祖龙已经在火浪的攻击下变得非常脆弱，现在另一种相反的能量混合进来，使得他全身都开始崩塌碎裂。一只翅膀已经断裂落地，接着是一只前爪。这头怪物仍在奋力向前，但这让自己的尾巴和后肢也崩裂碎落。

这具尸体终于消停了，重重地倒向地面。

阿莱克丝塔萨看着玛里苟斯，松了口气。但卡雷的宿主已经转向了伊瑟拉的方位。卡雷起初以为玛里苟斯已经失去了理智，但随后他便理解了宿主的意图。

玛里苟斯焦急地起飞，几乎是擦着伊瑟拉的高度飞过。在他们原先的位置，那头瑟缩的紫龙已经不见了，玛里苟斯和卡雷都假设他已经明智地溜走了。但他并不是玛里苟斯折返的目的……他的目标是他们刚才见到的第一具尸体。

那具尸体已经在卡雷的视线中动了起来。

冰蓝色始祖龙立即降下发动进攻。卡雷震惊地看着他的宿主将尖利的牙齿深深咬进了尸体的喉咙。那具躯体试图挣脱，而玛里苟斯狠狠地咬住骨头不停拉扯着。

随着最后奋力的一拽，玛里苟斯将尸体颈部硬生生撕扯断裂。头颅已经和尸体分家，但仍还试图反咬回来。玛里苟斯扭过头，将口中之物甩了出去。

断裂的头颅在空中旋转着抛过，跌落到几码之外。它的牙齿仍还咬合了好几次，之后才安静下来。

躯体也在一会之后恢复了平静。玛里苟斯龇牙甩头驱赶走口中残余的碎肉和恶心气味，接着转向另一具尸体。

而阿莱克丝塔萨和伊瑟拉已经在着手将其肢解。

"它没动。"伊瑟拉也甩掉口中的腐肉，然后解释道，"我们不想它动。"

玛里苟斯点头，接着看到了阿莱克丝塔萨脸上困扰的神情。她仔细观察了周围的环境，然后望着大家。

"那家伙说,有其他死龙。"火红色的雌龙提醒他们,"在哪?"

远处传来一声凄惨的哭嚎,卡雷猜想这是来自那头瑟缩的紫龙。玛里苟斯已然动身……

接着,卡雷发现自己不仅回到了原本的时代,而且再次恢复了蓝龙的身体。此外,他正飞行于夜空之中,而那件法器和那片玻璃状的东西一起都被攥在爪中。玻璃片如今已紧紧嵌在了法器的正上方,揭示着它们原本就是一体,只不过因为时间和环境才分隔两处……直到现在。

然而,更让蓝龙困扰的是,他发现自己的身体正在不由自主地行动,又或者是在另一个意志的支配下行动。此刻的卡雷没有往前,而是盘旋于夜幕之中——好一会之后,他才注意到远处起伏的诺森德山脉,这说明自己正处在龙骨荒野的边缘——同时,他开始尝试看自己能够做些什么。

绝望中他突然感觉自己抓到了一根救命稻草。如果我不能埋葬它,那么或许我可以让它——它们——摔成碎片!

卡雷毫不犹豫地扔下了爪中的法器。两件结合在一起的法器垂直坠落向脚下荒芜的山岭。

蓝龙的心中突然泛起一阵严重的不祥之感。他立即俯冲追向法器。

远远的下方,法器突然开始扩散出光芒——

卡雷知道,自己马上又要和这个刚刚才得以苏醒的世界失去关联。他抗拒地咆哮着。在坠入黑暗之前,卡雷最后望了一眼离他越来越近的山岩与土地。

在有意识的第一个瞬间,周遭是绝对的沉寂。接着,黑暗中传来了各种声音。起初是窃窃私语,接着变成了焦躁的争吵,最终演变成震耳的疯狂哭号。

视线终于得以恢复。

雷鸣般的咆哮撼动着整片大地。受惊的龙群慌乱地掠过乌云。而卡雷发现自己——或者说玛里苟斯，正处在一片比之前更加温暖但仍是山地的区域。

阳光突然被什么东西彻底遮蔽。

玛里苟斯抬头仰望——他和卡雷在阴影中一起看到了头顶那头名为迦拉克隆的巨大始祖龙。

卡雷感觉到了玛里苟斯心中的恐惧，但这是一种和求生的意志绑在一起的恐惧。在如此可怕的威胁面前，恐惧并不是什么可耻的事情。玛里苟斯集中精神，向下窜入了一道山地的裂隙。而与此同时，迦拉克隆已经追上了另一头慌乱中没能来得及选择好逃生路线的银蓝色的始祖龙。

卡雷惊骇地看着迦拉克隆将那头不够迅捷的始祖龙整个吞下。

而直到此时，卡雷才注意到诸龙之父身上某些更加令人不安的景象。迦拉克隆身上许多地方都不自然地肿胀了起来，尤其是他的咽喉。

这里发生了什么？为什么？

但玛里苟斯显然也对此毫不知情。而就在这时，什么东西重重地撞上了卡雷的宿主。措手不及的玛里苟斯努力拍打着翅膀，试图恢复平衡。透过他的双眼，卡雷短暂地瞥到了寇洛斯正悬停在翻滚的玛里苟斯身边，眼里满是嘲笑。宿主的暴怒也传染给了卡雷，卡雷期盼着玛里苟斯赶快恢复平衡，然后好好教训一下他的老对手。

然而,在玛里苟斯能够行动之前,一片可怕的阴影便笼罩了他。始祖龙抬头望去……

迦拉克隆巨大的喉头一阵吞咽,吞下了玛里苟斯……和卡雷。

第六章

巨颚合上的时候，卡雷和他的宿主几乎都要被那炙热、恶臭的气息熏倒。卡雷不知道是否让玛里苟斯真的晕倒反而好些，因为如此一来，他们共同使用的这具躯体就不用忍受被牙齿碾碎的痛苦了。

伴随着雷鸣般的低吼，一阵混杂着蒸汽的剧烈骤风突然反向吹了过来。与此同时，迦拉克隆的血盆巨口再度张开，玛里苟斯立即意识到这就是逃命的机会。

一路疾飞到足够安全的位置之后，这头蓝白色的始祖龙才终于调整姿态转头回望。也就是这时他和卡雷才明白了得以逃脱的原因。

奈萨里奥挑衅地大笑着，从迦拉克隆的喉咙下方飞离。迦拉克隆恼怒地再次催动狂风，将玛里苟斯和正在逃离路上的灰龙吹得东倒西歪。

在卡雷看来，如果用蛮力在绝佳的时机命中弱点，那蛮力就变成了一次巧妙的攻击。偷袭得手的奈萨里奥继续向下俯冲逃离，可即便仍处在调整呼吸的过程中，暴怒的迦拉克隆还是具有能力将这头小小的袭击者抓住。和奈萨里奥身躯一般庞大的爪子逼近了他，但就在下一瞬，一道猛烈的沙浪打在了迦拉克隆头上，使得他目不能视。

一头沙褐色的雄龙转身飞离。迦拉克隆甩动脑袋试图恢复视线，而他的猎物们则赶忙趁机逃走。

奈萨里奥径直飞向玛里苟斯，大喊道："逃，或者死！"

无论对卡雷还是玛里苟斯来说，这都是个好主意。但就在玛里苟斯转身的时候，迦拉克隆的吼声气势汹汹地从背后传来。吼声伴随着急剧的破空之声，这破空之声最终以砰的一击重击声作为终结。接着，传来了奈萨里奥痛苦的号叫。

扭头回望的玛里苟斯看到了身后的情况。迦拉克隆的爪子没能命中目标，但他长而粗壮的尾巴做到了。他的尾巴足足有后肢的好几倍长，轻易便能够到奈萨里奥，发动猛击。

灰色的雄龙被一击拍昏，螺旋般向着身下坚硬的土地坠落。迦拉克隆似乎还想要追击，但一头惊慌失措的黄色雌龙恰好飞入了他的视野，吸引了他的注意。饥饿的巨兽立即号叫着追了过去。

玛里苟斯没能看到这幸运的一幕，他正在俯冲追向奈萨里奥。那头雄龙将自己置于绝境来营救玛里苟斯，卡雷毫不意外自己的宿主也同样会舍身救他。蓝白色的始祖龙奋力直追，但他和卡雷都清楚地认识到了，即便是以他的迅捷，也无法在奈萨里奥坠地之前赶上。

一头火红色的始祖龙从下方升空，冲向昏迷的雄龙。奈萨里奥沉重的身躯落在了阿莱克丝塔萨身上,让她咬牙闷哼了一声。无论如何,这头雌龙成功接住了他。她吃力地阻止住了奈萨里奥的坠落,争取到了至关生死的几秒,恰好足够玛里苟斯赶到他们身边。

他一言不发地用肩膀承住奈萨里奥,与阿莱克丝塔萨共同分担这头大块头雄龙的体重。阿莱克丝塔萨配合地施力,与他一同将奈萨里奥运走。

透过玛里苟斯的视线,卡雷观察着下方,然后惊讶地发现这片区域已经找不到任何残肢或血肉。他意识到迦拉克隆几乎吞掉了所有死难者。单是想象那些始祖龙在那头吞天巨兽的咽喉中会有什么感受,就让他不寒而栗。

"这么多……"飞行中的阿莱克丝塔萨一面喘气一面说,"这么多……"

玛里苟斯没说什么,但他的思绪也在涌动。他和火红的雌龙一样震惊。

一个新的声响回荡于整片区域的上空。这是一种极其怪异、令人不安的声响,让两头始祖龙险些将奈萨里奥摔落。

声响越来越大,越来越刺耳,因此也越来越让人恐惧。卡雷仍然没有头绪,但玛里苟斯通过自己的经历最终认出了这个声音。这个经历以图像的形式在卡雷的脑海中闪过,图像中自己的宿主正通过反胃将骨头或是其他不能消化的东西吐出。

随着越来越强的恶心感,卡雷明白了,迦拉克隆正在某地做着同样的事情,只不过他吐出的残骸并非来自牲畜,或是海鱼……

卡雷的世界突然再度开始晕眩。他的意识正在从玛里苟斯身上剥离。迦拉克隆进餐的景象飞快地在卡雷脑海闪过,接着,可憎的黑暗再度包围了他。

然而，又一次，一个熟悉的声音在黑暗中呼唤着他。卡雷……卡雷？

为什么吉安娜会在这个时候呼唤他，卡雷不知道。但他在感受到呼唤的第一时间便封闭了自己的思维。与此同时，尖啸的冷风刮过脸庞，他终于感觉到自己回到了原本的世界。他本能地动了动身体，然后便发现自己似乎正处在运动之中。

最终，他的双眼终于能够睁开，然后便看见一片颤动山脊越升越高。卡雷这才意识到自己正在滚落。他伸出一只手爪插进岩土之中，希望这能减慢坠下的速度。卡雷试图再用上另一只前爪，但它毫不理会主人的需要，不听使唤地紧紧握着。

他转头往下望去，发现自己跌落的并不是什么山坡，而是一座险峰。卡雷试图稳住自己，但这反而让一只翅膀拍上山壁，使得跌落的速度更加迅速。蓝龙的身下，尖利的岩石越来越近，让他不禁想起了迦拉克隆的巨齿。

卡雷驱走杂念，施展了一个法术。疯狂的翻滚被减缓到接近静止。这个法术只能持续很短一段时间，但他希望这能为自己争取到需要的时间。蓝龙稳住呼吸，调整姿态让腹部向下。卡雷能感觉到法术正在消退，他奋力展翅，在千钧一发之际，终于升上了天空。

蓝龙在另一座山峰上降下。吉安娜并没有再继续呼唤他。卡雷希望她已经放弃了。不论如何，眼下只能先关心爪中握着的东西。这件已经成为完成体的法器，看起来似乎正在用持续闪烁的光晕嘲讽着他。

扔掉它显然是没有意义的，冥冥中似乎有些什么总能让它回到自己身旁。再次尝试毁掉它，恐怕也并不是明智的选择。卡雷让冷风狠狠刮过，希望能清醒心智，想清楚接下来该做什么。如果不是吉安娜的声音，蓝龙甚至不敢确认此刻是原本的时代，操控的是自己的身躯。区分现实和幻境已经变得越来越难。

一阵徒劳的沉思之后，卡雷起身往魔枢飞去。担心着会在最糟糕的时刻被拖回幻境，飞行中的每一刻都变得战战兢兢。在飞越水面的时候，卡雷甚至格外小心地准备好了防护法术。

不过他最终安然抵达了魔枢，这让他惊讶，但也感觉松了口气。他决定先去关注别的事情，而不是这件噩梦般的器物。魔枢的藏品需要清点一番了——即便这只是借口而并非本意。

但接着他又意识到，在着手清点藏品之前，还得先加强一下魔枢的防护。如果他再不去处理那些法咒，它们很快就会失去守护魔枢以及其中事物的能力。

他化作了类人的形态，一时间竟奇怪地感觉这要比龙形更加舒适。卡雷召唤出一个齐腰高的大理石圆柱，小心翼翼地将法器放在了顶部的凹槽之中，然后便将注意力转向了防御的符文。他闭上双眼，集中精神。不用双眼，他也能看到周围的世界，但那是一个被五彩斑斓、错综复杂的丝线所环绕的世界。整个艾泽拉斯都被这些错杂铺就的魔力丝线所包裹，但他目前所关注的只是其中具有特殊目的的那部分——连接到魔枢守护符咒的那部分。沿着这些丝线，他开始小心翼翼地检查每一处符文。

卡雷迅速地找到了最为脆弱的那一处。他伸出一只手——在魔力视界中泛着淡紫色光芒的手，将能量灌入了相应的丝线；同时伸出另一只手，将另一根艾泽拉斯能量线也牵扯过来，和第一根一起接入了守护符文的核心——

但在他继续下一处修补之前，整个魔枢开始泛起光芒。

卡雷的施法被打断了，他睁开双眼立即望向那件法器。不出所料地，它开始焕发出不一样的光芒——和围绕在魔枢周围的丝线矩阵一样的斑斓光芒。法器的光芒每增强一分，围绕卡雷的丝线也就削弱一分。

法器与魔枢的共鸣让卡雷深感震惊。这与上一次的情形全然不同，但那时法器还不是完全体。遗失的部分不仅增强了法器原本的作用，很可能还激活了其他休眠的能力。

卡雷一把抓起法器，然后变回龙形。曾经的守护巨龙将法器紧紧抵在胸口，然后迅速地穿出魔枢。魔枢的能量持续波动着，直到他穿过一个又一个的通道，最终抵达出口。

跨越出口之后，卡雷立即向上升上高空。下方，他仍可以辨认出魔枢的全貌，但巨龙感觉到各种各样的能量都在以一种他完全陌生的方式运转着。作为蓝龙，他本该比绝大多数生灵都更了解这种魔法波动的原因，但刚才发生的一切让他完全理不出任何头绪。

平常用于为魔枢提供力量的斑斓魔线被大量吸入了法器之中，但此刻魔力却又从法器中激烈地向外辐射而出。接着，魔枢重新开始焕发光彩，光芒愈盛，直到让卡雷不得不移开视线。

然后，魔法的动荡逐渐平息了下来。

卡雷赶忙望回魔枢，他说不清自己期望看到什么，但最终所见还是让他陷入了惊讶与困惑。

魔枢在外观和感觉上都与之前别无二致。巨龙谨慎地压低声音，环绕自己的密室缓缓飞过一圈，想要找出些许变化。但无论他如何努力，最终都没能找出任何不同。

"刚才的一切不可能毫无影响。"他冲着爪中的恼人器物喃喃说道，"你到底做了什么？"

法器的光晕再一次恢复常态，没能给他任何线索。

巨龙轻哼一声，俯冲回到自己刚才脱出时所走的通道。跨入门口的时候，他的目光立即盯上了法器。然而，光晕依旧还是没有任何变化。

卡雷回到了自己的密室，无时无刻不在担心着这件愚蠢的东西会再次肆虐。看不到任何可见的迹象，但他还是丝毫没办法安心下来。卡雷也曾想或许是自己太过多疑，但谁又能保证平静的表象背后没有隐藏什么玄机。

卡雷从未曾如此强烈地希望用一件法器去对抗另一件。怀着殷切的希望，他开始召唤一件远古法器。一块深蓝色，差不多和他爪子一般大小的椭圆形水晶在前方的空气中成形。卡雷并不确定这件宝物有多大能耐，但某些传承的知识提醒着他这件宝物也许能消除掉那件八角形法器的魔力。

但就在他接触到水晶的那一刻，深蓝的色彩彻底消退了。卡雷赶忙对它进行检查，然后发现它已经完全不再具有任何魔力。

一句混杂了龙族、人类，以及矮人中最难听脏话的咒骂从蓝龙口中脱口而出。这次尝试失败得如此迅速，恼羞成怒的卡雷将那件八角形的远古法器狠狠抛出，全然不理会可能导致的后果。然而急速抛向墙壁的法器却在只差一寸就要撞毁的距离上突然完全静止，然后从那里缓缓降到地面，甚至没发出一丝声响。

巨龙高声咆哮。卡雷无法自制地将一连串法术对着法器倾泻而出。火焰烧灼、奥术飞弹、冰枪穿刺、闪电轰击……

然而所有法术都没能在法器表面留下任何创伤。

卡雷跌坐在地，他的呼吸因为接连施法而变得沉重起来。法器仍旧闪着微光，一如既往地在"嘲笑"着他。

蓝龙沉思了片刻，然后突然坐起。也许……也许我一直都搞错了方向。

卡雷从没有真的试图理解这件法器。从一开始，他就把它当作是一件邪物来对待。而如今，他终于开始好奇，把自己逼疯究竟能让这东西获得什么好处？

巨龙靠近法器，在不接触表面的情况下仔细观察着每一处细节，但他没能找出任何改变。接着他又用法力从内部探测，仍然还是没有任何发现。这不是个让人满意的结果。这件法器已经证明了自己可以在不让卡雷注意的情况下影响他的心智。即便此刻，它很可能都还在运作着某种预先设定好的法术，而他敏锐的感知却探寻不到任何信息。

他将注意力放在了第二次前往迦拉克隆遗骸时找到的小附件上。从它简单的外观看来，明显与那件法器同为一体。迄今为止，它看起来都只是在放大法器的能力，但卡雷相信它一定还有别的用途。

小圆盘中心的一道微弱亮光突然引起了他的注意。巨龙压下眉头开始仔细查看。

一位金色长发的年轻人类女性出现在他眼前，一位他太过熟知的女性。她的身上散发着一种无邪——和她的美丽一样吸引他的无邪。

"安薇娜……"蓝龙屏住了呼吸。他向前伸出手爪,但却只是径直穿过了她也同样伸出的手。

突然,卡雷站在了一片森林之中。他不再是巨龙的模样,而是如他期望的那般,化作了半精灵的形态。一切都和卡雷与安薇娜初次相遇时一模一样。

"卡雷……"安薇娜微弱地呼喊道。她的轮廓变得越来越模糊与遥远,却仍然将手伸向卡雷,就仿佛是在召唤他一同远去。

"卡雷……"

卡雷龙躯一震。第二声呼喊并非来自安薇娜,而是吉安娜。也正是这一声成功将自己拽回现实。

卡雷满头汗珠,悲痛地从法器旁边退开。他还注意到,和梦境中一样,自己伸出的是手掌而非龙爪。在某个自己毫不知情的时刻,现实世界中的他也改换了形态。

就在这时,卡雷感觉到另一头蓝龙出现在了附近。不知为何,得知自己并非孤身待在魔枢,使得他振作了起来。卡雷跌跌撞撞地离开法器,走出私室,想要看看是谁,以及为什么归来魔枢。

直到他来到入口附近,才终于看到了那个移动的身影。卡雷默不作声地继续接近来访者。

这头较小的蓝龙——雌龙——正背对着他。卡雷有些犹豫。"泰莉?"

雌龙转过身来,但却并不是自己原本以为的那位。曾经的守护巨龙在心中暗暗自责,骂自己竟然在此刻还期待着见到自己当初抛弃的未婚妻。

面前的蓝龙死死盯着卡雷，就仿佛见到了兽人一般。他这才想起自己还是人形。尽管深谙魔法，蓝龙们在魔枢中通常还是习惯保持龙形。

"织法者，"她最终认了出来，"我本以为你不在这里。"

这一次，卡雷没去理会那个不再属于自己的头衔。变回龙形的他俯视着雌龙，禁不住脱口而出道："而你希望处理好自己的事情，然后赶在我回来之前离开吗？"

她被吓得手足无措。"不……不，织法者！事实上我很高兴你在这里。我是想告诉你我在龙骨荒野附近感受到了某件异常的东西，就是最近一段时间，在非常接近龙眠神殿的位置……"

卡雷立刻就明白了她所提及的正是那件法器的波动。"我知道那件东西。此事你不必担心。"

这头雌龙看起来有些窘迫。"我早该知道的，你不可能没注意到它。"

对话本该到此为止，但那头蓝龙仍还待在原地，看起来非常不安。

卡雷猜度了一下她盘算的事情，然后说道："我很高兴你的热心。你正打算去往什么地方是吗？"

"是的。我想要去探索……"

卡雷打断了她。"那么，不论接下来会遭遇什么，你都应当坚持下去。再一次，感谢你回来向我报告此事。"

她再次不安地望了卡雷一眼，接着低头行礼，然后离去。

卡雷停在入口处沉思了片刻，然后便折返回去。于是，就在方才出来时走过的昏暗甬道里，他正好撞见了一个像是暗夜精灵或者高大人类般的身影。

巨龙起了兴致,用远超所需的迅捷速度往前追赶这名侵入者。然而,当他赶到拐角,望着两条长得足以让任何人都无所遁形的通道时,四下里却再也看不到任何踪影。卡雷随即发动魔法进行探测,但同样也感应不到任何入侵者的踪迹。

在魔法未能带来满意答案的同时,卡雷却从自己的意识中更加清晰地看到了那个身影的模样。而随着这个影像的成形,卡雷切实地感觉到了自己的神志正在崩塌——飞速地崩塌。

那正是幻境中见到的那个身着斗篷头戴兜帽的身影。

第七章

卡雷并没有试图否认方才所见。那个图像或者是自己紧绷的神经产生了臆想，或者就是那件法器在运作某种新的法术。这两者对他来说都不是什么好事，前者意味着自己的精神状态已经变得极不稳定；而后者，意味着那件不祥的器物又在准备用一些新的手段来玩弄他。

他选择相信后者，并且立即赶去了之前扔下法器的位置。

不幸的是，黑暗先一步笼罩了他，让迷失方向的他一头撞向通道的墙壁。大量的碎石砸了下来，神志恍惚的卡雷最终在去往密室的半途中跌倒在地。

然而，甚至于在身体着地之前，他的神志便发现自己正翱翔于天空。卡雷再一次成为玛里苟斯的一部分，只不过这一次，他的宿主显得要比往常更加克制，更加惊恐。

一声只可能由迦拉克隆发出的雷霆咆哮从远处传来，让卡雷和他的宿主都为之战栗。幸运的是，吼声逐渐减弱，清楚地表明了那头庞大的始祖龙正在飞向别处。

玛里苟斯继续加速，焦急的情绪抑制了其他想法，让卡雷很难从中读到什么有用的信息。恍惚的画面中他看到了阿莱克丝塔萨和伊瑟拉，还有一些和玛里苟斯同一族群的始祖龙；有关奈萨里奥的画面飞快地闪过，他似乎正在和什么东西战斗，但是从体型上来看显然不是迦拉克隆。随着探索的加深，卡雷在不止一个图像中看到了玛里苟斯躲开一头亡灵始祖龙时的情形。

那是一头皮肤已然褪色的红龙。卡雷回忆起在之前经历过的全部幻境中，都只见过一头活着的红色始祖龙（阿莱克丝塔萨）。好一段时间里，他都在害怕着她已经战死，然后又像亡灵一样重新爬起，就如同其他尸体一样。但接着他便意识到这显然不是真实情况。

然而……即便那头亡灵始祖龙不是阿莱克丝塔萨，也意味着更多死去的龙尸正在复生。卡雷不知道为什么，但他知道，问题的关键一定在迦拉克隆身上。

片刻之后，他感觉到玛里苟斯的看法也和他完全一致。从所有读到的意识中，卡雷最终确定了玛里苟斯一直都在逃跑——逃离亡者。不是一头亡灵，而是七头！更糟糕的是，玛里苟斯并非独行——他曾和两头同族的始祖龙结伴。

而他们没能成功逃脱。

玛里苟斯的心中满怀愧疚，他悔恨地觉得自己应该留下。然而卡雷读到的所有零散的记忆都表明，这头蓝白始祖龙是在两名同伴俱已身亡后才最终选择逃走。

让卡雷感到好奇——或者说困扰的是——两头始祖龙死亡时的

具体景象,在他宿主的脑海中完全是一片空白。

整个逃跑的过程中玛里苟斯都再没遇到其他任何始祖龙。起初,这一点没有引起卡雷的注意,但接着他便逐渐感受到了玛里苟斯对此的担忧。

几分钟后,视野里终于出现了第一头有翼的生物——奈萨里奥,让他们俩都松了口气。奈萨里奥仍然还保留了一些威风的气势,但即便是他,也极其警惕地四下里张望了一番。

"玛里苟斯朋友!哈!你真的来了!我们活下来了!我们都是斗士!"

即便有些虚张声势,从奈萨里奥的语调还是明显可以听出他为玛里苟斯的幸免松了口气。卡雷不禁好奇,又有多少始祖龙没能逃脱呢。

这里发生了什么?卡雷问道。当然,这里没人能听到他的声音。这一段所有始祖龙生死攸关的时期,没有被任何龙族流传的神话所提及。真龙的时代尚未来临,但玛里苟斯和其他未来的守护巨龙们都还活着,从始祖龙到真龙的进化很快就会开始。可是,卡雷迄今为止所见的种种迹象都表明,眼下发生的是一场所有生命的大灭绝。即便是真正的巨龙也无法对抗恐怖的迦拉克隆。

"其他龙呢?"玛里苟斯询问道。

"火红的那头,很好;她妹妹,一直狂吠。"奈萨里奥顿了顿,然后放慢了语速,"佐瑞克斯,他……被杀死了。"

玛里苟斯的脑海中浮现出了一头眼神锐利,金色鳞甲的雄性始祖龙。卡雷并未在幻境中见过这头雄龙,但玛里苟斯和奈萨里奥显然都认识他,或许便是在上一次幻境之后的时期中所结交的。

他的死让蓝龙的宿主大为动摇。

"塔隆妮克西娅将会代表他。塔隆妮克西娅完全可以代表他。"

关于这头塔隆妮克西娅,卡雷探知到了她曾是佐瑞克斯的配偶,一头有着坚强意志的雌龙。在这些突然获得智力的始祖龙之中,她被公认为最为聪明的几头之一。

可即便是基于这份聪明,卡雷的宿主也并不怎么信任塔隆妮克西娅。这倒不是因为她的性别——同为雌龙的阿莱克丝塔萨便因为机敏和勇敢在玛里苟斯心中获得了很高的地位。玛里苟斯不信任她的原因在于其危险的性格。至于更多的细节,卡雷此时还无法知晓。

奈萨里奥眯起眼睛,越过玛里苟斯望向远方。玛里苟斯也立即顺着同伴的视线望了过去,但眼中能看到的只有空荡的天空。

灰色雄龙呼出一口气。"没东西。不是他。不是他们。"

玛里苟斯打了个寒战,但他很快又镇定了下来。"其他龙,在聚集?"

"是的,跟我来。"

两头始祖龙一同奋力疾飞,就好像迦拉克隆在身后追赶一样。卡雷已经被卷入了这场紧急事态之中,但他所知的信息却着实不多,或许连一半都没有。

玛里苟斯频频环顾四周,并且时常低头检视下方的地面。渐渐地,卡雷明白了玛里苟斯在担心些什么。除了几只飞鸟,一路以来他们再没看到其他任何活着的东西。整片区域中都再也找不到任何大型野兽的踪迹。

玛里苟斯望向奈萨里奥,问道:"快到了?"

"还得飞。又一片栖息地毁了。"

卡雷花了一些时间才理解到最后的那句话的含意。不论始祖龙们之前是约在什么地方碰头，那里都已经变得不再安全。他们被迫要飞去更远的地方。

一阵轰隆的声响从背后传来，让两头始祖龙都为之一惊。灰色始祖龙回头望去，玛里苟斯也本能地照做。后方并没有迦拉克隆出没的迹象，但即便是卡雷也知道，那头庞大的恶兽转瞬便可以飞越极远的距离。

玛里苟斯失落地嘶吼了一声，转回头开始专注前方的路途。四头从北方过来的飞兽引起了他的注意。玛里苟斯眯起眼睛，仔细打量了一番正在接近的始祖龙。"不是自己人。"他警告奈萨里奥。

他的同伴也开始注意来者。"自己人不在北方。北方不好。"

玛里苟斯再次嘶吼道："是的……"

四头始祖龙停在了足够接近，可以彼此看清的距离。他们都是活着的，有生气的始祖龙，而不是卡雷原本担心的那种。这让卡雷松了口气。

但玛里苟斯看起来就没有这么满意。卡雷很快便明白了缘由。这一伙来者之中，打头的正是他们熟悉的那头蓝绿色始祖龙——寇洛斯。而余下的之中，卡雷注意到另外一头当时也加入了针对玛里苟斯的攻击。

奈萨里奥轻蔑地望着他们，低沉地说道，"要战吗？我喜欢。"

然而让灰龙和卡雷都大吃一惊的是，玛里苟斯摇了摇头。"我们的敌人是死龙。是迦拉克隆。"

"喝！寇洛斯你明白吗？"

这四头始祖龙缓缓地接近他们。寇洛斯仔细打量了玛里苟斯和奈萨里奥。"你们活着。很好。"

"是的。"卡雷的宿主冷静地回复道;"我们活着,这很好。寇洛斯你也活着……同样很好。我们之间不打。我们跟迦拉克隆打,如何?"

玛里苟斯的老对手点头示意,就好像已经把这句话铭刻在心。然而,他同时也狡黠地笑了。他们彼此都清楚,长久以来的宿怨只是因为眼前的严峻事态而暂时放下而已。

"北方不好。"奈萨里奥不耐烦地打断了对话。他看起来对于没有架打很是失望。"寇洛斯,不该在北方。"

"我们是去侦察,塔隆妮克西娅安排的。"

"塔隆妮克西娅?"玛里苟斯不安地重复了一次,"为什么?"

"塔隆妮克西娅做计划!"

冰蓝的雄龙很想嗤之以鼻,但他最终还是克制住了。卡雷可以感觉到玛里苟斯正越来越担心这头雌龙会主导其他始祖龙。塔隆妮克西娅的族群任性而且冲动,但终究占据了龙群的多数。不过,这并不是玛里苟斯或者卡雷应该介意的事情,尤其是现在。

"北面,"玛里苟斯最终问道,"有危险吗?"

除了观察,卡雷再也不能做出任何举动。他注意到眼前的笑容正在变得越来越狡黠。"不危险。寇洛斯聪明,死龙笨。"

这已经不是卡雷第一次听到那个不祥的词汇,这让他相当在意,即便他本人也仍还处在困境之中。那些活动的尸体还有多少?究竟有多少?

更加重要的是,卡雷想知道它们究竟是如何形成的。在他原本的时代，原本的世界中，除了宣誓效忠部落的被遗忘者，其他亡灵都是世人皆知的威胁，一旦发现就会被立即消灭。然而，在这个艾泽拉斯历史中的远古年代，他从未料想到也会听说这样的恐惧。

"话太多！"奈萨里奥咆哮道，"我们走！"

寇洛斯没有争论，立即往前越过了玛里苟斯和奈萨里奥。他的同伴，来自同一族群的同伴们，也都一言不发地跟了上去。

"超过他们？"奈萨里奥悄声询问卡雷的宿主。

玛里苟斯点点头。"好，超过他们。"

于是，他们像离弦之箭一般飞越了寇洛斯以及其他始祖龙。擦身而过时，他和卡雷都听到了寇洛斯暴躁的嘶吼。

卡雷毫不意外始祖龙和真龙之间的种种相似。在真龙之间，竞飞也同样是一种非常流行的比赛。

玛里苟斯转回头，越过自己的肩膀往后看去。寇洛斯和其他的始祖龙正在全力追赶。然而，玛里苟斯和奈萨里奥展现出了令人震惊的速度。卡雷不敢相信自己的宿主竟然还有这样的力量，同时，他还感觉到玛里苟斯接受灰龙的提议不仅是因为对寇洛斯的鄙夷，还因为哪怕只是片刻翱翔于风中，也能让自己暂时遗忘这个世界正在遭受的恐怖。

尽管体力已经开始透支，玛里苟斯还是保持着和奈萨里奥齐头并进，与他的老对头拉开了好几头龙身的距离。寇洛斯拼尽全力，将他的三名同伴远远甩在身后，但他始终还是无法追上对手。

卡雷突然意识到，他们这样拉成一条直线，使得六头始祖龙成为比平常还要更加显眼的目标。幸而，什么都没有发生。当他们终于抵达目的地时，他和玛里苟斯都感觉松了口气。这是一个碗状的峡谷，层层叠叠的始祖龙小心翼翼地聚集在谷底的阴影之中。

当他们降落谷底的时候，整个山谷都开始回荡起始祖龙的嘶吼，但这些反应却并不都是指向闯入者。这里的成员几乎囊括了所有玛里苟斯了解的始祖龙种类，甚至还包括好几种他之前从未见过的。无论天性还是立场，许多龙族都曾互相针锋相对。他们待在这里假装成一个同盟的唯一原因，便是那场扫荡世界的灾难。

让场面变得更加紧绷的是那些玛里苟斯眼中的次等始祖龙，从本质上来说，他们比那些山间的野兽也好不了多少。这些始祖龙被智力更高的同类们聚集起来，统一看管着。玛里苟斯最终在龙群中发现了那些因好奇而抬起头来的冰蓝色同胞，卡雷也总算因此放下心来。

一个低沉而洪亮的嘶吼声打断了所有的喧嚣，让场面安静下来。玛里苟斯朝着声音的来源方向望去。

塔隆妮克西娅的地位不仅体现在嗓音，还体现在她的体型与仪态。她的身躯差不多有大多数雄龙的三倍大小，只有极少数始祖龙，比如奈萨里奥才能勉强超过她。她光滑的鳞片即使在阴霾之下也闪耀着金色光辉。塔隆妮克西娅漆黑的双眼微微闪光，锋利如刀。在她的注视之下，即便是最倔强的始祖龙也会显露出驯服的神情。

玛里苟斯和奈萨里奥飞到了阿莱克丝塔萨和伊瑟拉所在的地方。和其他大多数始祖龙不同，这对姐妹没有和自己的族群待在一起。玛里苟斯的部分同族对他选择的同伴冷眼相向，但奈萨里奥的同族看起来就毫不意外这家伙交了一群古怪朋友。事实上，卡雷觉得他们反而因为不用和这头傲慢的灰龙扯上关系而松了口气。

寇洛斯降落在了塔隆妮克西娅左侧不远处，他看起来明显有些喘不过气，但还是死撑着装作和玛里苟斯一样平静。

"新的同胞到来了！"塔隆妮克西娅高呼道，"我们龙多势众！大声地说出来！我们龙潮如海！"

始祖龙们的吼声汇聚起来，一遍又一遍地重复着她的口号。卡雷感受到了玛里苟斯心中的不满，龙群们所遵从的号令暗藏着暴露栖身地点的危险。鼓舞士气很重要，但因此暴露出智力上的问题就不免显得有些讽刺了。

"她老说要打。"伊瑟拉嘟囔道，"不好，和平更好。"

阿莱克丝塔萨看起来和自己的妹妹一样失望，但她并不同意这个看法。"我们必须战斗……只是不能以塔隆妮克西娅的方式。"

"战斗……就会死！"

当两头雌龙争论不休的时候，寇洛斯悄然上前，来到了塔隆妮克西娅身边对她低声耳语。这引起了玛里苟斯的注意。他屏息静听，但最终无果。这使得卡雷也开始不安起来；他并不比自己的宿主更相信寇洛斯多少。

塔隆妮克西娅专心地听完，然后简短地嘶声示意寇洛斯退下。他退回到先前的位置，看上去对于自己刚才完成的传话非常满意。

"北面一片空旷！没有死龙！"她宣布道，"而且迦拉克隆的踪迹也找到了！"

伴随着嘶声和点头，大部分始祖龙都对这个消息表示满意。但终究还是有几头始祖龙并没有对此表现出高兴。玛里苟斯环顾了一圈这些心存疑虑的始祖龙，显得很是满意。

玛里苟斯将注意力放在了其中最为特殊的一头身上，但卡雷比自己的宿主更先认出了这就是那头在玛里苟斯和奈萨里奥对抗迦拉克隆时施以援手的棕色雄龙。在塔隆妮克西娅发布公告，以及其他始祖龙表现出诚服的时候，这头棕龙显得尤其不安。他转身走开，恰好撞上了玛里苟斯的视线。

塔隆妮克西娅再次开口道："我们即将开战！我们要汇聚更多！外面还有龙！去！找到他们！在月亮最圆的那天带着所有龙一起回来！"

集会的戛然而止似乎让卡雷略感吃惊，但他很快便从玛里苟斯的思想中了解到，始祖龙们像这样聚集从一开始就是极其反常的。如此多的数量在如此短的时间内聚集到一起既说明了这场威胁的可怕，也说明了如今的塔隆妮克西娅已是一呼百应。确实，即便是在灭顶之灾面前，好几头始祖龙看起来都已经不再担忧，开始安心飞离。还有一些则开始依照命令去引导那些低等始祖龙离开。始祖龙之间这种奇怪的进化差异再一次让卡雷深感好奇。

不过这种进化恐怕没办法再持续多久了，除非他们能打败那头遮天蔽日的同类。

玛里苟斯悄悄注视着寇洛斯的动向。与其他始祖龙不同，他仍然还留在塔隆妮克西娅附近。当她准备起飞时，这头蓝绿雄龙上前靠到了她身旁开始说话。

玛里苟斯并不相信自己的老对头能为现在的局势带来帮助。卡雷的宿主上前走向正在交谈的俩龙，但奈萨里奥突然挡在了他的面前。

"玛里苟斯朋友！那头褐色的！你注意到了吗？"

寇洛斯望了他们一眼，满脸讥笑。塔隆妮克西娅趁着这间隙起飞离开了。寇洛斯似乎失去了留下来的意义，在下一刻也同样起飞。

玛里苟斯掩饰着心中的不悦，将注意力转回了那头褐色始祖龙身上……

世界开始晕眩。卡雷短暂地坠入黑暗。他期望着回到自己的时代、自己的身体，结果却让他深感失望。

玛里苟斯再次孤身独行，但却比以往任何时候都更加谨慎。多亏了脑海中迅速闪过的图像，卡雷很快便了解了缘由。他的宿主正在飞向东方，据说那里发现了几头亡灵。然而，和以往幻境中的许多事情一样，玛里苟斯独自巡逻的真正原因卡雷眼下仍未能得知。

随着最后一片区域的检视完成，始祖龙确信身下的这片土地已经没有任何活物。在这个阴冷荒凉的地方，不论卡雷还是他的宿主都没有期望能发现很多野兽。但卡雷最终读到的事实却是，玛里苟斯连一头都没有发现。

玛里苟斯降落在一座小山的顶峰，四下环顾。各种思绪一时浮现，让卡雷终于把前因后果拼凑完整。玛里苟斯正在打探迦拉克隆突然变得如此残暴并四处掠食的原因，而现在，他离那头巨兽的巢穴已经非常接近。

卡雷觉得玛里苟斯的调查简直就是在找死，但他没得选择，只能祈祷迦拉克隆正在很远、很远的地方。玛里苟斯似乎也正是这么认为所以才敢来此，但他们俩都知道，意外总是会有可能发生的。

进入到这片被推测为巨兽巢穴的地区之后，玛里苟斯的心跳变得越来越剧烈。眼前的山峰高耸入云，看起来就像是在试图触碰被乌云半掩的太阳。如此宏伟的山脉之中，理当存在足以容纳迦拉克隆栖身的巨大洞穴。

下方的某件东西引起了玛里苟斯的注意，他立即俯冲下去。起初卡雷以为那只是一块岩石，但接着便注意到它上面的某部分是一种让他熟悉而又不安的颜色。

那是一堆已经放了有段时间的骸骨，也许一年，也许还要更长一点，看起来似乎是头和始祖龙差不多大的野兽。但是随着玛里苟斯刨去表面的泥土，卡雷清楚地看出这就是一头始祖龙。

这头龙死得很是惨烈。许多处骨头都已经碎裂，而扭曲的颅骨更是清楚地表明了他曾经遭受过致命的碾压。

这是迦拉克隆的杰作，卡雷毫不怀疑。这是一头早期的受害者。卡雷只能通过尸骸大致推测出迦拉克隆陷入疯狂嗜杀的时间，但玛里苟斯显然读到了更多信息。

谁也没有目睹过迦拉克隆将受害者转变成亡灵的过程，但自从玛里苟斯经历的那场遭遇战开始，它们的存在就已经不再有疑问。然而，卡雷现在好奇的是，如果眼前的死者曾是那头巨兽的猎物，那为何他没有像其他亡灵一样复生？

他们一同陷入了沉默，但玛里苟斯突然朝右边望了过去。就卡雷的观察，那里什么也没有。即便是像玛里苟斯这样勇敢的始祖龙，也会在现在的情况下变得草木皆兵。

玛里苟斯把注意力转回到骸骨身上，他轻轻推了推附近的一些遗骸。毫无疑问，迦拉克隆撕扯并嚼碎了这头可怜的生物。在玛里苟斯的记忆中，一个远比现在要小，但仍然威武雄壮的迦拉克隆开始浮现出来，让卡雷不禁吃惊后来到底发生了什么。那时的迦拉克隆看起来更像是普通的始祖龙，体型也没有大到能将别的同类一口吞下。他的身体和别的始祖龙一样，线条简单平滑，鳞片光洁柔和，双眼里也还没有那种永远无法填满的饥饿。

玛里苟斯继续翻动骸骨堆，寻找着线索。但他的行为本身就成为一个线索，一个足以证明卡雷的宿主要远比其他同类聪明的线索。

无论如何，他会幸存。附身其体的蓝龙思索道。无论如何，龙群之中的一些会幸存下去……但这是如何实现的？

这头始祖龙再次警觉起来。这一次，玛里苟斯望向了天空。

东面，一个庞大得绝不可能是始祖龙的身影朝着群山——朝着玛里苟斯的方向，飞了过来。

前方的山脉太过遥远，玛里苟斯没法在不暴露自己的情况下赶到那里。卡雷的宿主没有其他选择，只得在原处尽量伏低身子摊平在地。他的肤色和土地并不一样，但他只能祈祷迦拉克隆飞得足够高而不会注意到他。

一个持续不断的沉重声响比迦拉克隆更先抵达，那是他扇动巨翼的声音。玛里苟斯很清楚，每一次拍打双翼，这头庞然巨龙就能飞越数里。这个声响越来越大，越来越近。玛里苟斯和卡雷都知道迦拉克隆已经接近他们头顶了。

但接着，这个声响开始逐渐减弱。通过眯着的眼睛，玛里苟斯注视着迦拉克隆远离自己飞向群山。然后，就在冰蓝色始祖龙大着胆子开始呼吸的时候，迦拉克隆停住了。这头巨兽悬停在空中，突然间就好像被什么东西呛住一样抽搐起来。

不管玛里苟斯还是卡雷，一开始都没有去管迦拉克隆的怪异举动，他们首先注意到的是这头巨大生物的外观形象。此时距卡雷上一次在幻境中见到迦拉克隆并不算太久，但如今的迦拉克隆已经变得更加畸形，更加丑恶。不仅体态扭曲，还长出了好几处怪异的增生。同时身体上许多地方都出现了一种灰白的污点，就好像迦拉克隆的部分身体正在逐渐腐烂一般。

但就在玛里苟斯和卡雷开始刷新对迦拉克隆的认知的时候，这头畸形的怪物吐出了一些让他们俩都深感不适的东西。

尸体，超过二十头瘫软的始祖龙尸体。尸体在地面堆成一座骇人的小山，其中一些还在从上面滚落。玛里苟斯陷入了极大的痛苦之中，不仅是因为死亡的可怕，还因为在这尸山之中，他看到了红色、褐色、灰色，甚至黄绿色的尸体。

卡雷忍不住想吐。他一生中所见过的恐怖不在少数，但从未见过有什么能比得上眼前的梦魇。他可以想象每一位受害者在临终时遭受的痛苦，他也知道还有更多的生灵是以同样的方式死去。

他突然感觉到了玛里苟斯在看到眼前惨状之后更进一步的恐惧。阿莱克丝塔萨、伊瑟拉，以及奈萨里奥都被分配到这片区域探查，从此处的距离上，玛里苟斯无法辨认他们是否就在尸体之中。卡雷知道他们三位都在这个年代中幸存了下来，但他无法告知自己的宿主，无法阻止他越来越深的担忧。

随着最后一具尸体吐出，迦拉克隆完成了反刍。巨龙立即转身，再次升上高空。即便是玛里苟斯的锐利双眼，也无法看清迦拉克隆身上那些奇怪增生的细节。他和卡雷都无法断定是这些增生引发了巨兽的疯狂，但玛里苟斯还是希望能查看得更清楚一些。

幸而卡雷的宿主并非有勇无谋。他一直等到迦拉克隆飘升上天，消失在天际，才终于让自己开始活动。玛里苟斯升上天空，但当他发现另外三头始祖龙正顺着迦拉克隆方才的路线飞来的时候，他马上又本能地降了下来。

卡雷感觉到玛里苟斯其实自己都不清楚为什么会选择躲起来，而不是升上天空去警告他们。但是，当那三头始祖龙靠近的时候，他们的颜色表明也许玛里苟斯做出了明智的选择。

三头蓝绿色的始祖龙明目张胆地飞过天空，丝毫没有意识这样做有多危险。他们在玛里苟斯的视线里一路飞到了迦拉克隆最后停留的地方。在这个距离，玛里苟斯毫不意外地确认了领头的正是寇洛斯。

其中一头始祖龙发现了迦拉克隆上一餐所留下的骇人残余。他立即对寇洛斯嘶声报告。

寇洛斯向着尸体的位置降下。他降落在其中一具的旁边，仔细观察了好一会儿，接着望向了那头罪魁祸首离开的方向。

寇洛斯嘶吼一声，升上天空然后径直追了过去。他的两名同伴也跟随在后。

玛里苟斯——以及卡雷，不可置信地看着三头始祖龙朝着迦拉克隆的方向飞去。卡雷不认为寇洛斯有自杀倾向，玛里苟斯的想法也是一样。所以他们两人都想不出寇洛斯为何要让自己置身险境。如果他只是在追踪迦拉克隆，那他比起玛里苟斯可就要鲁莽太多了。

卡雷的宿主一面凝视着隐没于天际的背影，一面升上天空。玛里苟斯不知道该去警告他们，还是让他们听天由命。往日的恩仇于眼下有如云烟，即便是寇洛斯，玛里苟斯也不希望他遭受和其他始祖龙一样的命运……

一个刺耳的嘶声从尸体堆中传了出来。玛里苟斯赶忙放下迦拉克隆和寇洛斯，转向了声音发出的地点。他脑中闪过的第一个念头便是尸山之中还有幸存者。玛里苟斯立即飞到了近处，试图确认声音是哪一具躯体所发出。

然而，当他靠近的时候，另一个方位也发出了刺耳的嘶声。玛里苟斯停顿下来，转向那里。

第三个嘶声响起，仍然还是不同的方位。

若干头受害者开始活动起来。他们的脑袋不约而同地转向了卡雷的宿主。

用空洞的亡灵之眼……凝视着。

第八章

玛里苟斯向后退去,他已经开始拍打着翅膀准备起飞。不幸的是,他没能看到右边还有一头已经爬起的亡灵生物。直到嘶吼声响起玛里苟斯才终于警醒过来。

这头亡灵喷出的一团污秽烟雾碰到了他的翅膀,然后立即便传来了一阵即便是玛里苟斯也无法忍受的刺痛。

玛里苟斯大吼一声,然后忍住痛苦开始反击。喷涌的寒霜包裹住了攻击者,但平常总能让对手冻僵的攻击,这一次却仅仅是减缓了亡灵的速度。不过,这总算还是为卡雷的宿主争取到了足够的时间起飞升空。他无视痛楚,不断向上攀升。

接连不断的嘶吼声越来越近,警示着他身后有好几头亡灵正在迅速追来。

无论卡雷多么想要往后看看敌人有多接近,玛里苟斯始终直视着头顶上升的方向。他片刻未停,朝着上方的云层飞去。卡雷终于了解了,他的宿主希望冲进阴沉黑暗的云幕中,以此躲避那些恐怖的带翼亡灵。

得到云层的掩护之后，玛里苟斯也丝毫不敢松懈。他急剧地左转，接着往前冲了一小段距离，然后便开始保持水平飞行。身后，亡灵的嘶吼声杂乱地遍布于云中各处。一些声音变得越来越远，但还有一些，不知为何始终追在他身后。

玛里苟斯合上下颚咬紧牙关，尽可能轻地只用鼻孔呼吸。任何动静，哪怕只是喘息，都很可能会引起那些亡灵的注意。卡雷只能被迫接受这具身躯的主人做出的所有决定，但他不得不承认，这头始祖龙的智慧让他印象深刻。不论如何，眼下的玛里苟斯和那位在长久岁月里统领蓝龙一族的玛里苟斯已经非常相像。那位睿智的，让年轻的卡雷，以及其他所有蓝龙都为之敬仰的玛里苟斯。

但现在的他始终还是一头始祖龙，卡雷提醒自己。为什么会这样？为什么他能……

又一声嘶吼传来，就在玛里苟斯的前方。

一具浅红色的红龙尸身撞上了卡雷的宿主。当这头亡灵始祖龙迎面嘶吼的时候，玛里苟斯立即感受到了一阵腐烂的恶臭。在这个距离下，他甚至可以从腐肉碎落的缺口清晰地看到亡灵始祖龙的颅骨，其中一个眼眶也已是空空如也。亡灵始祖龙的牙齿上滴下了浓厚的腐液，张嘴便往玛里苟斯的喉咙咬去；爪子也已经抵上玛里苟斯，在鳞片上划开了一道口子。

玛里苟斯突然探头，用利齿咬住亡灵的下巴。接着奋力一扯，将整个下巴咬了下来。

浓厚的黑色液体像血液一样从伤口喷涌而出。这头生物没有退却，但失去下巴已经让它的危险程度下降了许多。卡雷的宿主将口中的腐肉吐向一旁，然后迅速地朝着敞开的伤口吐息。

寒霜灌进了亡灵的喉咙，从内部冻结了它。玛里苟斯的敌人蜷成一团，终于放开了他。

玛里苟斯挥动龙尾，扫向冰封的尸骸。这头亡灵应声断裂，分成了两截。带翼的那部分仍然还在空中停留了一阵，接着，它那虚假的生命迹象也终于消退，一直跌落到视线之外。

然而，更多的嘶吼声开始出现在附近，刚才的冲突显然引起了好几头亡灵的注意。玛里苟斯的舌头上仍然还残留着腐肉的味道，但他已顾不得这些，开始立即往前飞去。

又一头亡灵始祖龙在云幕中出现，挡住了他的道路。玛里苟斯试图弧线前进绕开它，却不料那里还有第二头尸体在等着他。

卡雷的宿主立即停住双翼，像巨石一样沉沉坠下，逃离两头亡灵。

但当他冲出云层底部的时候，玛里苟斯才发现自己竟然为了躲避两头尸体而冲进了另外四头之中。空洞，而又饥饿的面孔包围了他，让玛里苟斯第一次感受到了绝望。

不！快做点什么！卡雷无声而又徒劳地咆哮着。做点什么！

两头不死的怪物冲向玛里苟斯，而他只能躲开其中一头。第二头咬住了玛里苟斯的前臂和翅膀，彻底锁死了他。这时，另外三头也聚集而来。

玛里苟斯一口吐息喷向那头咬住他的亡灵。然而，还是一样，寒冰只能减缓它们，而没法彻底冻住。而即便是让四头亡灵都不如活着的始祖龙行动迅捷，眼下也于事无补。

玛里苟斯仍在挣扎。但卡雷能确切地感觉到死亡——或者更糟的事情——开始在他宿主的脑海中涌现。

突然，一道看起来像是沙子的暴烈吐息击中了那头当先亡灵的后背。沙暴如此猛烈，以至于让那头枯萎、干涸的躯体当场就断为两截。这头亡灵始祖龙剧烈地抽搐着，看起来竟然还仍想困住玛里苟斯。

又一声如雷霆般的残暴咆哮从另一个方向传来，让卡雷和他的宿主都禁不住以为是迦拉克隆正在隆重登场。但紧接在咆哮之后传来的却是奈萨里奥的招牌笑声，他已经将爪子刺进了另外一头亡灵的侧身。

最近的一头亡灵转去攻击奈萨里奥，但是沙暴再一次射出，直打得那头亡灵滚向一侧。紧跟在沙暴之后的是一个褐色的身影，他径直锁定那头正在翻滚的尸体，一口咬向喉咙。尖牙穿透了鳞片和骨骼，当场将其头颅和身躯分成两半。躯体毫无目的地拍打着翅膀，朝着一个莫名的方向飞了出去，而新来的同伴则一口吐出口中残留的腐肉，看上去就和玛里苟斯先前所表现得一样恶心。

只剩下一头半敌人了——其中的半头是仍然锁在玛里苟斯身上的半截躯体。而卡雷的宿主也差不多已经恢复到了可以保护自己的程度。他抓起仍然在自己背后的半截躯体，将其爪子刺向了正向自己冲来的另外那头。爪子本能地握住了另外那名袭击者的翅膀，而那名袭击者挣脱的过程对于玛里苟斯来说便是一个绝佳的进攻时机。

玛里苟斯直接命中了那头半截亡灵的翅膀，这一次，他一直催动吐息直到耗尽所有氧气。卡雷的宿主几乎就要晕厥过去，但最终还是挺了过来。

厚重的寒冰彻底冻结了敌人的双翼，让那半头亡灵往下坠去。

而第二头尸体——被第一头牢牢抓住——也跟着掉了下去。不幸的是，它们在掉下去的同时也抓住了玛里苟斯。

三头飞兽一同往下坠落，玛里苟斯咬住了第二头敌人的前臂，用尽最大力气希望能尽快将其咬断。越过这头亡灵嘶吼的面孔，卡雷和他的宿主注意到地面已经越来越近。

臂骨终于开始碎裂，同时也崩掉了玛里苟斯的一颗牙齿。然而与无法及时咬断前肢的后果相比，这点伤痛根本就微不足道。卡雷的宿主进一步咬合，让整条臂骨一分为二。

玛里苟斯奋力一蹬，借着第一头敌人的身体施力，向上跃起腾空。随着一阵可怕的撕裂声，最后的肌肉和筋腱也为之断裂，让他终于得以逃离这两头亡灵。

两具复生的尸体狠狠砸向下方荒芜的岩地，猛烈的撞击让它们枯萎的身体当场崩裂，碎肉飞溅得四处都是。与此同时，玛里苟斯终于把那只仍还残留在他身上的爪子揭下，随手扔在一旁，然后再度升上高空。

在方才交战的地方，玛里苟斯不仅见到了奈萨里奥和那头在塔隆妮克西娅的集会上引人注意的褐色雄龙，还见到了阿莱克丝塔萨和伊瑟拉。当雄龙们奋勇作战的时候，这对姐妹守在了战场的边缘，时刻提防着别的威胁出现。奈萨里奥正在享受肢解敌人的过程，而那头褐龙的对手已经没了踪迹，看起来这位新加入的伙伴已经从容地结束了战斗。

玛里苟斯接近的时候，奈萨里奥将自己对手的最后一块残体扔了出去。

整个小队之中，只有这头炭灰色的雄龙看起来心情愉悦。

"哈！我们赢了！"

"暂时而已。"褐色的始祖龙不耐烦地提醒他，"还有很多死龙……"

阿莱克丝塔萨和伊瑟拉飞过来加入他们。"我们什么都没发现。"黄色的雌龙喃喃地说道，"除了死亡。"

她的姐姐瞪了她一眼，但伊瑟拉看起来并不害怕。通过玛里苟斯的记忆，卡雷了解到伊瑟拉一直都认为可以和迦拉克隆和平相处。而且，她并不是唯一一头这样想的始祖龙。

玛里苟斯望着褐色的雄龙。"我认识你。"

那头始祖龙点了点头。"诺兹多姆。"

"打得不错。"

奈萨里奥得意地笑着说："很接近我的水平！"

诺兹多姆短暂地笑了。"这么多亡灵。为什么在这里？在这个时候？"

卡雷和他的宿主同时意识到，其余四头始祖龙对于玛里苟斯刚才所见的景象都毫不知情。看起来显然也没有人见到尾随在迦拉克隆后面的寇洛斯。玛里苟斯决定暂且先不提后者，因为前面那场恐怖的灾厄显然要重要得多。

无论玛里苟斯多么聪明，眼下他始终还是一头始祖龙。想要组织语句说清楚迦拉克隆对死者所做的事情对他来说格外困难，尤其是在危险随时都可能发生的情况下。卡雷感受着玛里苟斯的挫败，恨不得马上能开口替他叙述。

尽管词汇贫瘠，玛里苟斯还是在尽力形容。他的叙述很短，但纯粹的感情弥补言辞的苍白，完成了整个故事。当他最后结束的时候，所有始祖龙都深深为之震惊，即便是奈萨里奥也不例外。没有人怀疑他，大家都知道玛里苟斯是一头值得信任的始祖龙。

"怎么会这样？"阿莱克丝塔萨带着惊愕询问道，"怎么会这样？迦拉克隆到底怎么了？"

玛里苟斯说出了自己的推测。"迦拉克隆胃口很大，必须不停吃。迦拉克隆找不到足够食物，开始变饿，变得很饿。开始吃我们。"

卡雷这才意识到自己之前并没有因为迦拉克隆的这项举动而惊讶——但现在他注意到了，这些他原本以为只是原始野兽的生物，其实也和真龙一样有着自己的行事底线。始祖龙们彼此之间也会殊死相搏，但他们绝不会吃掉对手。不管行为上多么野蛮，进食同类始终都是遭受唾弃的事情。即便是在目睹迦拉克隆暴虐地吞下了大量同类之后，他们也仍然不想接受玛里苟斯的推测。

"是因为饿？"奈萨里奥咆哮道。这个话题让他再也没法保持平时乐观的模样。"吃我们。为什么？北边有很多兽群！都是食物！你们看到迦拉克隆进食了！吃了那么多！为什么还要吃我们？"

玛里苟斯摇了摇头。他们谁都没想出原因。

更多的嘶吼声传来。始祖龙们顺着声音的方向望去。敌人位置在很远之外，但听起来正在往这里接近。

"我们走。"阿莱克丝塔萨做出了决定，"现在。"

谁也没有反对，即便是奈萨里奥。他们不知道接下来还会有多少亡灵怪物。玛里苟斯打探到的情报已经改变了一切计划。

玛里苟斯本能地起飞——

卡雷的世界突然天地倒悬，这一次他想让自己保持淡定，但最终还是失去了意识。和往常一样，黑暗没有持续太久，但这一次，黑暗真的就只是单纯消退——没把他带回现实。

在塔隆妮克西娅的带领下，始祖龙们正在发起冲锋。声势浩大的队伍中几乎囊括了卡雷的宿主认识的所有始祖龙族群。他们的敌人并不是迦拉克隆，而是若干头亡灵。

在先前的场景中，玛里苟斯和他的同伴们在数量上处于劣势，如今形势反转了过来。站在茫茫多龙海面前的只有十余头活动的尸体，而卡雷立即理解到了它们都是被引诱到这座峡谷之中从而遭受伏击的。

透过玛里苟斯，卡雷瞥见了伊瑟拉，同时了解到阿莱克丝塔萨和奈萨里奥也参与了这次行动。诺兹多姆拒绝了出席，但这显然不是因为怯懦。玛里苟斯并不知道他去了那里，而且此刻，他也没有时间去关心。他们龙多势众，但仍然也有牺牲的可能。

第一个证明这一点的是一头看起来年龄略长于阿莱克丝塔萨的鲁莽的火红色雌龙。她冲在阵前，对上了一头幼小的亡灵——一头看起来还未成年便被杀死的始祖龙。然而，尽管玛里苟斯早就警告过他们敌人有多危险，这头轻敌的雌龙还是被亡灵的吐息命中了。

污秽的剧毒之云沾上了那头雌龙的头部和翅膀。她立即甩掉毒液，然后张嘴准备喷出自己的吐息。

但是突然间，她身上被毒物触碰过的鳞片都开始逐渐褪色。接着，肌肉开始枯萎，皮肤剥离掉落，眼神也黯淡了下来。这头雌龙没能对敌人释放出吐息，取而代之的是一声凄厉的号叫。

在玛里苟斯——以及卡雷的注视下,雌龙的鳞片和血肉如同戏法一般眨眼间彼此分离。整个颅骨暴露出来,下颚仍然张着——然后跌落下来掉到视线之外。

她的躯干,以及仍在无力拍打着的翅膀,也跟着落下。

上方,塔隆妮克西娅为这头始祖龙的致命错误发出一声怒吼。作为家族代表,她扑到一头小型亡灵的背上然后奋力撕扯。在精确的估量之下,她一口咬断了敌人的头颅,然后朝着另一头腾飞的尸体甩去。

"像这样杀!别犯错!"

她的示范——很大程度上得益于玛里苟斯和奈萨里奥告知的信息——为其余始祖龙提供了莫大帮助。始祖龙们五头一组,攻向剩下的亡灵。转眼间一头尸体便被扯碎,而另一头则被烧成了焦炭。

玛里苟斯原本期望塔隆妮克西娅的强调能避免悲剧再度发生,但现实终未能遂他的愿。亡灵始祖龙们看起来消瘦憔悴,实际上却具有惊人的力量和反常的韧性。此外,它们甚至不用吸气就可以直接释放可怕的腐蚀毒云。这是两头始祖龙以生命为代价换来的情报:他们躲开了肢体上的攻击,原本以为自己已经安全,没想到下一秒就抽搐着溶成碎尸。

另一头始祖龙险些也落得同样下场,幸而奈萨里奥在千钧一发之际从天而降。这头将会成为死亡之翼的始祖龙用两条后爪钳住那头亡灵的头颅,然后奋力一拽,硬生生将其扯断。致命的毒雾从气管中喷涌出来,不过并没有沾上任何人。炭灰色的始祖龙狂傲地笑着将头颅扔向一旁,然后再接再厉,将那具仍在不时拍打翅膀的躯体撕得四分五裂。

玛里苟斯望着正在享受杀戮的好友，叹息地摇了摇头。对卡雷的宿主来说，眼前的一切结束得越快越好。他并不喜欢他们正在做的事情。和阿莱克丝塔萨与伊瑟拉一样，玛里苟斯总是能从敌人的面孔中看到曾经活过的痕迹。它们都是受害者。它们应当被消灭，但执行者没有理由乐在其中。

塔隆妮克西娅发动最后一击，对着那头形单影只的亡灵释放吐息。一颗闪电球轰在了那头干枯的躯体上。尸体挣扎着想要保持滞空，但接着又是一颗闪电球飞来，直接把它轰成碎渣，四散飞溅。

随着敌人的毁灭，高大的金色雌龙得意地仰天长啸。这一声咆哮吸引了在场的所有目光，但也让玛里苟斯开始担心起来。这一批敌人原本就是他们按计划用吼声引来的。玛里苟斯很惊奇塔隆妮克西娅和她的支持者们此刻竟然忘记了这一点，但他并不打算直言相劝。塔隆妮克西娅从不会放过那些敢于当众质疑她的始祖龙，之前就已经有一头古铜色的雄龙因为提出质询而被打得满脸伤痕。而且，她还有着一批狂热的追随者，随时都可能干出更出格的事情。

卡雷的宿主、奈萨里奥，以及那对姐妹，他们一行只是因为没想出更好的方案而暂时听命于塔隆妮克西娅。事实上直到此刻也没人能拿得出更好的方案，但他们都知道，时间已经不多了。

卡雷也能感觉到灾难迫在眉睫。和玛里苟斯一样，他也完全不认为眼下的小小胜利预示着面对迦拉克隆时也能一样。卡雷在心中埋怨着自己什么也没法帮上，但是突然间，他意识到比起现实世界中的麻烦，自己已经更多地在担心这些远古的事件。

不该这样，卡雷心想着。这只是过去的重现。这只是既定之历史!未来的斗争才是自己应该去思考的!

但是,同玛里苟斯一样,卡雷始终还是感觉自己就是这个始祖龙小团体中的一员。当阿莱克丝塔萨和伊瑟拉与玛里苟斯交谈时,那感觉就像是在与自己交谈。而更让人吃惊的是,当奈萨里奥站在玛里苟斯身旁,当他们像朋友,像同志一般并肩战斗的时候,卡雷也能深刻体会到玛里苟斯与那头灰色雄龙之间渐渐生根的羁绊。

通过一个某天将会和死亡之翼一样威胁到整个艾泽拉斯的宿主……去体会与死亡之翼的羁绊。这让卡雷深感动摇,然后再次开始咒骂这恼人的幻境,希望赶紧发生点什么,好让自己回到原本的时代,回到原本的身体。

幼年的玛里苟斯还是丝毫感觉不到卡雷的心绪,他现在正担心着自己的朋友。他注意到伊瑟拉以一条诡异的飞行路线,迅速潜进了峡谷之中。仓促间并未发现阿莱克丝塔萨的踪影,玛里苟斯只好选择自己跟了过去。

伊瑟拉明显花费了不少力气,才降落在谷底一处几码高的地方。被撕碎和烧焦的亡灵残骸散落在她身下四周。玛里苟斯靠近过去的时候,发现伊瑟拉的呼吸正在变得越来越吃力。处在玛里苟斯体内的卡雷,转眼就忘了自己的苦恼,开始和宿主一起担心那头雌龙。

当玛里苟斯的高度降到几乎就在她头顶的时候,伊瑟拉才终于注意到他。而她也只是阴郁地望了他一眼,就接着调整自己困难的呼吸。

冰蓝色的雄龙一言不发地降落在她身旁。玛里苟斯观察着伊瑟拉，注意到她的目光正在碎裂焦灼的残肢间不断游离。玛里苟斯和卡雷都想不出其中缘由，这些残骸来自各种各样的始祖龙族群，有玛里苟斯的，也有奈萨里奥的，但唯独没有和伊瑟拉相似的。

"不在这里……"她的呼吸终于恢复平静，喃喃地说道，"不在这里……"

玛里苟斯顿了一会，才问道。"谁？"

"德瑞拉德。"

卡雷和他的宿主都从未听说过这个名字。等了好一会儿之后，伊瑟拉才解释道："同巢的哥哥……"

玛里苟斯低声嘶叫了一下，然后嘟囔道："他已经死了。"

"这里的，都是死过的。"

伊瑟拉言者无意，但玛里苟斯和卡雷显然都联想到了一些别的事情。

"我见到过，他的尸体。"玛里苟斯补充道。

她突然抬起头，强硬地看着面前的雄龙。"你毁掉了尸体？"

玛里苟斯摇了摇头。那时候他们还没有想到要摧毁尸体。即便这一代的始祖龙们看起来已经在智力上取得了长足的发展，他们也还是从未想过要为逝者进行体面的葬礼。事实上，就卡雷所知，即便是真龙，在临终时也更偏爱飞到龙眠神殿附近安静地度过最后的时光。

然而奇怪的是，那也正是迦拉克隆的遗骸附近。

"我找过了所有残骸。"伊瑟拉舒展了一下双翼，继续说道。她看起来仍有些疲倦，但已经比之前好了许多。"没有找到。没有找到。"

"他的尸体……"

"不在这里！"雌龙打断了他。然后不再打算交谈，展翅升上天空。离开的时候，她的神色又变得憔悴起来。

卡雷的宿主望着她离开，然后回味起刚才突然想到的事情。伊瑟拉的同巢兄弟看起来并没有复生为亡灵。其他更早的受害者也是如此。阿莱克丝塔萨显然对她的妹妹说了些什么，然后伊瑟拉便投入到了一场无果的搜寻。这使得玛里苟斯和卡雷不禁开始忧心……难道更早的死者也开始了复生？如果真的如此，那这场所有始祖龙所共同面对的威胁恐怕比他们原本认识的还要可怕。

玛里苟斯摇了摇头，驱赶走脑中杂乱的迷思。此刻他始终只是一头始祖龙，不论他觉得自己有多么聪明。玛里苟斯确信阿莱克丝塔萨也一直都在试图拼凑这些线索，可丝毫也没法让他感觉好受一些。而卡雷，这头在现实世界中尚且麻烦重重，现在又被困进远古幻境的蓝龙，只能再一次，简单地表示同情……

一声轻微到几不可闻的嘶鸣从南面峡谷尽头处传来，引起了玛里苟斯的注意。这一声不仅轻微，而且短暂，以至卡雷和他的宿主都不敢确定是否只是因自己神经紧张而产生的幻听。

玛里苟斯伏低身子，缓缓爬向南方。他飞快地扫视每一处阴影，观察着视线内的每一块物体，但所及之处不是亡灵的残骸就是普通的岩石。他集中精力仔细聆听着，不过传来的只有疾风穿过峡谷的声响。但他和卡雷都清楚，刚才听到的可不是风声。

玛里苟斯继续向前，同时思绪中闪过一个可能的答案。或许是一头亡灵躲过了刚才的剿杀？但那些尸体并不会躲藏，它们只会在无尽饥饿的驱使下不断掠食，它们从不知道什么是逃跑或是躲藏。另一种可能是那声音来自一头受伤的参战成员。这更加合理，但为什么谁也没有注意到一头失踪的伤员呢？

卡雷也借着玛里苟斯的视线四下观察，但什么也没能发现。他不太确定继续寻找声音的来源是否明智，但玛里苟斯看起来并没有停下来的意思。

前方是一片被阴影笼罩的区域。玛里苟斯稍作停顿，接着便一头走进了黑暗之中。他的眼睛也开始调整到夜间模式。

突然，什么东西触碰到了玛里苟斯的背脊。

这头始祖龙扭头回望。他和卡雷都看到了一个较小的，飘浮的身影。

玛里苟斯突然间嘶吼了起来，他感觉自己的头部就像是要被碾碎了一般。然而对卡雷来说，就好像整个艾泽拉斯的雷霆都被聚集到一起爆发出了一次终极风暴。如果这是自己的身躯，卡雷一定会用双爪紧紧捂住耳朵。可事实并非如此，于是他只能在轰鸣声渐渐超过忍受极限时狂怒地咆哮。

有史以来第一次，卡雷在黑暗带走他的意识时心怀感激。

第九章

又一次,卡雷大汗淋漓地在喘息中醒来。身体也还是不知何时变为了半精灵的形态。这一切他都已经习以为常,接下来不管有什么东西出现在眼前,恐怕都无法让他惊讶。

在他的辨认之下,这里正是刚才幼年玛里苟斯所处的那个峡谷。

卡雷揉了揉双眼,再一次仔细观察这个岩石嶙峋的地方。细看起来与方才有许多不同之处,但不知为何,卡雷非常确定此处就是那个山谷。

而这种确信使他深感不安。在龙族漫长的生命里,卡雷曾经到访过许多地方,比如魔枢,比如太阳之井高地——他最后一次见到安薇娜的地方,这些才是他应该铭刻于心的地方。他没有任何理由能够如此确定地辨识这座峡谷。是的,他的确借着玛里苟斯来过这里,表面上看就是片刻之前——但现实世界中距离始祖龙造访此处已经过去了千万年之久,时光已经一次又一次地侵蚀改变了这座峡谷。

然而，卡雷能够以他的生命起誓，这里就是那座峡谷。

他张望了一圈，期待在附近看到那件不祥的法器，但出乎意料的是那东西竟不在身旁。但他仍然毫不怀疑这一段经历仍然是那法器在作祟。

你到底在打着什么邪恶算盘？卡雷质问那件没了踪影的法器。当然，他并不期待知晓答案。因为这答案只会带来更多的问题，更多的疑惑。以及，更多的疯狂。

这份冷静让他克制着不要再纠结于幻境，不要再越来越设身处地地觉得自己是过去的一分子。

一时间卡雷只感觉千钧重担压在心头，忍不住奋力挥拳砸向附近的岩壁。若不是他本能地为拳头施加了护盾，这一击之下粉碎的恐怕便不是岩壁，而是自己的手骨。这力道也确实出乎卡雷的意料，碎裂的石屑打在他脸上，让这头曾经的守护巨龙吃惊地后退。

也就在这时，他才从脚下的石砾中注意到了一些足迹。

在卡雷两次置身峡谷之间的这段漫长时光里，毫无疑问已经有千万种生灵迁徙经过，地上的足迹不论属于任何生物都不会让人感到吃惊。然而随着观察的深入，卡雷发现这些足迹并非杂乱无序。最早的一批足迹，显然都是属于一种巨大的爬行生物：始祖龙。他们行进的方向与卡雷最后置身玛里苟斯体内时所走过的路线完全一致。他甚至还辨识出了玛里苟斯最后停住的地方，正是在那里，他的宿主回头发现了一个飘浮的身影。

卡雷回忆着那个身影，然后被另外一些稍小的足迹引起了注意。这些足迹就在玛里苟斯行进路线的附近，看起来就像是某种穿着靴子或是便鞋的两腿生物，比如人类或者精灵。

这让卡雷再次想起了那个穿着带帽斗篷的人影。他已经不止一次瞥见那个身影，并且始终觉得他一定和那件法器脱不了关系。

卡雷继续研究着，然后注意到这些足迹已经越过了玛里苟斯最后停留的地点。在岁月侵蚀之后，卡雷发现自己仍然还是能轻易辨认出这些足迹。足迹一路往南，每一步都仿佛是特意刻进地里让他看清一般。

寻求答案的决心战胜了心底的恐惧，卡雷开始追踪脚印。他很快便越过了玛里苟斯最后的位置。卡雷很好奇当时到底发生了什么。那头始祖龙是否得以折返？他有没有发现卡雷接下来将要前往的地点？

发现自己仍然还是如此关心远古的事情让卡雷感觉有些挫败。此刻最为紧要的应当是赶在发疯之前找到方法摆脱那件法器。

卡雷不知道为什么自己转换了形态，但就此时来说，他感觉人形要比龙形舒适得多——除了某些需要翻越巨石的时候。近来他有不少时间都是保持着类人的形态，尤其是当他陪着安薇娜，以及稍后和吉安娜在一起的时候。曾经，当他最初认识阿莱克丝塔萨传奇般的配偶——考雷斯特拉兹的时候，卡雷也很好奇为什么这头深红色的雄龙会长期保持着人类的形态，伪装成一名叫作克拉苏斯的巫师。而现在，卡雷完全理解了这种偏好。

前方是一片被阴影倾覆的区域，卡雷这才意识到已经在这条小径上走过了许多处不见天日的地方。这样坍塌必定会带来大量落石，可沿路既没有任何足迹遭到掩埋，也没有发现任何清扫碎石的迹象。

在他继续深入思考这个问题之前,足迹转向了左边的一块巨石。卡雷皱了皱眉,接着注意到岩石边上窄窄地缺开了一条,形成了一道仅够他以人类形态通过的缝隙。

不知为何,卡雷觉得这并非巧合。

事实证明这道缺口比卡雷原本估算得还要更加狭窄,迫得他只能侧身缓缓地往里走。缝隙里没有任何光亮,让他回忆起了每次在现实与幻境之间切换时将他裹覆的绝对黑暗。他痛苦地打了个寒战,但还是继续往里深入到更加宽阔的地方,才最终召唤出一个炙热的光球。

在紫色光芒的照耀下,一个属于始祖龙的枯槁面容猛地出现在他面前。

卡雷赶忙向一侧退开,同时驱使光球飞往那头怪物的方向。曾经的织法者将这个简单的照明法术转变成了纯粹的攻击力量。光球在触碰到始祖龙胸膛的瞬间爆裂开来,直接炸穿了它干枯的身体。

当这头始祖龙被魔法能量烧灼的时候,卡雷闻到了一阵防腐剂的味道。接着,曾经的守护巨龙召唤出一个更大的光球,照亮了整个洞穴的内部。

出现在视野中的是另外十余头始祖龙,全都是干尸的模样,望着卡雷的方向。卡雷正打算催动一个更为强力的法术,突然间却又停了下来,因为他发现那些始祖龙丝毫都没有动弹,更不用说发动攻击。

他终于反应了过来,这些并不是与玛里苟斯以及其他始祖龙战斗过的那种亡灵。他们只不过是普通的始祖龙尸骸。

普通？当卡雷靠近一些观察的时候，他发现了异样。这里的所有始祖龙都存在着畸形的地方。而且看上去显然都是后天造成的畸形。卡雷望向其中一头，他的身侧正在长出第五条肢体。而另一头则是在右肩的正上方长出了第三只眼睛。

到底是什么样的邪魔干的？卡雷凝视着这群始祖龙，发现他们每一头的身上都留下了伤痕。当他一具接着一具开始仔细观察的时候，才更加清楚地认识到这些伤势有多重——就算没能当场夺走性命，也差不了多少。此外，曾经的守护巨龙还注意到这些尸体全都是一头挨着一头摊在石壁上，就好像只是仓促间堆在这里一样。

卡雷再次停住。很显然，正是那件法器或者它所侍奉的力量将他引到了此处。但这个光怪陆离的洞穴中什么才是他真正应该注意的呢？

一阵崩塌的声响让他绷紧了神经，并且召唤出另一个法术。他转回身来，然后发现刚才遇到的第一头始祖龙已经倒在了地上。那头直立的尸体在遭受光球的攻击后失去了平衡，倒头撞向岩壁然后碎成了一块块残骸。

始祖龙的头颅滚到了卡雷脚边，借着第二枚光球的照射，他终于看清了这头始祖龙的面容。

玛里苟斯。

卡雷颤抖着退开，不住地摇着脑袋。这不可能！不可能是这样！那不是玛里苟斯！这不可能……

卡雷只觉得天旋地转。他撞在了另一具尸体的身上，从而让这一具又撞向另一具。突然间所有始祖龙都开始朝着他倒下。

卡雷在绝望中闭上双眼，催动所有法力护住全身。耀眼的白色光芒填满了整个洞穴，甚至于让施法者自己也无法睁眼。

曾经的守护巨龙喘息着，单膝跪倒在地。他埋着头，等待尸山将他掩埋。然而最终却什么也没有发生。终于，他谨慎地抬起头……

……然后发现自己正半跪在魔枢的私室中。

刚开始，卡雷甚至不敢动弹。在他尝试确认周遭的一切是否真实时，身子都还在止不住地颤抖。他十分确信自己刚才就处在那个山谷——而这说明，那件法器可以在瞬息之间就将他从世界的一个角落传送到另一个角落。

一个有节奏的扑通声在脑海里驱之不去。好一会儿之后蓝龙才意识到这是自己的心跳。他试着开始调整呼吸，好让自己的心跳也恢复到正常的频率。

私室中一切如初。仍保持跪姿的卡雷碰了碰地面。切实的触感，但刚才迎面倒下的尸体和脚下踩踏的岩石也一样切实。

"这是真的。这是真的。"卡雷喃喃地念道，但下一秒就开始为自己竟然需要大声喊出来说服自己而感到不安。但那个洞穴确实是真的！和这里一样，是真的！

要么是经历了一场突如其来的穿越，要么是已经被玩弄得分辨不出虚幻与真实。他说不上来哪种可能更糟一些。无论哪一种，都说明那件法器随时可以在他身上贯彻自己的意志。当幻境变得越来越真实，现实就仿佛被切成了一段一段的碎片。时间？空间？他不知道还有哪些是可以相信的。他只知道，如果继续让自己习惯于置身幻境，也许某个时刻突然就再也没法回到现实，回到此刻。

曾经的守护巨龙咬牙切齿。谁又知道现在是不是现实，是不是此刻。

卡雷站起身来，转向记忆中那个祸害最后所处的位置。它仍在那里，轻柔地闪耀着魔法的辉光。

"闹够了没有！"他冲着它大吼道，"你到底想怎么样！"

然而，尽管它看起来法力无边，尽管它可以用各种方式玩弄卡雷，这件像是法器的小东西看起来终究还是没有能力开口说话。

卡雷？

卡雷龙躯一震，四下张望。然后死盯着那件法器，等待着它再次开口。

卡雷？

他终于明白了，这声音来自他的脑海，但却并非源自那件器物。有人在呼唤着他。一个卡雷觉得自己应该认识的人。

"吉安娜……"

早些时候，卡雷曾因为担心吉安娜看出端倪而切断了联系，但现在却感觉她就是最后的救命稻草。这位大法师象征着现实世界中最稳固的部分，也是他最后想要维系的部分。

"吉安娜！"卡雷在空荡的房间里对着空气呼喊，出口之后才意识到自己的声音听起来有多绝望。他深吸一口气，然后再次尝试道："吉安娜，我听到你了。还在吗？"

他振作起来，然后重新在空中打开了一道用于传送影像的裂隙。裂隙的正中，显现出了吉安娜书房的景象。这位先前主动呼唤他的施法者，此刻却是端坐在一张长桌前，正在查看一些羊皮纸文稿。

"卡雷……"当吉安娜望向这位曾经的守护巨龙时,脸上原有的笑容消退了,"你真的没事吗?"

他原本以为自己已经调整好了状态,但是不知为何,还是没能把眼下承受的巨大压力完全隐藏起来。"我……的确是承受着一些我不想承认的压力。"卡雷终于开口道,同时思索着如何才能含糊一点,但又不要太过含糊。"关于魔枢……你应该明白的。"

"如果你不想说的话,不用勉强自己。但如果你觉得说出来会更好一些,那我也一定会认真倾听。"

有那么一瞬间,他认真地考虑了接受这个提议。然而,卡雷很快便做出决定绝不能把吉安娜也卷进来。这很可能会导致她也成为那件法器的受害者,就像自己一样。

"谢谢你的好意。"卡雷用自己所能装出的最放松的语气答道。他想起之前吉安娜曾经主动呼唤过他。比起自己的精神状况,现在更应该关心的是这位大法师是否遇到了什么麻烦。"该说说你了。你有事找我吗?是什么事情?"

吉安娜看起来有些困惑。"你在说什么?"

"你先前曾尝试联系我。那时候我没法像这样回应你。"

她看起来更搞不清状况了。"我不太明白。我只是在尝试回应你。"

"我?"

她靠得更近了一些,就仿佛并非投影,而是真的置身于卡雷的私室,伸手便可触及一般。"在上次的谈话之后,你呼唤了我两次。每一次我都立即回应了,但直到这次才能和你说上话……"

"我呼唤……"在卡雷反应过来之前,已经有三个字脱口而出。

他飞速思索着，却丝毫想不起自己有主动联系过她。也许她弄错了？卡雷不太相信这种可能。更可能的情况是，他在失去意识时不自主地呼唤了吉安娜——这位他内心深处唯一信任唯一觉得可以帮到自己的人。他甚至没有想过要求助于其他几位龙王，毕竟，这么久以来他们都一直基于某些原因而对卡雷在幻境中经历的事件避而不谈。

好一会儿之后卡雷才意识到自己一直沉默地站在吉安娜面前，于是赶忙把目光转向空旷的右方。不出意料地，吉安娜眼神里的担忧又多了几分。

"卡雷，告诉我到底发生了什么。"

他绞尽脑汁，最终说出了一个唯一能想到的回答。"这里的藏品比我原先料想得还要多出许多，而且魔枢的防护也在逐渐失效。这确实是项棘手的工作。"

她若有所思地眯起了眼睛。作为一名法师——尤其是作为肯瑞托的领袖——吉安娜·普罗德摩尔非常清楚魔枢中蕴藏的无穷宝物与巨大魔力。同时也清楚，不对此引起足够的重视会是多么危险。"我知道我先前就提议过，但这一次请认真听我说。我可以召集一批值得信任的法师，然后带着他们……"

"不。还没到那种程度。感谢你的好意。"自从达拉然那些不愉快的经历之后，卡雷就不怎么信任那些法师，就如同他们也不信任卡雷一样。他实在没法想象和一群法师一起待在魔枢会是什么局面，更不用说这里还摆着一件不祥的法器。

吉安娜看起来不太认可他的决定，但最终还是点了点头。"好吧。不过这项提议随时有效。我可以保证每一位派往魔枢的法师都会完全服从你的命令。你知道道道道奥奥奥奥……"

这位大法师和她周围的一切都开始扭曲波动。吉安娜的身体开始变形,面部也向前凸起。

"吉安娜?"卡雷不禁担心这是某股势力趁他们交谈时发动了偷袭。

"怎么了了了了,卡卡卡雷雷诶诶诶诶。"她仍能回答,但她的房间却整个倒塌,变成了一处岩石嶙峋的悬崖。她的身体生出鳞片,长袍化为双翼。就在卡雷的面前,吉安娜·普罗德摩尔活生生地变成了一头巨龙。

不,卡雷辨认了出来。这不是真龙,而是……一头始祖龙。

"卡卡卡雷雷诶诶诶?"始祖龙含糊不清地问道。

他没能做出回答,甚至没能来得及切断通讯魔法。卡雷希望那道用于投影的裂隙已经阖上。接着,他的身体便开始转变成了某种原始爬兽的形态,同时再也接收不到任何通讯。许多不属于自己的思维涌进脑海,支配了他的思想。

卡雷想要怒吼,但他的嘴已经不再属于自己。他再次感觉自己化为了附体幽灵,而宿主便是玛里苟斯。

原本置身的魔枢如今也变成了一处寒冷的海滨。卡雷认了出来,这里便是玛里苟斯最初捕鱼的地方,只不过这一次他不再是独行。阿莱克丝塔萨站在他的面前,一如吉安娜方才与自己对视的情形。

"我去了。"火红色的雌龙简单吐出一句,接着便展翅升空,直奔北面而去,留下玛里苟斯形单影只。

卡雷不知道,也不在乎他们刚才讨论了什么,此时此刻他只想回到魔枢。他绝望地集中精神去感应吉安娜，希望这能像前两次一样将他带回现实。然而，正如他惧怕的那样，什么也没有发生。

玛里苟斯也起飞了，然后一头冲进大海。这头始祖龙显然是打算觅点口粮，但同时也在观察或是等待着什么东西。卡雷假定这次的幻境也存在着某种用意，但玛里苟斯模糊的思绪没能给他更多信息。

卡雷的宿主在离岸半里的地方抓起一头用鼻孔呼吸的水兽，然后直接咬向要害。玛里苟斯不像阿莱克丝塔萨那样会对食物施以恻隐，但他也总是习惯于尽快终结猎物的痛苦。不过，卡雷此刻并没有兴致去体验玛里苟斯的味觉。他只希望这头始祖龙能尽快填饱肚子，或是赶紧去思考那些更加重要的事情。

进餐的确被打断了，但却并不是以卡雷设想的那两种方式。真正的原因是玛里苟斯突然注意到了什么，于是将血盆大口从那头被秒杀的猎物身上移开，抬头望向天空。卡雷条件反射地觉得是亡灵来袭，但玛里苟斯敏锐的目光已经捕捉到了一对沿着云层边缘飞来的始祖龙。

卡雷的宿主立即腾空，加速飞向来者。当他靠近的时候，才发现在云层的掩护之下还有更多始祖龙。卡雷发现了四头，玛里苟斯则比他多辨认出一头。而这第五头，正好就是伊瑟拉。

玛里苟斯绕了一圈，从背后接近群龙。卡雷能够理解这种谨慎。就卡雷所知，除开伊瑟拉，其余四头始祖龙都对他的宿主抱有敌意。

寇洛斯第一个注意到了这头老对手。他嘲笑着，同时嘶吼着警告同伴。

伊瑟拉扭头越过自己的肩膀回望。认出玛里苟斯之后，阿莱克丝塔萨的妹妹明显有些丧气。"我不会放弃的！"她固执地说道，"我们是对的！"

从玛里苟斯涌现的思绪里，卡雷终于捕捉到了一些信息。伊瑟拉一直都在试图从死去的始祖龙和亡灵始祖龙中寻找自己的同巢兄弟——尽管她自己也知道机会渺茫。这头淡黄色始祖龙对厮杀的厌恶越来越强烈，她开始在龙群中传播自己的想法，并且找到了好几头志同道合的同伴。

看起来寇洛斯便是其中之一。不久前他还在狂热地追随塔隆妮克西娅，现在却又开始宣扬和平，说自己找到了途径能让大家活在迦拉克隆的统治下。他与伊瑟拉的观念并不完全一致，但也足够接近了，足够让他们成为搭档，一起去说服其他始祖龙。

玛里苟斯知道伊瑟拉是怀揣着很傻很天真的梦想，而寇洛斯的目的恐怕就没这么单纯了。现在，卡雷明白自己的宿主与阿莱克丝塔萨讨论了什么了。伊瑟拉的姐姐已经搜寻了整整三天，希望能找到她，说服她，让她在铸成大错之前迷途知返。但玛里苟斯知道，一切都已经太迟了。他很清楚，任何事情只要有哪怕一点点和寇洛斯扯上关系，就一定会充满危险与背叛。

过去的玛里苟斯总是习惯于简单地置身事外。但是随着时间的推移，卡雷的宿主注意到即便是最简单的决定也会引发极其复杂的后果。眼下，事态已经发展到了将会影响整个始祖龙族群的命运，更重要的是，玛里苟斯感觉自己已经和这对姐妹建起了某种羁绊——甚至于超过了他和自己族群之间的感情。他曾与她们并肩作战，他深知她们善良真诚，并且值得信赖。

而寇洛斯，与这两种品质都沾不上边。

"你的姐姐，在找你。"玛里苟斯向伊瑟拉指出了阿莱克丝塔萨方才飞走的方向，"那边。"

"看到了。"伊瑟拉冷哼着答道，"让她飞好了。"

玛里苟斯吃了一惊。过去，无论怎么斗嘴，这对姐妹一直都保持着亲密无间。"你该听她的！迦拉克隆不会和你们……"

"迦拉克隆会的。"

她简短而坚决地打断了玛里苟斯，让卡雷和他的宿主都深感惊讶。玛里苟斯不知所措地发出一阵嘶吼声。寇洛斯在一旁狡黠地笑着，任由他们继续。

"会有和平的。"伊瑟拉带着一丝自豪宣称，"迦拉克隆会接受和平。"

"你并不知道……"

她仰起头，升到更高的地方。"我们会和迦拉克隆谈话。他会接受和平的。"

卡雷突然间觉得幻境也开始变得和现实世界中自己遭遇的境况一样荒唐。卡雷甚至怀疑自己是不是听错了，是不是玛里苟斯错乱的思绪干扰了他。但他的宿主，此时也一样无法接受。"迦拉克隆……和迦拉克隆交谈？"

寇洛斯终于插了进来，他的语调和神情都明显带着欢欣。"我们会迎来和平……如果大家听我们说。"

赶在玛里苟斯反驳之前，伊瑟拉重申道："所有龙都该听我们说……而我们，该走了。"

"去哪里？"卡雷的宿主问道。

"找塔隆妮克西娅。"她答道，就好像这是理所当然的一样。"告诉她，告诉所有龙。"

话音刚落，她便突然转向。寇洛斯以及其他的三头始祖龙也一起跟了过去。

玛里苟斯注视着他们，想要说服自己去相信阿莱克丝塔萨的妹妹。他知道迦拉克隆是一头多么可怕的怪物，但如果伊瑟拉所说的能够实现……

"不。"玛里苟斯否定了这种可能。在遥远的将来，他将会成为守护巨龙。但即便是现在作为一头始祖龙，他的分析能力也让卡雷深感钦佩。然而，当他和玛里苟斯开始思索万一伊瑟拉真的说服了其他始祖龙又会怎样时，这份钦佩之情很快便被压了下去。

这头始祖龙迅速地转向。他必须找到阿莱克丝塔萨，并且想办法和她一同让伊瑟拉看清事实。卡雷和他的宿主都不确定伊瑟拉是不是真的能说服塔隆妮克西娅以及她的追随者，但无论结果如何，这事态都会引发新的灾难，都会让更多，更多的始祖龙失去性命。

第十章

搜寻阿莱克丝塔萨的工作已经进行了好几个小时,玛里苟斯越来越感到绝望。此时此刻,伊瑟拉很可能已经在寇洛斯的帮助下说服了塔隆妮克西娅。若是连她也开始相信可以与迦拉克隆进行沟通并且得到和平,那就真的大事不妙了。

对于卡雷来说,宿主的思维能力再次印证了一部分始祖龙正在飞速进化。玛里苟斯已经对思考未来感到习以为常,而对其他许多现存的始祖龙,"周围即时发生的事情"就是他们能够理解的全部内容。

海风从玛里苟斯身边刮过,带来的触感让卡雷渐渐冷静了下来。漫长的搜寻正在以某种方式影响着他。一直以来,这些幻境都没有给他选择的余地,他只能顺着既定的路线体验下去。也正因为如此,才让他总是抗拒地想要逃离。

然而,现在的他也只能去思考玛里苟斯做出的选择。这头始祖龙想要让阿莱克丝塔萨帮助他阻止伊瑟拉。卡雷不知道这场斗争最终会是什么结果，甚至也不知道这个决定是否正确。当他第一次听说要同那头暴虐的巨兽谋求和平的时候，他和玛里苟斯一样震惊。但同时他也知道，在他的时代，迦拉克隆的遗骸就躺在巨龙荒野的中心，这头巨大的始祖龙被认为是所有龙族的祖先。其中的缘由卡雷无从得知。难道说迦拉克隆最终得到了救赎？要知道，这是未来的奈萨里奥与玛里苟斯都没能得到的东西。

所有的疑问都随着玛里苟斯的新发现而暂时放下。那是一个栖身在山坡顶上的红色身影。在卡雷看来，这可能是阿莱克丝塔萨家族中的任何一位成员，但他的宿主笃定地相信这就是伊瑟拉的姐姐。这头雄龙奋力拍动翅膀拉近距离，然后证实了自己的想法。

她注意到了玛里苟斯，用热切的眼神注视着他接近。卡雷能够感觉到自己的宿主因为没能带来好消息而有些愧疚。

"看到了伊瑟拉，"他开始叙述道，"和寇洛斯在一起。"

阿莱克丝塔萨难以置信地看着他。"寇洛斯？"

玛里苟斯简短地叙述了刚才的一切，包括伊瑟拉的想法。

火红色的雌龙一面听着，一面失望地发出嘶吼声。"必须去找她！"玛里苟斯话音刚落，阿莱克丝塔萨就咆哮起来。"必须阻止她！"

雄龙挡在了她的面前。"等等！伊瑟拉不会听你的！"

她怒视着他，但最终还是点了点头。"是的，伊瑟拉不会听。她会害死自己。"

"不会死。"玛里苟斯一口咬定，"伊瑟拉不会死。"

阿莱克丝塔萨摇了摇头，但她并没有挤开面前的同伴。这头雌龙踌躇着,她也希望自己能够相信玛里苟斯。

"寇洛斯很坏。"他提醒阿莱克丝塔萨,"寇洛斯总是说谎。"罪名简单直接,但是就卡雷在玛里苟斯记忆中读到的信息来看,事实差不多就是这样。"抓住寇洛斯,逼他说出真相。给伊瑟拉看。"

卡雷的宿主确实是想帮助这对姐妹,但这头雄龙同时也十分乐于看到自己的夙敌被揭穿。玛里苟斯毫不介意寇洛斯被迦拉克隆一口吞掉,只要他不被复活成亡灵龙就好。

阿莱克丝塔萨斜着脑袋,认真思考着雄龙的提议。她没用多久就做出了决定。"好。拆穿寇洛斯!伊瑟拉会看到真相的!"

卡雷并不确定玛里苟斯的提议是否明智,但他和玛里苟斯一样不信任寇洛斯。寇洛斯觉得他可以利用所有始祖龙,甚至包括迦拉克隆,来提升自己在龙群中的地位。这种自信相当愚蠢,而且危险……

一个熟悉的,雷霆般的咆哮穿透天际。

玛里苟斯和阿莱克丝塔萨毫不迟疑,立即从栖身地俯冲到下方更加阴暗的区域。他们谁都没有在这种时候去考虑尊严。玛里苟斯在一块突出的巨石下方找到了一处仅够一头始祖龙藏身的阴影。他把这里留给了阿莱克丝塔萨,雌龙拗不过他,也没有时间再去推让。雄龙继续飞行,在半山腰找到了一处缺口。这里相对他的身形来说有些狭小,但他已没有选择,只能使劲挤了进去,然后屏息静气。

就在他刚刚完成这一切的时候,一个黯淡、广阔的阴影吞没了所有事物。这个臃肿的身影遮天蔽日:迦拉克隆,正在进行他永无止境的掠食。

当迦拉克隆飞近到足够看清细节的时候，玛里苟斯暂时忘记了这头饕餮之兽的危险。当他注意到迦拉克隆身上越来越多的增生时，他甚至将自己相形见绌的身子往外探出了一点。

那些古怪的增生看起来就像是还未完全成形的身体部位。

卡雷与玛里苟斯同样惊恐地注视着那些一条接着一条随机分布在周身上下的肢体。这些肢体看起来就像发育不良一般，其中有前肢，也有后腿，有些还带着爪子。随着迦拉克隆的翱翔，一些残缺不全的增生翅膀也飘动了起来。而其他还有许多增生，原始得无论卡雷还是他的宿主都无法辨认。

更为可怕的是，在巨兽的臀部附近，还有一个看起来像是头颅的东西破体而出！玛里苟斯惊骇地坐在地上，完全忘记了迦拉克隆只要一回头就能发现他。

幸运的是，那头巨型始祖龙径直向前飞去，而且去往的还是一个与他们相反的方向。短短数秒之后，迦拉克隆便彻底消失在了视野之中。玛里苟斯长舒一口气，然后立即赶往阿莱克丝塔萨身边。

"必须赶快走！"火红色的雌龙催促道，"现在，赶在迦拉克隆折返前。"

"现在。"玛里苟斯表示同意，然后跟着阿莱克丝塔萨一同起飞。这头雄龙没有明言，但他和卡雷都很清楚现在的事态。即便他们能飞得比迦拉克隆更快，想要阻止灾难恐怕也已经为时太晚。

* * *

两头始祖龙朝着塔隆妮克西娅先前召开集会的地方飞去。那里还没有被迦拉克隆发现，但塔隆妮克西娅已经在以这种潜在的风险催促其他始祖龙准备开战。很显然，失去配偶的仇恨仍旧在她心头燃烧。

"我们的数量又增加了！"她咆哮道，"增加了非常多！迦拉克隆独自一头，寡不敌众！"

漫山遍野的始祖龙们通过嘶吼声以及咆哮表示同意。卡雷判断出塔隆妮克西娅已经演讲了好一会儿，这不仅说明她口才出众，还表明她仍旧在龙群中保持着支配地位。

"那里！"阿莱克丝塔萨沉声说道，"她在那里！"

顺着她的目光，卡雷的宿主在塔隆妮克西娅所处的岩石附近发现了火红雌龙的妹妹。寇洛斯紧挨着伊瑟拉，而另外三头同伙则在他们身后保持着一段距离，似乎不打算接近他们。玛里苟斯和卡雷都略感诧异，这三头始祖龙一向都唯寇洛斯马首是瞻，怎么现在仿佛要划清界限一般。

塔隆妮克西娅对龙群的回应很是满意。寇洛斯借此机会靠了过去，倾斜身子靠在她耳边窃窃低语。她眯起漆黑的双眼，将目光落在伊瑟拉身上。寇洛斯则立即退了下去，脸上看不出任何表情。

龙群之主发出了一声震天的咆哮，响亮得足够让半天行程之内的所有飞禽走兽都听到。卡雷的宿主带着些许畏惧降落，然而，出于对阿莱克丝塔萨的尊重，玛里苟斯没有退避。相反，他和这头火红雌龙一起，来到了一处能够看清事态的地方。

"这头小崽子想说话。"塔隆妮克西娅扬起一只翅膀指向阿莱克丝塔萨的同巢妹妹——伊瑟拉，然后补充道："那就说吧！"

伊瑟拉望向寇洛斯，但后者只是略微点了一下头。

阿莱克丝塔萨低声咆哮,对这头的雄龙的行为表示不齿。"他就躲在背后,让一头母龙去出头?"

"这就是寇洛斯。"玛里苟斯早就明白他的老对头不会全力支持伊瑟拉。在有绝对把握能够得到好处之前,寇洛斯都会想尽一切办法不让自己成为事件的焦点。如果伊瑟拉真的说服了大多数始祖龙,寇洛斯一定会嗖的一声出现在她身边。

浅黄色的雌龙鼓起勇气,昂首挺胸。和塔隆妮克西娅在一起的时候,这头雌龙并不引人注目,但玛里苟斯和卡雷都能感觉得到,伊瑟拉身上蕴藏着一种值得让人钦佩的特质。她的体型娇小柔弱,但那种与生俱来的果敢与坚定总让她看起来比实际体态更加高大。

"我们有很多!"她的第一句陈述引来了一阵齐声的赞同,"我们有很多……但,迦拉克隆始终是迦拉克隆!"

赞同的嘶声渐渐消退,聚集的始祖龙们开始试着理解她后一句话想要表达的意思。

"迦拉克隆非常巨大!迦拉克隆非常强壮!"

"我们有很多!"龙群中的其中一头反驳道。其余的也跟着嘶吼着表示赞同。

"我们有很多,"伊瑟拉点头重复道,"但若是与迦拉克隆对抗,会死很多。"

许多听众开始不安地面面相觑。塔隆妮克西娅看在眼里,恼怒地嘶吼了一声。

伊瑟拉无视了她,继续自己的陈述。"这么多龙,都可以活下来!和平可以让所有龙活下来!"她上前走向龙群最密集的地方。"必须和迦拉克隆对话!迦拉克隆曾经对话过!要知道,迦拉克隆曾经是和我们一起的！和我们一起打猎！我们去提出和平，迦拉克隆会听……"

震耳的笑声打断了她。塔隆妮克西娅一面嘲笑着伊瑟拉的诚恳发言，一面环顾其他始祖龙。"迦拉克隆会听？哈！迦拉克隆和我们一起打猎？现在的迦拉克隆猎我们！对话？不可能！"

伊瑟拉想要反驳，但是越来越多的嘲笑声淹没了她。那是来自塔隆妮克西娅，以及这头雌龙所有追随者的嘲笑。

阿莱克丝塔萨大吼一声。她往前走去，显然是想要站在自己的妹妹身旁。

玛里苟斯挡在她的面前。"不。伊瑟拉不会喜欢的。"

火红色的雌龙差点就想喝退他，但接着便陷入迟疑。她望着伊瑟拉，想要安慰她，但最终还是点了点头。"是的……她不会喜欢的。她总是这样。"

玛里苟斯和阿莱克丝塔萨只能眼睁睁地看着伊瑟拉的努力付诸东流。卡雷期盼着阿莱克丝塔萨能飞到伊瑟拉身旁，并且设身处地地觉得自己定会如此，但最终，他也只能和那两头始祖龙一样。伊瑟拉深感挫败，同时茫然不知所措。她四下张望，仿佛在找寻着某头失去踪影的始祖龙。

"寇洛斯，"卡雷的宿主低声问道，"寇洛斯呢？"

确实，那头雄龙和他的三头跟班都一起没了踪影。玛里苟斯在龙群中发现了其中一头跟班，但那个身影很快便隐没于远处的一块岩石之后。

在他正在思考接下来该做什么的时候，塔隆妮克西娅再度掌控了龙群。她发出一声咆哮，让那些刚才跟她一起嘲笑伊瑟拉的始祖龙都安静了下来。

"没有和平！"她宣布道，"永远没有！迦拉克隆猎我们。现在换我们猎迦拉克隆！同意吗？"

赞同的吼声回荡于整个区域。伊瑟拉低下头颅，摆出顺从的姿态向后退下。阿莱克丝塔萨用恳求的眼神望着玛里苟斯，看起来比以往任何时候都更加焦急。

卡雷的宿主点了点头。"去吧……现在可以了。"

当她冲去安慰伊瑟拉的时候，玛里苟斯迅速扫视龙群，想要找出奈萨里奥。但他既没有找到那头炭灰色的雄龙，也没有找到诺兹多姆。玛里苟斯从栖身的岩石上跃下，继续搜寻战友，而塔隆妮克西娅则开始进一步利用伊瑟拉失败的尝试。

"我们有很多！我们会赢……"

"现在就打！"其中一头始祖龙提议。

"不！我已经计划好了！等更多始祖龙到来！三次日出之后，我们进攻！迦拉克隆必死！"

玛里苟斯在听到这个决定的时候顿了一下，这是塔隆妮克西娅首次公告日期。他厌恶地嘶吼着，不喜欢事态发展得这样迅速。

当其他的始祖龙开始为这项宏伟计划纵情欢呼的时候，玛里苟斯发现了寇洛斯。这头雄龙偶然露出人群的脑袋表明他正在往北方离去。寇洛斯很快再度隐进龙群，但玛里苟斯已经在其不知情的情况下盯上了他。

玛里苟斯比以往任何时候都更加不相信自己的凤敌，他疾走于岩石之间，不再去想其他事情。他不想被对方发现。寇洛斯显然有一些阴险的计划，玛里苟斯和卡雷都确信应该继续追踪下去。

玛里苟斯伏低身子，像平日里会被自己当成点心的小蜥蜴一样悄然游走。他谨慎地张望，想要找出寇洛斯和他同伙的踪迹。身后的方向，塔隆妮克西娅还在继续煽动其他始祖龙。她的字句已经听不太清楚，但语调显然是在宣扬必胜。

玛里苟斯克制着不要去想三次日出之后将会发生什么，集中精力在这个难受的姿势下以最快的速度前进。他很想展翅起飞，但是在确定目标的位置前绝不能打草惊蛇。而卡雷对这一切完全理解，尽管他此刻并没有自己的身体。

接着，就像是上天听到了他们的祈求，一个模糊的身影在远处起飞。接着是第二个、第三个，以及第四个。寇洛斯和他的跟班们迅速地低飞远去，消失在北方的地平线。

玛里苟斯保持着同样的高度追踪而去。他仍然没法证明寇洛斯有什么计划，但那家伙是寇洛斯，这就足以成为怀疑的理由。卡雷对于那头始祖龙的认知大多源自于玛里苟斯的记忆，但是就最近的几次接触来说，他一样不喜欢这个家伙。

玛里苟斯很希望这时候至少能有奈萨里奥在身边，但眼下已经没有时间让他去确定老友的位置。寇洛斯正在急速飞走。玛里苟斯必须弄清楚他是飞去哪里，有何目的。

玛里苟斯已经不止一次丢掉这四头始祖龙的踪影，但每一次都凭借毅力再度将目标找出，直到最后气息消失于一片绵延的山脊。

玛里苟斯愤怒地嘶吼，他知道四头始祖龙降落在了这里。他很清楚寇洛斯身上的那股恶臭，只是暂时还无法确定准确位置而已。

然而，另一股让人不安的气味也飘进了他的鼻孔。这气息并不强烈，但是十分特别，让他不自主地想要辨识。一种难以言喻的强烈直觉告诉他,这气味绝不是来自自己的同类。

尽管原本是想追踪寇洛斯,玛里苟斯最终还是转向了气味飘来的方向。卡雷也和他一样好奇,但原因却不尽相同。与其说是气味,倒不如说是气味的来源,莫名让他感到熟悉。

玛里苟斯朝着气味的方向走去,但仅仅在一小段距离之后它便消失无踪。他降落在一处高耸的岩石之上四处张望,但什么也没能发现……

然而突然间,他感觉到有什么东西正在注视着他。

这头始祖龙迅速朝自己左翼的方向望去。他和卡雷原本都以为只是神经紧张,但这一次,他们错了。

那个身影同始祖龙比起来委实渺小,但无论玛里苟斯还是卡雷都确信,只要他愿意,他完全有同玛里苟斯一战的力量。这头始祖龙只是模糊地觉得自己仿佛在哪里见过这个身影,但卡雷则是彻底陷入震惊。这就是那个他曾在其他幻境,甚至于在自己的时代,在魔枢中所见到的那个身影。

你是谁?你到底是什么?卡雷无助地询问。

"你是谁?"玛里苟斯也同样问道,就仿佛是在复读那个他不可能听到的思绪,"你到底是什么?"

正当他问出卡雷的疑问时,他们俩都发现视线内已经没了东西。然而,就在眼角勉强能够注意到的地方,他再次发现了那个身影。始祖龙转过身,正对着那个斗篷翻涌的身影。此时的玛里苟斯还完全没有服饰的概念,他正在试图理解那些翻涌的是什么东西,以及这家伙为什么有能力突然消失,然后出现在别的地方。而卡雷则非常清楚,这个神秘人物拥有极其强大的魔力。

强大到足以创造某些可憎法器的魔力。

神秘人并没有回答的意思，始祖龙咆哮着跃到更近的地方。

这个穿着带帽斗篷的身影再度消失，然后出现在东南方更远一点的地方。

它想把我们引到某处，卡雷心想。终结这段诅咒的方法，也许就存在于附近的某处。

一阵嘶吼声从玛里苟斯正在飞往的方向上传来。卡雷的抗议没有任何效果，他的宿主已然加速。这只是一阵嘶吼声，但已足够让玛里苟斯分辨出来源是谁——一头他再熟悉不过的始祖龙。

附近并没有寇洛斯的身影，但玛里苟斯确信他听到了老对头的声音。卡雷的宿主再度升空准备搜寻，然而就在这时，那个记忆中的身影突然又在脑海中浮现起来。玛里苟斯犹豫了一阵，让卡雷欣慰的是，他最终还是决定回头。

但那个身影再也没有出现。四处都看不到踪迹。

这让玛里苟斯拿定了主意，再次把寇洛斯作为追捕的目标。他很确定，自己的夙敌就在非常接近的地方。

一头与寇洛斯相同颜色的始祖龙短暂地升空越过一座山坡，然后又再次下降。玛里苟斯立即追了过去，然后降低到离地仅有几码的高度。他刚一接近这块区域，一股硫黄的气味便扑鼻而来。玛里苟斯并不熟悉这里，但他知道许多类似的地方。这种地区的环境通常极不稳定，有时甚至像野兽一样暴虐。

玛里苟斯降落在半山腰上，然后慢慢接近山顶。他听到了一些声音，其中一个便是自己的夙敌。这头始祖龙听起来有些恼怒。

"他来这里！总是来这里！"寇洛斯恶狠狠地说道。

"我们不该来这里！"其中一头跟班抗议道。

紧接在这句抗议之后的是一声咆哮和一阵哀嚎。玛里苟斯探出脑袋，发现寇洛斯正扑在那头抗议的始祖龙身上。这头始祖龙的额头被撕开了一道鲜血淋漓的长口子。不远的地方，另一头同伴畏惧地目睹着一切。而第四头同伙，玛里苟斯暂时没能发现。

"我们会活下去！"寇洛斯冷笑道，"其他龙会死！都会死！而我们会活下去！"

另外两头始祖龙不住点头，然后和寇洛斯一起转头望向了北方。

玛里苟斯也跟着望了过去，然后发现一个巨大的灰暗轮廓正在地平线上成形。

"他来了！"寇洛斯得意地嘶吼道，"寇洛斯叫他，然后他来了！迦拉克隆来了！"

迦拉克隆！玛里苟斯呆立在原地，而卡雷若是有身体的话，恐怕也是一样。寇洛斯召唤了迦拉克隆？

玛里苟斯和卡雷都料到了寇洛斯在玩弄一些阴谋诡计，但谁也没有想到玛里苟斯的凤敌竟然胆大包天地独自联系了迦拉克隆。这与伊瑟拉的希冀和塔隆妮克西娅的计划都没有关联，但却足以将那两者彻底毁灭。

玛里苟斯谨慎地沿路折返，以最快的速度远离寇洛斯。他的思绪飞快地交织，想要赶紧决定接下来该怎么办。事态的严重已经远远超出了玛里苟斯对凤敌捣乱能力的预估。

一声愤怒的嘶吼从身后传来。玛里苟斯转头望去，发现刚才没能找到的第四头始祖龙正在向自己扑来。

玛里苟斯被撞倒在地，滚过了刚才最初着陆的地方。他原本以为身下会是坚实的土地，但是当他挣扎着想要站起的时候，才发现自己已经撞破了地表浅浅的一层泥土，跌进了一摊温暖黏着的焦油之中。

呼吸的欲望让玛里苟斯奋力将头探出焦油池的表面。在他这么做的时候，他和卡雷看到了两件事情：第一，第四头始祖龙已经直奔着寇洛斯与其他两头跟班等待迦拉克隆的山顶而去。第二，在玛里苟斯被吞没前的最后一刻，他短暂地瞥见了那个盖着兜帽的身影正无动于衷地站在自己面前。这一次玛里苟斯与卡雷一同体验了世界在黑暗中消失，只不过，执行者是一处填满焦油的洼地。而卡雷无论怎么努力，最终也没能醒来。

第十一章

与六人议会的会谈才开始没多久,吉安娜便借故抽身离开。她发现自己根本没法集中精神,在短短的集会时间里,自己的思绪就已经好几次不由自主地转到了某件更加私人的事务上去。

她的心总是会被卡雷牵动,甚至于在他还没有表现出那些怪异——或者说让人不安的举止之前,就已经如此。吉安娜仍然还能清晰地记起那个吻。那一天,他诚挚地询问是否能留下,是否能待在这里与其他法师共处,以及更重要的——与她共处。她,轻轻扬起自己的脸颊作为回答。而他,则报以了一个她长久以来期盼的热吻。那一刻,世界看起来是如此美好。

但是,在他满面愁容地离去之后,事情就开始转变了……以至于现在,吉安娜发现自己连开会都会心神不宁。

吉安娜很清楚自己不该为儿女私情而耽误职责,但卡雷作为曾经的魔法守护巨龙,掌握着他和他的前任——尤其是他的前任玛里苟斯——所搜集的无穷奥秘。这是一股足以对整个世界造成严重损害的强大魔力，而卡雷对其的掌控正在一天一天减弱。如果真的是这样，那吉安娜就有理由说服自己，去调查清楚卡雷到底遭遇了什么。

但每一次吉安娜试图打探更多消息的时候，卡雷都会切断联系。单纯地和他谈话估计没法取得进展，如果想要了解事情的真相，这位大法师恐怕得采取一些别的措施。而在她看来，可行的方法只有一个。

带着强烈的渴望，吉安娜加快脚步回到了自己的密室。她已经构想好了一个方案，一个在她看来完全合理的方案。

但同时也是一个卡雷估计不会喜欢的方案。

* * *

窒息。卡雷已经彻底没法呼吸。

事实上，是那头很久很久以前的玛里苟斯正在拼尽全力试图呼吸。只不过，他的所有感观都毫不保留地传达给了卡雷，让卡雷不禁好奇如果这片黑暗真的吞噬了玛里苟斯又会怎样。卡雷理性的那部分知道自己的宿主并没有在此陨没；但他感性的那部分——因为失去氧气而痛苦的那部分——仍然还在怀疑他们两人都会葬身此处。

玛里苟斯抽搐着在焦油坑中越陷越深。卡雷原本以为这头始祖龙会陷入昏厥，但出乎意料的是，玛里苟斯一口喷出了肺里的所有空气。

卡雷起初觉得这与自杀无异，但接着便明白过来这是玛里苟斯正在试图自救。这头始祖龙扬起头，用仅余的空气催动冰息。这股力量吹散了头顶的所有焦油，同时还让周围一圈也凝结成霜。

这头始祖龙探出头，在自己造出的狭长通道里贪婪地吸纳着空气，然后，再次发动吐息。如玛里苟斯期望的那样，周围的物质已经被凝结到足够坚硬。他震碎周围的一层，然后立即开始向上挣脱。

下方，卡雷和他的宿主都能感觉到焦油已经开始再度融化。玛里苟斯加快了速度。通道非常狭窄，他没法扭头回去再次吐息。如果想要逃出生天，就必须得再加把劲。

距离开口已经非常接近，但同时下方也传来了阵阵异响。这头始祖龙嘶吼一声，全力刨动手爪。他的头颅首先挤出通道，接着把剩余的身子也全部拽了出来。

沉闷的异响越来越强。尽管仍然处在缺氧的状态，玛里苟斯还是转头再次喷出一口吐息。

寒霜将洞口涌出的焦油再次冻住，让整片地表也暂时凝结起来。玛里苟斯展开双翼腾空而起。他不停地上升，再往上升。他和卡雷都希望冰层能拖延足够的时间……

冰层从逃脱的那个穴口迸裂。一股融化的焦油射向天空。

玛里苟斯在"喷泉"接近自己的时候堪堪躲过。他用尽全部力气往前直飞，尽管这与他原本打算去往的方向正好相反。

直到感觉自己已经足够安全之后，这头始祖龙才终于回头望去。"喷泉"仍然还是指向着他，但看起来已经是强弩之末。最终，它再也没法保持汇聚，散落得整片地区到处都是。

玛里苟斯精疲力竭地降落到一座山头，试图集中精神。他深吸一口气，然后朝着自己的身体喷出一口吐息，冻结了那些仍然还黏在身上的焦油。接着，这头始祖龙用力抖动身体，将所有残渣全部清理干净。这项工作又耗费了他不少力气，使得他好几分钟后才恢复过来。卡雷能够感觉到宿主周身上下每一处的疲惫……以及心中越来越强烈的急躁。玛里苟斯仍然还是想要追踪寇洛斯，可这得等到他的呼吸平复之后才行。但时间每过一分，目标的踪迹都会变得更加难以追寻。这片区域到处都散布着恶臭，即便是对于玛里苟斯这样优秀的追踪者来说，想要辨识出那头始祖龙的气味也十分困难——或许这就是寇洛斯想要的效果。

他的呼吸终于完全平复，玛里苟斯立即升空，然后朝着他老对头所在的大致方向飞去。不出意料，那四头始祖龙都已经没了踪影。玛里苟斯继续搜寻，他不断地嗅探，希望能从空气中找到一些其他始祖龙的线索。

然而另一种气味最终引起了他的注意，为他指出了一条可能的路径。这股气味给了他两个选择：是掉头飞去安全的区域，还是往前追向那个象征着死亡的血盆大口。

迦拉克隆就在前方遥远的距离之外。玛里苟斯的一部分——在卡雷看来是属于理智的那部分——催促着他转头，而另一部分却在怂恿他往前追赶。玛里苟斯仍能回想起寇洛斯关于迦拉克隆的发言。如果寇洛斯已经做到了现在的地步，那他就绝不可能在达成目的之前收手。

而如果寇洛斯真的成了迦拉克隆的随从，那其他所有始祖龙都会成为待宰的羔羊。

玛里苟斯压低高度向前疾飞，双眼扫视着天空中的所有东西。

他的所有计划都是建立在自己先发现那头巨兽的前提下。玛里苟斯很清楚迦拉克隆飞得有多迅捷，如果对方先发现自己，那逃生的可能性简直就是微乎其微。

卡雷试图在他宿主的脑海中搜寻更多细节，但他很快便发现，玛里苟斯的全部计划总结起来只有八个字——找到迦拉克隆再说。卡雷很清楚这头未来的织法者有多么擅长随机应变，但毫无准备就开始搜寻这片大陆上最可怕的怪兽，这简直就是自寻死路。然而和以往一样，卡雷没法干涉宿主的任何选择。他只能祈祷自己读过的历史都是真的。事实上，在近来的幻境里，他已经不止一次想要质问历史——玛里苟斯这个愣头青是怎么活下来的？

求生似乎并不是卡雷的宿主具有的特质，这头始祖龙一再加快速度，几乎是在渴望着与迦拉克隆来一次亲密接触。在玛里苟斯追踪那头巨兽的古怪气味的这段时间里，周围的地质已经变换了不止一次。随着距离越来越近，玛里苟斯开始注意到了某种让人不安的东西。这是一种腐烂的气息，就好像迦拉克隆的身体已经开始死亡，但他的意识却还活着。此外，迦拉克隆的气味之中还夹杂着一种扭曲、惊骇的感觉。玛里苟斯和始祖龙族群现在还不太能理解"邪恶"这个概念，但卡雷能够感觉得到，他的宿主此刻所想表达的概念就是邪恶。在玛里苟斯的记忆中，曾经的迦拉克隆几乎可以算得上是仁善。然而不知何故，在某个时刻之后，他便一头走上了黑暗的道路。

卡雷惊恐地联想到，这就好像死亡之翼一样。但是从某些方面来说，迦拉克隆的堕落还要更加糟糕，更加纯粹。

为什么这段历史没有在龙族之间传承？为什么五位原初守护

巨龙以及其他最初的真龙都一致同意让那段可怕的纪元成为秘密？卡雷百思不得其解。

玛里苟斯突然停了下来。卡雷延迟了一会儿，才从迦拉克隆更加浓烈的恶臭中分辨出了玛里苟斯所注意到的另一种气味。这不是寇洛斯本人，但却是他的其中一个跟班。冰蓝色的始祖龙倾身斜掠，追向那股气味。

迦拉克隆的气味仍旧刺鼻，但另外那个气味也开始更加清晰。接着其他气味也混杂进来，其中一股就是属于寇洛斯。

突然，又一股污浊的恶臭引起了玛里苟斯的注意。他立即下降。

一对亡灵始祖龙从天而降，它们的爪子几乎是擦着玛里苟斯的翅膀划过。伴随着刺耳的嘶声，它们一路追了下来。

借着宿主的双眼，卡雷搜索着可供利用的地形。但这只是再次苦涩地让他记起，自己完全无法对附身的躯体产生影响。否则的话，西面的一处天然石拱将会成为他首选的作战地点。

玛里苟斯奔向了那座石拱。

卡雷不敢确定究竟是玛里苟斯也做出了同样的选择，还是自己与宿主在刚才的那个时刻不知何故成为一体。但他已没有时间多想，那两头亡灵马上就要追上他们。他只能期待这个石拱能够起到预想的效果。

玛里苟斯急速穿过石拱，然后立即上升。这头始祖龙仰头倒旋，转过一圈然后重重地落在石拱之上。卡雷感觉到全身的每一块骨骼都在震颤，只希望这次冲击没有伤害到自己的宿主。

石拱应声崩塌。大量的巨石碎裂坠落，压向了那两头跟着追来，正在穿过石拱的亡灵。

第一头追赶者正处在拱门中心,被压在碎石堆中,砸成一摊碎肉。第二头逃过一劫,但也被落石砸得晕头转向,一头撞在了拱门的石柱之上。

玛里苟斯深吸了一口气,俯冲向那头追击者。他趁着那头亡灵调整平衡的时机,喷发出一大口冰霜。

亡灵的行动被减缓了。玛里苟斯再次加速,在对手恢复过来之前一口咬上了它的喉咙,同时爪子也刺进它的胸腔,然后向外撕扯。

干枯的鳞片和血肉防御低下,但这并不意味着那具尸体会就此停止攻击。寒霜的效果正在减退,即便是喉咙几乎被整个扯断,那头亡灵也仍在试着咬向玛里苟斯的翅膀。

玛里苟斯将头伸进对手的胸腔,然后重重咬下,扯出了自己能够咬到的所有东西。于是,这头亡灵整个上半身都开始往被毁的胸腔中坍缩;头颅也垂落下来,像连枷一般左右晃悠。

玛里苟斯发动最后一击,彻底扯断了它的脖子,任由它的头颅滚到一旁。但无头的躯体却仍然还在盲目地搜寻着他。始祖龙侧身避过,让那具躯体蹒跚着越走越远。

但就在这时,一股剧痛从玛里苟斯左侧的后腿传来。他一面咆哮,一面试图奋力甩掉那颗咬住自己的头颅。尖牙已经刺穿了他的鳞甲,鲜血倾泻而出。

玛里苟斯抓住头颅下颚,用尽全力将其撬开,然后尽可能远地将头颅扔了出去。

受伤的后腿不住抽搐,鲜血也不断涌出。玛里苟斯仔细查看了一番伤口,然后小心地喷出一口吐息。

冰霜精确地覆盖住了受伤的区域,随之而来的凉意驱走了抽搐。血流也逐渐减缓，然后完全停住。

玛里苟斯承受的所有痛苦都一丝不差地传递给了卡雷。所以，对于那片极大程度减轻痛苦的冰霜，他深表感激。

山风扫过，玛里苟斯迎风细嗅。他和卡雷都在其中分辨出了寇洛斯以及他的跟班的气息。为什么他们停下了追随迦拉克隆的脚步？卡雷和他的宿主都没法解释，但他们都觉得应该找出原因。

玛里苟斯兜了一圈，避免再次成为亡灵的猎物，也避免自己的气味被风吹向敌人。当他接近的时候，在寇洛斯一行的方位发现了一个非常强烈的新气味——血的腥味。

非常新鲜的血腥味。

这股令人不安的气味伴随着寇洛斯的咆哮，以及另外一头始祖龙含糊的话语。他们具体说了什么没法听清，但寇洛斯明显非常生气。

玛里苟斯万分谨慎地贴着岩石从远处窥视，但所见之物让他立即瞪大了双眼。

在场的不单只是寇洛斯和他的跟班。一头来自阿莱克丝塔萨族群的雄性幼龙正躺在场地正中，旁边还站着两头寇洛斯族群的新成员。其中一头雌龙的体型仅比寇洛斯小上一点，看上去很是趾高气扬。玛里苟斯和卡雷都能看出来，寇洛斯并非在对她发火，他的怒火是冲着另外两头雄龙的。

"做啊！"他们的领袖咆哮道，"必须这样做！迦拉克隆就是这样做的！"

那头幼龙挣扎着站起，但马上又倒了下去。他浑身的伤口都展现在了玛里苟斯眼里。他的翅膀已经被扯破，而胸膛更是被整个剖开。玛里苟斯的目光转到新入伙的那一对灰龙身上，清晰地看到了他们俩的手爪上都染着血污。

"特意带来给你们的！"雌龙接过老大的话茬，继续催促道，"现在，吃！"

玛里苟斯战栗了。如果卡雷有身体的话，他毫不怀疑自己也会这样。他们俩都不敢相信刚才听到了什么。

两头雄龙仍然还在犹豫。寇洛斯嘶吼了一声，露出自己同样染血的利齿。

那头雌龙望了寇洛斯一眼。然后，没有任何前兆地一口咬向负伤幼龙的喉咙，扯下一大块鲜血淋漓的嫩肉。玛里苟斯，甚至于除寇洛斯之外的其他雄龙都被骇得呆在当场。雌龙带着莫大的愉悦仰起头颅，将肉块囫囵吞下。然后，轻蔑地看着在场的其他成员。

玛里苟斯很想冲上去帮助那头幼龙，但他知道一切都为时已晚，而且这只会白白再搭上自己的性命。卡雷理解这个决定，只是突然间无比渴望能带着自己的身体站在宿主身旁。他们两人联手的话，一定可以将寇洛斯一伙悉数剿杀，对此他毫不怀疑。

但此时此刻，他和玛里苟斯一样什么都无法做到。他只能无助地目睹这场屠杀，分享宿主的挫败，分享宿主的恐惧。

其中一头踌躇的雄龙开始了进食。他从幼龙的手臂上扯下一大块鲜肉，大口吞了下去。然后，其余的同伙也最终加入了进来。

即便是刚强如玛里苟斯，也没办法再让自己目睹下去。他背过身去，然后立即开始呕吐。卡雷感受着玛里苟斯所爆发出的强烈的原始情感，他知道自己的宿主正在强忍着不要冲上前去。寇洛斯让其他随从所做的事情是绝不能饶恕的。一头始祖龙绝不会吃另一头始祖龙。是的,他们也会殊死相搏,但即便是一场决斗以其中一方的死亡告终,战胜者也绝不会吞食死尸。

直到,迦拉克隆开始吞噬同类。

玛里苟斯不寒而栗。迦拉克隆……

不管卡雷还是他的宿主,都没办法想象更糟的局面——寇洛斯正在试图让他和他的随从都转变成迦拉克隆的模样。

玛里苟斯忍住颤抖,强迫自己转回去继续观看。所幸,火红色的幼龙此时已经断气,再也不用忍受一口接一口的撕食。寇洛斯的随从们很快完成了进食,只留下一摊碎骨和剥落的鳞片。

寇洛斯吞下最后一口,终结了这幅可怕的画面。他张开鲜血淋漓的下颚,咬起那颗了无生气的头颅然后扔到一旁。"完成了!全部完成!我们会变强!很快变强!"

"很快!"那头雌龙附和道。

"很快!"其他随从也跟着重复道。

寇洛斯舒展双翼。"现在……我们已经变得跟迦拉克隆一样!迦拉克隆不会吃我们!我们会和他一起!他不会吃我们!"

这番话甚至煽动了刚才最为抵触的那头追随者。所有始祖龙全都扬起了头,异口同声地嘶吼起来。寇洛斯趁势起飞,那头雌龙立即加入了他。其余始祖龙跟着起飞,临行引发的风浪吹得受害者的残骸满地都是。

玛里苟斯本想立刻展开追逐,但突然间却发现自己不自主地走到了尸骸身旁。刺鼻的杀戮气息填满了他的鼻腔。出于某种玛里苟斯和卡雷都说不上来的原因,这头始祖龙开始着手调查这片残骸。卡雷的宿主凑到幼龙的残骸处吸了口气,接着,不知何故衔起了其中一根碎骨吞进口中。

接下来，几乎是转瞬之间，玛里苟斯就将这块碎骨又吐了出来。然而即便这样，他的心底也还是有着某种冲动想要再次咬起一根残骨，吮掉上面的碎肉吞进腹中。卡雷和他的宿主都立即为这个想法感到震颤，然而玛里苟斯仍旧还做了一番斗争才克制住往后退开。饥饿控制了他——一种目的远远超出进食的饥饿。玛里苟斯在渴望着品尝某种东西，某种卡雷此刻才反应过来的东西。

玛里苟斯渴望品尝的是这头幼龙仍然弥留的生命精华。卡雷能够感觉到宿主仍在克制着不要上前去搜寻那些仍未散去的精华。

玛里苟斯发出一声愤怒的咆哮，然后转身飞离。起初，他只是单纯地尽可能飞离尸体，直到拉开足够的距离之后他才意识到自己飞错了方向。冷风拍在玛里苟斯脸上，让他最终恢复了足够的理智，掉头朝着寇洛斯离开的路线追去。

寇洛斯一行的气味非常浓烈，但玛里苟斯和卡雷都注意到了其中的一些变化。一种先前只有在迦拉克隆飞过的地区才会存在的怪诞气息出现在了他们之中。这股气息再次搅动了玛里苟斯，甚至比之前还要强烈，但这一次，卡雷的宿主完全把握住了自我。

玛里苟斯加快了速度。这头始祖龙仍然还是没有具体的计划，但他知道，至少要先搞清楚在寇洛斯试图与迦拉克隆交谈时到底发生了什么。玛里苟斯，以及卡雷的脑海里都在一遍又一遍地想象着寇洛斯将所有始祖龙引向迦拉克隆血盆大口的场景。

一抹一闪而过的蓝绿色吸引了玛里苟斯的注意。这头敏锐的始祖龙在下方的一条小溪附近发现一个正在移动的物体。就在卡雷试图猜测他的宿主看到了什么时，玛里苟斯在距离目标一小段距离的地方降了下来。

前方不断传来某种急促的声响。玛里苟斯匍匐着靠了过去。

有什么东西正在大口大口地喝水。片刻之后，卡雷借着玛里苟斯的双眼看到了一个熟悉的身影。那是寇洛斯的其中一头跟班。就在卡雷试图分辨他是哪一头时，他的宿主已经认出了这就是那头最为抗拒吞食同类的雄龙。

这头始祖龙看起来状态非常糟糕。他的眼睛转变成了一种异样的浅黄，呼吸也变得急促不安。他又喝了一大口水，但接着就被呛得咳了一多半出来，同时还夹杂着一些仍未消化的肉块。

玛里苟斯的胃里一阵翻腾。或许是因为在不知情的情况下发出了什么声响或是某些动作太过明显，那头雄龙突然扭头望向了他。

伴随着一声野蛮的嘶吼，蓝绿色的始祖龙冲向了玛里苟斯。这头始祖龙的速度与他看起来像是患病的外表全然不符，转眼便逼到了玛里苟斯身旁。

卡雷的宿主迅速后退，险些就被咬住了喉咙。这头攻击者打斗起来就像是陷入了完全迷失心智的暴怒——远远超出了狡猾所能伪装的程度。滴淌着唾液的大嘴丧心病狂地乱咬着。卡雷和他的宿主都看不出如何才能全部躲开。然而，这头冰蓝色的雄龙进行得还算是成功……勉强成功。一番缠斗之后，玛里苟斯的身上最终被留下了六七处伤痕，所幸都只是一些皮外伤。

但这些轻伤让先前被亡灵咬伤的后腿也跟着痛了起来，进而触动了玛里苟斯刚才一直想要抑制的渴望。玛里苟斯的理智开始逐渐丧失。卡雷感觉到那个聪明、机灵的玛里苟斯正在变得和他的对手一样——一头没有头脑，只会厮杀的野兽。

一头比他的对手还要更为暴怒的野兽。

一时间攻守相易，玛里苟斯开始疯狂地发动撕咬攻势。他壮实的后爪拨开了敌人的鳞片，划出一道道鲜艳的血痕。较小的前爪则死死按住对手，将其锁在原地。这头雄龙挣扎着想要逃脱，但玛里苟斯丝毫没有打算留情。卡雷只能越发恐惧地看着自己的宿主压在病弱的对手身上，看着玛里苟斯的下颚开始滴下唾液。玛里苟斯渴望着杀戮，还渴望着一些卡雷心里清楚但却无力阻止的东西。

玛里苟斯发动了最后一击，狂怒的他几乎一口咬掉了对手的半个喉咙。接下来，他并没有如卡雷期望的那样将肉块吐出，而是急切地将其抛上半空，然后抬头张嘴一口吞下。

然而，正当肉块滑进食道的时候，玛里苟斯恢复了理智。卡雷的宿主干咳着，迫不及待地吐出了那团肉块。这头始祖龙蹒跚着后退，就和刚才的卡雷一样惊愕仓皇。

被亡灵始祖龙咬过的地方突然间剧痛起来。玛里苟斯满怀怒意地望去，接着便瞪大了眼睛，寄宿在体内的卡雷也一样明白了过来。那一咬感染了玛里苟斯，让他也开始朝着迦拉克隆的模样转变——一种寇洛斯梦寐以求的模样。

玛里苟斯仍在继续抑制这种欲望，但欲望正在变得一次比一次更加强烈。

附近的那具尸体血仍未冷，散发着受害者的生命精华，持续不断地引诱着他。

玛里苟斯发出一声焦躁的嘶吼，然后立即起飞，朝着寇洛斯的方向追去。这头始祖龙把自己的所有注意力都集中在了老对手和迦拉克隆的身上。他不敢去想其他任何东西。

但卡雷没有停止思考，他想了更多、更远他的宿主所没有想到的事情。简单的咬伤就几乎让玛里苟斯堕落到难以自救的程度？还有多少其他始祖龙被咬过？又有多少将会被咬？而又有多少始祖龙能像玛里苟斯这样抑制住被咬之后的渴望？一场远比寇洛斯的背叛还要更加可怕的灾祸已经开始孕育在摇篮之中……

第十二章

对卡雷来说，年代仿佛已经没有了意义。被困在这个时代越久、被卷入事态越深，回到现实的欲望也就变得越微弱。即便只是作为附身幼年玛里苟斯的幽灵，无法影响也无法改变任何事情，但不知何故，卡雷也禁不住感觉更愿意留在这里。他感受着玛里苟斯经历的一切——不论好坏。而近来，他发现这头始祖龙的行动正在变得越来越契合他的想法。

我们正在成为一体！当浓烈的恶臭表明他们已经距离迦拉克隆非常接近的时候，卡雷最终得出了这个结论。

卡雷驱赶走心中的所有迷思，然后无声地催促玛里苟斯加快速度，而玛里苟斯确实照做了。发现自己正在越来越多地参与到这场幻境让卡雷感到很满意，也加深了他阻止迦拉克隆的决定。卡雷已经变得不太确定历史是否真的会发展成他所了解的那样；也许未来的艾泽拉斯只不过是自己脑中的幻想。

迦拉克隆必须被阻止。迦拉克隆……以及寇洛斯。卡雷为自己定下了目标，此时此刻这项任务甚至比他原本的生活还要真实。

玛里苟斯突然向下俯冲。同一时刻，通过宿主的眼睛，卡雷看到了寇洛斯一行正在前方不远处起飞升空。卡雷只能假定这一伙始祖龙因为某些事情而稍微停顿了一会儿。

与寇洛斯同行的那头雌龙突然转头回望了一下。卡雷和他的宿主都明白他是在搜索那头失踪的队友。但不幸的是，尽管玛里苟斯的反应已经非常迅速，她还是发现了这头独行的追踪者。

即使没有听到接下来的这声尖叫，他们也猜得到雌龙将会警告寇洛斯和其余随从。玛里苟斯继续下降，直到仅仅离地数尺。在他寻找掩护的时候，翅膀已经不止一次擦到身下粗糙的土地。他冲进一片山谷，视线不停审视着前方哪里最适合隐蔽。接下来他穿过一个又一个通道，四处转折回避，并且稍有间隙便冒着风险回望身后以及仰望上方。

然而他没有看到，寇洛斯就在下一个弯道等候着他。

他一头撞向玛里苟斯。然后两头始祖龙抱成一团，撞向一旁的岩壁。玛里苟斯竭力调整着被撞岔的气息。他大口喘息，但寇洛斯已经将后腿抵在了他身上，狠狠压迫着他的胸肺。

紧接着，刚才的那头雌龙也降到了玛里苟斯身上，用力将玛里苟斯推向地面，同时还和寇洛斯一起盯上了对手的喉咙。

三头始祖龙轰然着地。碎石和泥土都朝着他们落了下来。玛里苟斯的背部附近被直接砸中，而寇洛斯和那头雌龙则迅速后退，躲开了落石的冲击。

一块沉重的碎石压住了玛里苟斯的翅膀。起初他想要挣扎，但接连不断的崩塌逼得他只能先蜷成一团。剧烈的疼痛刺激着卡雷和他的宿主，但最终也为他们带来了得以推开落石的力量。

四处都是呛人的粉尘，玛里苟斯静默良久才最终深吸了一口气。但紧接着，他便将这口气呼出，在头顶造出一片冰幕。冰幕减缓了崩塌，为他争取到了至关重要的一点时间，以便用双翼遮住身躯，并且裹住些许干净的空气。

崩塌终于止歇。玛里苟斯打算脱身，但却发现自己已经只剩下呼吸的力气，而周围也没有了多少活动的空间。刚才释放的冰幕正在龟裂，很快便会有更多石块压到自己身上。他们俩都很清楚现在必须尽快逃离。

玛里苟斯的前爪与后腿相比要纤细得多，但也拥有足够的力气去掀开一些石块，以便让身体的其他部位能够活动。然后，伴随着后腿的蹬力，这头始祖龙开始用鼻子往前方推挤。

碎石一块接着一块滑开，玛里苟斯的鼻子终于嗅到了新鲜空气的味道。他再接再厉，用力将自己往石堆外面推挤。他的头已经够到了外面，然后有那么一会儿，他突然犹豫了。他担心着寇洛斯此刻就守在外面，正等着他送上龙头。

但刚才他已经把头伸出了洞外，而自己的老对头并没有冲上来一口咬断脖子。既然如此，玛里苟斯终于大着胆子把整个身子拽了出来。他的翅膀和后腿一起迸发剧痛，幸好简短的测试表明前者伤势较轻，并且仍能活动自如。

他的听觉仍未能从巨响导致的耳鸣中恢复过来。这一段时间内他只能靠视觉和触觉来进行警戒。不过这便已足够了，身体感受到的猛烈震颤让他立即离开了原本的位置。

当玛里苟斯再次停下的时候，他的听力开始渐渐恢复。他和卡雷都听到了某种奇怪的巨响,既不像是雷霆,也不像是地震。好一会儿之后,他们才意识到这是某头无比巨大的生物正在沉声说话。也就是在这时,卡雷和他的宿主都明白了,刚才让他们警觉的那场震颤其实只是迦拉克隆简单的着陆动静。

玛里苟斯带着极度的谨慎往声音的方向逼近。然后他便听到了另一个声音,寇洛斯的声音。

"很多龙会在那里!就像鹿群一样等着被吃!"

"呵,很多……"迦拉克隆发出的每一个声响都让玛里苟斯仍旧脆弱的听觉感觉震耳欲聋。这让他和卡雷都很好奇迦拉克隆能不能发出比咆哮更小的声音。

"我们会吃得很爽!"寇洛斯向他担保道,"我们会变得更强!"

玛里苟斯小心翼翼地从遮蔽物后面探出脑袋。寇洛斯看来是已经认定自己的对手葬身在了那堆乱石之中,但冰蓝色始祖龙还是保持着警惕,以防他安排了其他岗哨。毕竟,以他的性格是不会希望有什么愚蠢的生物打扰到自己和迦拉克隆的对话的。事实也的确如此,透过宿主的眼睛,卡雷已经观察到了至少一头跟班在担任放风的角色,不过幸好此刻他警戒的并非玛里苟斯的方向。

寇洛斯和那头雌龙正悬停在半空,他们面前的迦拉克隆比起以前又更大了一圈。而这头巨兽皮肤上各种让人不安的增生也变得比以往更加明显。完整的四肢挂满了周身。甚至于翅膀也全都长成,此刻就正在不住地扇动,就好像试图将迦拉克隆抬到空中一般。

但最让人恶心的还是那些怪异的眼睛。无数的眼球分散在全身上下,和原本的那对巨眼一同充满恶意地盯着寇洛斯以及那头雌龙。增生的眼球杂乱无章地不断闭合睁开,就仿佛每一颗都是一个独立的个体,而并非是那头巨兽的一部分。

最近的一颗眼球突然转动过来瞥向了玛里苟斯。

冰蓝始祖龙立即伏低身子。他屏息静气然后侧耳倾听。幸好,迦拉克隆并没有做出什么反应,现场只传来了寇洛斯和那头雌龙说话的声音。

惊魂未定的玛里苟斯再度抬起脑袋,发现那颗眼球已经绕过他望向了一小群面向着迦拉克隆的始祖龙。

"伟大的迦拉克隆将会领导我们!"寇洛斯仍然沉浸在喜悦中,"伟大的迦拉克隆将会统治所有始祖龙!"

寇洛斯这家伙已经丧失心智了!卡雷在心中暗想。而玛里苟斯对此的看法也是一样。同时,他们也一起看到迦拉克隆正在饶有兴致地听着这些言语。

"龙群会在哪里聚集?"迦拉克隆最终向寇洛斯问道。

"那个像牙齿一样的山谷!马上就到约好的日期了!"

卡雷没有第一时间反应过来他所描述的地点,但玛里苟斯显然已经确认了。这头始祖龙发出一声愤怒的低吼,寇洛斯已经确凿地背叛了所有始祖龙。

"我知道那个地方。"迦拉克隆也确认道,接着目光一沉,"我曾在那里狩猎过。在我年幼瘦小……在我什么也不是的时候……"

"但现在的你已经是这片大陆上最伟大的存在!"那头雌龙奉承道。其余的始祖龙也异口同声地表示赞同。

其中一些增生的肢体突然开始扭动,挥舞着爪子就像要开始狩猎一般。许多的眼球也转了过来,和迦拉克隆原本的目光聚集到一处。

"是的,我很伟大。"蔽日的巨兽沉声说道。他特意看了寇洛斯一眼。"你,也会变得很伟大。"

"不会有迦拉克隆那么伟大!"玛里苟斯的老对头立即答道。那头雌龙也很快地点头附和道:"不会有迦拉克隆那么伟大!"

"是的……永远不会有我这么伟大……"迦拉克隆舒展开双翼,让附近一大块区域都被阴影笼罩。接着扬起前爪——虽然比不上后肢,但也远远比成年始祖龙的体型还要巨大——将一整块巨石拍成粉末。"这个世界只会有一个迦拉克隆……"

那头放风的始祖龙神色大变,猝然间腾空起飞。一时间玛里苟斯和卡雷都以为他们被发现了,但出乎意料的是,那头始祖龙正在用自己最快的速度不断往上爬升。看来,他已经决定了要和其他同伴分道扬镳。逃离的始祖龙迅速飞远,消失在远方的天际。

然而与此同时,迦拉克隆也咆哮着升上了天空,将寇洛斯一伙的全部成员都覆盖在身下。就连寇洛斯和那头雌龙也禁不住在这片凭空产生的阴影中瑟缩后退。

另外两名寇洛斯的同伙也被吓破了胆,转身便逃,但这只是无谓地引起了迦拉克隆的注意。两头始祖龙分别朝着两个方向,用他们最快的速度拼命远离,只可惜迦拉克隆的速度远远超出他们想象。这头巨兽冲向其中一头,然后用翅膀扫向另一头。巨大的翅膀毫无悬念地命中目标,将那头始祖龙拍得向上抛起。

寇洛斯和那头雌龙也升上了天空,朝着玛里苟斯的方向飞来。他们走得太急,并没有注意到匍匐在地面的玛里苟斯。

惨叫声在空气中回荡。玛里苟斯壮着胆子探出头,正好看见那头被翅膀击中的始祖龙在呈抛物线落下。伴随着一声饥渴的咆哮,迦拉克隆一口吞下了猎物。

另一头始祖龙趁着迦拉克隆吞噬同伴的机会，冒险地从左侧掠过这头巨兽的头颅和肩膀，试图从反向逃走。

然而，其中一条增生的肢体抓住了这头始祖龙的翅膀，让他惊慌地尖叫了起来。

迦拉克隆晃动身躯，让那条手爪顺势将猎物向前抛出。

于是，这头哀嚎的雄龙便无助地滑进了迦拉克隆的喉咙。

短暂地吞咽之后，这头怪物望向了玛里苟斯所在的位置。卡雷感觉到逃跑的欲望瞬间填满了自己的宿主，然而不知何故，玛里苟斯始终没有移动。这个决定很快便被证明是明智的，就在迦拉克隆咆哮着径直飞越他的时候，这头巨型始祖龙不费吹灰之力就解决了前两头猎物，这就意味着寇洛斯和那头雌龙并没有飞出多远。卡雷和他的宿主仍还能看到他们渺小的身影正在拼命加速，试图保持与迦拉克隆之间的距离。然而，迦拉克隆的巨翼仅仅拍打了几下就来到了这一对亡命鸳鸯的身后。

寇洛斯突然毫无预警地撞了那头雌龙一下。雌龙失去平衡，前进的速度立时就慢了下来。

他竟然牺牲同伴来保全自己的性命！卡雷和玛里苟斯都为这突如其来的背叛目瞪口呆。

那头雌龙好不容易调整好姿态，却发现迦拉克隆已经近在咫尺。绝望之中她喷出一口吐息。这样的吐息在对付玛里苟斯之类的对手时或许非常管用，但对上眼前的巨兽，只是无益地折断了一颗泛黄的巨牙。

迦拉克隆一口吞下了她，甚至丝毫没有因此减缓追赶寇洛斯的速度。

玛里苟斯的夙敌仍在竭力向前，但即便是背叛同族也没能让他远离迦拉克隆无尽的饥饿。血盆巨口正在他身后撑开。

看起来就像是失了心智一般，寇洛斯突然转头冲进巨兽的口中。然后，赶在利齿咬合之前，寇洛斯迎头攻向了迦拉克隆口中从未见光的上颚。

爪子撕扯着脆弱而未受保护的嫩肉，让迦拉克隆受痛缩回头颅。不管玛里苟斯还是卡雷都难以置信寇洛斯竟然真的伤到了迦拉克隆。不过，这也完全是依靠出其不意。

趁着迦拉克隆一瞬间的惊诧，寇洛斯再度开始逃离。蓝绿色的始祖龙用一种玛里苟斯都自愧不如的速度向下俯冲，然后贴住地表飞行。无论周围的地势怎么转换，他的速度都丝毫没有减缓。

迦拉克隆再度追击。玛里苟斯也终于从藏身之处跃起，最后看了一眼那头巨兽和他的猎物。

这一刻，他和卡雷都已经明白，无论寇洛斯多么狡猾，也没办法从这里成功逃生。保持低飞的确可以让迦拉克隆难以抓住他，但前方的坡地势必逼得他往上攀升。要么撞上地面，要么往上升起。寇洛斯选择了后者，也因此活活地把自己送进了那头巨兽的口中。

降临在老对手身上的厄运并没有让玛里苟斯感到任何触动。他和卡雷都看到了，寇洛斯直到生命的尽头都始终只想着自己，丝毫不顾及哪怕是身边最亲近的同伴。此刻，玛里苟斯唯一关心的便是迦拉克隆会不会突然转身发现自己。

幸运的是，迦拉克隆在前方广阔的平原上越飞越远。然后，伴随着一阵和先前一样的猛烈震颤，这头可怕的巨兽降下地面。

玛里苟斯迅速降落，然后静静等待。迦拉克隆的头颅伏在地上。好一会儿之后，低沉持续的呼噜声开始从这头庞大始祖龙口中传出。

呼噜声接连不断，玛里苟斯终于鼓起勇气升空。不管卡雷还是玛里苟斯都没有把握迦拉克隆会睡上多久，但这头冰蓝色的始祖龙决定赌上一把。玛里苟斯学习着寇洛斯的策略，贴近地面，然后用最快的速度向前飞行。即便呼噜声已经被甩开老远，卡雷的宿主也丝毫不让自己松懈。

一个新的担忧浮上了这头始祖龙的心头，同样也警醒了卡雷。寇洛斯已经为他的背叛付出了代价，但他的影响并没有因此终结。迦拉克隆已经知晓了塔隆妮克西娅和其他始祖龙备战的地点。对玛里苟斯和卡雷来说，这头雌龙的计划虽然疯狂，但也并非全无胜算。然而，若是迦拉克隆赶在聚集完成之前突袭了山谷，那就真的会演变成一场彻底的屠杀。

玛里苟斯加快了速度。若是他能够在迦拉克隆醒来之前警告塔隆妮克西娅，而这头雌龙也愿意相信的话，那就还有一线生机。

一阵轰隆之声惊得玛里苟斯赶紧着陆，不过片刻之后，他就明白了这是雷声，并非来自迦拉克隆。精疲力竭的始祖龙最终决定休息一会。这段旅程漫长而艰苦，即便是强壮如玛里苟斯也不免有些虚脱。

雨滴从天而降。这阵风暴的势头并不是很强，但若是它的范围进一步扩大，很可能就会把迦拉克隆覆盖进来。而一旦迦拉克隆被惊醒，他很可能就会沿着玛里苟斯的路线追来……

卡雷的世界突然天旋地转。一时间他竟有些惊诧，就好像自己是初次经历这种体验一般。出乎意料的是，这头蓝龙发现自己正在挣扎着想要留在宿主体内。与其回到现实去面对那些日益增加的麻烦，他反而更愿意留在这里参与这场上古之战。

然而，同往常一样，他并没有选择的权利。玛里苟斯和过去的景象一同消散……而卡雷，再次以半精灵的形态苏醒于魔枢中的某个地方。

他不知道时间流逝了多久，甚至于有没有流逝。周围一片黑暗，这也不免让他感觉有些反常。他爬起身来，然后唤出一颗光球。

他龇牙低吼，不悦地发现自己并不是处在之前倒下的地方，而是在某个更加靠近魔枢中心的密室。他四下环顾，但周围一无所有。那件法器也不在视线之内，但这并没有让他感到欣慰。毕竟，他已经知道无论那东西身在何处，它的能量都能够无视距离影响自己……

卡雷突然转身。就在前一刻，那么短短的一瞬间，他感觉到了某样东西在自己身后——某个穿着带帽斗篷的神秘存在。

回过身之后，视线里还是没有发现任何东西。不过卡雷感觉到了有什么东西在牵引着他去往这个方向。曾经的守护巨龙迈步向前，但不知为何心底深处总还是在想着回到幼年玛里苟斯的身边。如果疯癫不可避免，那他还是更情愿留在一个不属于自己的时代。

然而，尽管他已经越来越接受之前法器想要强加给他的东西，他的思维也还是保持着清醒。当他逐渐靠近之前倒下的位置时，他沮丧地意识到自己仍旧没有找到那种被监视感的来源。

但就在他站在自己的私室门口时，他感觉到了其他人的气息。不论这家伙是谁，他都具有在大多数法师面前隐匿行迹的能力。只不过，这仍然瞒不过卡雷的感知。他说不上来侵入魔枢的是谁，或者什么东西，但他很清楚侵入者已经非常接近了。

卡雷散去了光球，然后谨慎地开始下一步动作。一片模糊的光晕开始以卡雷为中心向四周扩散。这说明魔枢仍旧还在他的掌控之中，接下来的战斗他将占尽地利。无论来者是谁，觊觎魔枢的藏品都不会有好下场。

模糊的光晕扩散远去，让阴影再次填满私室。然而其中一处的阴影却呈现出了些许异样，引起了卡雷的警惕……

"卡雷？是你吗？"

话语回荡在私室之中，那片扭曲的阴影也随之散去。这是一个非常熟悉的声音，而它的发出者就站在私室平常所用的那个入口。

他已经知道了，来的不是别人，正是吉安娜·普罗德摩尔。

他转身过去，正好看到她步入房间。吉安娜并没有第一时间看到房间的主人，但是当她最终看清卡雷的时候，脸上的担忧终于化为安心。"谢天谢地，你在这里！我还以为你已经离开魔枢，或者……"

话音戛然而止，她没有说出自己为卡雷设想了什么命运，不过卡雷也并不在乎。亲眼见到她站在自己面前，与默默回忆她为自己流过的眼泪，卡雷原本以为这两种感觉不会有什么不同。然而现在，当吉安娜的气息触及自己，他终于再难自制。即便是化作了半精灵的形态，他的感官也远比那些类人的生物——以及远比吉安娜——更为敏锐。她不会知道自己对卡雷来说闻起来是什么感觉……也不会知道这头曾经的守护巨龙有多欢迎这种气味。

"请原谅我。"她往前靠近卡雷的位置,"我试过联系你,但我甚至没法感觉到你的气息,所以我不得不自己过来一趟。"

卡雷皱起了眉头。他很清楚仓促间赶到这里有多辛苦。一方面,他很感激吉安娜对他表现出的深切关心;但另一方面,他又不得不提醒自己如果任由吉安娜牵扯进来,将会让她面临多大的风险。即便只是被送进幻象之中,也很可能会让她承受不住。那件法器已经让自己吃够了苦头;而吉安娜,无论多么强大,她始终还是人类。

"你多虑了,吉安娜。我听到了你的呼唤,不过那时我正在重塑一些符咒,不能为此冒险分神。我本想等结束之后再尽快联系你。"

"卡雷,你真的该找些人来帮你,哪怕只是我一个人也好。"

卡雷很清楚接受她的提议不会带来任何好处,尤其是对吉安娜来说。曾几何时,看到自己的领袖同一头蓝龙越走越近,就已经让肯瑞托的法师们眼里充满了不信任。

"我由衷感谢你的关心,"他谨慎地回复,既不希望冒犯于她,也不希望在这个时候触发幻境。"但你还有许多更重要的事情需要关心。其他法师……"

"我知道他们会怎么想。"吉安娜猝然打断了他,"但我不需要他们来告诉我哪些事情可以做,哪些事情不能做。他们选择了我作为领袖,那就该接受我做出的决断。"

一时间,卡雷忘记了自己的麻烦。他最不愿见到的就是吉安娜做出不顾身份和地位的事情。他选择离开达拉然固然有关于自己的考量,但更多的便是不愿让这位大法师受到损害。

"但是作为领袖,你必须为你的人民负责。"蓝龙提醒她道,"而我并不是你的人民。我很抱歉让你为我担心,吉安娜。请相信我,你应该同你的人民站在一起,而不是在这里帮我。"

出口的语气比他原本计划的还要更加冷漠。吉安娜面色未变,但眼神已经有了些许动摇。

最终,她点了点头,然后望向别处。"或许,你是对的。请原谅我的鲁莽。我只是有些担心,必须过来亲眼确认一下。"她的双眼再次转回到卡雷身上。"但既然你说没事,那我就相信你。"

他强忍住心中的愧疚,装出坚定的眼神。"我一切都好。"他伸手想要触摸她,却又在她注意到这个动作之前放下手臂。"谢谢你。"

然而,接下来吉安娜却完成了这个他不敢付诸的行动。纤弱的小手搭上他的手臂,像是在无言地诉说着什么。许久之后,这位大法师才终于退开几步,伴随着一个简短的微笑,开始了传送术的施法。

恢复到孤身一人的时候,卡雷长舒了一口气。他希望吉安娜能听进他的告诫,不要再靠近魔枢,也不要再尝试联系。那样的话,至少其中一个顾虑可以算是排除了。

而那件法器——那个更加严重的担忧,卡雷只能想到一个处理方法。卡雷无法阻止它影响自己,但他觉得至少应该避免事态牵扯到他人。这就意味着强化守护符咒的工作变得比以往任何时候都更加紧迫。在这个关头,任何人,哪怕是任何一头蓝龙,都不能允许进入魔枢,直到他解决掉这个麻烦为止。卡雷很庆幸吉安娜没有在前一个时刻到来，没有见到自己昏迷的模样。否则的话，她一定会想尽办法帮助卡雷，从而让她自己也身陷险境。

这项使命让他重新振作了起来，径直朝着上一次陷入昏迷的地点走去。他祈祷那件法器会给他时间完成工作。不是为他自己，而是为吉安娜，以及其他所有可能进入魔枢的生物。

在他抵达的时候，庆幸地发现周围并没有任何异样。他也有考虑要不要先检查一下法器，但最终还是决定执行之前的计划。如果那件法器暂时处在休眠之中，那就最好不要去打扰到它。

卡雷让自己进入了工作的状态。闭上双眼之后，魔能线条织成的矩阵再次出现在面前。他开始娴熟地操纵那些能量，每一步都如同原本料想得一样顺利。几分钟内，第一处符咒的能量线就被增强到了足够展开防御的程度，于是他准备转向下一处。

第二处耗费的时间甚至还要更少一些，这让卡雷感觉到有些满足。他已经很长时间没有真正完成过什么事情了。

但是，就在他转向第三处符咒的时候，突然发现上面被附着了什么东西——某些既不是他，也不是任何蓝龙施加的东西。

那件法器的魔力已经与这处符咒的能量交织在了一起。

卡雷立即停止了工作，生怕会惊动那件法器。伴随着突如其来的不安，他开始搜寻下一处符咒。

下一处也是一样，和法器的魔力交织在一起。

曾经的守护巨龙皱起眉头，把注意力转回到方才已经完成强化的那一处。

和其余符咒一样，这里也被缠上了……片刻之前它都还是好好的。

他不再去管这些，赶忙望向最先强化的那一处。完全不出意料，神秘法器的能量也同样染指了这里。

不祥的预感爆发开来。卡雷深吸了一口气，向后退开一步，将所有涉及魔枢防御法术的能量丝线都展现在面前。

曾经的守护巨龙目瞪口呆，发出一声怒吼。这声音听上去更像是源自巨龙，而不是由一副半精灵的身躯所发出的。

此刻，那件法器的能量已经和魔枢的每一处防御法咒都交织在了一起。

第十三章

吉安娜·普罗德摩尔回到了自己的房间,传送回来的确消耗了不少体力,但她脸上的憔悴更多的还是因为担心卡雷。她知道卡雷隐瞒了一些东西,她很感激卡雷不愿让她涉险,但同时也为此有些恼怒。是的,卡雷是一头蓝龙,这说明他在魔法领域的各个方面都要比她更为出色,但这并不代表她就没有解决突发问题的能力。作为人类,她天生便具有出色的适应能力,可以借此找出一些甚至连龙族都无法想到的解决方案。

她召唤出一把椅子供自己坐下,然后稍微整理了一下思绪。这位大法师重新回想了一遍魔枢之旅,同时感到些许愧疚——她也向卡雷隐瞒了一些事情。吉安娜并非刚好在卡雷注意到她的时候抵达,事实上,她就是那个卡雷险些发现的神秘身影。当时的她用一些魔法伎俩转移了卡雷的注意,然后迅速转换位置伪装出一副刚刚抵达魔枢的样子。

这些原本都没有必要,如果不是吉安娜担心卡雷会介意自己来了多久的话。

因为在这段时间，她确实发现了一些东西……

吉安娜不知道该如何称呼那件东西。法器？遗物？她假定卡雷就是用这两个词来指代的那件器物。吉安娜在宝物鉴定这一领域造诣颇深，即便是放眼魔枢，恐怕也没有什么藏品是她不了解的，然而这件物品却和她所见过的任何东西都不一样。

不过，尽管没有见过类似的物品，这东西对她来说也并非完全神秘。她确认到了一些东西，一些卡雷也许都没能识别的东西。

她曾经见识过类似的法术机理。尽管仅仅只经历过两次，当时的能量也要微弱得多，但她确信那件法器运作的是同一种法术。这是一种早已失传的神秘知识，它所流传的年代甚至比巨龙还要古老。

吉安娜确信，这种法术与传说中的守护者有着莫大的关系，甚至与泰坦也有着某种关系。

这位大法师当然是在抵达魔枢之后才发现这些事情的，但她早就怀疑魔枢里有什么东西导致了卡雷一系列的古怪行为，于是计划过去和卡雷好好谈谈，同时趁机悄悄查探一番。吉安娜相信自己有这个能力，可以在不引起卡雷注意的情况下找出蹊跷的地方。

而且，即便是这个方案没有奏效，她也策划好了主动制造单独行动的机会，届时再去探查真相。但所有的计划最终都被证明毫无必要，因为卡雷根本就没有察觉到她的到来。日渐脆弱的防护符咒没有对突入造成任何麻烦，一旦确认了卡雷不在附近，她便立即开始了对周遭事物的调查。

让她意外的是，自己几乎毫不费力便找到了罪魁祸首。那件东西持续不断地向外辐射着魔法能量。而且，看起来卡雷甚至没有想过要弄个奥术牢笼或者别的什么东西来藏匿这件强大的魔法物品。那件法器就那样简单地躺在在她进入魔枢之后走到的第一间殿室。

寻常法师或许会为这样的东西紧张不已，但吉安娜却像是有些着迷。她端详着它的光晕，赞叹其精妙的设计，然后开始谨慎地探视它的核心。

但是直到最后，她也没能读出多少有用的信息。她认真地考虑了将这件东西带走，即便不久之前她才险些将另一件远古法器——聚焦之虹——用于复仇。不过那时的她是因为兽人加尔鲁什毁掉了塞拉摩而陷入暴走，现在她相信自己不会再重蹈覆辙。然而，就在吉安娜准备将那件法器带离魔枢的时候，这位大法师突然感觉到了卡雷的气息。她不确定卡雷会对自己的贸然闯入作何反应，只好试着尽快隐去行迹。也就是在那时，刚刚苏醒的卡雷感觉到了魔枢被人侵入。

吉安娜没能拿走那件法器，也就没办法进行进一步的研究。于是她只能另辟蹊径去搞清楚这件东西是怎样影响卡雷的。吉安娜很确定就是这东西导致了卡雷的绝望。卡雷的心智，甚至于身体都很可能都已经处在危险之中了。

吉安娜从最高的书架中隔空抽出了一本厚重的银色典籍。这本古籍在飘近的过程中自行打开，并且开始翻动页面。大法师眯起眼睛迅速扫过，然后突然叫停了翻页。古籍最终停在了她面前刚好适合阅读的高度，而她也立即开始研读起来。

这本书吉安娜先前就曾为了某些别的原因而查阅过，而她再次调出此书，正是因为那件法器的构造让她想起了书里的某些描述。写下这本书的大法师特意标出了两件远古法器，那是两件早在泰坦刚刚为艾泽拉斯带来秩序的时候就已经存在的东西。这让吉安娜尤为在意。

面前的两页详细记载了那两件法器的发掘地点以及在场人员。同时还提到了研究表明那片区域深受泰坦和守护者的影响。这些资料并没有提供什么有用的线索，不过出于学者的好奇心，她还是继续读了下去。

书页翻过。接下来讲述的是泰坦和守护者的强大力量，某些语句还提到了他们之间的密切联系。吉安娜开始快速地跳读，然后突然回想起了这些理论中提到的某个要点。

书中记录着如下文字：

……年轻法师鲁勒弗坚持这样认为。他声称触碰这件法器时产生的幻象表明是守护者创造了这件法器。而关于守护者的影响力，大法师赛奥利努斯提出了自己的理论……

吉安娜冷哼一声，大段地跳过了这些她平常很感兴趣的理论，希望能赶紧找到想要的东西。

"呵！"鲁勒弗的名字终于又出现了。此时距吉安娜上一次翻阅此书已经过去了很久，她已经不太记得鲁勒弗究竟向他的导师描述了什么样的幻象，不过很明显这些内容就在下一段之中。

但是就在她打算开始阅读的时候，这位大法师突然大吃一惊踉跄后退，就连悬空书籍的法术都没能保持。这本古老的典籍重重地摔在地上，书页都褶皱了许多。

吉安娜的心怦怦直跳，跪倒在受损的书籍面前。她所担心的并不是刚才的失手,而是书页之中所描述的内容。随着纤手一挥,书页再次自行翻动,直到刚才的那页出现在她面前。

"鲁勒弗……鲁勒弗……"吉安娜喃喃自语,搜寻着他的名字。

……鲁勒弗或许已经知晓了答案。然而,对于那些想要研读往事的探险者来说,他的死不过是一个悲伤的注脚。

她跳读得太快了。这位大法师把目光移到之前的几个段落,然后开始更加仔细地阅读。

……发现法器之后的第三天。整个下午我们都没有找到他的踪迹,甚至于最强的魔法也没能奏效。直到天色昏暗,我们打算最后再尝试一次时候,才终于有人找到了他的尸体。

"尸体。"吉安娜重复了一遍,祈祷是自己读错了。

据报告所述,起初所有人都认为他是迷了方向,然后不知何故跌落山谷。当然,这也的确与鲁勒弗尸体的惨状相符。然而,随后在肯瑞托的代表前来调查时,鲁勒弗最亲近的好友才终于汇报说,他在失踪前就已经出现了许多反常的行为。最终的结论便是,法器引发的幻象导致这名法师陷入了癫狂……

相关的描述自此结束。接下来的又是那些吉安娜眼下并没有兴致阅读的冗长叙述。她仍然确信先前曾读到了更多的信息,但不管她怎么拼命搜寻后面的书页,始终还是一无所获。她折返回去又读了一遍刚才的内容,很快便发现自己确实没有错过任何东西。

那么……记忆中读过的资料一定存在于别的什么地方。

大法师抬头望向面前数不胜数的古籍、卷轴、日志,以及其他形式的著作。她想要寻找的那些信息定然就存在于这里的某一册之中。现在所需要做的,就是回想起著作的名字,或者地毯式地翻阅直到找到为止。

但藏书的数量是如此惊人,这位大法师不禁怀疑,真等自己找到想要的东西,会不会一切就都已经太迟。

* * *

这件不祥之物已经同魔枢的守护符咒完全链接在了一起,就仿佛一开始它们就是一同被布置的一般。卡雷怀疑就连玛里苟斯也无法如此精妙地将法器的能量编织进魔网之中。无论是谁制作了这件法器,他对魔法的掌控都非同一般。而卡雷唯一能想到的嫌疑者,就是那个穿着带帽斗篷出现在他和幼年玛里苟斯面前的身影。

一个卡雷早已恨之入骨的身影。

不知道已经失败了多少次,卡雷再次顺着其中一根魔法丝线往回追溯,希望找出可供利用的破绽。他可不想将魔枢的安危赌在那件法器身上,尽管迄今为止,那件东西还没有想要造成破坏的意思。不管怎么说,考虑到它对卡雷造成的影响,这头蓝龙不想冒任何风险……

"感染者!感染者!"

一声痛苦的咆哮传来,让卡雷停下了手中的工作。他捂住脑袋,想要把莫名的声响赶出脑海。但这声音是如此清晰如此响亮,最终占据了他所有注意力。

"必须毁掉他们!"

"不行!他们和我们一样的!"

"不一样!他们吃掉了一头同类!"

魔枢在视线中化作了漩涡。卡雷失去平衡，晕头转向地倒下。

但就在他撞及地面之前，周围的一切突然转换。他发现自己正盘旋于高空，而下方，塔隆妮克西娅唤来的始祖龙正处在内斗之中。他的——或者说玛里苟斯的眼中，至少有七个地方爆发了小规模打斗，其中一处甚至涉及了奈萨里奥和诺兹多姆。

尽管是以二敌一，这对老友却有些拿面前那头银绿色的雌龙束手无策。她近乎疯狂地挥动手爪以及咬向对手，毫无章法可言。当玛里苟斯在附近着陆的时候，她正在冲向奈萨里奥。

玛里苟斯深知这头炭灰色雄龙的好斗，所以在看到眼前景象的时候不免有些惊奇。奈萨里奥正在拼命躲避敌人的攻击，当那些娇小的尖牙咬向他的喉咙时，他立即选择了后退。诺兹多姆则看准时机，趁着母龙专注于前方的时候立即上前撕裂了她的咽喉。他的突袭完美无瑕，在那头雌龙意识到自己命不久矣之前，诺兹多姆就已经退回了原位。雌龙的胸口很快便被自己的鲜血染红，她愤怒地转向诺兹多姆，但接着就倒了下去。

就在卡雷和他的宿主试图搞清状况的时候，其余那些看起来陷入疯狂的始祖龙已经被赶到了一起。形势发展成了困兽之斗，许多外围的始祖龙正在怒视着场内，似乎恨不得把对手全都撕成碎片。其余的一些始祖龙则在尽力阻止他们，其中那头正在发出警告的便是伊瑟拉。

"小心！小心他们的牙齿！别上去！"

战场的上方，塔隆妮克西娅带着难以琢磨的神情观看了全程。卡雷很希望玛里苟斯能留个心眼在她身上，但他的宿主显然对伊瑟拉所说的事情更感兴趣。事情的来龙去脉被渐渐搞清，阿莱克丝塔萨的妹妹一直在试图避免争斗,但实际上她也和周围的所有始祖龙一样担心着染疫始祖龙的威胁。

玛里苟斯和卡雷都很理解她这种想要避免自相残杀的举动,但迦拉克隆的威胁迫在眉睫,有些事情恐怕只会越拖越糟。玛里苟斯能够想象得到最后的结局,但那些困在场中的始祖龙们似乎完全没有意识到自己的处境,仍然还在对着场外龇牙挠爪。

玛里苟斯在这些被困始祖龙的身上发现了一些情况。冰蓝色始祖龙的视线扫过,清楚地看到他们每一头的身上都带着一处或多处咬伤。这些咬伤已然结痂,显然不是源自此次战斗,但也绝没有隔得太久。

咬伤……玛里苟斯低头想要看看自己的后腿,但阿莱克丝塔萨打断了他。

这头火红色始祖龙似乎为他的到来松了口气。"你还活着!我们都以为你死了!"

"差点死。寇洛斯……他死了。"

伊瑟拉仍然还在试图阻止两群始祖龙开战。阿莱克丝塔萨没等玛里苟斯继续讲述他的遭遇,就转头望了过去。"她不明白!就连我也看得出来!他们必须死!"

这让玛里苟斯暂时打消了讲述自己经历的念头。"必须死?为什么?"

"咬伤……亡灵龙的咬伤!会让他们饥饿……让他们想要吃同类!让他们变得和迦拉克隆一样!"

她的话让卡雷和玛里苟斯都深感震惊。玛里苟斯想起了自己被咬之后的抗争,不由颤抖起来。他越过阿莱克丝塔萨望向那些疯龙，回忆起自己也曾陷入嗜血，也曾险些变得和这些始祖龙一样——一样渴望吞食。

阿莱克丝塔萨错以为他的反应是出于对那些变异始祖龙的厌恶。她嘶了一声，继续说道："伊瑟拉还在想着我们的同巢兄弟。她觉得他还活着。"

玛里苟斯的惊惶更进了一步。"很可能已经变成亡灵龙！"

"同巢兄弟死了很久了，"阿莱克丝塔萨提醒他道，"还是你找到的他……"

这本该让他安心，但最近实在是发生了太多事情，即便是像玛里苟斯这样聪明的始祖龙，也开始有些拿不定主意。的确，先前的死龙没有复活，至少在玛里苟斯最初帮助阿莱克丝塔萨的时候还是这样。但现在，这头冰蓝色雄龙却开始好奇，如果自己再去那些尸体掩埋的地方看看，他们还会不会躺在那里。

接着，他的思绪回到了这些始祖龙的离奇变异上。他们都被咬伤了。他们都已经屈从于了那种玛里苟斯多次抗争过的吞食欲。

卡雷感觉到他的宿主正在考虑逃跑——赶在别的始祖龙注意到他的伤口，并把他赶到疯龙堆里之前。不过，玛里苟斯最终还是留在了原地，继续观察事态会如何发展。

塔隆妮克西娅终于行动了，她挤开那些较小的始祖龙，来到了伊瑟拉和那些病龙的面前。尽管疯癫日渐增长，这些被困的始祖龙还是保持着对那头强大雌龙的敬畏。

"杀了他们……"

"不！必须帮他们！"伊瑟拉迎上她的目光，仍旧坚持己见。

"杀了他们，不然他们会咬我们。"塔隆妮克西娅一面说，一面按住阿莱克丝塔萨的妹妹的后背，将她推向那些疯龙。"也会咬你……"

没有龙知道那些疯龙的咬伤会不会和亡灵龙的咬伤产生一样的效果，但塔隆妮克西娅的话已经在好几头始祖龙的心里激起了恐惧。就连阿莱克丝塔萨的妹妹看起来也有些动摇。

突然，其中一头病龙毫无预警地嘶吼着冲向伊瑟拉。然而，在阿莱克丝塔萨赶上前去帮忙之前，伊瑟拉眼中的迷茫消失了，转而用坚定的眼神望着那头打算攻击她的病龙。

疯癫的行为不知何故终止了。那头始祖龙低下头颅，接着退回原地。在卡雷看来，他似乎是在为自己试图攻击伊瑟拉而感到羞愧。

伊瑟拉再次对上塔隆妮克西娅。"必须帮助他们……"

"没有时间！我们马上要和迦拉克隆战斗！"体型较大的雌龙望向围观的始祖龙，公开询问道："杀死迦拉克隆！你们同意吗？"

和之前一样，绝大多数始祖龙嘶吼着表示支持。

即便是面对着这样一群狂热的信徒，伊瑟拉仍不退让。"他们就是我们！他们和我们一样！"

现场安静了下来。

阿莱克丝塔萨的妹妹走到了龙群面前，真切地恳求道："他们和我们一样！我们帮他们，就是在帮助自己！"

其中一些听者开始面面相觑。

塔隆妮克西娅的眼睛眯得更紧了。"是的……"她安然地说道，出乎意料地表示了同意。"是的……我们帮助他们……"塔隆妮克西娅将目光落在病龙身上。"但我们必须先保证他们不会伤害我们。必须保证我们安全。然后在有能力的时候帮助他们……"她转向西面打量了起来。"必须保证安全,是的。来!带他们过来!"

塔隆妮克西娅径自起飞,显然是相当自信龙群一定会服从。

包围着病龙的几头始祖龙谨慎地看着伊瑟拉。阿莱克丝塔萨的妹妹蔑视地回望,接着转向被困的龙群。"来……"她喃喃轻语,"来……"

伊瑟拉缓缓升空,同时将头指向了塔隆妮克西娅的方向。

在塔隆妮克西娅的忠诚信徒的包围下,病龙们不情愿地跟上伊瑟拉。其余的始祖龙看起来似乎更乐意留在原地,但让卡雷意外的是,他的宿主突然跃空而起跟了过去。就连阿莱克丝塔萨也没有这么积极。透过玛里苟斯眼角的余光,卡雷看见奈萨里奥和诺兹多姆也跟了过来。

场景突然切换,但卡雷感觉得到两次幻境并没有相隔太长时间。此刻,塔隆妮克西娅正带领着龙群飞向一处狭窄的山谷。

"那里!"她咆哮着用翅膀指向了一处通道,接着便降落下地。

其他始祖龙也跟着落地,壮硕的雌龙则大步走向一处像是岩壁的地方。然而,当所有始祖龙开始跟着塔隆妮克西娅向前的时候,岩壁上渐渐呈现出了一道狭窄的裂缝。

起初,卡雷还以为这就是那个他曾经造访的骇人洞穴。不过几乎是立刻,他便从许多细节中辨认出了这其实是另外某个地方。然而,卡雷还是没有搞清塔隆妮克西娅把龙群带到这里的用意。

"来这里做什么?"伊瑟拉有些怀疑地问。

"你包庇的那些龙,让他们进去,然后等。"

浅黄色的雌龙注视着狭窄的入口,疑心更重。"进去这里?"

"所有病龙……不然就杀死他们全部。"

她坚定的语调没有留下任何讨论的余地。尽管仍有些不情愿，伊瑟拉最终还是点了点头。

"你们，留在这里。"塔隆妮克西娅发布命令。她安排了一些始祖龙留下来担任守卫。"四头始祖龙，留下来守卫。入口很狭窄，四头就够了。"

卡雷和他的宿主都很清楚，若是稍有不从，塔隆妮克西娅一定会非常乐于当场格杀所有病龙，而伊瑟拉显然也明白这点。她最终接受了，然后示意那些她所保护的染病始祖龙走向入口。

相信伊瑟拉的始祖龙一头接着一头走进洞穴。洞穴非常狭窄，部分病龙费了很大力气才挤进其中。伊瑟拉认真安抚着每一头病龙，不管是等在外面的还是已经进去的。

所有病患终于全部进入。伊瑟拉向后退开好让守卫们就位。

但就在第一名守卫开始行动的时候，塔隆妮克西娅突然沉声说道："等一下。"

伊瑟拉嘶吼起来。玛里苟斯和奈萨里奥立即冲向塔隆妮克西娅，但是这头金色雌龙已经被她最狂热的信徒们挡在了身后。

闪电从塔隆妮克西娅的口中喷发而出。

三颗银白色的电球轰中了入口上方的岩石。同时，塔隆妮克西娅镇定地向后退开了几步。

一整片岩石轰然崩塌，堆满了整个洞穴。

伊瑟拉奋不顾身地冲向落石，不过，在她即将白白送掉自己的性命之前，玛里苟斯已经冲了过去。让他意外的是诺兹多姆比他更先抵达，他咬住伊瑟拉的翅膀，小心而又坚决地将她拉了回来。

尽管很清楚诺兹多姆和玛里苟斯的用意，伊瑟拉还是狠狠地各咬了他们一下。她怒意未减，转向塔隆妮克西娅。

四头始祖龙挡在了她的路上。其中两头已经张开了血盆大口。但塔隆妮克西娅却嘶声制止了他们，平息了这场争斗。

"结束了。"她做出总结。展开的双翼扩大了她的体型，也更加彰显了她的统治地位。"我们之中没有染病的了！所有感染者必须死！"

伊瑟拉喷出一口吐息。两头挡在面前的守卫被闪光晃到双眼，几乎没法保持站立。眩晕的他们已不再是她的阻碍。她越过守卫直接冲向了塔隆妮克西娅。

但这头壮硕的雌龙早就料到了这场无谋的突袭。她在伊瑟拉扑来的时候侧身闪过，长而有力的尾巴打在那头较小雌龙的头上，发出一声清脆的声响。

阿莱克丝塔萨越过玛里苟斯和其他始祖龙，冲到了自己的妹妹身旁，正好赶在伊瑟拉晕眩倒下的时候将她接住。两头雌龙撞在一起，翻滚开好一段距离。

"结束了。"塔隆妮克西娅朗声重复，似乎完全不在意伊瑟拉的冒犯。"来……必须为打败迦拉克隆做好准备……"

于是，除了玛里苟斯和他的朋友们之外，其余所有始祖龙都跟着塔隆妮克西娅一同默默离去。雄龙们赶过去想要帮助那对姐妹，却发现伊瑟拉已经爬起身来冲向了那个塌方的洞穴。她无视了头顶仍在不时掉落的细小石块，伸出后腿想要刨开那些堆积的岩石。

然而，伊瑟拉的举动只是让更多的石块松动落下。一部分落石填上了伊瑟拉挖开的缺口，另一部分则重重地砸在了伊瑟拉身上。而阿莱克丝塔萨好不容易才挣扎着站起，便又立即冒着危险冲上去把妹妹拉回到了安全的区域。

"救救他们!"较小的雌龙仍在坚持,她渴求的视线扫过阿莱克丝塔萨以及其他雄龙。"他们还活着!你们听啊!"

玛里苟斯竖起耳朵,并没有听到任何声音。不过卡雷和他的宿主——以及其他将会成为守护巨龙的始祖龙们——都知道伊瑟拉说的是真的。

只是他们无能为力。就算有一百头始祖龙不停不休地挖掘,也没可能及时将那些被困的病龙挖出。玛里苟斯和卡雷都很清楚这一点,在场的其余始祖龙也是一样,甚至包括伊瑟拉。只是她仍旧心有不甘,仍旧拼命地想要继续尝试,伊瑟拉再次冲向石堆想要开始挖掘。她一块接着一块踢开那些岩石,然而,转眼间就有更多的碎石将缝隙堵上。

她的朋友们最终挡在了她的面前,迫使她往后退开。她的双眼仍旧死死盯着那个被掩埋的入口,也就在这时,透过玛里苟斯的耳朵,卡雷听到了她夹杂在喘息声中的微弱的呼唤。"德拉莱得……"

时间一点一滴地流逝,阿莱克丝塔萨仍旧站在原地。然而,此刻的她眼神看起来是那么遥远,就仿佛心已经搁在了别处。

"我们也得走了。"玛里苟斯最终低声说道。

奈萨里奥补充道:"捕猎迦拉克隆的行动马上就要开始!我们必须在场!"

"捕猎迦拉克隆?"诺兹多姆冷笑着说道,让卡雷和玛里苟斯都吃了一惊。就卡雷通过宿主观察到的信息来看,幼年的诺兹多姆只在非常重要的时候才会开口。其他许多始祖龙也许还会因此以为他是那些更加低等、更加兽性、没法说话的始祖龙。"结果将会是——被狩猎。"

话虽如此，这头褐色的雄龙却是第一个起飞升空的。让其他始祖龙意外的是，伊瑟拉也立即跟了过去。阿莱克丝塔萨也加入了自己的妹妹，等到玛里苟斯和奈萨里奥反应过来，他们已经成了队伍里最靠后的成员。

然而，就在他们往上爬升的时候，卡雷——而非玛里苟斯——注意到伊瑟拉偷偷往回望向了那处垮塌的洞穴，或许洞穴的深处仍然还有染病的始祖龙在挣扎着求生。接着，她望向了玛里苟斯。不过，卡雷注意到她并没有注视玛里苟斯的面容，而是直接望向了后腿。

正是玛里苟斯被亡灵始祖龙咬伤的那条后腿。

第十四章

幻境再次切换。玛里苟斯一行的前方,塔隆妮克西娅和她的追随者们正在天空中盘旋。卡雷意识到他们已经准备好了动身去寻找迦拉克隆。龙群之中的其中几头发现了冰蓝始祖龙一伙,立即转头向塔隆妮克西娅发出警告。

在一众随从的拱卫下,她飞向来者。当塔隆妮克西娅与伊瑟拉视线相对的时候,身后的跟班们立刻展开了战斗阵形。即便敌众我寡,玛里苟斯和他的朋友们也摆出了迎击的阵势。

"他们可以参与捕猎。"塔隆妮克西娅表明态度,"而你,小崽子,你不行。"

"我也要去!"伊瑟拉坚持道。

"为什么?去和迦拉克隆聊天?还是打算不痛不痒地咬他一口!"

玛里苟斯突然想起寇洛斯的下场,不由打了个寒战。他还没把这些事情告诉塔隆妮克西娅。卡雷感受到了冰蓝始祖龙的不安,同时期望他赶快把自己的经历向所有始祖龙全盘托出，以便阻止这场疯狂的进攻。然而，他的宿主并未开口，此时此刻他的全部心思都放在了朋友的安危之上，完全没有想到默不作声将有可能导致多么严重的后果。

"我妹妹不去的话，"阿莱克丝塔萨说道，"我也不去。"

"我也一样。"诺兹多姆简短地表态。

奈萨里奥一时间有些沮丧，好斗的天性让他不想错过任何冲突。不过，他最终还是纠结地点了点头，对另外两头始祖龙的决定表示支持。

接着，玛里苟斯也出声表明了自己将会和朋友们共同进退，不过塔隆妮克西娅看起来对此并不关心。她转头离开。也就在这时，卡雷的宿主才终于想起了那件自己本该在第一时间告诉龙群的事情。"等等！关于寇洛斯，我有事情要说！"

塔隆妮克西娅有些好奇地回头。"寇洛斯？"

玛里苟斯尽己所能，迅速地向她和其他始祖龙描述了那头龙群叛徒的下场。而他被亡灵始祖龙咬伤，以及之后同病症抗争的细节则被略去未提。卡雷为宿主单调的语言大感头疼，他相信若是由自己的来描述，一定可以形容得更加清楚。不过，塔隆妮克西娅和其他在场的始祖龙看起来都已经领会了玛里苟斯想要传达的意思。

这个血腥的故事并没有吓到那头威仪的雌龙，她只是简单地冷笑了一声。"寇洛斯很蠢……但他给我们带来了胜利！"她望着身后那些忠诚但却困惑的追随者。"迦拉克隆知道我们聚集的地点，知道了我们的计划！我们将计就计！我们提前进攻！在别的地方进攻!"

"这可不好。"诺兹多姆喃喃地说道,不过自信膨胀的塔隆妮克西娅完全没有听到他的声音。

"必须现在进攻!"她再次转身远离玛里苟斯,"走!我们进攻!"

龙群跟着离去,只有那五头始祖龙仍在原地。

奈萨里奥纠结得要死,他把朋友放在了更高的位置,但心底明显还是渴望着参与接下来的战斗。他忍不住说出了自己的想法。"为什么我们不去战斗?不用跟着塔隆妮克西娅!我们可以按照自己的计划,用自己的方式参与战斗……"

"然后和他们一样蠢死。"诺兹多姆淡定地打断了他,看起来今天还挺健谈。

"一定还有和平的方法。"

就连阿莱克丝塔萨也近乎恼怒地瞪了自己的妹妹一眼。"伊瑟拉……"

毫无先兆地,较小的雌龙突然飞离。她的意图非常明确。她仍然还想改变眼下的局势,不论对卡雷还是他的宿主来说这都无异于自寻死路。而更糟的是,阿莱克丝塔萨追向了自己的妹妹,从而导致早就不耐烦的奈萨里奥也立即追了过去。

诺兹多姆望向玛里苟斯。"这……"

幻境突然切换。尽管已经渐渐有了心理准备,卡雷还是为这种话听到一半突然被带走的遭遇感到愤慨。不过,他已经越来越真切地感到,这些发生在过去的幻境一定都与自己所处的时代有着某种关联——某种让他不敢掉以轻心的关联。

他——或者应该说是玛里苟斯——正在北部地区的那些险峻峰峦间急速飞掠。他正在绝望地寻找着什么，但卡雷一时还无法从宿主的思绪中窥探出来。卡雷唯一能确定的是，事态已经有了很大的变化。当玛里苟斯降下高度，开始检查某个冰天雪地里的阴暗洞穴时，卡雷终于从他一闪而过的思绪里读到了详情。

塔隆妮克西娅的大队人马没有找到迦拉克隆。

如此庞大而扭曲的始祖龙怎么会突然消失不见，这给卡雷和他的宿主都带来了很大的困扰。不过，这并不是玛里苟斯冒险来到那头畸形巨兽的栖息地展开疯狂搜寻的原因。

玛里苟斯是在搜寻伊瑟拉。

一个黑影从玛里苟斯头顶掠过。接着，奈萨里奥降了下来。

"什么都没有！"炭灰色的雄龙大发雷霆，"我闻到了她……但什么都没找到！"

伊瑟拉的气味就在这片区域，但强度非常微弱，不像是最近所留下的。推测起来她应该是在两天前经过了这里。卡雷明白到现在已经是上次幻境的四天之后。而在场景切换跳过的这段时间里，都再没有人见到过伊瑟拉。那头纤弱的雌龙向上爬升，冲进厚重的云层，然后再也寻不到踪迹。没过多久，四头始祖龙就遇到了愤怒的塔隆妮克西娅带着困惑的随从们到处搜寻失踪的迦拉克隆。

"他害怕了！"塔隆妮克西娅飞到所有始祖龙的上方高声呼喊，声音大得或许连迦拉克隆都能听到，"他知道我们在狩猎！他怕得逃走了！"

玛里苟斯和他的朋友们对此不敢苟同，但塔隆妮克西娅完全不在意他们的看法。她带着大军奔向东面，而留下的四头始祖龙则继续进行先前的搜索。

伊瑟拉突然离去的原因至今仍不得而知。对此玛里苟斯有他自己的猜测——不无道理的猜测，他觉得阿莱克丝塔萨的妹妹实际上是想要抢先找到迦拉克隆，寄希望于可以通过恳求避免这场杀戮。

如果真的是这样，那至今仍未寻获伊瑟拉的原因也就说得通了——她已经愚蠢地将自己送进了迦拉克隆的口腹，成为继寇洛斯之后的又一名受害者。只不过，无论是那三头雄龙中的哪一位，都不敢在阿莱克丝塔萨面前提起这个猜测。

"什么都没看到。"玛里苟斯给了奈萨里奥同样的回复，他仍还在为刚才的搜寻剧烈喘息着。这时，又一头始祖龙突然出现在上方。确认是诺兹多姆之后，先前的两头始祖龙才安心下来。第三头雄龙的运气看起来也没比他们好到哪去。阿莱克丝塔萨仍未现身。不过卡雷知道，玛里苟斯很清楚在哪里可以找到她。先前他们一同来到了这片区域，发现伊瑟拉的气息在这里浓烈起来，于是便将这片区域划成四份，各自去搜寻可供始祖龙藏身的地方。

不过迄今为止，他们一无所获。

"她不在这里。"奈萨里奥推测道，"曾经在……但现在不在。"

他语气哀伤，与玛里苟斯脑海中的想法不谋而合。只是谁都不敢对阿莱克丝塔萨说出这个越来越像是真相的推测。

"也许该再找找。"炭灰色的雄龙有些踌躇地建议道，"可能我们飞太快了。我就是这样。"

他们都很清楚，每头雄龙都已经彻底搜寻了自己负责的区域，只是眼下谁都不愿去面对沮丧的阿莱克丝塔萨。他们再度分开。玛里苟斯调转方向，然后降到更低的高度。他并不指望还能找到什么东西,只是卡雷知道,如果不飞这一圈,他就只能现在去向火红色的雌龙陈述自己的失败。

这头猎手锐利的双眼扫过前方冰冷的土壤和结霜的岩壁。玛里苟斯很快记起了那几处足以容纳伊瑟拉藏身的地点。然而,他很清楚自己的搜寻不会出现失误。果不其然,前三处再次搜寻的地点都和之前一样空空如也。

但是,在最后一个洞口附近,某个东西突然一闪而过,不论卡雷还是他的宿主都没能看清那是什么。

始祖龙降下高度开始调查。他在靠近洞穴的时候放慢了速度。藏在其中的很可能并非伊瑟拉,而是某个致命的威胁。

玛里苟斯眯起眼睛查看了一番。他锐利的双眼本该至少可以看到面前几码之内的地方,但这处洞穴似乎完全没有光线,让始祖龙什么也没能看清。玛里苟斯嗅了嗅,没有闻出任何气味。接着,这头始祖龙怀着和卡雷一样的畏惧,步入了洞穴之中。

玛里苟斯渐渐深入,里面也是一样的暗无天日。这头冰蓝色的始祖龙突然踌躇起来。他感觉自己漏掉了什么东西,但不管怎么绞尽脑汁也没能想出答案。然而,在这个远古的世界中,卡雷开始感觉到某股极其强大的力量就在附近。

"欢迎,聪明的猎手。"一个低沉而又缥缈的声音传来,让卡雷绷紧了心弦,同时让玛里苟斯本能地退开几步。

黑暗中升起一道银色的亮光。

一个穿着带帽斗篷的身影伫立其中,对他卡雷已再熟悉不过。

玛里苟斯嘶吼着继续后退。他似乎是打算寻找出口,但始终没能找到,甚至于卡雷也迷了方向。此时此刻,黑暗中唯一可见的,便是那个小小的身影。

奇怪的是，尽管玛里苟斯的体型远胜对方，他仍旧莫名地惶恐起来。这惶恐只有很少部分是因为对两腿生物的惊诧，最主要的还是因为卡雷刚才感觉到的那股强大力量。

借着宿主的身体，卡雷遇到了曾经在魔枢拐角处发现的人影，但就在他打算接受这一事实的时候，这头真龙突然感觉到了某些不妥。尽管在目测之下，这个身影仅比暗夜精灵高出一点，但卡雷越是注视，就越觉得自己所见到的并不是真实情况。他感觉到这个这个生物的真实体型要远比他所展现的更为庞大，他本可以俯视面前的始祖龙，而不是像现在这般仰视。

"你是谁？"玛里苟斯询问道。"谁？"

"在你离开的时候，跟着洞口的强风。"这个人影开口说道，让卡雷和他的宿主都有些摸不着头脑。"跟着走下去，你会找到你的朋友。"

玛里苟斯没忍住又嘶了一声。"你到底是什么东西？"

"我希望是……朋友。"斗篷中伸出一只强壮的手掌，在卡雷看来，这定是属于一名战士。接着，手掌拉开了头顶的兜帽。

对这头始祖龙来说，人形的面容只是让他觉得更加怪异。但是对卡雷而言，这已经足够让他判断出这个人影究竟是何身份，尽管他之前也从未亲眼见过这样的人物。

一名守护者……这只可能是一名守护者，卡雷满怀敬畏地想。对于绝大多数种族来说，守护者都是传说和神话一般的存在。即便是作为魔法守护巨龙，卡雷也对他们所知甚少，他只知道在泰坦为艾泽拉斯带来秩序之后，守护者们便担负了监视这个世界的职责，并且在风暴峭壁的顶峰上建起了神庙。也曾有人在世界各地的隐秘角落发现他们留下的造物，但谁也没法说得清楚他们的伟大使命究竟对艾泽拉斯造成了什么影响。

他的皮肤是闪耀的银色。长及胸口的髯须和覆盖坚毅面容的头发一样金光璀璨。浓厚的眉毛下面是一双太阳色彩的双眼，就如同暗夜精灵一般。他的眼里看不见瞳孔，但他注视始祖龙的目光可以看得出来不仅充满好奇，而且带着骄傲。

为什么他对玛里苟斯抱有如此浓厚的兴趣？卡雷很是好奇。

"你可以叫我提尔。"这位守护者终于回答了始祖龙最初的提问，"而你，当然了，你是玛里苟斯。"

卡雷的宿主本能地后退。这头始祖龙龇牙咆哮道："你怎么知道我的名字？"

"我一直在看着你，也在看着其他始祖龙。从第一头拥有自我意识的始祖龙出现时，我就一直在注视着你们……而我在你的身上，在你的朋友身上，看到了一种超乎寻常的潜能。"

他的回答只是让玛里苟斯更感困惑、更感怀疑地摇着脑袋。提尔并不是什么庞大的生物。玛里苟斯相信自己可以一口将提尔咬成两截，但不知何故，他感觉自己若是真的想要尝试这样，恐怕就只会追悔莫及。

他转动脑袋，再次寻找那个失踪的洞口。这一次，洞口出现了。但玛里苟斯并没有动身，他和卡雷一样，都感觉逃脱路线发现得太过容易。的确，现在的玛里苟斯不像卡雷那样精通魔法。但他足够聪明，很清楚洞口诡异的重现与那个没有询问就知道他名字的生物脱不了关系。

玛里苟斯越过自己的肩膀回头望向提尔。

"如果你想要离开，我不会阻止你。"提尔说道。

玛里苟斯咧嘴笑了，他决定相信这番话语。接着，他壮起胆子急速掠过洞口，显然是不想在最后一刻遭到阻拦。

他所担心的事情并没有发生，冰蓝色始祖龙再次闻到了新鲜的空气。完全置身于洞外之后，玛里苟斯转身面朝洞穴。卡雷知道他是想看看提尔有没有尾随在后，但那位守护者已经没了踪迹。

"你看，我没有骗你。"

玛里苟斯低吼了一声，抬头望向那座低矮山脊的顶端。在那里，看起来人畜无害的提尔正在耐心等待着。

这头始祖龙腾空跃起，升到了那个斗篷人影的头顶。提尔平静地张开双臂，以示和平。尽管如此，玛里苟斯还是没有松懈，甚至卡雷也不免好奇这位如此强大的生灵为何要想要接近一头始祖龙。

"不好笑！"玛里苟斯怒喝一声，仰起头颅。他已经准备好了释放吐息。而在卡雷看来，这可不是什么好主意。

不过，这头始祖龙还是在最后一刻改变了主意。玛里苟斯调转朝向，开始飞离这个渺小的身影。

但没过多远，他就发现提尔又站在前方的另一处山脊顶端。

让卡雷出乎意料的是，年轻的玛里苟斯再次证明了自己的机敏。他立即转身，使出最快速度飞离提尔所在的位置。

穿着斗篷的人影很快又出现在了前面不远的地方。

这一次，玛里苟斯毫不犹豫地喷出了吐息。卡雷感觉到自己的宿主并不是打算杀死提尔，他只是想要阻止对方继续跟踪。

急速射出的寒霜突然分裂开来，落在了周围的岩石上，丝毫没有沾染到提尔。

"请不要这样。"提尔平静地说道,"我只是想要和你谈谈……关于迦拉克隆的事情。"

玛里苟斯踌躇了一番,纠结于是要攻击、逃跑,还是听听这个奇怪生物的说辞。让卡雷欣慰的是,他的宿主最终选择了第三项。

"你想要什么?伊瑟拉在哪里?"

"你会发现她的……也会发现一些其他事情,一些我无法改变的事情。"提尔没有详述,而是转回原本的话题,"但现在这个时刻,我们必须尽快谈谈迦拉克隆。"

一再提到那头凶恶的巨兽让玛里苟斯不安地四处张望了一番,当然他什么也没有看到。这头始祖龙继续望回提尔。

"现在的情况已经偏离了我们的本意。"提尔的目光突然一暗,面色也跟着阴沉下来,"迦拉克隆本不该变成这样,而我们也没有尽到阻止他的义务……如今这个年轻的世界已在毁灭边缘。"

玛里苟斯没能完全理解这些复杂的词汇,但他听得出来,面前的神秘生物和迦拉克隆之间存在着某种联系。卡雷理解得比玛里苟斯更多一些,但最终他的结论也和宿主一样。这个生物——这位守护者——知道迦拉克隆变成怪物的原因,并且觉得事情不该如此。

在玛里苟斯问出他和卡雷共同抱有的疑问之前,提尔抢先开口道:"我曾经观察过你的许多同类,试图找出一个答案。好长一段时间里,我都以为寇洛斯会是我想找的那头始祖龙……但他用行动证明了自己也和迦拉克隆一样自私,而且看上去还要更加疯狂,更加鲁莽。"

"寇洛斯？你观察他？为什么？"

露面以来的第一次，提尔坚毅的脸庞上显出了些许挫败。卡雷觉得，这份挫败应该是源自他自己，而非玛里苟斯。

"很好的问题，只可惜我想不出合适的回答。此事暂且不谈，现在更加重要的是，你很可能就是挽救这场严峻事态的关键所在……如果我们能将龙群疯狂冲锋的结局从自杀改写为胜利的话。"

这头始祖龙仍然盘旋于上空，但卡雷能够感觉到他的耐心正在迅速消退。尽管卡雷有时候也会突然性急，但整体而言，真龙还是要比始祖龙有耐性得多。玛里苟斯已经再次处在逃走的边缘。

提尔显然也看出了这点。他笑了笑，就像是打算安抚这头始祖龙一般。"一直以来，我们所谋求的都是艾泽拉斯能作为一个整体健康有序地发展，但我们已经太久没有注意到这个世界每时每刻都在产生的微小变化。在失去指引的世界中，迦拉克隆变成了现在的样子。但只要重建指引，我们和你的族群就可以让卡利姆多大陆回到它既定的道路上去。"

"让我们和迦拉克隆战斗？"玛里苟斯的语调清楚地说明他已经听懂了提尔的言外之意，"塔隆妮克西娅才会和迦拉克隆战斗！而我和我的朋友们，不会参战！"他摇了摇脑袋。"你真是个愚蠢的生物！"

这一次，玛里苟斯再度开始准备逃跑。他拉开足够远的距离绕着提尔飞过，让卡雷不禁好奇是不是这头始祖龙也感觉到了提尔的真实体型要远比现在这个穿着斗篷的人影大出许多。

卡雷和他的宿主都以为提尔会再度出现于前方，但这一次似乎什么也没有发生。玛里苟斯放下心来，而卡雷却有些猜不透为何提尔会如此轻易地放走这头始祖龙。

突然，一面巨大的石壁挡住了玛里苟斯逃窜的路线。他在碰壁前的最后一刻调转方向，而与此同时，他和卡雷都发现了一个惊人的事实。

这并非石壁，而是某个巨型双足生物的躯干。

但是在玛里苟斯转过身来的时候，巨人却消失了……只有提尔的身影站在那里。

不过，就连年轻的始祖龙都明白，方才惊鸿一瞥所见的才是提尔真实的形态。那一瞥带来的震撼让他在再度望向面前的小小生物时，眼里充满了敬畏。

玛里苟斯显然是觉得这头生物随手就可以击败迦拉克隆，但提尔的神情浇灭了他的殷切期望。"和你的族群不同，我们和这个世界的联系并没有那么紧密。其他人……我族群中的其他人，已经不想再处理这种危机。他们已经因为过去的战斗而心生倦怠。我们——或者说是我，需要你的族群，玛里苟斯。我需要你。"

仍旧悬停在半空的始祖龙最终点了点头。"我们要怎么做？"

提尔看起来如释重负。"首先，我们得聚集你的朋友——你的所有朋友。我觉得你们很可能就是我一直在寻找的那个答案。我从未在其他任何地方见到来自不同族群的始祖龙能如此迅速而紧密地联系在一起。当然，或许这也与迦拉克隆的转变有着莫大关系。我不知道。但无论什么原因，你们之间的这种羁绊都是能否取胜的关键，也是我们唯一的机会。"

有些词汇还是和先前一样，超出了玛里苟斯的理解能力。然而，他轻易就察觉到了提尔其实也并不确定玛里苟斯和他的同伴能否阻止迦拉克隆毁灭艾泽拉斯。

"召集你的朋友，玛里苟斯。他们都信任你。带他们来这里。我会在这里等着……"

一个警钟般的咆哮从东方传来。那是如雷霆一般，只可能属于迦拉克隆的咆哮。

提尔转向吼声的方向。玛里苟斯的目光越过他，也望向同一个地区。而就在这时，提尔的斗篷被风鼓动，露出了某件让卡雷在意，也只有卡雷能够辨识的东西。

银丝编成的腰带上所饰的，正是那件法器。

而就在卡雷看到这些的时候，天地忽然倒悬，构成世界的元素分崩离析，向着四面八方消散。黑暗包覆了他，但片刻之后那些元素又再度汇聚，展现出一处新的场景。

龙群遍布天空。数不胜数的他们正在一同向着前方的地平线咆哮。就在卡雷试图搞清状况的时候，玛里苟斯也加入了这些看起来像是在挑战空气的始祖龙。

下一刻，天空回应了他们。

从视线所不及之处，迦拉克隆回应了他们。

卡雷暗骂一声。不知为何，他——或者应该说是玛里苟斯——最终还是加入了塔隆妮克西娅的队伍，参与了这场亡命的冲锋。

第十五章

吉安娜猝然惊醒,从一堆陈旧的书卷中抬起头来。持续的阅读让她在不知不觉间睡了过去。这位大法师看到了眼前书页上的水渍,于是带着些许恼怒挥手扫过。书页瞬间恢复干燥,就好像从没受损一般。

又浪费了那么多时间!她伸出手指指向墙边堆满典籍和卷轴的书架,桌上杂乱的书卷便自动飞回了原先存放的位置。

一些不属于她的思绪突然涌进脑海。这是其他法师们从四处发来的消息,有的是在寻求她的建议,有的则是在提醒她回到自己的工作上来,不要再继续那些徒劳的任务。吉安娜知道自己的身份以及由此带来的职责,但她起身之后还是再次走向了堆积魔法藏书的地方。

在她做出最终决定之前,另一个声音浮现脑海,驱走了其他所有杂音。

吉安娜……快来……

"卡雷?"

再没有任何回应,但她已感觉到了联络发起的位置。这个地点颇有些让她惊讶,不过吉安娜没有犹豫,立即开始了传送术的施法。

法术运行得并不顺利。抵达的位置与目的地偏离了很大一段距离,而且身体还被抬到了离地一步的高度。她重重地摔下,来自脚底的撞击让周身骨骼都为之一震。

无愧于海军上将家族的名号,吉安娜咬牙忍住,然后立即开始了探察。她望着眼前这片夜色中的土地,不禁好奇卡雷为何会在这里呼唤她——在这片叫做龙骨荒野的土地。

然而更加奇怪的是,联络发起的位置并不是龙眠神殿,而是前方那具巨大骸骨的阴影之中。

吉安娜知道那具骸骨就是曾经被唤作迦拉克隆的巨兽,不过她所得悉的所有信息都是来自龙族千万年来流传的神话与传说。在提到迦拉克隆的时候,巨龙们总是习惯把他称之为"诸龙之父"。这解释了为何许多巨龙都喜欢在临终前来到龙骨荒野,或是面朝迦拉克隆,或者干脆就停在这具骸骨的附近。

吉安娜不再多想,将精力集中在卡雷身上。她默默呼唤他的名字,等待他与自己建起精神上的链接。好一会等待无果之后,她开始将呼唤集中于面前这具巨大骸骨的胸腔之中。

依旧没有任何回应,吉安娜忽然开始担心卡雷是否已经受伤昏迷,甚至于更糟——就躺在那具半掩入土的骸骨之中。她禁不住觉得自己应该过去察看一番。

一片薄雾弥漫于这片区域,让大法师无法看清肋骨中的任何东西。她使出法力进行查看,但还是一无所获……

不。刹那之间，吉安娜觉得自己感应到了卡雷。

她毫不犹豫地将自己传送到了近处。这一次，大法师精确地出现在了既定位置。若隐若现的胸腔将她笼罩。

但四下里，仍旧看不到卡雷存在的迹象。

吉安娜终于喊出了他的名字。但回应她的只有冷风刮过肋骨的呼啸。她早就知道这里是一处荒凉之地，已经提前为自己施加了御寒的法术。所以，此刻这阵穿透脊骨的凉意与天气没有任何关系。但即便如此，大法师还是义无反顾地走了进去。

也就在这时，她觉察到了一些别的东西——一股模糊的魔法痕迹，让她想起了那件法器的光晕。

魔力的源头是一处深挖至冻土之下的洞穴，而洞口残留的正是卡雷独特的法力痕迹。

吉安娜意识到，这就是卡雷发现法器的地点。他在挖出这件东西之后就遇到了许多麻烦。为什么？

她扭头望向身后，忽然间有种自己并非孤身在此的感觉。尽管看不到任何东西，这位大法师仍无法驱走这种感觉。不过，她还是回到了对洞口的检查工作中来。

除了卡雷的施法痕迹之外，吉安娜还研究了那件远古法器遗留在这片区域的魔力。她越是探及深处，魔力的效果也就变得越强，同时也就越加清楚卡雷为了带走这件法器费了多少精力。

那个困扰她的问题再度出现。"为什么？"

身边的光线越来越暗。吉安娜创造出一颗袖珍的金色光球并驱动它飞入洞中，好让自己看清坑洞里的所有东西。

她有些恼火地叹了口气，然后再次张望了一圈，希望能看到卡雷，或者别的什么人影。吉安娜现在明白了自己是被引诱到此的，但这究竟是一个陷阱，还是出于其他完全不同的目的，她也无从得知。迄今为止，她还没有嗅到危险的气息，但她也找不到让自己继续留下来的理由。

她的光球毫无征兆地改变了颜色，从原本的金光变成了深邃的幽蓝。然后在这片蓝光中，吉安娜看到了某件先前没有注意到的事情。这不是什么物理上的实体，而是一股力量，一股与曾经掩埋在这里的那件法器有着某种莫名联系的力量。

而且，在刚才听到卡雷呼唤的时候，她就正在一堆典籍中试图找出记录这种力量的文字。

这位大法师终于开始理解这件法器的本质了，但这只是让她的担忧更进一步。如果这件东西真的是由她所感应到的那股力量所创造，如果这股力量真的与她对那件法器做出的研究结论暗合——那就说明某些非常可怕的事情正在发生……

吉安娜再次感觉到有什么东西在注视着她。这一次，她头也不回地迅速放出一个法术。作为回应，她听到了一个轻微的咕噜声。

她转过身，然后发现一名母牦牛人就站在几步之外。

"你是谁？"大法师询问道。

"邦妮可……我的名字是邦妮可。"牦牛人回答道。吉安娜的法术将这只生物锁在了原地。她的手中拿着一只长矛，但吉安娜看得出来她只是随意地站在那里，并没有掷出武器的意思。

"你在这里做什么？"

"打猎。我看到光，还以为是另外的猎人。"

大法师没有找出任何异样，最终放开了困住牦牛人的法术。邦妮可一面呼气一面伸展开双臂,不过整个过程中她都没有松开手里的长矛。

"你可以走了。"吉安娜冷冷地说道,很清楚地表明了她希望看到邦妮可赶快照做。

牦牛人开始转身,同时越过这位施法者望向前面的坑洞。"他也搜寻了那里,那个蓝色的家伙。"

蓝色的家伙?卡雷?吉安娜的大脑飞速运转着。

在大法师开口询问之前,这名猎人突然又补充道:"我觉得,他应该是找到了什么东西。"

这个信息确实为吉安娜带来了些许线索,但它并没能解决任何实质上的问题。她点头表示感谢,渐渐对这名牦牛人失去兴趣。

"我还看到了一些别的事情……在蓝家伙离开后。"

吉安娜盯着她。"你还看到了什么?"

邦妮可有些犹豫。"看到了另一个。全身都被罩住。"

"全身被罩住?是斗篷吗?"邦妮可弯了弯脖子,这应该是相当于人类的点头。大法师再次提起了兴趣,追问道:"你还从这个人身上看出了什么特点?"

"很高,比你高。他也盯着那个洞口。就像你一样。"

这里并没有其他人施法的痕迹,至少吉安娜没有找到。以她的能力而言,不太可能有法师造访此处而不被她注意……除非……

她需要知道更多信息。"那个人还有做过什么吗?"

"有。"邦妮可思索了一下,然后小心翼翼地将长矛从一只手递到另一只手。她抬起空出来的那只厚重手掌,开始在空中勾绘些什么。动作完成之后,她又再次不动。

吉安娜想要试着理解邦妮可画出的图案，但她并没能记住牦牛人的全部动作。"再画一次，慢一点。"

当邦妮可开始的时候，大法师施放了一个简单但却实用的法术。牦牛人手掌所在的位置立即开始闪烁银光。但这倒让猎人有些犹豫了。

"请继续，邦妮可。"

牦牛人呼出一口气，照着吉安娜的要求开始舞动手掌。银色的火花跟着她的手掌移动，勾出了整个图形。吉安娜带着越来越浓厚的兴趣观摩了全程，唯一希望的就是邦妮可的记忆能更清晰一点。

接着，牦牛人向后退开。吉安娜将闪光的图案唤到自己面前，片刻的查看之后，她突然明白了什么，苦笑着将图案翻转一圈使其调整为正确的方向。展现在她面前的是三个简单但却意味深长的三角形符文，中间包围着一只传统画法的小鸟以及照耀在其头顶的一轮新月。

大法师叹了口气。她曾经见过这个标志，她也记起了是在哪里。

吉安娜把注意力转回到邦妮可身上，问道："你还看到了……"

牦牛人已经不见了。吉安娜眯起眼睛，看到了一串离开骸骨胸腔往外走去的脚印。她早该预料到一名猎人可以悄无声息地移动，但令人惊奇的是邦妮可不仅躲过了大法师的感知，同时还移动得如此迅速。更让吉安娜觉得奇怪的是邦妮可为何要选择不告而别——不过，吉安娜是一名施法者，或许这个简单的事实就足够成为理由。

吉安娜不再去想那头牦牛人。她需要立即回到自己的藏书房。这一次的线索很可能也只会通向死路，但是从她已经回想起的书页内容来看，这位大法师相信只要穷追下去就一定会有收获。

希望在吉安娜的心中滋生开来，她默默向很可能仍在这片区域狩猎的邦妮可道了声感谢，接着开始施放折返的法术。

但如果这位大法师能够再看一眼牦牛人刚才所在的位置，她就会发现，那里已经没有任何足迹。

* * *

聚集而来的始祖龙已经超出了卡雷记忆中的规模。他们的数量令人惊愕。通过玛里苟斯的双眼，卡雷看到了许多从未听闻过的始祖龙族群。甚至于就连玛里苟斯，也有几分为这些环绕在他身边的军团感到敬畏。不过卡雷很快便明白到，他的宿主来到这里只是因为提尔请求他这样，而非出自自愿。

玛里苟斯的同伴们也同样在场，只不过被分散在了龙群中的不同区域。就连伊瑟拉也出现了，她正和阿莱克丝塔萨一起，待在一处布满洞穴的狭长沟壑中。玛里苟斯时常都会分神想到伊瑟拉。提尔以这五头始祖龙为核心计划了某些事情，而伊瑟拉似乎就是其中最不确定的因素。玛里苟斯对伊瑟拉的关心让卡雷有些茫然，一时间难以想透这究竟是怎样的一个计划。

就目前来说，卡雷了解到的是其余四头始祖龙都相信伊瑟拉隐瞒了某些秘密——某些就连阿莱克丝塔萨也无从得知的秘密。在他们找到伊瑟拉并要求她一同参战的时候，她答应得太过爽快了，就仿佛是渴望着离开那片区域一般。这使得玛里苟斯莫名紧张，总在担心这头浅黄色的雌龙会在最紧要的关头突然因为她所隐瞒的事情而放弃进攻。

有关提尔的记忆碎片让卡雷略感惊讶：他的宿主仍然是小团体中唯一知道那个斗篷人影的存在。提尔希望借玛里苟斯来完成计划，他认为最好是让其余四头始祖龙都相信这是冰蓝色始祖龙想出的计划。卡雷推测个中原因很可能与提尔仍未向玛里苟斯透露的事情有关，整个计划很可能包含了一些卡雷的宿主不会接受的部分。

而丝毫不让他讶异的是，玛里苟斯也在怀疑着同样的事情。

塔隆妮克西娅再度咆哮，让所有始祖龙都跟着向仍在视野之外的迦拉克隆发起挑战。事实上，龙群汇聚在一起的吼声也的确和那头远方的巨兽一样让卡雷感到震撼，甚至于让他开始怀疑，也许到头来塔隆妮克西娅所选的道路才是正确的。

在视线的角落里，玛里苟斯注意到伊瑟拉突然降到了其他所有始祖龙的下方。他立即扑了过去。

她在玛里苟斯靠近的时候抬起了头来，亮出一双眯着的眼睛，让玛里苟斯疑心更甚。

"和龙群待在一起！"他喊道，"我们必须领着大家飞向高处！"

"我只是想休息会儿！太累了！"

伊瑟拉的耐力确实不如其余四头始祖龙，而且在玛里苟斯聚集同伴并且告诉他们自己的计划之后，他们也的确没怎么休息，但这头雄龙仍还是持怀疑态度。幸运的是，阿莱克丝塔萨在这时赶了过来。

"你还好吗？"她不安地询问自己的妹妹。

阿莱克丝塔萨的到来并没有让伊瑟拉高兴多少，她还是摆着一副刚才对付玛里苟斯的臭脸。"只是……很累……"

"直到需要升空之前，我都会在这里陪着你。"阿莱克丝塔萨给玛里苟斯使了个眼色，示意他先行离开。雄龙迅速飞离这对姐妹。这头火红色的雌龙会保持着留一个心眼在伊瑟拉身上。提尔的计划仍旧还是……

嘲讽的吼声持续不断，天空和大地都为之震颤。就连塔隆妮克西娅也因此短暂失去了对龙群的控制。她拼尽全力咆哮了一声，让追随者们都回到自己的位置。

但迦拉克隆仍旧没有想要现身的意思。塔隆妮克西娅笑了起来。"看到没有！他害怕我们！"

玛里苟斯等待的时机就要来临，也就在这时，卡雷完全读到了宿主脑中的计划。高度，这项计划的关键就在于高度。对于迦拉克隆，提尔知道一些其他始祖龙所不知道的事情。越高的地方，空气就越稀薄。这一点就连玛里苟斯都很清楚。但他所不知道是，若是想要持续飞行，迦拉克隆所能承受的极限高度远比其他小型始祖龙更低。胜利的关键就在于把那头怪物引到他难以呼吸的高度，让他不得不剧烈喘息才能将空气填满自己巨大的胸肺。到那个时候——或许也只有那个时候——迦拉克隆将会脆弱不堪。

冰蓝色雄龙飞到了塔隆妮克西娅的身旁。"必须飞高！非常非常高！迦拉克隆不能在高处飞很久！他在高处很难呼吸！"

高傲的雌龙冷哼一声。"滚开！"

"飞到高处！"玛里苟斯继续坚持道，"迦拉克隆在高处很难呼吸！他会头晕！会坠落！"

这一次，塔隆妮克西娅看起来像是在考虑他的提议。玛里苟斯舒了一口气。他和提尔都指望龙群的领袖足够聪明，能够接受并促成这项计划。

只可惜到头来终究成空。塔隆妮克西娅错把玛里苟斯的建议看成了智力上的炫耀，她以为这头雄龙是想让自己低头屈服。塔隆妮克西娅的神情更加坚定起来。

她冲着玛里苟斯大吼一声。同时，她的两名亲信也赶了过来帮忙。

而奈萨里奥和诺兹多姆也不知从哪里窜出，一起加入了玛里苟斯。奈萨里奥发出一声挑战的咆哮，塔隆妮克西娅和她的随从则是齐声回应。在这六头始祖龙的身后，龙群的其他成员都有些犹豫，不确定这场一触即发的对峙是否会演变成整个族群的内战。

"撤退！"诺兹多姆朝着玛里苟斯低声嘶吼道，"撤退！"

奈萨里奥听到了同伴的警告，但他并不打算照做。"不！打败她！我们做老大！我们来领导龙群！"

和诺兹多姆不同，奈萨里奥没有兴致压低声音。他的发言让塔隆妮克西娅暴怒不堪。她喷出一颗电球，但却不是冲着奈萨里奥，而是瞄准了这三头始祖龙的首领，玛里苟斯。

卡雷的宿主立即扭转身躯，但仍然还是被烧伤了其中一只翅膀。与此同时，那些最为忠诚于塔隆妮克西娅的追随者们已经聚了过来。

"撤退！"诺兹多姆再次催促道。

玛里苟斯没有如对手预料的那样下降，而是升到了更高的地方。他的同伴也一言不发地跟了上去，而好几头塔隆妮克西娅的心腹也紧随在后。

但那头雌龙突然怒吼一声，让追击的始祖龙半路停下，退了回来。在玛里苟斯持续上升的过程中，他回头发现龙群已经恢复了阵形。他本期望塔隆妮克西娅和她的心腹会一路追赶上来，然后就很可能会引得整个龙群都升到更高的位置。

玛里苟斯一头冲进云层。稀薄的空气让飞行变得越来越费力。他停住，等待其他两名同伴赶到。

"早告诉过你！"奈萨里奥埋怨道，"你的想法肯定没戏！"

玛里苟斯没有回答。冰蓝色始祖龙默默自责，但卡雷总感觉提尔的计划绝不该如此简单。从卡雷读到的信息来看，宿主的行动并没有任何失误。但卡雷知道，一定还有些事情自己仍未知晓。

"现在怎么办？"诺兹多姆问道。

"在上空跟着！"玛里苟斯告诉他们，"阿莱克丝塔萨！伊瑟拉！她们很快就会过来！"

玛里苟斯的确还是对伊瑟拉有所怀疑，但他相信阿莱克丝塔萨一定会带着自己的妹妹赶来。卡雷看得出来，基于提尔给出的情报，他的宿主还准备了其他计划。玛里苟斯已经确定了塔隆妮克西娅不会听从他的提议，他只能假定自己的五龙小队能够将迦拉克隆引到高空然后从上方发动攻击。

诺兹多姆瞥了一眼下方，咕哝着说道："他们开始动了。"

在他警告的同时，下方的龙群已经开始向前推进。玛里苟斯仍未看到那对姐妹的踪影，但计划容不得推迟。他必须信任阿莱克丝塔萨能够完成她的工作。

"走！"冰蓝色的雄龙决定不再等待，于云层中跟着塔隆妮克西娅的军团一同移动。为了让所有追随者步调一致，也为了让那些体质较弱的战士也能跟上，塔隆妮克西娅保持着较慢的行军步伐。于是玛里苟斯很快便追上了他们，甚至开始往前超越。

云层在前方开始变厚。玛里苟斯并不担心迦拉克隆藏在其中。无论云层多么宽广、多么浓密，都不可能遮住那头巨兽的身影。

不幸的是，正如卡雷的宿主曾警告塔隆妮克西娅的那样，高空中稀薄的空气已经开始让他的呼吸愈发艰难。他本不想在遭遇迦拉克隆之前升到这个高度，但现在他必须避开塔隆妮克西娅和她的追随者们。

奈萨里奥追上了他。他看起来也是一样，正在艰难地呼吸着。"必须……飞低……一点……"

什么东西突然撞上了奈萨里奥。

这东西飞得如此之快，冲撞之下奈萨里奥没法保持平衡，反向弹了出去。玛里苟斯立即转身，希望自己的帮助不会太迟。

也就是这时他才看清了撞上奈萨里奥的是一头亡灵始祖龙。确实，当它和那头活着的始祖龙缠斗在一起的时候——即便在如此稀薄的空气中——恶臭也迅速扩散开来。

让玛里苟斯感到奇怪的是，这头亡灵看起来完全没有想要和奈萨里奥作战的意思。卡雷和他的宿主都开始理解到，这具行动的尸体并不打算攻击奈萨里奥，它只是单纯的在云层中撞到了敌人而已。

事实确也如此，比起战斗，这头行动的尸体显然更倾向于立即逃走。它缓缓盘旋一圈，然后找准了来时的路开始折返……或者说——打算折返，只可惜奈萨里奥利用了它的失策，从背后直接撕裂了它的颈项，接着扯断了它的双翼以及强壮的后腿。

炭灰色的始祖龙愉悦地看着被肢解的身体一块块落下。而玛里苟斯和诺兹多姆则再次加入到他身旁。

"愚蠢的东西！"奈萨里奥嘲笑道，"脑袋都坏掉了！已经不知道怎么战斗了！"

"奇怪……"诺兹多姆喃喃自语。

玛里苟斯和卡雷都非常赞同诺兹多姆简洁的评论。玛里苟斯望着这头亡灵在被撕裂之前打算逃走的方向，心中满是不安。

"跟着！"他嘶吼道。

玛里苟斯迅速而又谨慎地继续爬升，无视了心中想要降到低处呼吸浓厚空气的渴望。这头始祖龙是如此紧张，以至卡雷根本无法读出他在担心什么。

接着，当他们来到云层中一处狭小的裂隙时，玛里苟斯所惧怕的事情终于清楚地展现给了卡雷。

天空中堆满了亡灵。它们持续地在原地盘旋，就好像腐败的大脑中只剩下了这个欲望。它们一遍又一遍地重复，有的绕着大圈，有的绕着小圈。其中一头已经靠到了玛里苟斯身边，但却没有做出任何反应。

奈萨里奥和诺兹多姆追上了玛里苟斯，然后就连炭灰色的雄龙也大感吃惊。"这么多，几乎和龙群一样多！"

在这之前龙群就已经发现了好几头亡灵，但是出于打败迦拉克隆的热切希望，活着的始祖龙们并没有对此太过在意，就连玛里苟斯也是如此。如今，这个疏忽已经造成了致命的影响。

"为什么在这里？为什么它们只是转圈？"诺兹多姆问道。

卡雷已经想到了原因，玛里苟斯也是一样。"它们在等待……等我们。等我们全部到齐。"

"他们在等？"奈萨里奥摇了摇头，"它们不聪明！不会想这么多！"

玛里苟斯点点头。这些亡灵始祖龙并不具备真正的意识，显然是有什么东西在操控着它们。"是的，它们不聪明。但迦拉克隆很聪明，很会算计……他，非常精于算计。"

结结巴巴的描述让人倍感着急，但卡雷看得出其余两头始祖龙已经领会了玛里苟斯想要表达的意思。而对于卡雷来说，他同时感受了宿主心中的惊叹与恐惧。

这些亡灵不断盘旋，是为了等待活着的始祖龙从下方经过。计划这一切的当然不是它们自身——而是迦拉克隆。

和周身的变异一样邪恶的是，这头巨兽似乎已变得可以操控他所杀死的始祖龙。而他正打算使用这些受害者布下天罗地网，将所有敌人一网打尽。

"必须警告大家！"玛里苟斯吼出了自己在稀薄空气下所能使上的最大音量，"必须……"

如若一体，所有亡灵都同时停住盘旋……然后开始下降。

玛里苟斯和卡雷只能在惊骇中无助地看着。他们的发现来得太迟了。

陷阱已然收网。

第十六章

玛里苟斯收翼直坠,他和卡雷都很清楚现在去警告龙群已然太迟,但这头始祖龙仍在思考着如何才能避免这场浩劫。思考,但最终无果。

杀戮的场面甚至比玛里苟斯和卡雷原本料想的还要更加惨烈。不死的始祖龙从天而降,分散开来精准地扑向自己的目标,让龙群猝不及防。迦拉克隆操控着所有亡灵,尽管他的身体仍处在远方。

玛里苟斯望向战场前方,震惊地发现塔隆妮克西娅和那些离她最近的追随者们直到此刻都还没有察觉身后的骚动。如同玛里苟斯熟知的那样,塔隆妮克西娅飞行的姿态自信无比。毫无疑问,这头雌龙仍然沉浸在自己的聪明才智之中。在她看来,或许迦拉克隆体形硕大,但始祖龙族群很早就能合力捕食大于自身的猎物。迦拉克隆不过是头很大的猎物,只要所有追随者都能小心地躲开他的巨口,那击败他不过就是早晚的事。是的,捕猎的过程很可能会出现伤亡,但塔隆妮克西娅相当自信她不会是其中一员。而其他的牺牲对于这头自命不凡的金色雌龙来说，都是可以接受的。

玛里苟斯想要追到能够发出警告的距离之内，不过在这之前，后方越来越大的嘶吼声和咆哮就打断了塔隆妮克西娅的遐想。她满脸不悦地望向后方，正好看到一头和她相同颜色的始祖龙尸体急速攻来。

惊讶之余塔隆妮克西娅还是做出了正确的反应。她立即喷出吐息。闪电光球击穿了那头亡灵枯萎的皮肤，让它的躯体在一阵爆炸声中化作烟火。

塔隆妮克西娅扭动身躯，躲开那些四处飞溅的残体。也就是这时，她才发现自己的庞大军团正处在崩溃边缘。奇怪的是，她的视线穿过混乱的战场，径直望向了正在迅速接近的玛里苟斯。冰冷锐利的目光让卡雷和他的宿主都几乎以为这头雌龙将所有的一切归咎在了玛里苟斯身上。

"当心！"奈萨里奥大吼一声，冲到了老友的前方。两头亡灵自玛里苟斯的上方俯冲降下，正好从炭灰色雄龙挡住的方向攻了过来。奈萨里奥一面畅快地咆哮，一面将其中一头亡灵撕成两半；接着，又朝第二头喷出一口吐息。他所释放的吐息是一股强烈的震荡波，将迎头扑来的敌人当场震成了碎片。

这两头偷袭者以及刚才袭击塔隆妮克西娅的亡灵都已经灰飞烟灭，但玛里苟斯注意到天空中仍然到处都是不死始祖龙。出其不意的伏击让它们占尽上风。然而不管卡雷还是他的宿主，都注意到迦拉克隆似乎已经放弃了具体动作的操控。如今这些尸体全都是在本能的驱使下行动——吞噬活龙的本能。

一头褐色的雌龙转向不及，被一头黑色的亡灵龙当场擒住。接着，亡灵龙张口吐息，一片浓厚的绿色烟雾包裹住了雌龙的脑袋和喉咙。她的血肉在尖叫声中干枯崩裂。绝望的哭嚎渐渐减弱，演变成临终的哀鸣。她的脑袋垂向一边，最终断裂。但即便如此，那头尸体也没有停止攻击，它亮出牙齿在血流如注的颈脖上扯下一大块仍有余温的鲜肉。

而在玛里苟斯右方的更远处，两头亡灵正在夹击一头火红色的雄龙。雄龙喷出一片火浪，点燃了其中一头亡灵。可惜的是这并没能停住亡灵龙的攻势，它携着满身烈焰撞进雄龙怀中；而另一头亡灵则趁机从背后咬住了火红龙的脖子。

玛里苟斯使出最快速度想要去赶去帮忙，但是在他赶到之前，火势已经越燃越盛，把活着的始祖龙和两名敌人都裹在其中。很快，那头雄龙就在火焰中殒命。

玛里苟斯对自己的失败感到怒不可遏，不顾后果地加入战局。他呼出寒霜，将抱成一团的三名目标全都覆盖其中，期盼着那头雄龙仍有一线生机。

他莽撞的攻击只是浇灭了正在吞噬亡灵的火焰，让那两具尸体都转向自己。卡雷的宿主这才意识到自己的失误，当最近的那头敌人张开枯槁大口扑来的时候，他迅速爬升，然后伸出后腿撕扯目标的翅膀。干枯、焦灼的翅膀很轻易便被扯断，那头亡灵还没来得及喷出剧毒吐息，就整个掉了下去。

当第二头亡灵把注意力全部放在玛里苟斯身上的时候，火红色雄龙的遗体也随之掉落。不过，在它做出任何行动之前，一个熟悉的身影就从后方悄然接近，将它大卸八块。诺兹多姆朝着玛里苟斯简短地点头，然后便再次移动继续搜寻其他目标。

卡雷很清楚自己的宿主可以轻易解决第二头亡灵，但诺兹多姆的偷袭为玛里苟斯节省了不少时间，以便让他赶去处理更加重要的事情。玛里苟斯继续降低高度，来到塔隆妮克西娅的身旁。

当他靠近的时候，这头雌龙正停在空中，一口接一口地喷出闪电。"必须小心！"玛里苟斯咆哮道，"这是迦拉克隆干的！迦拉克隆算计了龙群！"

塔隆妮克西娅又是一口吐息，将一具尸体轰得支离破碎，但即便在如此紧张的关头，她也还是抽空冷笑了一声。"无所谓！"她宣称道，"不管怎样，他都会死！"

卡雷从未想象过"彻底疯狂"的始祖龙是何模样，但如果要他形容眼前这头可怕的雌龙，他唯一能想到的便是这四个字。而玛里苟斯的观点也是一样。塔隆妮克西娅已经被臆想中的胜利完全蒙蔽。亡灵龙的伏击在她看来只不过是前进道路上的小小阻碍。

就好像是为了强调这一点，塔隆妮克西娅完全无视了玛里苟斯，转身扑向另一头亡灵。这头亡灵刚刚咬穿了一头瘦弱雄龙的喉咙，但它在塔隆妮克西娅面前却毫无还手之力。体形硕大的雌龙首先撕掉了它的双翼，接着又张嘴咬住它的下颚，将整个头颅从脖子处扯断。她看起来几乎是陶醉在自己漂亮的连击之中，但是在玛里苟斯看来，除了最初的一击之外，其余都只是在浪费时间。

挫败之余，玛里苟斯开始寻找奈萨里奥，但视线之中所发现的却是伊瑟拉正在横穿战场。卡雷当场就明白了她的用意，而玛里苟斯却稍微花了点时间才反应过来：伊瑟拉正在朝着迦拉克隆的方向飞去。

玛里苟斯更觉恼怒地嘶吼一声，加速跟了过去。周围并没有看到阿莱克丝塔萨的身影，但卡雷和玛里苟斯都知道伊瑟拉绝不会在姐姐深陷险境时离开。而且，事实上如果孱弱的伊瑟拉真的待在阿莱克丝塔萨身旁，这头火红雌龙说不定反而会因为分心照顾妹妹而更加危险。然而不幸的是，这也说明阿莱克丝塔萨并不知道自己的同巢姐妹在盘算着什么。

伊瑟拉仍然想要与迦拉克隆谋求和平。

玛里苟斯心中理性的一面告诉他，应该任伊瑟拉去面对她自己所选择的命运，但对于友情的忠诚让他毫不犹豫地否定了这个想法。双翼奋力扇动，让他与那头娇小雌龙之间的距离越来越短，但玛里苟斯知道自己仍不够快。迦拉克隆很显然就在附近，而且仍在继续接近之中。他必须确定自己的造物完成了本职的工作。这场骚乱已经造成了不少伤亡，但仍还有更多活着的始祖龙可供迦拉克隆饱餐。

而这，就是伊瑟拉想要晓之以理的怪物。

卡雷催促着自己的宿主，尽管玛里苟斯其实完全听不到他的声音，而且也早已使出了最快速度。在他们前方，伊瑟拉被一座小山丘遮住了身影，当玛里苟斯也抵达那个位置的时候，他却发现四处都没了伊瑟拉的踪迹。

这头雄龙不知所措地停下，接下来才看到伊瑟拉正掠过另一处低矮的山丘。他舒了口气，但同时也担心着伊瑟拉已经离她的目标不远，然后即将落得与寇洛斯同样的下场。玛里苟斯再度疾飞，但此时他已经被甩开了好一段距离。

让他和卡雷都感到意外的是，迦拉克隆始终没有出现。一方面来说这是个极好的消息，但另一方面这也让玛里苟斯深感不安。

他知道，那头巨龙绝不可能在这个时刻放弃自己的全盘计划。

不管是什么原因导致迦拉克隆仍未现身，这都不会持续太久。玛里苟斯始终落在伊瑟拉后，一时难以追上，于是他壮起胆子吼了一声她的名字。

然而，就在这一声出口之时，前方的地表突然开始崩裂喷发。可这里并非火山，所能看到的地方都只有崎岖不平的岩地……

和之前一样，卡雷立即看出了缘由，而年轻的玛里苟斯在一会之后才明白过来。这一带的崎岖地势并非天然形成：迦拉克隆就在下方——无疑是从远处的某个洞穴掘地至此，在地表之下隐匿身躯，静待时机。

如今，时机已然成熟。

扭曲的巨兽破土而出，让数之不尽的岩石泥土漫天飞溅。玛里苟斯看着迦拉克隆，惊愕更甚之前：他的体型又大了一圈，也变得更为畸形。他的整个身躯都覆满了增生，一些还只是凸起的肿瘤，另一些则已经成形。成形的肢体不住抽搐。周身的眼睛从四面八方观察着世界，但其中绝大多数都瞄住了眼前这头挡在迦拉克隆面前的小小身影。

不过，就在迦拉克隆咬向这头浅黄色雌龙的时候，另一头光洁的火红色雌龙突然从上方冲出，抓起伊瑟拉然后立刻飞到一旁。阿莱克丝塔萨竭尽全力，带着自己的妹妹越来越远地飞离迦拉克隆。

巨兽立即追向这对姐妹，从而让更多的岩石和泥土从身躯上抖落。玛里苟斯和卡雷都很清楚，只要塔隆妮克西娅和其余始祖龙在战斗的间隙稍微注意一下周遭动静，他们就一定会看到迦拉克隆爬升的过程。很明显，迦拉克隆原本计划的是出其不意地将所有始祖龙一网打尽,但此时此刻,他的注意力已经完全被伊瑟拉自杀式的行动吸引了过去。

迦拉克隆振翅起飞,碎石如山崩般持续掉落。原本只是浅浅坑洞的地表,如今已被撕裂成宽阔的山谷。

玛里苟斯陷入了两难。伊瑟拉和阿莱克丝塔萨正在亡命逃窜,但这也是一个拯救其他始祖龙的绝佳机会。又一次,理智和忠诚被摆在天平的两端。

一边是出生入死的朋友,一边是整个族群的命运。最终,理智占据了上风。

玛里苟斯决然转身。然后便看到奈萨里奥和诺兹多姆正在朝他飞来。当他们靠近的时候,奈萨里奥满脸困惑,而诺兹多姆则像是若有所思。

"那些死龙!"玛里苟斯喊道,"必须赶快消灭它们!现在!"

凡是涉及战斗的事情,奈萨里奥都绝不会拒绝。而诺兹多姆思索了一番,然后答道:"是的。必须赶快。"

玛里苟斯带着他们折返回去。卡雷感觉自己几乎就要被宿主脑中不断滚过的思绪湮没。他比以往任何时候都更加拜服于玛里苟斯的计算与谋划能力。在三头始祖龙抵达混乱的战场之前,玛里苟斯就已经否定掉了六七种可能的计划,他做出了最终选择,并且确信这就是自己所能想出的最佳方案。

冰蓝色雄龙的视线迅速扫过战场,证实了自己的想法。已经没有任何可见的迹象表明迦拉克隆还在操控尸体。亡灵们都只是在卡雷所熟知的那种残酷本能的驱使下行动。它们各自为战,甚至比玛里苟斯先前离开的时候还要更加杂乱无章。

"来！"他对着两名战友吼道，"飞高！带着其他龙飞进云层！"

他们领命飞走，玛里苟斯则转身冲向一头雄龙。玛里苟斯一击刺穿缠住雄龙的亡灵龙，被解救出来的雄龙便得以加入队伍，和他一起继续解救第三、第四头始祖龙。

玛里苟斯呼喊道："告诉大家，飞高！飞到云里，云里最高的地方！然后往北拍十下翅膀！再下降！"

于是，跟在他身边的始祖龙们便各奔一处，去高声传播他的意思。不一会，所有活着的始祖龙就都开始往上飞向云层。饥饿的亡灵们也跟着往上追赶，并且抓住了好几头企图逃脱的始祖龙。玛里苟斯看在眼里，却束手无策，只能祈祷他们的牺牲能换得其余始祖龙安全抵达云层。

战场中，仍然还有一些始祖龙没有遵从玛里苟斯的安排。远处，塔隆妮克西娅犹豫了。尽管十万火急，那些最忠诚的追随者们也仍在等待她做出决断。在她的视线中，一头始祖龙越飞越近，并且扬起一只翅膀指向天空，明显是想要群龙之首接受玛里苟斯的提议。塔隆妮克西娅再次观察了一番战场，然后大吼着发布了她的命令，带着余下的防御者们也向上爬升。

至此，战场中就再也没有他能做的事情，于是玛里苟斯也一头冲进云层。他观察了一下第一批始祖龙的路线，确认到自己的估算基本正确。卡雷也没有找出什么明显问题，尽管玛里苟斯估算的距离并非绝对完美。

又一头活着的始祖龙振翅飞越玛里苟斯。这头雄龙继续拍了三下翅膀，然后便开始下降。而玛里苟斯在完成自己的十次计数之后，也做了同样的动作。

冲出云层的时候，卡雷的宿主看到许多始祖龙都在这一过程中幸存了下来。有几头亡灵一路穷追，但是在奈萨里奥的带领下，龙群干净利落地解决了它们。这并非玛里苟斯计划的一部分，不过奈萨里奥的见机行事并无坏处，反而让整个行动的成功率又增加了许多。

和云层底部拉开足够距离之后，玛里苟斯长啸了一声，几乎吸引了所有在场始祖龙的注意。他没有说话，只是张口对准云层。然后，他迅速扫了一眼龙群，满意地发现所有始祖龙都明白了他的意思。

又有一头始祖龙破云而出，但是这一头枯瘦得就如骷髅一般，空虚的双眼只剩下了无法填满的饥饿。

玛里苟斯瞄准亡灵的翅膀，全力呼出吐息。和他期望的一样，凝固的双翼让这头袭击者迅速坠落。

其余的始祖龙也都有样学样，在亡灵出现的瞬间立即发动攻击。玛里苟斯将迦拉克隆的计划转变成了己方的优势。失去迦拉克隆的操控，这些亡灵就只能在本能的驱使下行动，这意味着它们理解不了什么叫做陷阱，什么叫做守株待兔。它们跟着自己的猎物窜入云层，然后又跟着窜出，只是稍慢那么一点而已。

但就是这一点时间，便足以让上方活着的始祖龙做好准备，进行狩猎亡灵的伏击。防御者们使出看家本领，全力呼出自己的吐息。沙暴、水柱、火浪，以及其他各种各样的攻击都招呼在了干枯、消瘦的敌人身上。

即便如此，也还是有些亡灵在遭受重创之后仍能挣扎着发起攻击。但奈萨里奥早有准备，他领着那些刚刚脱离云层的始祖龙转回头来贴身肉搏。玛里苟斯一面把这些看在眼里，一面向另一头亡灵发动进攻。这头冰蓝色的雄龙首先对准敌人的头部喷出吐息，然后赶在目标恢复行动能力之前，一口咬穿了它的喉咙。

当玛里苟斯吐出敌人残体的时候，吞食同类的念头几乎填满了他的脑海。玛里苟斯很快便把这股潜藏心底的欲望压制了回去。卡雷感觉得出来自己的宿主有多煎熬，同时也知道如果再任由这种情况拖上更久的话，这头始祖龙的理智很可能就会完全丧失。

胜利的吼声在幸存者中爆发开来。塔隆妮克西娅便是其中最为大声的一个，就好像这场胜利是由她带来的一般。玛里苟斯冷哼了一声，很好奇他们为何还搞不清楚状况。刚才的战斗只不过赢得了片刻的喘息之机，还远远没到庆祝的时候。而且，这还是伊瑟拉的鲁莽行动所换来……

卡雷的宿主突然悲鸣一声。阿莱克丝塔萨和伊瑟拉很可能俱已牺牲，这让玛里苟斯沉浸在哀恸之中。他知道那对姐妹若是知情，也一定会赞同他的决定，但心中的自责丝毫没有减退半分。

诺兹多姆飞到他的面前。"好计划！迅速，而且有效！"但这头雄龙转瞬又低落了起来。"但塔隆妮克西娅声称，胜利是属于她的！"

玛里苟斯大感震惊，诺兹多姆转述的申明倒是其次，更主要的还是因为很多始祖龙竟然相信了这个说法。越来越多的始祖龙聚集到塔隆妮克西娅身旁，玛里苟斯难以置信地发现，这头金色雌龙鲁莽而浩的大军团即将再次成形。

"不！"他飞到塔隆妮克西娅的面前，大声吼道，"不！这不对……"

带着轻蔑的眼神，塔隆妮克西娅深吸了一口气。

玛里苟斯看出了她的意图，立即做出回避，但闪电球还是狠狠击中了他。整个身躯都开始抽搐起来，卡雷和他的宿主一同承受着难以置信的痛苦。眼前一片黑暗，但卡雷知道这并不是那种让他在现实与幻境中切换的黑暗。和玛里苟斯一样，卡雷的意识也已经模糊，他知道自己正在坠落，但却什么也做不了。

突然间一副利爪刺进了他的后腿。这份痛苦和闪电球的冲击相比根本微不足道，但却让卡雷和宿主的精神集中到了一点。他们的意识逐渐清醒过来，同时感觉到了下降的速度正在减缓。

睁眼之后，他们看到了奈萨里奥，而并非预料中的诺兹多姆。这头炭灰色雄龙没有了刚才的愉悦，他目光如炬、满脸怒火，一时间竟让卡雷觉得已经有了几分死亡之翼的风范，甚至于玛里苟斯也因此感到了些许不安。

"恶毒的母龙！"奈萨里奥咆哮道，"看着！我会让她付出代价！"

"不……"玛里苟斯用沙哑的嗓音制止他道，"不能……不能内斗！我们得……活下去……"

塔隆妮克西娅的吼声打断了玛里苟斯。当卡雷的宿主拍打着翅膀试图恢复平衡的时候，奈萨里奥小心地松开了他。两头雄龙一起抬头仰望，卡雷借机观察，发现龙群的数量已经比之前减少了四分之一。玛里苟斯也注意到了同样的事情。他必须想出办法同塔隆妮克西娅暂时合作，只有这样龙群才有一线生机，才能……

迦拉克隆的咆哮响彻天际。

塔隆妮克西娅也张口回应，但是在卡雷和玛里苟斯看来，她的声音实在是相形见绌。雌龙再次咆哮，这一次她身后的龙群也都参与了进来。他们的怒吼交织在一起，虽不如迦拉克隆那样撼动天宇，却也算得上是气势如虹。

在巨兽吼声传来的方向，天地交汇的线条开始向上凸起。凸起的幅度越来越高，直到终于和地面分离。于是，一个无比巨大的始祖龙身形呈现了出来。

迦拉克隆又一次发出挑战的咆哮。聚集成堆的龙群也同样回应。

"不能……"

没等玛里苟斯说完，幻境就扭成一团。卡雷大感意外，但是他很快就明白了这只会跳过很短一段时间。

当视线再度恢复的时候，他发现自己正处在战场边缘，目睹着龙群与迦拉克隆的激战。

那头庞然巨兽正悬停半空，围攻他的始祖龙相形之下就如同虫豸一般。但龙群的数量如此之多，一波接着一波从四面八方发起进攻，攻势的猛烈与密集程度都让卡雷触目惊心。巨兽周身各处都被留下了酸液腐蚀与火焰烧灼的痕迹，而且许多畸形的肢体都被硬生生扯了下来。透过玛里苟斯的双眼，卡雷看到一头黑褐色的雌龙奋勇上前，张口咬住一条增生的后腿。她咬透血肉与骨骼，一把将其扯断，然后迅速撤离，只留下一个血淋淋的伤口。

塔隆妮克西娅和她的亲卫们正在合力攻击迦拉克隆的头部，逼得这头巨兽只能紧闭双眼。金色的雌龙释放出一颗巨大的电球，在巨兽的眼睑上留下一片黑色的焦痕。

卡雷看得目瞪口呆。迦拉克隆完了！这里就是这头巨兽的葬身之地。

不对！卡雷反应了过来。这里并不是龙骨荒野，并不是诸龙之父骸骨所在的位置！到底发生了……

直到这时，他才注意到尽管非常靠近战场，玛里苟斯却没有加入其中。而诺兹多姆和奈萨里奥也是一样。这三头雄龙的踌躇让卡雷把心思从眼前的战场中收了回来，开始探寻玛里苟斯的脑海。

在宿主思维的指引下，卡雷才明白过来他原本认为近在眼前的胜利其实什么都不是。所有的伤害、所有的伤口，都没有让那头巨兽的行动迟缓半分。龙群的攻击除了让迦拉克隆感到厌烦之外，什么也没能造成。卡雷第一眼观察时觉得始祖龙们相形之下有如虫豸的感觉反而更接近事实。

"那么？"奈萨里奥开口了，他永远是最不耐烦的那个。

"眼睛。"玛里苟斯喃喃自语，然后又对着诺兹多姆重复了一遍，"那些眼睛……"

"是的，那些眼睛……"褐色的始祖龙表示同意。

卡雷原本以为他们是打算攻击迦拉克隆首要的两只巨眼，但玛里苟斯脑海中的紧张感让他意识到这三头雄龙讨论的事情肯定不是这么简单。他并不是每次都能及时领会宿主的意图，于是他开始仔细观察玛里苟斯的视线。然后，他得到了想要的信息。

他的宿主所在意的并不是迦拉克隆原本的眼珠，而是其他那些增生眼球。借着三头雄龙所在的有利位置，卡雷观察到那些眼球就像疯了一样一会向上，一会向下，一会又突然反转。

如果不是玛里苟斯已经指明了要点，卡雷很可能不会一直观察，也就不会看到事情的真相。事实上，巨兽身上的每一颗眼珠，都盯住了一件东西，死死地盯着这件东西。

每一颗眼珠，都各自盯上了一头始祖龙。迦拉克隆并非毫无还手之力。他只是在静待时机。

第十七章

刚回到自己的房间,吉安娜就感觉到有人正在找她。不幸的是来的并非旁人,正是大法师茉德拉。茉德拉是吉安娜最为欣赏和敬佩的法师之一。她的资历远比吉安娜更老,早在二次大战的时候,她就已经加入了六人议会。而许多时候,吉安娜也乐于向这位大法师请教各方面的问题。

但是这一次,吉安娜却不想被茉德拉发现。她集中精神使出一个法术,隐去了自己的身形。

"大法师?"那位女性在房门外唤道。茉德拉亲身来到这里,说明她必然已经尝试过用法术定位吉安娜,而且未能如愿。吉安娜并没有就自己离开达拉然一事发布通告,但是作为领袖,她本来至少应该告知六人议会的其他成员。茉德拉有充分的理由找她,但即便如此,吉安娜也还是没有打算现身……至少不会主动现身。

"大法师?"茉德拉更加坚定地重复道,"请原谅,你在里面吗?"

吉安娜知道，在没有得到回应之前，这位年长的女性绝不会轻易离开。片刻之后，她便感觉到了对方正在门外施放法术。吉安娜背靠着门口的墙壁，屏息静气地看着一个透明的身影在她面前成形。

"吉安娜？"透明的身影被填上色彩，显出了茉德拉的形象。她那满头的银发被扎在脑后，年纪要比如今的达拉然领袖大上许多，但风采却丝毫不逊。这个身影环视一圈，显然是在寻找房间的主人。"恕我冒昧。我真的有事需要见你。"

茉德拉竟然不请自入——尽管只是以影像的方式，这说明的确有什么紧急的状况发生了。吉安娜不打算苛责她，但是正如她之前打算的那样，等这阵子忙完，就一定得好好加强一下守护这个房间的符咒。茉德拉显然要比吉安娜原本所想的更为强大，现在的符咒完全阻碍不到她。

这位法师皱起眉头。她缓缓转动身躯，然后突然间在正对吉安娜藏身之处的时候停了下来。

但是，就在吉安娜以为茉德拉已经发现了自己的时候，这位年长的施法者又带着和刚才一样微妙的眼神转向了另一处地方。

"她去了哪儿呢？"茉德拉似有所思，喃喃自语，"在这样的关头，她跑去哪儿了呢？"

最后的这句话差点就让吉安娜现出身来，但卡雷憔悴的面容浮现脑海，最终让她打消了这个念头。吉安娜不再彷徨，尽管她也知道，这是理智屈服于了情感。

茉德拉鬼魅般的身影忽然转头，就像是正在与某个看不见的人交流。"好的。"年长的法师沉声说道，"我马上过来。我们必须得采取其他行动方案了。"

茉德拉转回前方，看了看空荡荡的房间，然后抬起一只手臂开始在半空中书写起来，闪光的字符在她面前渐渐成形。

请在回来后立刻与我联系……非常紧急……

茉德拉留下飘浮的文字，最后张望了一圈，目光短暂地扫过吉安娜，然后身影便开始消散。

又等了一会，在确认茉德拉的所有气息都全部消散之后，吉安娜才长舒一口气显出身形。她盯着飘浮的信息，暗自发誓一旦卡雷的事情得到解决，就会立即与茉德拉联络，搞清楚她所为何事。

吉安娜回到藏书之中，抽出了一本她所需要的古籍。但事情比这位施法者料想的还要更为麻烦，这本她原本确信能够解开谜题的书卷结果什么实质内容都没有提到。大法师将这本古籍放到一边，然后翻开了另一本印象中与那件法器有所关联的典籍。

很可惜，这本书的内容依然与她的记忆对不上号。她失望地将其放下，看着两本书并排躺在那里。

吉安娜突然明白了什么，伸出双手各按住一本书卷。她集中精神，两只手掌便都泛起白光，并且向着两本古籍蔓延过去。

但是接下来，两本古籍的外围都出现了一圈淡紫色的烟雾，将白光阻挡在外。吉安娜倒抽了一口气，她说不上自己的直觉从何而来，但这两本书显然都被某种非常古老的魔法守护着。咒语的目的在于隐去某些信息，而这很可能正是这位大法师在找的东西。然而吉安娜也能感觉得到，在时间的洗礼下，法术原本的效果已经不再牢靠。

原本的法术效果已经不再牢靠……吉安娜禁不住猜想这就是自己能否帮助卡雷的关键。那件法器显然是出于某种目的而被制造出来,但是在跨越了如此久远的年代之后,这个最初目的的效果是否已经被削弱了呢?

这两本书本身也让她很感兴趣,书籍编著的时间远远晚于法器诞生的年代,那理当是收录了一些她所需要的确切资料。而附着在书本上的远古法术竟然能洞悉她的意图,更是说明施法者的魔法造诣已然登峰造极。

但到底是谁,不仅有能力追查到这两本古籍……而且还留下了能够维持至今的法术。吉安娜想到了许多可能,比如说高等精灵——但不知为何,这法术又不太像他们的手笔。事实上,这法术给人的感觉甚至比那个高贵种族还要古老得多。

吉安娜眉头紧锁,从古籍上收回双手。白色光芒立即消退了。大法师踌躇地望着自己的藏书,接着释放了一个覆盖更广的同类法术。这一次,白光笼罩了书架上每一行每一列的所有卷轴与典籍。

正如她所担心的那样,每一本藏书都现出了淡紫色的烟雾。

吉安娜立即催动白光往更深处挖掘。探测证实了她的猜想,这个法术包含了感染的能力。如果两件类似的物体摆在一起——在这一次的情况中,就是一本挨着一本的魔法书卷——最初的法术就会蔓延到旁边的目标身上。法术运作得如此成功、如此彻底,再次印证了施法者的精湛技艺。

吉安娜散掉手中的白光,然后开始仔细翻阅面前的其中一本藏书。凭借着出色的记忆力,这位大法师确认了每一行文字都是在其原本的位置。除了与法器有关的资料之外，这个法术没有改变任何东西。

吉安娜没有被吓倒。她曾面对过各种各样晦涩难解、繁复精妙的魔法，但最终都一一解决。没有什么法术能难住她。

更重要的是，卡雷命悬一线。对吉安娜来说，再没有什么比这更需要她倾尽全力。

* * *

迦拉克隆仍任由自己处在龙群的重重围攻之下。一头与玛里苟斯相同颜色的雌龙对着巨兽喷出吐息，然后在寒霜融化之前，扯下了一只被冻结的增生后腿。另一头银色的雌龙的吐息在卡雷看来则像是液态的金属一般。蓝色的液体侵蚀着迦拉克隆厚重的鳞片，留下一片几乎相当于两头始祖龙大小的锈斑。而两头墨绿色的雄龙则在用他们远甚于普通始祖龙的粗壮后腿，狠狠攻向巨兽的脖颈。

"没用……"玛里苟斯低吼道，"根本不痛不痒……"

"那些眼睛。"奈萨里奥提议到，"躲开视线，一只接一只弄瞎迦拉克隆的眼睛。"

诺兹多姆冷哼一声，"这么多眼睛。"他抬起一只短小的前臂，回复道。"我们得打上好几天，不会有这么多时间的。"

褐色雄龙的话听来丧气，却正中要害。即便这三头雄龙说服了其他始祖龙一起行动，迦拉克隆也不会给他们足够的时间完成进攻。

"必须警告塔隆妮克西娅。"即便是在玛里苟斯说出这话的同时，卡雷也能感觉得到自己的宿主并没有自信。再次尝试说服那头自大雌龙的工作很可能仍然无果。但玛里苟斯已经看不到其他任何的机会……

身旁的诺兹多姆突然发出了一声警告的嘶吼。

遍布周身的增生眼球，都在同一时间半眯了起来。

即便是已经猜到了接下来将会发生什么，玛里苟斯还是立即动身朝塔隆妮克西娅飞去。

他没能飞出多远。迦拉克隆震天的咆哮便让所有始祖龙都静了下来。离得最近的几头攻击者甚至没法保持平衡，和旁边的始祖龙撞在一起翻滚着跌落下去。

迦拉克隆呼出了吐息。整个天空都被一片污浊的薄雾所覆盖，让玛里苟斯下意识地想到了亡灵始祖龙的腐蚀毒雾。卡雷的宿主拼命拍动双翼，想要在迷雾靠近前飞离出去，但一切都已太迟。

迷雾吞没了玛里苟斯。这头始祖龙和寄宿体内的幽灵都已经做好了准备遭受血肉腐蚀的噬骨剧痛。

但预想的情况并没有发生，取而代之的是一股强烈的倦意。倦意深入骨髓，就连卡雷的神志也开始模糊起来。卡雷感觉到自己的生命正在缓缓流逝，而且朦朦胧胧中他发现玛里苟斯似乎也有同样的感觉。

不过这头年轻的始祖龙并没有完全放弃，仍还在本能的驱使下拍动翅膀，最终挣脱了迷雾。那一刻，他和卡雷都感觉神志开始恢复，力量也重新回到体内，那股彻底的萎靡也随之消退。

缓慢的死亡……玛里苟斯试着尽可能简单地形容这种感觉。卡雷所想到的描述要比他复杂得多，但本质上来说两者别无二致。

那头巨兽的吐息，可以让生命缓缓流逝……

玛里苟斯的思维终于完全清醒，他凝神检视前方骇人的现场。塔隆妮克西娅麾下军团中的绝大部分成员都已经被迦拉克隆呼出的漫天迷雾所包裹。那些数之不尽的增生眼球，从一开始就在计算迦拉克隆的敌人是否处在吐息范围之内。

其中一些遭殃的始祖龙已经丧失神志，呆呆地悬停半空；而另一些则在挣扎着想要转身逃脱。还有少部分始祖龙甚至没法维持翅膀的动作便径直坠落下去，宣告了生命的终结。

但即便是在迷雾的核心区域，一些始祖龙也仍保持着大部分行动能力，其中为首的便是塔隆妮克西娅。她一遍又一遍地咆哮，但是从某方面来说，这或许也是想避免被迷雾夺走心智。不过，在玛里苟斯看来，这头雌龙早就已经被另一种病痛所腐蚀：一种毫无理智的绝对疯狂。她没有转身逃离，而是迎上了迦拉克隆，就好像觉得自己拥有匹敌对方的力量一样。

迦拉克隆放声大笑，其声震耳欲聋。他只拍动一下翅膀，就贴到了塔隆妮克西娅面前。

塔隆妮克西娅张口露牙，只不过这一次她所放出的不是咆哮，而是一颗巨大的电球。电球直接命中了迦拉克隆的吻部，但这并没有造成任何伤害，甚至没有让他动摇半分。

现在，轮到这头畸形的始祖龙张开巨口——让塔隆妮克西娅看起来就如同苍蝇一般的血盆巨口。阴影吞没了她，这头雌龙无助地想要逃走，但下颚已经合了上来。

巨大而又锋利的牙齿钳住了塔隆妮克西娅。迦拉克隆没打算把她当场嚼碎；相反，他打算娱乐一番。他前后晃了一下脑袋，让口中的猎物遭受到猛烈的震颤。塔隆妮克西娅在齿间狂抓乱咬，甚至还再次吐出一颗电球，但所有努力终究都只是徒劳。她的脑袋很快就垂了下来，翅膀也不再拍动。她仍还活着，只不过奄奄一息。

那些曾经效命于她的始祖龙爱莫能助。维持滞空对他们来说就已经耗尽全力。而且卡雷和他的宿主都很清楚，即便那些始祖龙想要援手，时间也已经太迟。鲜血不断从伤口涌出，塔隆妮克西娅的呼吸愈发微弱。

迦拉克隆停止了震颤。就像是没有花费任何力气一般，他一口将塔隆妮克西娅咬成两截。

仍在抽搐的上半截躯体缓缓坠落到视野之外，只留下一条短暂存在的，由鲜血和其他体液构成的轨迹。迦拉克隆满脸嘲弄地张开下颚，让雌龙余下的半截残躯也自由坠落。接着，他大笑着拍动双翼，飞到了其他被困在吐息中的始祖龙之间。

迦拉克隆将巨口张到最大，准备享用美餐。

第一批受害者甚至没有反应过来他们的命运，就被巨兽生吞入腹。仅仅一瞬，五头始祖龙便从这个世界上彻底消失。而迦拉克隆没有停歇，下一刻就又吞下了三头猎物。

"我们还能做什么？"奈萨里奥挫败地吼道。这头雄龙恨不得立刻冲进迷雾，尽管他自己也深知这意味着什么。

玛里苟斯没法苛责老友的鲁莽。惨烈的屠杀就发生在他们面前，而这三头始祖龙谁也想不出可行的方法来阻止这一切——至少不是以自杀的方法。尽管卡雷能够感觉得到，如果牺牲自己可以换来族群延续的话，玛里苟斯一定会毫不犹豫地照做。

但接着玛里苟斯注意到了迷雾之中的某些情况。他向前动身，并说道："来！"

当另外两头雄龙无言照做的时候，卡雷的心底泛起一股说不出的感觉。玛里苟斯冲到迷雾边缘，然后仰头爬升。一阵微弱而恶心的气味扑进鼻腔，几乎立刻就让他感觉思维变慢了 。

冰蓝色的雄龙几乎是在以垂直的轨迹飞行，向上飞出好一段距离之后，他才敢再度试着呼吸。玛里苟斯短促地吸了一口空气，然后发现这里已经脱离了迦拉克隆的污秽迷雾。

卡雷的宿主调整到水平方向继续飞了一段，依旧没有闻到那股气味。他飞到了迷雾的上方，处在迷雾的影响之外。

与此同时，其余两头雄龙也来到了他的两侧。迦拉克隆仍在专心地继续进食，并没有注意到头顶的三个渺小身影。而且，即便他注意到了，恐怕也只会一笑而过。几百头始祖龙都已经成了待宰羔羊，三头雄龙又能玩出什么花样？

这也就是玛里苟斯此刻正在思考的问题，就算是占据了高度上的优势，他们又能做什么呢？

他凝视着身下骇人的进食场面，眼看着四头始祖龙一瞬间就消失在迦拉克隆口中。

"这里的雾被吹散了。"诺兹多姆分析道，"但下面的散得太慢。"

"有风。"奈萨里奥在空气中嗅了嗅，"但是不够。"

玛里苟斯继续观察着迦拉克隆。这股仅存的微风实际上正是由那头巨兽的双翼引发。风可以吹散迷雾，只不过剩下的始祖龙们已经没有那么多时间了。

一个古怪的想法在玛里苟斯脑海中浮现，让卡雷也略感惊讶。玛里苟斯回想起他在海边捕猎的场景，只要速度够快，就可以在氧气用尽之前潜得更深捕到更好的猎物。他眯起眼睛盯上了迦拉克隆的头部。

"他的脑袋。"他对着同伴们描述道,"憋住气,狠狠打。"

两头始祖龙心领神会。奈萨里奥咧嘴一笑,诺兹多姆则点了点头。

玛里苟斯满意地看到同伴们已经理解了具体的做法,也有了为此丧命的觉悟。他全力扇动双翼,率先向下俯冲。下方,迦拉克隆的脑袋在视线中迅速放大,就好像也在急着与他见面一般。

卡雷也理解了宿主描述的计划,但他还是没看出这能带来什么好处。不过他除了眼睁睁看着玛里苟斯接近迦拉克隆以外,原本也什么都做不了。

在撞上目标前的最后一刻,玛里苟斯将两条后腿伸到了前方。他把身子尽可能地蜷作一团,甚至连双翼也收拢到身后。透过眼角的余光,玛里苟斯看到奈萨里奥也做出了同样的动作。

利用重力带来的惯性,三头始祖龙狠狠击中了迦拉克隆的头部。玛里苟斯不敢期望这能对目标造成多大伤害,那种可能性实在是微乎其微。卡雷的宿主所得到的,是他所期望这头巨兽做出的反应。

迦拉克隆的怒火被点燃了。

三头始祖龙的猛烈撞击确实带来了些许疼痛。他们的速度甚至让迦拉克隆稍微偏了一下脑袋,以至没能吞下刚才盯上的两头猎物。虎口逃生的经历让那两头始祖龙哆嗦地恢复了神志,赶忙掉头飞走。

而他们最该感谢的还要数奈萨里奥。这头炭灰色雄龙使出了只有他的族群才具备的蛮力，决然地撞向迦拉克隆。冲击的力道异常迅猛，甚至让那头巨兽一时间迷了方向，为玛里苟斯的计划带来了超乎想象的功效。

但迦拉克隆很快便恢复了过来。他不再去管那两头逃走的口粮，而是抬头望向发动偷袭的来者。他狂野地扇动双翼，展现出从未有过的暴怒。

正如玛里苟斯所料，此刻这对巨翼引发的飓风远胜之前。围绕在迦拉克隆周围的迷雾很快就被吹散。

附近的始祖龙很快就清醒过来，陆续开始逃走。

迦拉克隆一时间还没注意到自己的美餐正在四散逃窜，他已经将注意力完全放在了上方的迷你对手身上。"一群虫豸……"他的每一个字都让那三头雄龙震耳发聩，"送上门的食物……只不过没多少肉……"

接下来发生的事情不仅是迦拉克隆，就连玛里苟斯和诺兹多姆都大吃了一惊。奈萨里奥毫无先兆地冲向身下的畸形生物。然后，就在迦拉克隆嘲笑他的时候，炭灰色的雄龙突然改变方向，绕过口鼻，直接攻向巨兽的左眼。

在迦拉克隆庞大的身躯上，只有极少数地方能够被奈萨里奥真正伤到。之前所有攻击都只是激怒了这头巨兽而已。但这一次，炭灰色的雄龙大张其口，怒吼着释放出一股纯粹的力量。

迦拉克隆沉声怒吼，毫无疑问这是他很长时间以来首次感到真正的疼痛。他在奈萨里奥的攻势下闭上了左眼，接着就好像这仍不足以驱走所有痛感一样，他又闭上了另一只眼。

"飞！快飞走！"玛里苟斯对着所有能听到呼喊的始祖龙大吼，

包括奈萨里奥。

"但我们伤到他了！"他的老友坚持道，"我们可以干掉他！"

迦拉克隆睁开了双眼。左边的那只殷红如血，但仍然能和右眼一样视物。两只眼球带着一种卡雷和玛里苟斯都从未见过的暴怒，盯上了奈萨里奥。

吞天巨口迎面咬来，而奈萨里奥只能堪堪躲过。诺兹多姆和玛里苟斯赶忙上前援手，一同瞄准了巨兽脆弱的双眼。迦拉克隆条件反射地埋头向下，让两头袭击者都撞在了厚重坚硬的眉骨之上。

但玛里苟斯本来就没有期望更多，他知道诺兹多姆肯定也怀着同样想法。只要能让迦拉克隆稍稍分心，为奈萨里奥以及玛里苟斯和诺兹多姆争取到逃脱的时间，那就足够了。三头始祖龙在玛里苟斯的带领下一同升上高空，隐进了云幕。

即便是没有听到迦拉克隆的咆哮，他们也知道这头巨兽一定追了上来。三头雄龙对视一眼，默契地各奔一方。

玛里苟斯尽可能地往上升高。稀薄的空气让他渐感乏力，但他希望迦拉克隆的追击也同样会因此变得困难。冰蓝色雄龙相信他的朋友们也会做出同样的动作。不管怎么说，如果付出的这份努力可以让塔隆妮克西娅军团中的幸存者得以逃脱，那便是值得的。

四周陷入了沉寂。玛里苟斯尽力保持飞行的方向，同时开始检视云层。视线之内看不到任何始祖龙活动的迹象，不管是活的还是死的。

在经历了这么多的变故之后，保持高空飞行已经让玛里苟斯觉得有些难以承受。卡雷的宿主侧耳倾听，最终一无所获。他开始好奇迦拉克隆是不是已经放弃了追捕。

但无论是否如此,玛里苟斯都必须得降低高度了。他计划先降到能够正常呼吸的高度,然后再做出判断,看是否还能继续下降。

他的心扑通直跳,一方面是因为呼吸困难;另一方面则是因为必须时刻提防迦拉克隆。卡雷感同身受,几乎忘记了自己只是幻境中的过客。他想要转向东面,但就像是为了提醒卡雷这副身躯不属于他一般,玛里苟斯转朝南面,然后下降了一小段距离。

冰蓝色始祖龙飞出了云层的掩护。这一片区域空空如也,塔隆妮克西娅的追随者们也不知所踪。

但玛里苟斯和卡雷在意的是,奈萨里奥和诺兹多姆去了哪里?而迦拉克隆,又去了哪里?

突然间有什么东西从背后撞上了玛里苟斯。这东西带着他一起坠向地面,迫使他奋起反抗。

"别挣扎!迦拉克隆在附近!别挣扎!"

玛里苟斯停下了动作。任由自己在对方的引导下飞向一处低矮的山丘。

遥远的上空中,迦拉克隆的咆哮声开始回荡。

一些狭小的洞穴出现在视野中。玛里苟斯被带着进到了其中之一。

一直到身躯被阴影遮住,他们才降落下地。卡雷的宿主将脸扭向那个救了自己一命的神秘来者。"阿莱克丝塔萨……"

火红色的雌龙低声说道:"迦拉克隆听力很好。必须轻声。"

在他做出回答之前,洞穴深处就传来了某些动静。玛里苟斯转头望去,期望着看到阿莱克丝塔萨的妹妹。

然而,出现在眼中的却是一张亡灵始祖龙的枯槁面容。

第十八章

雷和玛里苟斯一样惊惶失措。他和宿主一样立即做出了先发制人的决定。玛里苟斯毫不犹疑地张口吐息……

"不！"伊瑟拉从侧面撞了过来。玛里苟斯的寒霜偏离目标，射进了洞穴深处。

亡灵龙向他扑来……或者说，是想要扑来。它也在试图喷出吐息，但这个时候玛里苟斯已经看到了绑在它嘴上的粗壮藤条。这藤条攀附在附近的岩壁之上，同时还绑住的亡灵的前爪。通常来说，始祖龙是不会使用任何工具的。一方面是因为他们刚刚获得智慧，还没能来得及开发工具，另一方面则是因为他们其实也不需要什么工具。然而，这个在玛里苟斯看来只能作为食草动物口粮的东西，确实是被伊瑟拉找到了一个非常合适的用法。

在双眼逐渐适应暗处的光线之后，玛里苟斯开始打量起这头活动的尸体。可以看出，它曾经有着和阿莱克丝塔萨同样颜色的闪亮鳞片。

同巢兄弟？

在他说出自己的猜测之前，阿莱克丝塔萨就在近处伏下了身子。"这不是他。活着的时候，我们认识他，但他不是我们的同巢兄弟。"

而伊瑟拉则不打算再去管玛里苟斯，她把注意力转回到那头亡灵身上。她引导着死兽回到原本的位置，一路上喃喃低语。

"上次找到她的时候，她也带着这样一头东西。"阿莱克丝塔萨坦言道，"也是来自我们的族群。她找不到同巢兄弟，就开始帮助其他同族的死龙。"

玛里苟斯一直都没太在意伊瑟拉的种种执著行为，但现在看来，既然这么久的搜寻都仍旧无果，那她们的同巢兄弟很可能早就已经被食腐动物吞掉，或是因风雨地动而被掩埋。又或者他已经成为亡灵中的一员，但卡雷的宿主觉得这种可能性实在是微乎其微。

但所有这些都无法解释玛里苟斯刚才目睹的景象，更何况这里离塔隆妮克西娅殒命的地点是如此之近。

迦拉克隆的咆哮声再度响起，但这一次听起来像是在越离越远。

"气味。"阿莱克丝塔萨解释道，"死龙会掩盖掉我们的气味。迦拉克隆在这里只能闻到死亡。"

至少这解释了玛里苟斯和卡雷心中最首要的疑问。"但这里为什么会有死龙？"

"呃……其实这跟我有一点关系。"另一个声音说道。

说话的正是提尔。而阿莱克丝塔萨却没有因为神秘人物的出现而表现出任何惊讶，这使得整件事情看起来更显诡异。

提尔仍旧藏身在斗篷与兜帽之下，只是看上去要比先前高出几码，也宽了许多。对此玛里苟斯毫不意外。这位守护者的气场远比他展现出的形象更加高大。卡雷和他的宿主都禁不住觉得，提尔只是为了方便行动而选择了现在的体型。

卡雷依稀记得守护者可以以投影的方式现身。他想要回想更多信息，但现实世界的记忆就仿佛是碎裂了一般彼此剥离，越来越难以建起联系。吉安娜的面容或许便是把所有碎片串联起来的最后希望，但有时候，就连她也会短暂地在脑海中消失。

整理记忆的尝试被一声低吼打断。那具尸体再一次试图发起冲锋，但伊瑟拉挡在了它的面前。她不断地对着这头生物轻声低语，就好像这真的就是她失踪的同巢兄弟。

"她不能再这样下去了。"玛里苟斯最终还是说出了自己的看法。

"但正是因为这东西，才能让她，以及她姐姐留在这里。"提尔陈述道，"如此说来，她想要挽救失踪兄弟的执念反倒是带来了好处。我把那造物带到此处原本是出于其他目的，但命运似乎对它做出了另一种安排。"

"逃离迦拉克隆之后，我们发现了它。"阿莱克丝塔萨补充道。"伊瑟拉还想返回去找迦拉克隆。还想跟那个怪物谈和平。"她瞥了自己的妹妹和那头亡灵一眼，"我告诉她，我看到了同巢兄弟。她信了。我们就跟来了这里。"

提尔嘀咕道："嗯……计划赶不上变化。"两头始祖龙呆呆地竖起脑袋，但他还是没说出到底发生了什么变化。"不管怎么说，它救了你们的命。接下来我们该关心就是如何拯救这个世界。"

"奈萨里奥和诺兹多姆……"玛里苟斯有些黯然神伤,"他们没被救下。"

阿莱克丝塔萨大惊失色。她把所有精力都放在了自己的妹妹身上,全然忘记了另外两头雄龙。"迦拉克隆!难道他们……"

"我不知道。我们飞进云里,然后各奔一方。我没看到,也没听到任何东西。"

玛里苟斯心急如焚,恨不得立刻就飞出去搜寻失踪的好友。他最终朝着洞口迈开步伐。

"等等。"提尔越过两头始祖龙。他走到光暗交界之处然后停了下来。好一会,这个两足的生物都只是在观察着洞外的景象。

阿莱克丝塔萨趁着这档口向玛里苟斯道出详情:"这家伙不知道从哪里冒出来。他说自己叫做提尔,是你的朋友。想要帮忙。"她摇了摇头,"我全信了,什么都没问。"

玛里苟斯很庆幸自己不用再向她解释提尔的身份,这并不是他此刻真正关心的问题。事实上,他仍旧非常担心伊瑟拉和她那可怕的俘虏。阿莱克丝塔萨的妹妹仍对那着尸体轻声言语着什么。

"提尔说随她喜欢。"火红色的雌龙喃喃说道,"但没说多长时间。"

"这不好。不能一直待在这里。"

提尔的归来打断了他们的对话。"迦拉克隆还没走远,但他正在往西南方飞去。如果不改变方向的话,他很快就会离开这片区域,那时你们就可以去搜寻失踪的同伴了。"

玛里苟斯哼了一声。"会找到他们的。但她怎么办?"

提尔顺着他的目光望向伊瑟拉。"她的心中有些东西,是我们必须得去鼓励,去探索的。我能感受到她将会深远地影响这个世界,即便不是在此刻,也必定会在未来。"

"呵!"就在不久之前,玛里苟斯和其他始祖龙都还是一群只能理解当下的生物。他们好不容易有了"未来"的概念,却发现所谓的未来很可能只是一场绝望的终结。"被迦拉克隆吞掉,这就是未来。"

他的话语并没有如料想中的那样打击到提尔。相反,这位守护者只是庄重地点了点头,然后露出微笑。"看来,我总算是做了次正确的抉择。"

卡雷的宿主不仅困惑,而且有些恼怒。"你到底在说什么!始祖龙们都快死光了!没翅膀的提尔还不好好说话!"

"没有人比我更清楚现在的情况。"这位两腿的生灵在面对玛里苟斯的质问时依旧语调冷静,"亦没有人比我更感自责。我本该注意到这一切的。我知道我的同类们都已经对这个世界漠不关心。我本该注意到的……但就连我也分心了。"

就在此刻,那具行尸走肉突然发起了新一轮的进攻。其中的缘由一目了然——伊瑟拉竟然取下了罩在它嘴上的藤条。不管玛里苟斯还是卡雷,都猜不透她的行为到底是出于什么目的。伊瑟拉差一点就害得自己被一口咬穿喉咙。幸好她反应敏捷,才得以险险躲过。

玛里苟斯怒从心起。他绕开伊瑟拉对那头亡灵发起攻击。那东西的手爪仍还被绑着,它只能用滴淌着腐液的尖牙和可怕的吐息来进行防御。玛里苟斯闪到一侧,而这个地方正是那头怪物的攻击死角,它的头没办法转到这个角度。

玛里苟斯刺进它干枯的脖子,轻而易举地将腐肉连同骨头一起扯断。这具尸体的脖子一分两段,整个头颅都掉了下来。

黑色的血液从骇人的伤口中流出,但失去意识的残躯仍还在抽搐扭动。玛里苟斯怒火难熄,继续撕开亡灵的胸腔。终于,这具尸体不再动弹,然后跌倒在地。

卡雷的心智也有些被这股怒意吞噬,尽管并没有他的宿主那么严重。他抗拒着内心中对血肉的渴求,但玛里苟斯却已经被一个朦朦胧胧的声音吸引了注意。

冰蓝色的雄龙转向伊瑟拉。雌龙对上了他的目光,然后开始用刚才安抚亡灵的语调对他轻声细语。玛里苟斯冷笑一声,他此刻唯一有兴趣的便是生吞对方。鲜活的生命气息让他更感饥渴。玛里苟斯的意识已经被长久以来压抑心底的欲望所支配,而这一次他究竟能否醒来,就连卡雷也说不出清楚。更糟糕的是,当玛里苟斯冲向伊瑟拉的时候,那头雌龙完全没有躲避的意思。

千钧一发之际,一个柔和的声音飘进了玛里苟斯的心头。这声音如梦如幻,温柔地触及这头雄龙心底仅存的理性,并为其鼓励加油。卡雷能够感觉到宿主的饥渴正在消退。理智再一次掌控了身体。

我们是你的朋友,玛里苟斯……

起初,卡雷觉得这声音应该是来自提尔,不仅是其中的那份超凡脱俗,更重要的是,除此之外他再想不出还有谁能让陷入疯狂的玛里苟斯恢复理智。然而,当声音再度传来的时候,他才意识到这是由一名女性所发出。

这是伊瑟拉的声音。当嗜血的狂怒渐渐退去时，玛里苟斯的视线也恢复了清晰。现在他和卡雷都已经看清了说话的是谁。然而在片刻之前，就连卡雷的听力也是一片模糊，什么都无法准确分辨。

"这不是你的本意。你一直都在保护我们，你不会伤害我们的。"

透过玛里苟斯的双耳，卡雷注意到伊瑟拉已经可以非常清晰简洁地表达自己的想法。比起其他始祖龙，她要聪明得多，但同样也冲动得多。卡雷甚至好奇是否正是智力上的进化才导致她的身躯远比其他同族娇小。

玛里苟斯最终点了点头。"我没事了。"

就在此时，提尔有些不悦地越过伊瑟拉，来到玛里苟斯面前。这还是他第一次打断别人对话。"你被咬了。被感染了那种饥饿。"

阿莱克丝塔萨站到了妹妹的身旁。这头年长的雌龙看起来和提尔一样惊愕。伊瑟拉看上去似乎对此很感兴趣，但同时也有些沮丧。

"本可以救下它们的。"淡黄色的雌龙喃喃说道，"它们本不用死在那个洞穴里……"

玛里苟斯和卡雷都记起了那些被塔隆妮克西娅活埋的染病始祖龙。卡雷并不认为那些可怜的家伙能和玛里苟斯一样恢复神志，他们很明显已经病入膏肓。但是，他能够感受到玛里苟斯心中的自责，他的宿主似乎觉得自己本可以帮伊瑟拉一把。

提尔没有去管伊瑟拉，他全神贯注地观察着玛里苟斯。"我见过许多染病的龙。没有一头能够战胜这种饥饿。你被感染多久了？"

"好几次日出。"

提尔的双眼——和始祖龙大相径庭的双眼——眯了起来。"这么久都还没有堕落。说明你的意志相当坚强。"

玛里苟斯直起身子。"不会再发生了。"

雄龙的嗓音中带着一种让卡雷动容的坚定。他能够感觉到宿主的心智已经起了某种变化，而这幕后的功臣恐怕非伊瑟拉莫属。

但提尔似乎并没有被说服。他朝着玛里苟斯伸出手去。掌中泛起白色的光芒。

玛里苟斯本能地后退。阿莱克丝塔萨也在一旁警戒地嘶吼起来。唯独伊瑟拉仍旧神情自若。玛里苟斯亲眼见过提尔在空间中穿行的样子，他很清楚这家伙具有不可思议的力量。而若是这力量施加到自己身上，他简直不敢想象。冰蓝色雄龙极力克制着反抗的冲动。

"找不到染疫的痕迹。或许是你把它埋在了心中深不见底的地方，又或许你的身体和心智不知何故得到了彻底净化。"提尔回头望向伊瑟拉，"有些力量，似乎远比它表面上的样子更加强大。"

阿莱克丝塔萨的妹妹就像是没有听到他的赞美一般。这头娇小的雌龙动身走向亡灵残骸所在的地方。她口里念念有词，然后便开始默哀。这不禁让玛里苟斯回想起阿莱克丝塔萨哀悼同巢兄弟时的情景。

提尔给了她一些时间，然后才开口说道："在外面，还有一些生命可以被挽救，你失踪的朋友亦在其中。我觉得，我们应该想办法做一些力所能及的事情。"

"迦拉克隆也在外面。"阿莱克丝塔萨立即指出，"他飞走了，但他的狩猎不会停止。"

"而这就是我们必须反过来狩猎他的原因。"

玛里苟斯用怀疑的眼神盯着他。"我们猎他？塔隆妮克西娅就想猎迦拉克隆！你去跟塔隆妮克西娅说啊！傻提尔！"

"你说的对，始祖龙。不过，这一次事情会有所不同。"

卡雷的宿主竖起脑袋。"怎么不同？"

提尔将手收回斗篷之内，然后拿出了一件器物。卡雷自不用说，奇怪的是就连玛里苟斯和那对姐妹似乎都明白了"武器"的概念。提尔并没有尖牙和利爪，但始祖龙们已经看出来了，这个两足生物可以用手上的钝器发起有效的进攻。

而对于卡雷来说，他曾在自己的时代眼见过无数战锤，但即便是其中最强大的那些，也无法与提尔手中所握之物相提并论。卡雷和他的宿主都能感觉到这件东西只是一个投影，和提尔一样，它的真实尺寸也必定相当骇人。

"因为这一次我不会袖手旁观！当最终的战斗来临之时，我将与你们并肩作战。"

他把战锤收回斗篷之内。那件武器并不是被简单地挂在腰间，而是像遁入虚空一般转瞬便消散无形。玛里苟斯看得啧啧称奇，而卡雷则因为另一件事情大惊失色。

紧挨着战锤消失的地方，挂着的就正是那件法器。

卡雷很想透过斗篷再看一眼那件抹杀了他存在的东西，然而始料未及的是，提尔竟然拿出了那件法器。始祖龙们凝神注视，玛里苟斯和那对姐妹俱是一脸茫然。各种各样的猜测在玛里苟斯脑海里跑过，一枚巨卵，一块岩石，抑或是一块星辰的残片？但自始至终他都没能猜到那个卡雷早已知晓的答案。

提尔举起这件险恶的上古法器——这东西似乎比卡雷印象中的尺寸小了一些——伸向玛里苟斯。

与卡雷记忆中的淡紫色光晕不同，此刻这件法器所闪耀的是一片朦胧的白光……而且光线并未发散，而是如同探灯一般聚拢到一处，照向卡雷宿主所在的位置。玛里苟斯排斥地嘶吼着，但是在他做出行动之前，光芒便突然消失。

提尔转向伊瑟拉和阿莱克丝塔萨。法器再次释出白光。眼见到玛里苟斯并无异样，这对姐妹也就没有试图反抗。

卡雷的胸中憋满了疑问，但玛里苟斯只替他问出了其中一个："你做了什么？"

"试着确保一些未来。"

不出卡雷所料，提尔的回答暧昧不清。如果他能够发声，一定就会顺着这一点继续质问下去。但玛里苟斯的心思与他有些不同，他更为关心的还是此刻的情势。

"我们现在出发。去找幸存者。"

"是的，去找他们……"提尔收回法器，而卡雷只能默默地生着闷气。

迦拉克隆的咆哮声突然逼近，整个洞穴都为之震颤，大量的碎石从头顶上砸落下来。阿莱克丝塔萨迅速扬起翅膀遮住自己的脑袋，挡下了一块致命的岩石。伊瑟拉和玛里苟斯也一样深陷碎石，只是并没有火红雌龙那么凶险。

而提尔就像是没有形体一般，砸到他身上的石块都会穿透身体直接落到地面。不过，他也并没有置身事外。他皱起眉头，领着三头始祖龙从洞口退回。就像是未卜先知一般，片刻之后，成堆的落石就埋满了那里。好消息是他们并没有被活埋,而坏消息则是他们恐怕必须得蜷着身子爬出去了。

而洞穴之外,迦拉克隆仍在倾泻着怒火。

"什么东西把他引回来了!"提尔有些恼怒,"很可能就是你们的朋友!"

不管是出于何种原因,迦拉克隆看来是已经做出了留在这片区域的决定。大地震颤不已,洞穴顶上的碎石土渣也被不断震落,幸而他们所在的位置并没有再发生新的垮塌。但在场的所有活物——包括卡雷——都很明白这份好运不会持续太久。

提尔动身走向洞口,但玛里苟斯抢在了他的前面。这头雄龙伸长脖子,将脑袋探到洞穴边缘,刚好足够看清外面的地方。

迦拉克隆恰好就在此刻着陆,为地表带来了新一轮的震颤。这头畸形的始祖龙不停地东张西望,似乎在搜寻着什么东西。卡雷和他的宿主一同注意到迦拉克隆似乎相当愉悦。卡雷曾经在许多掠食者身上看到过同样的表情,这说明那头巨兽打算和他的猎物玩乐一番,不论那猎物究竟是什么。

片刻之后,猎物现身了。玛里苟斯和卡雷都丝毫没有感到意外,来的正是奈萨里奥。

炭灰色的雄龙从迦拉克隆背后发起俯冲。奈萨里奥大喝一声,瞄准了迦拉克隆的后脑勺。冲击的力道打得那头畸形的巨兽一个踉跄,一头扑倒在地。

奈萨里奥桀骜地大笑着,在半空中绕一个圈再次发动进攻。

"他这是自寻死路。"提尔对着身旁的玛里苟斯说道,"我知道他是个莽夫,但没想到他会这样去寻短见。"

迦拉克隆躯干上的好几处增生眼球都一同盯上了奈萨里奥。他耐心地等着。然后，在那头"小"雄龙飞过他所预估的位置时，这头巨兽扭过头来，张口便欲吐息。

一股强劲的沙柱射进了他的喉头。

迦拉克隆措手不及，被呛得一阵咳嗽。这头巨大的始祖龙挣扎着想要把沙砾从喉咙中反呕出来。

另一个稍小一点的身影从高处降下，来到奈萨里奥身后。诺兹多姆得瑟地发出一声嘶吼，简直就是赤裸裸的嘲讽。

"完美的配合！"提尔喝彩道，"我选择你们果然是正确的！"

玛里苟斯搞不明白这个两腿的生物在庆祝什么，但卡雷对此深表赞同。毫无疑问，这对始祖龙击倒迦拉克隆所用的战术精妙绝伦。不过，这离完全取胜还是相当遥远。

在某些情感的驱使之下，玛里苟斯从半塌的洞口冲了出来。他的动作实在太快，谁也没来得及制止。阿莱克丝塔萨在身后呼喊他的名字，但他片刻也没有因此停留。卡雷感觉到生死与共的友情已经支配了玛里苟斯，让他没办法选择躲在安全的地方。

扑倒在地之后，迦拉克隆最终吐出了哽在喉头的沙砾。他的呼吸逐渐恢复平静，巨大的头颅再次抬起。

玛里苟斯放出了吐息。和诺兹多姆一样，玛里苟斯也瞄准了巨兽的喉头。

在寒霜出口之前的最后一刻，迦拉克隆察觉到了这名新出现的敌手。然而在转头望向玛里苟斯的过程中，他被击中了一处更加脆弱的地方——那颗被奈萨里奥伤过一次的眼珠。

如果只是寒霜的话，迦拉克隆也许连动作都不会迟缓半分。但旧伤被再次命中使得痛感更甚。这头残暴的始祖龙怒吼着将双眼一同紧闭。当然，这并不会让他就此失去视线。玛里苟斯的身影已经被好几颗增生的眼球牢牢盯死。

但与此同时，一股火浪打在了闭上的巨眼之上。阿莱克斯塔从玛里苟斯背后飞出，口中的烈焰片刻也没有停歇。她的攻击让巨兽原本的双眼无法睁开，同时也将一些盯着玛里苟斯的增生眼球引到了自己身上。

奈萨里奥抓住这个机会，开始攻击那些增生的眼球。他大吼一声飞到近前，然后利落地剜出了两颗眼球。

但这头血性上头的雄龙没有对那些增生的肢体引起足够重视。或许是觉得这些增生只是无用的摆设，奈萨里奥任由自己的尾巴摆到了其中一条肢体的附近。

这条肢体上的爪子突然发力，出其不意地紧紧抓住了奈萨里奥。雄龙想要挣脱，却在不经意间又靠近了另一条肢体。于是，他的其中一条后腿也被抓住了。

迦拉克隆终于睁开了双眼。他张开血盆大口，准备将猎物一口吞下。

玛里苟斯和阿莱克丝塔萨想要像之前那样吸引开他的注意，但迦拉克隆完全无视了他们。两头始祖龙的攻击全都打在了坚硬的鳞片之上，巨兽伸向炭灰色始祖龙的下颚只是因此稍微晃动了一下。

一片阴影笼罩了玛里苟斯，其范围的宽广甚至让他以为身后又出现了一头迦拉克隆。他扭头越过肩膀往回望去，但那东西无比迅捷，一直到它击中迦拉克隆，卡雷和他的宿主都没能看清来的究竟是何物。

在卡雷，或者说玛里苟斯的视线中，一个像是拳头的东西——足足有一头成年始祖龙那么大——从侧面狠狠击中了迦拉克隆的下颚，打得那头巨兽横摔出去。

直到此时，卡雷和他的宿主得以看清，原来那并非什么拳头，而是一柄巨大的战锤。这柄战锤和方才提尔所拿的那把外形一模一样，只是尺寸大了百倍。

在迅速闪过的画面中，卡雷还注意到了一些玛里苟斯错过的事情。他看到了这柄战锤是由一只巨大的手掌所掷出，一只他们非常熟悉，但同样大了百倍的手掌。

战锤朝着原本的位置飞了回去，玛里苟斯则将注意力全都放在了伊瑟拉身上。这头雌龙不顾危险，冲到迦拉克隆暂时不能动弹的下颚旁边。然而和之前有点不一样的是，她并没有对准喉咙，而是朝着迦拉克隆的鼻腔喷出吐息。

迦拉克隆条件反射地呼噜了一声。

握着奈萨里奥的手爪亦随之松动。这头雄龙立即挣脱开来，飞离迦拉克隆。与此同时，阿莱克丝塔萨和伊瑟拉也跟着一起转身逃走。

"快跑！逃去南面！"提尔的呼喊从冰蓝始祖龙视线之外的某个地方传来。他的声音与他庞大的真实体型如出一辙，使得玛里苟斯对于这个命令的震惊更进一层。种种迹象不都表明他们正在赢得胜利吗？

但就在他思考的时候，迦拉克隆已经重新站了起来。

卡雷的宿主飞速逃走。他的所有同伴，包括诺兹多姆，都在朝南的方向上等着他。四下里仍旧看不到提尔。玛里苟斯加快了自己的速度。

迦拉克隆的咆哮在他身后响起。玛里苟斯只得再次加速，以便追上已经开始动身的同伴。

"提尔呢？"玛里苟斯问道。

回应他的是一声雷鸣般的巨响。而没隔多久，那头巨兽又咆哮了一声，但所处的位置似乎更远了一些。

玛里苟斯差点就想停下，但阿莱克丝塔萨摇了摇头。"提尔说往南飞！一直飞！"

他懊恼地服从了这个指令。他并不完全理解那个叫做提尔的家伙，但他知道这个两腿生物远比自己，以及其他所有始祖龙都懂得更多。始祖龙族群击败迦拉克隆的希望，就全然系于提尔之身。

提尔……正将自己置于险境，来帮助五头始祖龙逃脱。

而卡雷只能绝望地跟着宿主越飞越远。他多么渴望能够立即转身，去往提尔的身旁。他多么渴望能亲口质问提尔，那件法器究竟是何东西；自己究竟要如何才能脱离幻境，安然返回现世。

第十九章

  吉安娜望着那些让人头疼的藏书。她已试遍了所有的探测法术，但仍旧无果。现在，这位大法师已经开始考虑增强法力的幅度。她有些犹豫，因为这很可能会引起茉德拉或是其他法师的注意。然而，时间每流逝一秒，卡雷的处境都会更凶险一分。

  她必须得放手一搏。吉安娜集中精神准备施法，但又突然停住。在其中一个书架的顶上，她看到了一具远古爬兽的颅骨。这是吉安娜从她的前任——罗宁——手中继承的众多奇异事物之一。就此刻来说，这东西本身并没有意义，但它却让吉安娜想到了龙骨荒野的那具巨大骸骨，以及在骸骨胸腔中遇到的邦妮可。牦牛人勾绘那个标记的情形再次在脑海中浮现。也就是在这时，她才注意到了一些反常的事情。那个标记的图案并不常见，但邦妮可却能清楚地记得其中的每一笔每一划。当时在现场的时候，吉安娜曾以为这是牦牛人专注的天性所致，但现在看来事情似乎并没有那么简单。

"你真的只是头牦牛人吗?"吉安娜遥问远方的邦妮可,"我真不该相信你的出现是个巧合。"

吉安娜在半空中绘出那个标记,然后又将标记翻了一面,从那名猎手的第一视角进行观察。

"我真是个傻子!"大法师脱口而出,然后才意识到自己的失态。她轻咬朱唇,祈祷这句话没被任何人听到。在翻转过来的标记中,她已经有了新的发现。

如果身在骸骨之中时能够更专心一些,吉安娜恐怕早就意识到了应该换一个角度来看待问题。当这个标记被翻转过来之后,它便成为一把"钥匙"。

一把可以解开眼前谜题的钥匙。吉安娜将这个标记移动到最初的那本古籍顶上。然后,看着它融进书卷之中。

就仿佛这本书便是锁孔一般,原先包裹着每一本书卷的淡紫色光芒都在同一时间消散无形。

吉安娜立即翻开面前的这本厚重古籍,开始查找记忆中的书页。果然,就在她原先试图搜寻资料的地方,所有记录都重现了。这位大法师小心翼翼地开始阅读。

两者合二为一之后,产生的能量比单独的两个个体之和还要高出许多——它们互相放大了对方的能量。大法师猜测它们很可能还有其他的组合方式,但是在漫长的岁月洗礼之下,其中一些组合的功能已经出现了问题……

吉安娜合上书本。"是的……一定就是这个原因。"

门外传来了他人接近的声音。吉安娜暗骂了一声自己的鲁莽,她早该想到茉德拉一定会安排人手盯在附近。

但吉安娜已经找到了她所需要的东西,现在即便暴露行踪亦是无妨。这位大法师放下书本……然后转瞬消失。

数秒之后,她的身影便出现在了魔枢结界的边缘,在传送过程完成之后,魔法的动荡仍旧还在耳边低鸣。吉安娜有些不悦地发现自己并没有抵达目标地点,这里距离魔枢入口仍还有很长一段距离。她再次吟唱法咒凭空消失。

吉安娜又出现在了完全相同的地点。

大法师望着魔枢,打算采取另一种策略。这一次,她只是简单地试图窥测魔枢内部的情形。

但这个探测魔法也被魔枢的防御法咒拦了下来。

不久之前,吉安娜就曾经侵入过卡雷的私室。她相信卡雷已经调整了法咒来阻止同样的事情再次发生。看起来他不打算让其他事物进入魔枢——尤其是吉安娜。他不想让自己的麻烦牵扯到她,于是守护符咒的变化也就都在情理之中。

问题在于,吉安娜相信她手上掌握的资料是卡雷摆脱法器困扰的唯一希望。如果他彻底封锁了魔枢,那就无异于是在让自己陷入绝境。

不!我不会让自己失去你!吉安娜祭起另一个法术,让她的魔力完全笼罩了整个魔枢。她正在寻找破绽,无论是多么微小的疏忽,只要让她发现,就可以成为闯入的突破口。不幸的是,她一无所获。

撇开蓝龙一族本身不谈,当世所有活着的生灵里,恐怕都没有几个比得上吉安娜对魔枢守护符咒的了解。吉安娜很清楚这张魔力网络，首先便搜寻了那些核心的交汇点。她并没有找到任何弱点，只是发现了一些反常的变动。如果能搞清楚到底是何改动的，这位大法师就可以调整自己的魔力来进行突入。

然而当吉安娜最终确定那个核心点的时候，发现的事情出乎了她的预料。这些变动并非出自卡雷之手；她曾经在那件法器身上发现的能量，如今已经遍布于整个魔枢的防御网络。

好长一段时间里，这位大法师都呆若木鸡，直到脑海中终于闪出一个念头。她赶忙勾画出那个牦牛人传授给她的标记，并且将画面翻转一圈。然后，如同对那本古书所做的一般，将标记送向最近的那块符咒。

顶着抵抗的推力，她驱使标记融入了这块被篡改的法咒之中。融合完成的时候，法器在这块区域的影响立即随之消散。

吉安娜略感欣慰，继续往里……

那处法咒突然回到了被修复前的样子，闯入者的法力也在重塑过程中被驱赶出来。吉安娜猝不及防，反弹回来的魔力对她的心神造成了猛烈冲击。

大法师喘着粗气跪倒在地，额头上满是冷汗。然而，由这次失败尝试所产生的挫折很快便被好奇取代。她感觉到那件法器并不是在针对她，它只是单纯地修复了这片区域的法咒。它没有恶意，也没有攻击这位大法师的打算。一旦这片区域恢复到先前的状态，法器的运作也就随之停止。

吉安娜站起身来，狡黠地笑了。她已经有了一个更好的主意。接下来，她将会试探法器的极限……并且看看自己有没有能力打破它的极限。

心系卡雷的大法师再次勾绘出那个标记，接着是第二个、第三个，以及更多，直到面前的空间都被这些飘浮半空的标记所占据。

"让我们看看现在会发生什么。"吉安娜喃喃念道，"看看你有没有能耐同时修复所有法咒。"

她将这个由标记组成的法阵引向空中。它们悬停了一会，然后便突然分散，每一个标记都奔向一处魔枢的防御法咒。当它们抵达既定位置之后，大法师深吸口气让它们在目标上方停了一下。她强化了自己的感观，最后望了一眼那些法咒，然后便将每一个标记都送进指定的目标。

在所有标记一同产生功效的瞬间，整个魔枢都被一片白紫交错的光芒笼罩。

* * *

五头始祖龙一同在一处面朝广阔平原的险峰上降落下来。他们全都精疲力竭，如果迦拉克隆选择在这个时刻发动进攻，玛里苟斯毫不怀疑他和他的朋友们都会成为那头巨兽的盘中之餐。卡雷体会着宿主的疲惫与消极，心中所想的亦是一样。

好一会，这五头始祖龙都只是静静地站在那里，若有所思。而种种迹象表明他们心里所想的事情也都是一样。迦拉克隆肆虐之后的景象正摆在他们面前，看起来，能够反抗那头巨兽的已只剩下他们五位。这个世界的宽广与荒芜在心头越刺越深。

山风呼啸而过，但玛里苟斯突然在其中听到了一些别的东西。冰蓝色的雄龙赶忙侧耳，但接下来所能听到的又只剩下了风声。

卡雷的宿主注意到伊瑟拉也在倾听。但她所辨识出的方向似乎与玛里苟斯不同，她正盯着东面的两座山峰。这两座山峰互相倾向对方，就仿佛是一个顶上没有合拢的巨大拱门。

那个短暂的声音再次出现。这一次玛里苟斯听出来了，那是一头始祖龙的悲鸣。

伊瑟拉朝着声音传来的方向飞去。另外三头始祖龙注意到了她的举动，但显然都没有听到那阵呻吟。玛里苟斯立即起飞，余下的同伴也紧随其后。

伊瑟拉一个俯冲从两座山峰之间穿过。玛里苟斯加快速度以免被她甩掉，同时惊讶于这头孱弱的雌龙如今竟然体力更甚于他。

淡黄色雌龙进入了一片被阴影覆盖的区域，这里和卡雷与他宿主印象中的某个地方非常相似。他们的脑海中一同浮现起不死始祖龙的影像。

阿莱克丝塔萨的妹妹没入阴影。玛里苟斯略一迟疑，也跟了进去。

就在这时，另一头始祖龙冲了出来。尽管光线昏暗，玛里苟斯也立即看出这是一头活物，而非亡灵。

他们狠狠地撞在一起，但面前这头年轻的雄龙看起来并无敌意。在玛里苟斯看来，对方挣扎起身时嘴里的嘶吼只是出于惊恐。

第三头始祖龙——阿莱克丝塔萨，从玛里苟斯身后扑出。伊瑟拉的姐姐将那头年轻始祖龙抵在了岩壁之上。

这时伊瑟拉来到了他们中间。"不……他只是被吓坏了。放他走。"

被制服的雄龙激动地反复望向玛里苟斯和伊瑟拉。他含糊不清地嘶叫着。这时玛里苟斯才意识到这是一头还未开化的始祖龙，一头智力贫瘠，更接近野兽的始祖龙。

更多的嘶鸣从伊瑟拉身后传来。玛里苟斯在黑暗中捕捉到了好几个移动的身影。

奈萨里奥和诺兹多姆在近处降落下来。与此同时，阿莱克丝塔萨松开了那头被制服的始祖龙。玛里苟斯也一样照做。

这头年轻的雄龙立即朝着伊瑟拉身后冲去。他隐进了那片阴影之中，但这些躲藏者们似乎正在变得愈发焦躁不安。

"这是？"奈萨里奥咕哝道。

伊瑟拉转身走向阴影，玛里苟斯和其他同伴也跟了过去。

那些不安的身形渐渐清晰起来，显露出各式各样的颜色。这群聚集起来的始祖龙来自各个不同的族群，卡雷和他的宿主分辨出其中大部分都是较为原始的野兽，但也混进去了几头具有智力的成年始祖龙。但无论哪一种，此刻都处在极度的焦躁中。

在他们之中，玛里苟斯发现了两个曾在那场自杀式冲锋中见到过的面孔。他们看起来甚至比那些低等始祖龙还要更加惊慌失措。玛里苟斯突然开始怀疑这里聚集的全部都是那场战斗的幸存者。

"迦拉克隆来了！迦拉克隆来了！"一头银蓝色雌龙毫无先兆地高呼起来，令这群幸存者变得更加躁动。

"没有迦拉克隆！"奈萨里奥看起来很不耐烦，"没有迦拉克隆！别闹！"

龙群静了下来，但这只是因为炭灰色雄龙带来的恐惧暂时压过了其他情感。伊瑟拉也同样被奈萨里奥的吼声惊到了。她赶忙站到奈萨里奥和那群不幸的始祖龙中间，说到："你们安静一点！安静！"

奈萨里奥不再多说,退了回来。伊瑟拉睁开双眼,转向那群仍在惊吓中颤抖的始祖龙。

"没事的。"她继续用着柔和的语调,"迦拉克隆不在这里……没事的……"

龙群不再吵闹,但也没有恢复彻底的平静。卡雷看在眼里,却也无法再苛责什么。作为塔隆妮克西娅大军中的一员,劫后余生的他们必定会惶惶不可终日。而若是有些问题不得到解决的话,他们幸存的时间恐怕也不会太长。

"这么多……"伊瑟拉喃喃低语道,"死了这么多……"

阿莱克丝塔萨来到她的身旁。"妹妹……"

"迦拉克隆!我们必须……"

突然,卡雷的世界上下颠倒。幻象被黑暗吞没,但是出乎这头蓝龙意料的是,这一次切换的时间点非常诡异,比先前的所有经历都更加突然。他感觉自己的神志就像在遭受来自千百个方向的拉扯。

起初,周围的声响听起来就像是他自己的心跳,但这声响很快就转变成一种持续的噪音。他感觉到了自己的双耳,并且辨认出那个声音就在他的头顶。因此他也明白到自己已经不知何故回到了原本的身躯。卡雷试着想要移动身体,但什么也没能做到,就好像自己仍然还是寄生在玛里苟斯体内的那个幽灵一般。卡雷感觉不到自己的双腿和双臂,感觉不到身体的任何一个部位,但既然他能够听到声音,那说明至少他的耳朵有了知觉。

接着,一个模糊的身影引起了他的注意。卡雷这才欣慰地发现自己有了视力。他想要辨识来者,但唯一能确认的就是这个东西停在了他的面前。

噪音不断增强，持续地冲击着他的感观。一时间他只想闭上双眼，并抬起双手堵住耳朵。

当他最终完成这个动作的时候，噪音开始减弱，然后不断远离。不适的感觉越来越轻，卡雷感觉到自己正在缓缓地与现实世界融合。

双眼的视力也渐渐清晰起来。卡雷终于看清了一些轮廓。

面前的这个身影穿着一件宽大的斗篷，就和提尔平时所用的如出一辙。

卡雷试着想要开口，但一个字也没能说出。沮丧的他完全放弃了发声的想法。

毫无疑问，他已经回到了自己人形的身体，但他的耳中却始终回荡着某头巨龙的咆哮——他自己的咆哮。卡雷咬紧牙关，然后满意地发现自己至少还是能做到这点。

在那个似是提尔的模糊身影周围，世界渐渐清晰了起来。通过周围的细节，卡雷确认了自己仍在魔枢内部，而那件法器，就躺在自己和那个陌生人影之间。那东西出现的位置并没有令他感到丝毫奇怪。他甚至有些庆幸法器就在身旁，这样一来，至少自己就不会再被牵得飞越半个艾泽拉斯了。但奇怪的是，耳边的噪音仍然还在持续。魔枢的内部绝不该存在这种噪音。的确，有些符咒会在遭到入侵时发出警报，但现在的这种声音显然并非任何一种警报。

就在他意识到这点的时候，那个身影突然从卡雷的视线中消失不见。他望着空荡的内殿，开始强迫自己去感知双腿。而法器的能量也在这个时候开始涌动起来，它重新贯通整个魔枢的守护符文,就仿佛是打算重建自己的影响。

不对……在意识更清醒一点之后,卡雷注意到法器的运作方式似乎与之前略有不同。它并不是在修改符咒,而是在修复那些遭到外力破坏的符咒。

但谁又有这个胆子?

"吉安娜?"卡雷低声唤道。他既期望来的是她,又期望不是。她根本不知道事态的严峻程度——卡雷是这样认定的——即便吉安娜真的找到了什么线索,这些线索也只会徒劳无益地将她卷入危险。卡雷的遭遇已经超出了她所能帮助的范畴。

卡雷的神志一片混沌,但他更为担心的还是吉安娜的安危。他挣扎着坐起,然后便听到一个不祥的吼声回荡于魔枢中,直击他的心底。

迦拉克隆。

那头始祖龙当然不可能出现在这里。卡雷非常确信这点。但就在下一刻,迦拉克隆的咆哮又再次响起,而且比之前的每一声都更加接近。

阴影覆盖了卡雷——一片庞大得几乎和他脑中想法相互印证的阴影。然而,当他试图弄清阴影的来源时,却什么也没有看到。

魔枢震颤了一下,但这与那片从头顶掠过的阴影并无关系。卡雷并不清楚是什么东西从外部攻击了守护符咒,但毫无疑问它所带来的影响已经超出了卡雷的预料。他越来越觉得闯入者就是吉安娜,也越来越担心那件法器会染指于她。

卡雷蹒跚地走向那件可憎的法器。但另一片阴影突然罩住了它——一片更小的阴影。

一个模糊的身影站在法器后方，正用兜帽之下的目光凝视着卡雷。

"你想从这里得到什么？"他吼道，"到底是什么？"

从右方传来的吼声让卡雷飞速转头。透过眼角的余光，卡雷觉得自己像是看到了一头亡灵始祖龙，但是当他定睛去看时，那东西就像迦拉克隆一样，突然没了踪影。

而且，当卡雷转回头来时，那个带着兜帽的人影也一样凭空不见。

曾经的守护巨龙怒火中烧地来到法器旁边。围绕在他周围的怪异声响越来越大，几近震耳。他再次想到吉安娜，对那件法器的憎恨也更进一步。想要确保她的安全，就必须得想出办法去阻止……

我们必须得阻止他，就在此处，就在此时。这个世界已经危在旦夕，刻不容缓。

说话的是提尔。如今卡雷已经非常熟悉他的声音。他想要诅咒这位守护者，却发现自己已经发不出任何声响。

迦拉克隆的咆哮灌入双耳。和之前一样，那片庞大阴影再次掠过整间私室。

我已经观察了足够长的时间。在他身上，我找到了两个可供利用的弱点。

"我不要……"卡雷没能说完，也没能够到那件该死的法器。他跪倒在地，却仍然向前伸着双手，试图抓起法器。

他没有倒下，反而清醒了过来。他发现自己正处在玛里苟斯和他的同伴们一起发现龙群幸存者的地方。无论这头蓝龙如何挣扎，对吉安娜和魔枢的关心最终还是被压入心底。他的意识再次与幼年的玛里苟斯合二为一。

透过宿主的意识，卡雷立即明白到他们并不是偶然遇上这群始祖龙的。提尔让他们逃往这个方向，正是因为他知道这里聚集着躲避迦拉克隆淫威的龙群。即便不是来到这个洞穴，也必定会找到其他的藏身之处。

而提尔此刻正站在五头始祖龙中间。他的语调疲惫不堪，却又满怀自信。他没有提到自己是如何从迦拉克隆手上脱身。相反，他正在试图组织玛里苟斯和其余始祖龙，再次对迦拉克隆发起自杀式的袭击。

让卡雷更感不妙的是所有始祖龙都在仔细聆听，而伊瑟拉尤其如此。

"哪里？他现在在哪里？"她询问道。

"北面的雪峰。"

这描述让卡雷感到一片迷茫，但他的宿主和其余始祖龙都点了点头，就好像他们都很清楚这个地点。那个雪峰的画面在玛里苟斯的脑海里短暂地浮现。正当卡雷试着想要确认这是诺森德的哪个区域时，画面又转瞬消散。

伊瑟拉靠得离提尔更近了一些。"我们现在出发？"

"迦拉克隆现在在做什么呢？"诺兹多姆打断道，"在做什么？"

"他正在沉睡。"提尔严肃地答道，"现在正是我们发起进攻的时机。事实上，恐怕再也不会有这么好的机会。"

所有始祖龙，甚至于玛里苟斯，看起来都没有注意到提尔发言结束时短暂的犹豫。卡雷很好奇这究竟是因为提尔仍有所保留，还是他只是单纯地感到疲惫。

"附近有一条小溪。"守护者继续说道,"溪里全都是鱼。我们先去那里填饱肚子。然后便出发去北面寻找迦拉克隆。"

阿莱克丝塔萨指着那些挤成一团的幸存者们。"那他们怎么办?"

"他们什么也帮不上。"

奈萨里奥咕哝一声表示同意。他望向玛里苟斯,卡雷的宿主别无他法,只能相信提尔的智慧,于是也点了点头。此时此刻,提尔就是他们走向胜利的希望。

奈萨里奥张开双翼,但他还没来得及起飞,提尔就把手伸进斗篷,拿出了那件让卡雷深感沮丧的法器。他举起法器,伸向炭灰色的雄龙。和先前一样,奈萨里奥还是为它闪耀的光芒显得有些抗拒。提尔又将其举向诺兹多姆。这头褐色的雄龙没有做出任何反应,只是静静地等它散去光芒,引得奈萨里奥不屑地冷哼一声。

"我们现在出发?"伊瑟拉不耐烦地发问。

"是的。你们先去溪边,我随后就到。"

话音刚落,提尔便从他们面前消失了。不止是玛里苟斯,其余四头始祖龙也都没有感到意外。

除了无形的卡雷,谁也没有注意到某个短暂的异样。先前的犹豫也许是一时错觉,但这一次,他十分确信提尔在消失前露出了忧虑的眼神。

不管这眼神具体是出于什么原因,卡雷都能想象得出此次行动的凶险。玛里苟斯,他的四名同伴,甚至于整个世界,都已经处在危险的边缘。

第二十章

在玛里苟斯享用美餐的时候,卡雷的思绪不断飘荡,最终落在了自己的时代……也落在了吉安娜身上。他知道自己的身体正躺在魔枢之中,他也清楚那个挑战法器突破符咒的必定是吉安娜,也必定只是她一人。

吉安娜!他无声地呼唤着,祈祷她能够注意到自己。吉安娜!

卡雷的呼喊如同石沉大海,不过事实上他也不期望得到任何回应。在幻境中他没法为吉安娜做任何事情,除非他能在彻底发疯前找出回到现实的方法。

卡雷同样也想不出来,为什么幻象没有跳过进食的场面直接进入到更有意义的时刻。当玛里苟斯和其余四头始祖龙被一阵异响打断进食,望向天空的时候,卡雷既感到庆幸,同时又有些担忧。下一刻,卡雷的宿主便展翅升空飞向北面,他的同伴们也立即跟随过来。卡雷仍然还不知道究竟是什么惊动了玛里苟斯和其余始祖龙,这头冰蓝色始祖龙的脑海已经被奔向迦拉克隆的念头所充斥，其他任何想法都没能读到。

在靠近提尔所指的那处栖息地时，周围的环境开始变得越来越冷。卡雷一路俯瞰过来，总算从原本时代的记忆中辨认出了一些地貌。但这里已经是整块大陆最靠北面的边缘，与迦拉克隆陨落的地点相去甚远。这头蓝龙生出了一些不祥的预感。

在玛里苟斯的带领下，五头始祖龙一同着陆。卡雷没能看到他们降落的原因，但想来唯一的可能便是担心被迦拉克隆发现。接着，他便看到一个熟悉的身影在前方的山脊上成形。

始祖龙们飞到提尔身旁，这名守护者此刻又现出了与玛里苟斯初遇时一样渺小的身形。但卡雷和他的宿主比以往任何时候都更能感受到这只是他的一个投影。卡雷回想起惊鸿一瞥中所见的那柄惊人战锤，不禁好奇若是提尔不再约束自己，该会是何等姿态。而他们若是想击败迦拉克隆，这份力量更是不可或缺。

"他仍在沉睡。"尽管寒风凛冽，提尔的声音依然清晰传来，"我们必须迅速发起攻击。"

提尔话语中的停顿让卡雷再一次感觉到他仍然有所保留。玛里苟斯也同样捕捉到了这点，但他只是不露声色地记在心头。不过，卡雷还是为他的宿主有所警觉而松了口气。

"现在，"提尔面色阴沉地继续说道，"这就是我……"

就在这一刻，幻境忽然切换。在卡雷被事态吊足胃口的时候，法器又用新的方式玩弄了他。现在，他发现宿主正在飞越另一片阴冷荒凉的区域。看起来，与那头巨兽交战的时刻很快就要来临。

阴霾的天空与残阳余晖交织在一起，让原本就荒凉不堪的大地更显阴郁。然而，正北方向的峡谷中却泛起了一道柔和而悲凉的白光，就仿佛月亮，或是另一个太阳正从那里升起。

玛里苟斯毫不犹豫地调整方向，朝着那里斜掠过去。卡雷并没有感到太过意外，看来提尔所隐瞒的事情就快要浮出水面。

在玛里苟斯的眼角，卡雷看到其余四头始祖龙彼此拉开了距离。他仍然无法得悉提尔的全盘计划。此刻所知的仅限于这五头始祖龙将会在看到信号后发起连番攻击，随后提尔才会登场。被蒙在鼓里的感觉让卡雷一时间有些恼怒。

幻境再次切换——又似乎没有。他的眼前黑了一下，但除此之外并没有其他异样，时间看起来也没有流逝。卡雷打起精神，然后发现视线又模糊了一下。所有的事物都在转瞬间恢复正常，但这头蓝龙非常清楚，自己绝没有看错。

不对劲……卡雷唯一能想到的便是法器出了问题。他首先假定这是吉安娜闯入魔枢时干扰了法器的能量。即便不是如此，也必定是其他什么东西影响了那件法器。

卡雷如坐针毡，不管原因如何，这个症状都说明他的神志正在面临威胁。

幻象又一次突然变得模糊，然后转瞬恢复。与此同时，玛里苟斯已经来到了那片白光的近前。

然后，卡雷和他的宿主便终于见到了迦拉克隆。

他的体型……又大了一圈。卡雷完全不敢相信这头邪恶的始祖龙竟然可以长到这个尺寸。他趴在那里，便几乎把整片区域全部遮住。

玛里苟斯当场便对提尔生出了怀疑之心。作为盟友，他显然知道这一切，却并没有把这个信息告诉五头始祖龙。不过，这似乎也在情理之中。若是知道了实情，这一群被提尔所选中的战士很可能就会因为恐惧而拒绝参战。

然而，当玛里苟斯还在关注迦拉克隆的体型时，卡雷已经开始琢磨起那道白光。这头巨兽的变化绝不仅仅只是外观层面。迦拉克隆正在面临某种蜕变，若是任由他完成，这头邪恶的生物恐怕便再也无法被毁灭。

若是处在自己的身体之中，卡雷一定会选择先行撤退，等到弄清迦拉克隆正在经历什么变化之后再做出下一步行动。然而，即便是对提尔的计划心存疑虑，玛里苟斯还是义无反顾地发起了攻击。他瞄准巨兽的头颅，俯冲着扑了下去。

迦拉克隆的呼吸稳定而悠长。或许是因为蜕变的关系，他睡得非常之沉。每一颗增生的眼球都已经紧紧阖上。每一条增生的肢体也都好像失去了生命一般自然垂下。卡雷能够理解提尔为什么会选择在此刻发起攻击，但他同时也担心事情不会像表面上这样简单。

不过，这些杂乱的思绪都已经不再重要，因为玛里苟斯已经一击出手。

凛冽的冰霜瞄准了巨兽受伤的那只眼球。玛里苟斯的攻击带着一种卡雷一直都没有留意到的狂怒。眼睑被砸得凹了下去，卡雷完全想象得出迦拉克隆将会因此承受的痛楚。

这头畸形的巨兽咆哮着醒来。他张开双翼，尾巴也不停地来回摆动，将所及之处的岩石都打得粉碎。

"小——虫——豸！"迦拉克隆的声音听起来就像是被时间放慢了数倍，但他行动的速度却丝毫不减。他仰起头，几乎是擦着玛里苟斯的身边咬过。"可——恶——的——虫——豸！"

迦拉克隆展翼升空，紧紧追在卡雷宿主的身后。他巨大的尖牙再一次逼近这头冰蓝色的雄龙……

电光火石之间，奈萨里奥突然降落在了巨兽的鼻头，然后伸出后腿使劲撕扯。迦拉克隆无法可施，只得闭上巨口。

而阿莱克丝塔萨和诺兹多姆则趁着此时攻向巨兽的双眼，逼得他再次紧闭眼睑。

伊瑟拉……伊瑟拉在哪儿？玛里苟斯的思绪这才让卡雷明白过来，按照计划，下一个出手的就该是那头浅黄色雌龙。

正当此时，一片阴影盖上了迦拉克隆——一片庞大得不可能属于伊瑟拉的阴影。

阴影缓缓成形，它的轮廓显然不是四足生物，自然就更不可能属于始祖龙。

一股不可思议的冲力撞上了迦拉克隆的下颚，将这头怪物的头颅打得扭向一旁。不出卡雷所料，这股力量正是来自一把巨大的战锤。

提尔——真正的提尔，出现在卡雷和所有始祖龙的面前，并且毫不犹豫地加入了战局。

卡雷没办法准确估量提尔的高度，但这名战士在扎着弓步时也几乎与迦拉克隆的肩膀持平。然而更为惊人的是，为了更好地参战，提尔已经脱去了覆盖全身的斗篷，显露出了他真实的身姿。猩红的束腰长袍从左肩跨向右侧的腰带，让他健硕的肌肉一览无余。这名守护者已经展示过他的法术，但现在看来，在物理层面的对抗上，他同样无惧于任何对手。

除了战靴之外，提尔再没有装备任何护甲，但他看起来丝毫没有为赤身迎战覆鳞的对手而感到担忧。他的右臂系着一条镶嵌钻石的缎带。身后则是一面稍小一些，和衽服一样颜色的斗篷，在颈部的一侧由一枚铁环扣在一起。当提尔蓄势待发的时候，那斗篷就像是拥有生命一般，自行鼓动了起来。

提尔挥动战锤，可卡雷的注意力已经完全落在了守护者腰间的器物身上，一时间竟忘却了眼前的酣战。法器毫无遮掩地出现在那里，就像是在嘲弄这头无形的蓝龙一般。夕阳已落，法器的辉光隐隐入眼，卡雷非常清楚，那东西必定无时无刻不在保持着运作。

重击的声音让卡雷回过神来。这一次，提尔击中了巨兽另一侧的颚骨。迦拉克隆踉跄着退开，一头倒向右方的山脊，让整片区域都陷入一阵震颤。

"就是现在！"提尔大喊道。

奈萨里奥闻声之后，立即降落到迦拉克隆的正对面。这头炭灰色的雄龙用脚牢牢抵住地面，然后接连喷出音波，让那头巨兽刚刚引发的崩塌变得更加剧烈起来。碎石滚滚而落，转瞬便将那头畸形的始祖龙完全湮没。

提尔没等落石停歇，就已然举起了战锤。不过，这名战士所瞄准的却并非迦拉克隆本身，而是巨兽面前不远之处的地面。

畸形的巨兽刚刚用双翼撑起身子，就又被震得跌倒在地。

接下来，阿莱克丝塔萨飞过去接替了奈萨里奥的位置。炙灼的火浪喷向迦拉克隆真正的双眼，逼得他本能地闭上眼睑。

卡雷本以为迦拉克隆会用增生的眼球代为视物，但下一刻他便发现碎石接连滚落，迫得大部分眼睛都无法睁开。在玛里苟斯和其余始祖龙的协助下，提尔的计划进行得异常顺利。那头邪物一刻也没能得到喘息。

然而，即便是胜利的天平一直在朝着正义的一方倾斜，卡雷也始终没有安心下来。这头蓝龙注意到，无论迦拉克隆遭受何种攻击，他所闪烁的微光都始终没有减弱半分。

但没等卡雷琢磨清楚，玛里苟斯就加入了战局。冰蓝色雄龙朝着迦拉克隆敞开的咽喉喷出吐息，寒冷的冰霜打得巨兽气喘吁吁。不过，就在玛里苟斯转身飞离的时候，卡雷感觉到了某些宿主没能注意到的事情——这头巨型始祖龙所辐射出的能量正在激增。

迦拉克隆正在变大。

突然放大的体型吓得玛里苟斯加快了逃离的速度。俯冲而来的奈萨里奥也赶忙掉头飞开。

伴随着一声震天的咆哮，迦拉克隆站稳了脚步。

提尔举起战锤狠狠砸向他的下巴——却连一丝一毫都没有撼动这头怪物。现在，这头丑陋始祖龙的每一颗眼球都在燃烧着怒火。

巨翼展开，拍下。气浪横扫过整片区域，让那五头始祖龙，甚至于提尔都往后飞了出去。

巨翼再次拍下，这头巨大得难以置信的野兽离地而起。升空的过程中，迦拉克隆的体型仍然还在继续增大，同时也变得更加畸形。他的头颅变得尖细狭长，相比普通始祖龙的比例至少长出一倍。他尖利的牙齿开始弯曲，伸长，以至于当他咬紧颚骨的时候，满嘴都是探出的獠牙。

然而迦拉克隆的异变并不止于各种增长，他的皮肤也同样开始变化，越发干枯、生脆，就仿佛他自己也和那些被他吞食的始祖龙一样变成了亡灵。但只消看一眼他周身上下那些饥渴的眼球，就知道迦拉克隆仍还活着……只为一件事情活着。

他毫不理会提尔，径自冲向了离他最近的玛里苟斯。迦拉克隆张开巨口，朝着这个不幸的猎物喷出吐息。

玛里苟斯拼尽全力，还是没能躲开毒云。毒雾笼罩了他，飞快地吞噬着他的力量和意志。尽管玛里苟斯拼命抵抗，卡雷还是能感觉到宿主的意识正在一点点流失。这头蓝色的巨龙绞尽脑汁，但正如他早已知道的那样，他什么忙也无法帮上。

迦拉克隆的阴影将玛里苟斯完全笼罩。托他的福，这头冰蓝色的始祖龙几乎要使出全身力气才能勉强拍动翅膀。玛里苟斯为自己争取到了宝贵的几秒……但这显然不足以让他逃脱。

一个灰色的身影疾速撞向迦拉克隆的喉咙。在友情的驱使下，奈萨里奥不顾安危地将后腿抵上了敌人坚硬的鳞甲。

奈萨里奥显然已经用上了浑身力气，但今时不同往日，他的撞击分毫都没能动摇对手。不过，这倒是将迦拉克隆的注意从玛里苟斯身上引了过来，让那头冰蓝色雄龙堪堪躲过一劫。

这头庞然巨兽立即朝着奈萨里奥追了过去。正当卡雷讶异于炭灰色雄龙没有打算救出玛里苟斯的时候，另外两对后腿一同钳住了卡雷的宿主，将他从污秽的迷雾中拖了出来。

新鲜的空气涌入玛里苟斯的肺里，让他终于恢复清醒，抬起头来。阿莱克丝塔萨和诺兹多姆也一样在大口喘息，直到玛里苟斯完全恢复平衡，他们才松开爪子。也就是这时卡雷才明白到他们和奈萨里奥都是屏住呼吸才能在迷雾中行动。在攻击迦拉克隆的过程中，奈萨里奥耗尽了所有残余的氧气，这也就是他为什么无法过来带走玛里苟斯。

"伊瑟拉!"阿莱克丝塔萨突然张口高喊,然后立即飞离这两头雄龙。诺兹多姆恼怒地低吼一声,和玛里苟斯一同朝着火红雌龙的方向望去。挡在他们视线尽头的,不是别的,正是迦拉克隆。

也正是在那里,伊瑟拉正决然地悬停于巨兽面前——在卡雷看来就像是彻底疯了一般。而迦拉克隆,则狞笑着步步逼近,脸上满是愉悦的神情。

"可怜的小东西。"他缓缓说道,"也许你应该等到自己长得更大,更强一点……"

"我很强!"伊瑟拉大吼道,"而你很弱!"

她的回答逗得迦拉克隆开口大笑。

伊瑟拉朝着张开的巨口俯冲过去,迫得阿莱克丝塔萨赶忙咬住她的尾巴,费尽全力向后拉扯。伊瑟拉被拽了回来,迦拉克隆本能合上的下颚几乎是贴着她的身边擦过。

看着伊瑟拉徒劳地想要挣脱姐姐,巨兽再次笑出声来。

但笑声很快便被提尔的战锤打断。提尔这一击力贯千钧,即便是现在的迦拉克隆也有些承受不住。遮天巨龙被打得横飞出去,崩裂的鳞片从伤口四散飞溅。迦拉克隆万万没想到这个两足的对手竟能跳到如此高度。守护者一把抓住他的肩膀,将他朝地面狠拽下去。

即便是此时,提尔也没有停下攻击。他松开其中一只手臂,从下方打出一记勾拳。

拳头命中了战锤留下的伤口,巨兽的头颅被打得高高扬起。迦拉克隆的胸膛完全暴露了出来,提尔靠过去,对准敌人的喉咙再次举起战锤。

迦拉克隆赶忙伸出前爪进行格挡。这完全在提尔的意料之外，因为普通始祖龙的前肢通常非常短小，完全无法用于这样的搏斗。但如今，巨兽扭曲的身体反而成了他的优势。从某些方面来说，卡雷甚至觉得他的外形已经和真正的巨龙有了几分相似。

然而，不管提尔还是玛里苟斯，都清楚地记得迦拉克隆直到前一刻都还没有这样的前肢。卡雷在宿主的视线中仔细观察起来，然后发现迦拉克隆的外形每时每刻都在发生变化。他的尾巴仍在伸长，双翼的边缘也变得像是被刀切过一般整齐。

即便是在战斗最为激烈的时候，迦拉克隆体内的力量也都保持着不断变形进化。

巨兽的尾巴甩向提尔的左腿。提尔举锤砸下，但长尾又收了回去。

下一刻，迦拉克隆张口便欲呼出吐息。

但提尔早就对此有所防备，他一拳挥向迦拉克隆的喉咙。

重击之下，巨兽被打得晕头转向。而同一时间，玛里苟斯和他的同伴们也赶了过来假以援手。

迦拉克隆张开翅膀试图再度升空。五头始祖龙们未能及时赶到，提尔只得孤身攀上巨龙，悬挂在其身下。守护者伸出一只手臂，战锤便再度出现手中，然后狠狠一锤砸向迦拉克隆头颅的一侧。

但下一刻，战锤就被生生震了回来，就连提尔也没能握持得住，以至一时脱手。迦拉克隆无视了周围的一切，在半空中扭成一团，身上的光芒变得比以往任何时候都更加炽烈。他巨大的双翼让诺兹多姆和奈萨里奥都不敢上到近前。提尔想要在战锤飞出距离之前伸手抓住，但这导致他攀住迦拉克隆的那只手也松动了几分。

玛里苟斯已经意识到了提尔必然无法及时抓住战锤，他急速追了过去。但与此同时，另一件坠落的器物引起了卡雷的注意。

那件法器不知何故竟然脱离了提尔的腰带，正在飘荡着坠向地面。

拽住巨兽翅膀的提尔也同样注意到了此事。他的战锤已然无法捡回，这位守护者不希望连法器也一同失去。他伸手抓去，却没有注意到那正是迦拉克隆的巨口。

提尔的惨叫声划破天际。他再也支撑不住，从迦拉克隆的身上坠落下来。

玛里苟斯立即放弃了战锤，转头奔向血流不止的提尔。他抓住守护者的肩膀，这才明白提尔究竟有多沉重。他减缓了下坠的速度，但还是没法让这位守护者完全停住。

千钧一发之际，伊瑟拉突然出现在冰蓝色雄龙的身边。她喘着粗气，和玛里苟斯一起把提尔拉向附近的山脊。接着，阿莱克丝塔萨也闻声赶了过来。

卡雷和他的宿主原本都以为迦拉克隆会紧追在他们身后，但恰恰相反，那头丑陋的怪物展开双翼升到了更高的地方。他的体型又变大了许多，周身的光芒也比之前任何时候都更加刺眼。

四下里都找不到诺兹多姆和奈萨里奥的踪影。玛里苟斯望向提尔，在毁灭迦拉克隆的计划中，这位守护者一直都充当着导师的角色。提尔被咬断了整条手臂，不仅是伤口，他的周身各处都满是血迹。

迦拉克隆再度咆哮，声音里充满了轻蔑，显然是对这群企图终结他辉煌生命的渺小生物们感到不屑一顾。玛里苟斯将目光从负伤的提尔转到那头巨大的野兽身上，然后，他便被即将降临在自己以及这个世界身上的命运压得喘不过气来。

卡雷知道艾泽拉斯会幸免于难，但是当他望着迦拉克隆遮天蔽日的可怕身形时，这头蓝龙也禁不住开始怀疑，历史会不会走上另一条岔道。提尔生命垂危，那件法器已经被巨兽一口吞下，种种迹象都表明他所熟知的未来正在崩塌。他、玛里苟斯，以及其他所有始祖龙，都看不到任何活下去的希望。

就像是为了证实卡雷绝望的猜想，迦拉克隆仍还在不断地生长，变化……

第二十一章

吉安娜不顾满头汗珠,将全部精力都集中于维持施法。魔枢震颤不已,即便是完全不通法术的人,此刻也能用肉眼看到那些外围的守护符咒。大法师感受到了抗拒的阻力,但突入的决心半分也没有退却。

然而,接下来……所有的反抗都转瞬消失。守护符咒全都恢复到了最初的状态。笼罩魔枢的光芒也全部熄灭。

吉安娜不去管其中缘由,毫不犹豫地传送了进去。

出乎意料的是,她所现身的房间看起来丝毫都没有被外部的冲击所影响。大法师压下杂念,催动法力进行了一次彻底的搜寻。在确认此处并没有任何潜在的威胁之后,她便立即动身朝着记忆中卡雷最后所在的位置走去。

他不在那里。吉安娜心头一紧,但是当她扭头张望的时候,很快便发现卡雷正躺在密室的另一个侧墙角。从身体的姿势来看,吉安娜推测卡雷很可能是倒地之后爬着去到了那里。

但就在她得出这个结论的时候，卡雷的左臂突然动了。他的手指抽搐着在地板上抓挠，而吉安娜则满怀沮丧地注意到这其实是一只从龙爪上伸展出来的手指。事实上，当她靠近卡雷的时候，这位施法者发现对方身上还存在着更多扭曲变形的部分。

在距离卡雷最后几步的时候，吉安娜一个趔趄险些摔倒。附近的地板全都已经被他的汗水浸湿。除了身体形态的反常之外，他的气息看起来也非常微弱。

吉安娜怒意渐起，将目光转向那件法器。那东西就如同正在呼吸一般，任明暗缓缓交错，即便是在吉安娜锐利眼神的打量之下，也完全看不出任何恶意。

吉安娜加强了自己的防御法术，然后靠近法器开始进一步调查。这位大法师一面为其巧夺天工的构造赞叹不已，一面又为它对卡雷所做的事情怀恨在心。最终，后一种情感占据了主导，吉安娜再次勾绘出一个颠倒的标记，然后将其缓缓送向法器。

然而，就在两者刚一接触的时候，法器泛起了光芒。法器的能量借着吉安娜与标记的连接逆流而上，在这位施法者散去法术之前便缠上了她。

吉安娜的世界上下倒悬。紧接着出现在她周围的便是绝对的黑暗，以及似是爬兽一类生物发出的含糊话语。再然后，便是疯狂涌出的画面，画面之中全都是那种就她所知被称作始祖龙的生物。在此过程中，吉安娜意识到自己也正在化身始祖龙——而且，是化身为一位她非常熟悉，只不过形态与现世大为不同的存在。

阿莱克丝塔萨？我成了阿莱克丝塔萨的一部分？

而且是非常年幼时期的阿莱克丝塔萨，显露的也是一副吉安娜根本不知道她曾有过的形态。透过阿莱克丝塔萨的视线，她还看到了另外几头同样是与现在大相径庭的强大存在：伊瑟拉——小得惊人的伊瑟拉；诺兹多姆；奈萨里奥——奈萨里奥！以及玛里苟斯。

每一副画面都转瞬即逝，出现的顺序也毫无条理可言。大部分画面都看不出什么用意，但也有一些让这位大法师感到了几分惊恐。她看到了许多溃烂、骇人，很明显是类似于亡灵的始祖龙。还有许多未得收殓的尸骸。但最让她感到畏惧的还是那个被称作迦拉克隆的存在。她能够感受到阿莱克丝塔萨面对这头巨兽时心中的彻骨寒意，甚至自己也有些被其感染。

所有的一切压得她喘不过气来，吉安娜感觉每一根神经都像是绷到了极限。在最后的时刻，吉安娜幻想出那个反转的标记，并且试图将其与每一幅画面融合。

这位大法师终于恢复了神志，然后便发现自己正在喘着粗气仰面跌倒。若不是提前施放了防护法术，这一下恐怕便会着实摔得不轻。她爬起身来，在最近的墙边倚着身子抵抗残余的眩晕，足足有好几分钟都没有动弹。

那些话语仍旧还在她脑海中回响，吉安娜将视线从法器移向卡雷。她有几分明白到卡雷正在经历什么了，但她的遭遇与缠住这头蓝龙的噩梦相比，恐怕只不过是沧海一粟。

在气息平复之后，吉安娜走到了卡雷身边。她温柔地伸出手去，将卡雷的脸庞转向自己。在这个距离上，卡雷的神色看起来比想象中还要更糟。吉安娜不由得想起了那些遭受翡翠噩梦折磨的无辜受害者，他们的样子就和此时的卡雷别无二致。被梦境的力量主宰,无助地躺着,一点一点任大脑荒废殆尽。

吉安娜不寒而栗。事实上,她就曾是其中一名受害者,而且是最早的那批。而直至今日,她都无法确定自己究竟被影响了多深。由此,她对卡雷的担忧又更深了一些。

卡雷含糊地说了些什么。吉安娜凑到近前。

他的眼睛突然睁大,露出一对巨龙的瞳孔。而不是人形生物该有的模样。大法师被惊得向后退开。

冰冷的龙息迎面喷来。

如果不是防御法术生效的话,吉安娜此刻恐怕已经是死尸一具。而且即便是法术的保护之下,她也仍能感受到刺骨的严寒。然而,这却与她记忆中卡雷所使用的吐息大不相同。相比之下,这反而更像是来自卡雷所附身的幼年玛里苟斯。

卡雷恢复了平静。吉安娜谨慎地伸手触碰他的面颊,接着又移向喉咙。他究竟在幻象中经历着什么,吉安娜说不上来,她只能确定卡雷的血液流动得非常迅速。

大法师念出一个咒语,想要找出存在于卡雷和那件法器之间的链接,却没能奏效。她原本还以为能够从这里入手然后顺藤摸瓜。

这使得她只能重新专注于法器。吉安娜更加谨慎地移动过去,同时仔细打量着肉眼可见的每一个细节。无论视觉还是感观,她都没能找出新的线索。然而,当她将视线停留在环绕在法器周围的光晕上时,这位大法师从光晕闪烁的节奏中注意到了一些事情。

吉安娜赶忙回到卡雷身边搭上他的喉头。同时扭头过去聚精会神地盯着法器。

卡雷的呼吸和光晕的节奏完全一致。这件法器正在让自己的节奏迎合卡雷的生命体征……又或者是在操控卡雷以配合自己的法术运作。

不论如何，吉安娜都已经心里有数。她已经想到了一个计划。她相信自己一定能够将卡雷从那件法器的魔爪中解救出来。

但她的计划里还存在着一个不安定因素。这个不安定因素让吉安娜有些犹豫，即便是卡雷又开始喃喃低语。是的，她可以彻底解放他，但这个过程同样也可能让他面临极其痛苦的死亡。

卡雷又开始抓挠地板，锋利的指甲留下一道道交错的抓痕。

大法师咬紧牙关。她别无选择，立即开始了施法。

施法，并且祈祷……

* * *

玛里苟斯从仍在膨胀的迦拉克隆身上收回视线，专心望向提尔。提尔就那么躺在地上，这位始祖龙们的盟友不知何时已经缩小到最初与玛里苟斯相遇时候的体型。一个绝望的念头浮现于玛里苟斯的脑海，而卡雷的想法也差不了多少。他和宿主都清楚，不会再有其他援兵了。

和先前处理自己负伤的后腿一样，玛里苟斯朝着提尔断臂的地方喷出吐息。

伤口被寒霜封住。流血也停下来。提尔呻吟了一下，但神志看起来已经恢复了平静。

"必须带他走。"伊瑟拉靠到玛里苟斯的身旁说道。

"去哪？"那些幸存始祖龙躲藏的阴暗地区似乎是最为合适的

选择,但若是迦拉克隆尾随着提尔的血迹追来,这就等于出卖了所有难民。玛里苟斯不能容许自己这么做,而且就他对提尔的了解来说,他相信这位两腿的生物也不会希望玛里苟斯的同类为此牺牲性命。

"必须带他走。"淡黄色雌龙重复道。她耸耸肩膀然后补充道:"随便去哪里,只要远离迦拉克隆!"

卡雷的宿主抬头望向那头扭曲的敌人。迦拉克隆已经完全沉浸在了自己的蜕变之中,谁也说不准这个状态究竟会很快结束还是会继续持续一段时间。但整个过程中迦拉克隆都是居高临下停在半空,一旦他恢复过来,玛里苟斯一行就再没有任何逃脱的机会。

玛里苟斯没有等待伊瑟拉的帮助,就直接抓住提尔的肩膀升上天空。他在本能的驱使下朝着记忆中最为荒凉的地区飞去,期盼着那个鸟不生蛋的地方不会引起迦拉克隆的兴趣。

玛里苟斯扭头越过肩膀,看到另一头始祖龙正在接近自己。不过来的却并非伊瑟拉,而是阿莱克丝塔萨。火红色雌龙抓起伤者的两条后腿,替玛里苟斯分担了提尔的体重。两头始祖龙一同奋力振翅,随着速度的加快,他们拍打翅膀的节奏也越来越趋于统一。

玛里苟斯壮着胆子再次回望一眼,既松了口气,也生出更多惊恐。松了口气是因为不仅伊瑟拉跟在身后,奈萨里奥和诺兹多姆也同样跟在稍远的距离之外。惊恐则是因为迦拉克隆仍还在继续长大和扭曲变形。他的体型成长到了前所未有的程度,同时上半身的各个地方都凸起了许多交错纵横的尖刺。他仍旧悬停于半空,但看起来马上就要苏醒。

这幅景象同时也被阿莱克丝塔萨收入眼中。"飞快些。"她突然对玛里苟斯提议道,"飞低一点。迦拉克隆会更难找到我们。"

冰蓝色雄龙点了点头……

幻境突然切换。

冰冷荒凉的地貌让卡雷吃了一惊,一时间他还以为自己回到了原本的时代。望着高耸的山峰和平坦孤寂的大地,他最终认出了这个地方。

在未来的日子里,这里将会被称作龙骨荒野。

玛里苟斯和阿莱克丝塔萨一起,携着提尔缓缓降落。他们做出了选择,但玛里苟斯的思绪并没有表明选择这里的理由。于是,卡雷只能假定他们是随意选择了一个不会轻易被迦拉克隆发现的地方。

这对始祖龙格外小心地将提尔放到冻土之上,然后自己也着陆下来。就像是在期待着什么东西出现一般,玛里苟斯环顾了一圈,但具体是在期待什么他自己都说不上来。在其余同伴降落的时候,阿莱克丝塔萨望向了玛里苟斯。

"这里?"奈萨里奥最终吼了起来,"没法打猎,猎物都离得太远。而且太开阔了,躲去山里还好一些。"

"就这里。"冰蓝色雄龙语气坚定,但卡雷很清楚宿主的脑海中并不存在相关资讯。看起来玛里苟斯只是单纯地凭直觉选择了这里。

诺兹多姆对此倒是没有意见,不过他还是问了一下。"现在做什么?"

玛里苟斯望向南面,望向这片将会成为龙骨荒野的平原的最深处。"那边。"

他起身欲走,却被伊瑟拉挡住去路。淡黄色雌龙满脸困惑,用鼻子指了指玛里苟斯身后。"提尔怎么办？"

玛里苟斯往回望去。不知为何，他和卡雷似乎都忘记了那位守护者的存在。而更让卡雷好奇的是，玛里苟斯看起来似乎毫不在意自己的短暂失忆。

他回到原处，温柔地抓起提尔。提尔的伤势并没有恶化，但卡雷也说不清楚这位守护者究竟能不能好转。他只知道，始祖龙们必须尽快对伤口做一些处理。

但是怎么做呢？卡雷不知道。若是在自己的身体之中，他便会施放法术护住伤口，直到找出有效的治疗方法为止。可始祖龙们却没有这样的能力。

法术……卡雷忽然感觉自己忘记了什么事情，一件至关重要，与他的存在息息相关的事情。

一件……与魔枢有关的事情？

就在此时，玛里苟斯再次降落。卡雷停下胡思乱想，开始关注身下的地貌。起初，除了一片冻土之外他什么也没有看到。接着，一个细小的黑点引起了他的注意。当玛里苟斯飞到近处的时候，卡雷才明白过来这个黑点其实是一个冰湖。蓝龙并不记得龙骨荒野还有这样的地区，不过他也清楚自己的记忆力近来都不太好使。

玛里苟斯带着提尔在湖边缓缓降下，这一次，他让守护者仰面躺下。这使得卡雷总算能够从正面仔细观察。提尔呼吸微弱但却稳定，他的断臂之处也仍被玛里苟斯的寒霜包裹着。始祖龙小心翼翼地朝着伤口再度呼出吐息，巩固了先前的处理。然而，在他的内心深处，他和卡雷一样都没有把握提尔是否能够幸存。

尽管如此，玛里苟斯最终还是放下提尔飞向冰湖。这时候奈萨里奥和其他同伴也都赶了过来，但这四头始祖龙竟然都有些气喘吁吁。

"好快！"奈萨里奥在长舒一口气后说道，"玛里苟斯飞得好快。"

"你该等等我们，"阿莱克丝塔萨指着西边瞪了玛里苟斯一眼。"那边很远的地方，有一头亡灵。很可能还有更多……要是被它们看到，就等于被迦拉克隆看到……"

玛里苟斯转头望去，什么也没有发现。阿莱克丝塔萨的话显然非常有道理，但卡雷发现自己的宿主却像是毫不在意。再一次，卡雷感觉到这有些不像是自己熟悉的那个玛里苟斯。

冰蓝色雄龙继续飞向冰湖。当他低头的时候，卡雷透过他的视线在水中发现了一些模糊的身影。卡雷能够理解亡命疾奔之后的饥饿，但玛里苟斯显然已经有些被饥饿迷了心智。

事实上，卡雷的宿主还想要拉着其他四头始祖龙一起进食。"来！必须进食！需要体力！"

奈萨里奥欣然接受，他一向是五头始祖龙中胃口最好的。诺兹多姆犹豫了一下，接着也点了点头。而伊瑟拉没有多话，静静地跟了过去。

只有阿莱克丝塔萨身形未动。"提尔怎么办？"

"他在睡觉。"冰蓝色雄龙回复道，"让他睡。"

这是个切实的回答，只不过听上去显得冷漠。阿莱克丝塔萨考虑了一会，最终还是点点头加入同伴。在卡雷看来，妥当一点的做法还是留下其中一位看着提尔，但眼下这五头始祖龙都已经饿得饥肠辘辘。

冰层承住了玛里苟斯，也承住了他的四位同伴。诺兹多姆在冰面挠了一下，然而尽管他指甲锋利，也只留下浅浅一道痕迹。奈萨里奥看上去是打算狠跺一脚——毫无疑问这可以震碎冰层，但同时也会让五头始祖龙都失去立足之地——阿莱克丝塔萨赶忙嘶吼一声制止了他。

在同伴们的注视下，火红雌龙在更靠近湖泊中心的地方选了一点，然后小心地呼出吐息。聚集成束的火浪在冰面上融出一个洞口。她朝着洞口继续呼出吐息，直到宽度足够让始祖龙进食为止。

阿莱克丝塔萨开出洞口，却把第一个享用美餐的机会让给了奈萨里奥。炭灰色雄龙飞奔过去，一猛子将头扎进水里。

当他收回脑袋的时候，嘴里已经衔着一条肥美的鲜鱼。他大口咀嚼，同时心满意足地退开。

阿莱克丝塔萨补上位置，她多花了一点时间才捕到自己的猎物。

下一个是玛里苟斯。他才刚刚将头伸进洞口，就有一条肥鱼游过。卡雷的宿主比其他同伴都更为轻松地捕到了猎物。

冰蓝色雄龙退开的时候，伊瑟拉补上了位置。玛里苟斯转回到岸边，他的猎物仍还在齿间不住挣扎。离开冰面之后，这头始祖龙就开始仔细查看起这片苦寒之地。周围没有迦拉克隆，也没有任何亡灵出没的迹象。玛里苟斯收回心思，开始专心进食。血淋淋的撕扯镜头让卡雷相当不适，甚至于有些期望宿主闭上眼睛。

卡雷试着转走注意力，于是便想到了提尔。始祖龙们扔下守护者跑来进食倒也在情理之中，但他们真的得赶快为提尔做些什么。卡雷很好奇其他守护者身在何处。他们是否知道提尔危在旦夕？这头蓝龙猜测守护者之间应该存在着某种联系，某种能让他们……

刺耳的嘶吼从玛里苟斯右面传来。卡雷和他的宿主都非常清楚这个不祥的声音。

这两头瘦骨嶙峋的始祖龙究竟从何而来,玛里苟斯和卡雷都不得而知。眼下已没有时间去考虑这些,其中一头亡灵已经朝着玛里苟斯迎面冲来。它丑陋的黄牙上滴淌着恶心的绿色黏液,对于活着的始祖龙来说显然是致命的剧毒。

玛里苟斯侧身闪开,将尾巴像鞭子一样甩向亡灵。长尾缠上了亡灵的后腿。然后在那头怪物想要再次发起攻击的时候猝然抽动。

这具活动的尸体倒向一旁。然而,玛里苟斯没能及时松开尾巴,被对手倒地的势头拉得转了半圈,将整个背部暴露给了第二头亡灵。

不过,这头不死生物下一刻便被一股沙浪击中,打得横飞了出去。当它着地的时候,炽烈的火浪早已等在那里。

干枯的亡灵浑身着火,却仍旧站了起来。而刚刚被绊倒的第一头也是一样。

玛里苟斯终于解开尾巴,反向转回身来。紧接着,他便一击将第一具活尸打得飞向湖面。

卡雷的宿主原本只是想把对手击倒在地,却没料到敌人在冰面之上一路滑向了伊瑟拉所在的位置。这头娇小的雌龙趁势伸出尾巴,轻轻拨了一下。

于是,这头手忙脚乱的亡灵便一路滑进了冰洞之中。

它抓着冰层的边缘,想要借力爬出。但奈萨里奥没给它这个机会。炭灰色雄龙伸出后腿用最轻的力道跺了一脚,那头可怜虫便跟着震落的碎冰一同沉入湖底。

另一头亡灵则完全无视了身上的烈焰，迈着沉重的步伐转向阿莱克丝塔萨。赶在它喷出吐息之前，诺兹多姆再次放出了沙浪。

沙浪正中目标。在火焰的削弱之下，沙砾直接冲碎了这头生物。碎裂的残体四处飞溅，其中一些甚至在着地之后还继续翻滚了几圈，然后才静止下来。

玛里苟斯没有歇息，而是立即赶回湖中望向冰面之下。片刻之后，他发现了第一头亡灵。这具尸体竟然还没死透，它游了上来，正在寻找脱出的方法。

卡雷的宿主飞向冰层的裂口，低头喷出吐息。没费多少力气冰层就重新封好如初。现在，即便是这头亡灵抵达洞口，它也再没可能脱身出来。

玛里苟斯回到同伴的身边。奈萨里奥正在检查第二头亡灵的残骸，以确保每一块残片都已经失去动弹的能力。诺兹多姆又开始啃起鱼来，而阿莱克丝塔萨则望着远方的山脉，看上去心事重重。只有伊瑟拉注意到了玛里苟斯的归来。

卡雷的宿主望着亡灵的残骸。他总觉得有什么不对，却又说不上来。卡雷也被这股情绪扰动，也开始觉得自己似乎遗忘了什么事情。

冰蓝色雄龙突然爬升一段高度，望向提尔所在的位置。

守护者的身躯已然不见。只有一些模糊的血迹留在提尔曾经躺过的地方。

玛里苟斯越过同伴，开始焦急地搜索每一个方向。然而四下里都找不到任何踪迹，甚至于一点线索都没有。

"走了。"伊瑟拉轻声对他说道,"走了。"

"去了哪儿?怎么走的?"

她耸耸肩。

其余三头始祖龙这才注意到突发的事态。他们帮着玛里苟斯又搜索了一遍,奈萨里奥甚至飞越了整个冰湖,却同样也是一无所获。

"丢了。提尔丢了。"玛里苟斯愤怒地咆哮。比起旁人,他更想痛斥的还是自己。在他看来,照看提尔的职责毫无疑问是系于己身。

然而,在冰蓝始祖龙继续进行徒劳搜寻的时候,卡雷终于想清楚了刚才这段时间里一直困扰着自己的事情。当玛里苟斯衔着猎物从冰窟旁退开的时候,他曾四下环顾了一圈。也就是那时,他的目光就曾扫过提尔所在的位置。

现在,卡雷终于知道了,在那个时候,提尔就已经没了踪影。

有什么东西带走了守护者……对方的用意卡雷仍不清楚,但他知道,这一定不会是为了进食……

第二十二章

❝现在呢？"奈萨里奥问道，"现在怎么办？"

卡雷满怀钦佩地发现，即便事出突然，玛里苟斯也能在脑中敏捷而冷静地分析各种选择。

不过，最先开口回答的却是阿莱克丝塔萨。她面色坚定地说出了玛里苟斯心头的想法："我们必须战斗。"

没有反对，也没有拒绝。玛里苟斯和卡雷都为大家能如此迅速地达成共识而感到欣慰，同时，这也让卡雷回想起了那位将会在五位守护巨龙间扮演领导者角色的阿莱克丝塔萨。卡雷的宿主则是舒了口气，长久以来压在他肩上的责任如今终于有人能够分担。就连伊瑟拉也没有对这个决定抱有异议，尽管从表情来看，她的心里仍旧还藏着一些事情。卡雷猜测这头淡黄色雌龙是在担心自己的力量。她态度坚决，但即便是在用餐之后，她的体力也没有恢复到其他同伴那样的程度。

卡雷的宿主也注意到了同样的事情，不过他并没有点破。这个时候，大家都在等着玛里苟斯指明下一步计划。他的想法仍旧举足轻重，毕竟从一开始就是他最先接触的提尔。在那个奇怪家伙出现的时候，玛里苟斯几乎是当场就欣然接受了他的提议。提尔看上去是那么聪明、那么自信，尽管体型较小，但他所辐射出的力量却明显要远远超出任何一头始祖龙。

然而现在提尔已是无处可寻，就连掳走他的究竟是何物，他究竟被带去了何方，都不得而知。对于始祖龙这样的生物而言，最合乎逻辑的推测就是某头野兽带走了守护者的躯体，甚至于此时此刻就正在进行吞食。

如此一来，能够面对迦拉克隆的就只剩下这五头始祖龙，而玛里苟斯显然已被其余同伴认定为小队中最聪明的计划者。

卡雷能够理解冰蓝始祖龙脑海中涌现的所有思绪，但他也有着一些自己的看法。他越来越觉得，不管是什么东西带走了提尔，其目的都不会是进食这么简单。然而这对于玛里苟斯和其余始祖龙来说恐怕都没有任何……

奈萨里奥示警地嘶吼了一声。五头始祖龙都立即压低身子。

远方的山脉中，三个身影正在缓缓向东北方行进。它们的动作生硬反常，丝毫没有那种始祖龙翱翔时的流畅自然。尽管动起来很快，但它们时走时停，似是毫无目的可言。

"死龙。"诺兹多姆咕哝道。

那三个身影隐没在一座高峰之后。玛里苟斯嘶吼了一声。他发现了一些甚至于卡雷都没能在第一时间意识到的事情。"它们很聪明，找得很仔细。不像其他的。其他死龙都不会思考，只会吃。"

奈萨里奥满脸困惑，但其余三头始祖龙都理解了玛里苟斯的意思。卡雷也一样理解了。那些活动尸体的动作就像是有了智慧一般，这是它们先前一直所不具备的。

"迦拉克隆是它们的主人。"阿莱克丝塔萨脱口而出，"它们在为主人找东西。"

玛里苟斯替她补充道："迦拉克隆在找我们。就像你之前说的那样。死龙看到我们……就等于迦拉克隆看到我们。"

宿主的描述或许并不准确，但卡雷也一样相信只要亡灵找到这群始祖龙，迦拉克隆就能立刻得到消息。那头巨兽已经展现过操控死者的能力。不过奇怪的是，始祖龙小队刚才已经消灭了两头亡灵，迦拉克隆却至今都没有现身的迹象。

玛里苟斯再次察看了一番这片区域，最后将目光停留在远方的群山。"我们去那里。"

始祖龙们一同望向玛里苟斯鼻子所指的方向。片刻之前，那三头亡灵就正是在彼处搜寻。

"它们在搜寻那里。"阿莱克丝塔萨提醒玛里苟斯。

他摇了摇头。"不……是它们搜寻过了那里。"

玛里苟斯的想法不无道理，只是在卡雷看来，直接做出这样的决定还是太过草率。不过玛里苟斯的同伴们却没有任何异议，他们点了点头，然后便跟着冰蓝色雄龙一同起飞升空。在看到玛里苟斯一行几乎是贴着地面飞行之后，卡雷才算是释怀了一些。这样一来，即便是敌人突然折返，这群始祖龙也不至被轻易发现。

他们的速度已经非常迅速，但玛里苟斯和卡雷都恨不得还能再快一些。抵达山谷之后，卡雷的宿主便立刻开始在那些陡峭的险峰间悄然游走。他一面寻找着可能的藏匿地点，一面提防着撞上迦拉克隆的爪牙。

"来这里。"

这并非用耳朵听到声音，而是一个直接传入脑中的念头。在卡雷和宿主开始思考这究竟是来自于谁，或者什么东西之前，玛里苟斯的身体就已经本能地照做了。

始祖龙在困惑中突然停住。奈萨里奥差点就和他撞到一起。在玛里苟斯搜寻信息来源的时候，其余四头始祖龙也都在他身边悬停下来。

他没有得到想要的结果，却意外地发现了迦拉克隆。

巨兽的阴影转瞬间便让玛里苟斯一行所处的狭窄通道暗不见光。始祖龙们立即分散，各奔一处寻找可能的掩护。这并非抛弃同伴，而是因为他们都很清楚这里绝不会存在能同时容纳五头始祖龙藏身的地方。只有分散开来，大家才有活命的可能。

阴影遮蔽了视线中的每一个角落。然而这与方才惊鸿一瞥中所见到的迦拉克隆的完整躯体相比，根本不值一提。这头巨兽已经成长到了倾覆天地的程度，等待他从头顶经过的时间漫长得像是永无止境。

玛里苟斯等待着迦拉克隆完全经过此处，但这头畸形巨兽却突然停了下来。他伸出自己庞大得至少足以握住三条始祖龙的后爪，拍在一座高峰之上。山体应声崩裂，碎石滚滚而落，冲向阿莱克丝塔萨和诺兹多姆藏身的地点。

致命的山崩仍在持续。但这却并非蓄意为之，只不过迦拉克隆的躯体就是这般沉重。紧接着，另一个地方也爆发出同样的山崩，毫无疑问这是巨兽降下了另一条后腿。

迦拉克隆有些笨拙地调整了一下姿势，于是又引发了新一轮的垮塌。所幸这一次的规模比起之前已经小了许多。一条较小的前臂出现在视野之中——当然，这个"较小"也仅仅只是相对后腿来说。迦拉克隆来回晃动着脑袋，似乎正是在搜寻始祖龙小队藏身的地区。

更糟的是，即便是在迦拉克隆脑袋看不到的方向，那些增生的眼球也在疯狂地扫视每一寸土地。玛里苟斯往岩石堆里挤得更深了一些，他已经不止一次觉得巨兽发现了自己。然而迦拉克隆却始终没有转身回来将他一口吞掉。相反，这头暴虐的巨兽转了半圈，甚至于前爪就摆在了冰蓝色始祖龙的视线之中，然后便再次向前移动。

迦拉克隆的动作引发了又一次山崩。不过，与被巨兽发现的恐惧相比，这根本就不算什么。当这头庞然巨兽的尾巴终于消失在群山之间的时候，玛里苟斯和卡雷都生出了一种如释重负的感觉。

但仅仅片刻之后，周围的群山就开始震颤起来。

迦拉克隆在山间探出脑袋。他所朝向的方向与玛里苟斯相去甚远，但玛里苟斯知道，那里正是伊瑟拉的藏身之处。冰蓝色雄龙没法用肉眼看到她，但他非常确定阿莱克丝塔萨的妹妹就藏在那片被迦拉克隆死死盯住的阴影之中。

畸形的巨兽嘶吼一声。一些污秽的迷雾从他口中散布出来。所幸这只是一次寻常的呼吸，而不是他打算发动攻击。不过迦拉克隆仍还在试着想要弄清是什么东西藏在阴影之中。他的躯体已经不再发光，对于在场的所有始祖龙来说这都是一件值得庆幸的事情，否则的话，他身下的大部分区域恐怕都已经被照亮。

突然间，迦拉克隆开始咳嗽起来。仅仅数秒之内，咳嗽就变得非常剧烈。以至于玛里苟斯都忍不住好奇迦拉克隆会不会就这么简单地被病痛折磨致死，这当然不太现实。没过多久，雷鸣般的咳嗽声就开始渐渐平息。

不过，卡雷已经趁着这段时间好好观察了迦拉克隆一番。他注意到，刚才那段时间里巨兽身上的许多增生肢体和眼球都在枯萎收缩，其中一些甚至已经退化成了凸起的息肉。即便是在咳嗽止住之后，这些增生也没有回复到之前的样子。

卡雷很担心自己的宿主会错过这些细节，但事实很快便证明他这是太过小瞧玛里苟斯。冰蓝色始祖龙默默记住自己的发现，强忍着发声的欲望等待迦拉克隆离去。

迦拉克隆继续研究了一会身下的区域，最终起飞。接下来的好几分钟内玛里苟斯都没有动弹，他的同伴们也一样没做出任何动作。在经历过一次回马枪之后，五头始祖龙谁也不敢拿自己的生命来冒这个险。

最终，玛里苟斯第一个冒险探出头来，他迅速飞向阿莱克丝塔萨藏身的地方。雌龙所在的位置堆积着大量落石，玛里苟斯不由捏了一把冷汗。然而当他靠近的时候，便看到火红龙从更深处的阴影中探出头来深吸了一口气，然后现出身形。

"他们呢？"她忧心忡忡地问道。不过毫无疑问，她最为担心的肯定还是自己的妹妹。

玛里苟斯只能耸耸肩以做回答。他们一同飞向一处堆满落石的区域，这是诺兹多姆最后出现的地方。和阿莱克丝塔萨不同，当同伴靠近的时候，诺兹多姆直接爬到了石堆顶上。

"有受伤吗?"他关切地询问。两位来者都摇了摇头。然后,诺兹多姆展开了自己的翅膀,可以明显看出左翼的动作要比右翼僵硬得多。"我好像被砸到了……不过,也只是有点痛而已。"

诺兹多姆听起来与平常无异,但卡雷知道玛里苟斯和阿莱克丝塔萨都很是为他担心。即便是轻微的伤痛,也很可能会在某些时刻引发致命的后果。

不过,在担心之余,阿莱克丝塔萨还是把话题转向了她最亲近的人。"伊瑟拉呢?"

"这里。"浅黄色雌龙降落到姐姐的身后。"我没事。"卡雷注意到了伊瑟拉语气中的一些抵触,就好像即便是在眼下这样危险的时局中,她也不希望那位同巢亲人过于关心自己。

又等了一会之后,玛里苟斯才谨慎地问出那个大家都在关心的问题。"奈萨里奥呢?"

谁都没有消息。玛里苟斯嘶鸣了一声。他展翅升空,飞向印象中炭灰色雄龙最后所在的位置……却被眼前的景象惊得悬停在了半空。

奈萨里奥选择的藏身地点堆积着比其他任何一个地方都多的落石。玛里苟斯看在眼里,无法想象奈萨里奥还有任何生还的可能。卡雷的看法也是一样,尽管在他所了解的历史中奈萨里奥是活了下来——并且最终成为死亡之翼。

接着,远处一个轻微的声响引起了玛里苟斯的注意。阿莱克丝塔萨和其他同伴也一样听到了这个声音。他们立即降落,来到卡雷宿主的身旁。

玛里苟斯攀上碎石,然后发现炭灰色雄龙藏身的这处石檐比他原本料想的还要宽阔得多。这给了大家一线希望，但即便如此，也已经有部分石檐因为承不住重量而塌了下去。奈萨里奥也许仍还活着，但具体情况究竟如何呢？

方才的声音再度出现，这一次玛里苟斯终于分辨出其来源就在他的爪子之下。他赶忙跳到一旁，避免因自己的体重而加剧同伴的负担。

玛里苟斯将脑袋贴上石堆。他听到了一些动静，还有微弱的呼吸声。

"这里！"他站稳身子，然后开始用后腿掘开碎石。其余同伴也立即来到旁边，阿莱克丝塔萨帮着将玛里苟斯挖出的石块推向别处。诺兹多姆想要去和玛里苟斯一起挖掘，却被伊瑟拉抢在了前面。淡黄色雌龙挖得格外投入，诺兹多姆只好加入阿莱克丝塔萨，去清理那些被挖掘出来的碎石。

现场一片沉默。玛里苟斯咬紧牙关再加把劲，却惊讶地发现伊瑟拉比他还要卖力。她的动作几近狂热。玛里苟斯有些不明就里，卡雷却很清楚浅黄雌龙是联想到了那些被塔隆妮克西娅活埋的病龙。伊瑟拉不想看到同样的结局在奈萨里奥身上重演，然而在某些层面上来说，卡雷却有些希望始祖龙们停下救援工作。在未来的很长一段时间里，艾泽拉斯大陆上的万千生灵都更希望生活在一个没有死亡之翼的世界。

但是对玛里苟斯和他的三位同伴来说，埋在这底下的是他们的朋友。伊瑟拉嘶吼一声，然后用她那纤细的前爪拨开一块岩石。石块下面露出半截龙翼。在场的始祖龙们立即就明白到奈萨里奥是被压住了翅膀，这也解释了他为何无法自行脱身。炭灰色雄龙仍还活着,头部上方的坚固的石檐救了他一命。若是连这里也垮塌下来的话,奈萨里奥的头颅恐怕就会像龙卵一样清脆地碎掉。

未来的死亡之翼挣扎着试图吸入新鲜空气,看着这幅生死一线的景象,卡雷不由得为奈萨里奥将会成为大地守护者这个事实感到莫大的讽刺。这头始祖龙仍然无法动弹,他不得不等待玛里苟斯和伊瑟拉解放开他的整只翅膀。一旦双翼能够自如行动,他便立即将其展开,为两条前爪腾出空间。这对前爪虽不如后腿那般强健有力,却也足够让他拨开周围那些困住他的碎石。

在重获自由之后,奈萨里奥身上的伤口便清晰地呈现在了同伴们的眼中。和诺兹多姆一样,他的肢体全部完整,只不过周身上下到处都是擦伤和血痕。他的翅膀也被撕开了许多裂口,不过玛里苟斯扫了一眼,便看出这些伤口不会影响炭灰色雄龙的飞行。

奈萨里奥舒活了一下后腿,又将脖子扭了一圈,然后望向天空。"迦拉克隆呢?"

"飞走了。"玛里苟斯答道,"目前是这样……"

"太强大了!"伊瑟拉一面喃喃低语一面靠到近前,"太强大了!我们还能做什么?"

她的姐姐斩钉截铁地回答道:"战斗……或者死。"

奈萨里奥的呼吸终于恢复正常,他哼了一声。"唔……多半是死。"不过,他又立刻补充道,"那也宁愿战死。"

"是的,宁愿战死。"玛里苟斯点头赞同,双眼却一直盯着阿莱克丝塔萨,"不过要是能活下来,自然更好。"

"是的,活着更好。"她重复道。

但具体该做些什么却是个谁也答不上来的难题。不管怎样,他们首先还是得找个安全的藏身之地,然后再去思考怎么对付那个看起来近乎无敌的对手。

"顺着山脊往前。"

这个念头突然浮现脑海,它是如此的自然,以至玛里苟斯竟没有意识到这并非自己的想法。卡雷知道它来自别处。他没法辨认信息的来源。发信的应该不是提尔,他没有理由故作神秘。而如果这是源自另一名守护者,他为什么不表明自己的身份呢?奇怪的是,卡雷总觉得这信息涉及一些自己知道的事情,但具体是什么却又怎么也想不起来。

而事实上,他必须承认这其实无关紧要。他只是一名被囚禁在无尽幻象中的观察者,无法干涉,甚至于无法触碰任何事物。不管怎么抱怨,这都是此刻他唯一知道……或者说唯一记得的事情。

"但我还有另一个身份!"卡雷突然坚定地提醒自己。"魔枢,以及……"

以及另一个他想要——不对!是需要记起的名字。那并非他自己的名字。而是一个不久之前他都还记得的女性的名字。一位他本该非常熟悉,而且在幻象之前的时光里一直都萦绕于他脑海的女性。

这份执念最终唤醒了一些尘封的记忆。吉——吉蕾雅?吉——吉安娜?吉安娜!

最近一段时间的记忆如潮水般涌现而出。吉安娜很可能正在试图侵入魔枢,而如果她真的这么做了,那她就等于一只脚已经踩进了坟墓。

我必须救她!我必须……

幻境猝然终止。卡雷由衷地欢迎着那片多次让自己陷入歇斯底里的黑暗——只要它能够让自己回到魔枢。

有什么坚硬的东西正压在他身上，或者是他正压着什么坚硬的东西。卡雷目不能视，只能假定这是自己私室的地板，于是又更加欣喜了一些。他默默聚力，想要试试看能否移动身体的某些部位。

"卡……"

他知道这个声音，只是一时间想不起来是谁。吉安娜。这是吉安娜！他竟然连这也忘了。"为什么会这样？为什么我会一直忘记事情？"

那件法器。卡雷这才发现自己连那件可憎的法器都给忘了。

"卡雷？"

吉安娜的声音变得更加清晰也更加微弱。她正在重复蓝龙的名字，只不过这一次，她的音量已经几不可闻。

卡雷绝望地想要探出手去。出乎意料的是，他竟感觉到了自己的指甲——或者说爪子？——正在抓挠地板。这个动作引发了一阵酥麻刺痛的感觉，但这种象征着真实的"难受"反倒让他感觉莫名亲切。他把注意力同时放在了吉安娜与这种感觉之上，他希望在现实事物中建起连接，以便让自己更快苏醒过来。

"卡雷！听我说！"

她的声音再次变大。与此同时，蓝龙的手掌也再次抓挠了一下地板。他的身体渐渐恢复知觉。他感觉到血液正在贯通四肢与躯体。耳边回荡着呼吸的声音，但这究竟是自己的呼吸还是身侧之人的呼吸，他无法分辨。

吉安娜！吉安娜！他必须让她知道自己已经恢复了听觉，但这该死的双唇却一个字也无法吐出。

一个冷漠的吼声突然传出，盖过了吉安娜呼唤卡雷的声音。

吼声惊住了卡雷，不仅因为事出突然，更重要的是因为卡雷辨认出了这并非真龙，而是始祖龙的声音。

吉安娜！吉……卡雷犹豫了。是这三个字吗？这又是谁的名字？一个女性的名字，当然，但自己熟悉的女性应该只有阿莱克丝塔萨和伊瑟拉这对姐妹才对。我是在呼唤她们之中的一个？

黑暗消散……而他，正一如既往地，和玛里苟斯一同翱翔于天空。

只不过这一次，虽然不甚明了，但卡雷知道有什么东西已经改变了。他仍旧寄宿于玛里苟斯体内，观察着这个世界。卡雷不知道这种状态是从何时开始，他只知道他将会和自己的始祖龙宿主永远一同生活下去。

他已经完全遗忘了属于自己的未来，完全遗忘了那位正在持续呼喊他名字的女性。或许是暂时，或许是永远。

* * *

吉安娜瘫倒在地。她的计划失败了。她孤注一掷地想要让自己融合进法器与卡雷之间的链接。她调整了自己的节奏，以便更好的契合那头无意识的蓝龙，从而将他拉向自己，拽回现实。

但事实证明法器与卡雷之间的连接要牢固得多。有那么一会，吉安娜几乎就要取得成功。然而，她辛辛苦苦伪造的链接却在转瞬间就被毫无预警地切断。那件法器针对她的侵蚀做出了调整，就和她最初侵入魔枢时所遇到的情况一样。

然而……

吉安娜费力地从地板上撑起身子，也趁着这个时间观察了卡雷一番。他的呼吸一起一伏，和法器光芒的节奏完全一致。他的身体扭曲得更加厉害了，凡人的体征正在消退，却并没有显露出巨龙的样貌。他正在经历某种变化，他的躯体正在转变成某种吉安娜非常熟悉，但却绝不是巨龙的生物——一种她曾经见过的生物。

另一种生物，那究竟是什么？在受训的日子里，吉安娜·普罗德摩尔曾经学习了解过艾泽拉斯大陆上所有主要的兽类。这是肯瑞托成员的一门必修课，因为在置身野外的时候，许多动植物都很可能会关乎生死。她很确定自己曾经见过类似的野兽——始祖龙？

这没有道理。吉安娜很清楚卡雷可以幻化多种外形，但他没有任何理由将自己转变成这种龙族弱小的始祖形态。可是当她靠近的时候，她的双眼发现了越来越多的始祖龙特征。更糟的是，卡雷的其中一条手臂已经缩短到了极其反常的程度，这使得他看起来和那种野兽更相似了几分。

卡雷忽然大吼了一声，声音和真龙截然不同。他的双腿也开始变得更加粗壮、笨重。手脚的比例已经变得和始祖龙非常接近。

同一时间，法器也开始闪烁得更加频繁，更加耀眼。光晕包裹了卡雷。

吉安娜向他伸出手去，却险些被烤焦手指。法器的光晕原本没有温度，此时却如同烈焰一般炙热。卡雷隐没于光芒之中，他的变化进程也已经无法确认。

大法师张开法力护盾试图接近卡雷，却再次被加温的法器逼得退了回来。吉安娜喘着粗气,在刚才的片刻中,她看到卡雷的呼吸加快了许多,正和法器闪烁的频率完全契合。

不能让这种情况持续太久!不能!吉安娜很清楚这样的疯狂扭曲会存在一个临界点,一旦走到那一步,卡雷的身躯就会再也无法承受。即便是魔法创造的生物,他也终究不过是肉体凡胎。

尽管身为巨龙,卡雷也迟早会燃烧起来。到那时,吉安娜便再也无力回天了。

第二十三章

玛里苟斯和卡雷依照脑海中那个声音的指示沿着山脊向前飞行,他们俩都在期盼着能发现一些特别的东西,最终却一无所获。群山围出了一个碗口状的峡谷,不知为何,卡雷始终觉得这有些蹊跷。但玛里苟斯已经把此处看作了这段旅途的终点,一个迦拉克隆应该不会搜索,或者已经进行过无果搜寻的区域。

一条小溪从峡谷中流过。五头始祖龙都降落下来开始痛饮。他们同时也在思考着。穷此一生,他们都从未面临过如此多需要思考的问题。玛里苟斯望着其他同伴,很好奇他们是否同自己一样疲惫不堪。

有什么东西突然闪了一下。在远处溪流变得更加开阔的地方,飘浮着一圈石块。即便是始祖龙也非常清楚石块没法浮在水中,于是,玛里苟斯立即升空飞了过去。

卡雷的宿主很快便发现那其实是一块卧在水中半露出水面的东

西。正如他所猜测的那样,这又是一头始祖龙的尸体。然而,当玛里苟斯在溪边降落下来的时候,他发现了一些蹊跷的地方。

在他身后,奈萨里奥也急切地降落了下来,激起一片水花。炭灰色雄龙靠到玛里苟斯身旁,和同伴一起仔细观察起来。

"死了。迦拉克隆干的。我们应该在它复活前毁掉它。"

玛里苟斯摇了摇头。"已经有人做了。这是一头复活后又被杀死的龙。"

奈萨里奥不怎么相信地哼了一声。他伸出前肢戳了一下,然后发现这具尸体在第二次"死亡"之前就已经开始腐烂,如今更是在水里被泡得四分五裂。"如果不彻底摧毁的话,怎么能保证死龙不会再复活呢?"

卡雷聚精会神地观看了全程,同样也很好奇这个问题。在他看来,或者是别的始祖龙做了奈萨里奥提议的事情,或者就是这头亡灵不知道出于什么原因,自己溃烂散架了。然而一直以来都从未有过后者发生的先例,于是,卡雷和他的宿主都只能假定这是第一种情况。

如此一来,剩下的问题就是:究竟是谁毁掉了这头邪物。另一名守护者?

玛里苟斯凑到近前。他敏锐的嗅觉捕捉到了另一股气息,一股他毫不意外会在此地闻到的气息。接着,当他再次观察那具腐烂的残骸时,他又发现了一些新的情况。片刻之前,这些残骸都还是固体,但现在却仿佛马上就要分解了一般。玛里苟斯伸出前肢轻轻地碰了一下,结果就连那些尚未接触水面的部分都立即散成一摊。

与此同时，卡雷宿主所闻到的那股气味——或者说恶臭，突然浓烈了十倍有余。

而气味的来源却被奈萨里奥下意识地抢先说了出来。"迦拉克隆。"

"迦拉克隆……"玛里苟斯打断了他，然后用更加和缓的语调补充说道，"已经不再是从前的迦拉克隆了。"

"什么意思？"

就连卡雷也弄不清楚玛里苟斯此刻的想法，他从宿主脑海中读到的那些思绪看上去都没有道理可言。不过紧接着，玛里苟斯就把自己的离奇猜想说了出来。"迦拉克隆来过这里。迦拉克隆……吞了这头死龙。"

奈萨里奥瞪大眼睛，就仿佛觉得冰蓝色雄龙已经疯了一样。其余三头始祖龙因为好奇这对雄龙到底在研究什么，便全都跟了过来，于是，他们也听到了玛里苟斯的这番说辞。

"迦拉克隆吞了这头……这头死龙？"诺兹多姆满脸疑惑，"已经吃活龙了！为什么还要吃死龙？"

"现在，还有活龙可吃吗？"阿莱克丝塔萨嗅了嗅尸体，然后皱起了眉头。"是他，迦拉克隆。就在不久之前。"这头雌龙又眯起眼睛思索了一番。"玛里苟斯是对的。"

"但这是头死龙！"奈萨里奥坚持道，"死了很久！没有肉！没有生气！"

确实，周围唯一能嗅到的便是扩散的腐臭气息。然而，玛里苟斯在其中还闻到了一些更糟糕的东西，就好像某种东西正在尸体腐烂的同时逃逸飘走。

"这原本是一头活龙，然后死了。"他开始组织语句，想要让在场的所有人——包括他自己——都能完全理解其中的意思。"变成了活动的死龙。能动，但其实是死的；死了，但却还能动。"

卡雷很自然的第一个领会了玛里苟斯的意思。即便是曾经身为魔法守护巨龙，卡雷也很怀疑自己能否在同样的情况下比宿主先得出这个唯一可能的答案。

在其余的四头始祖龙之中，伊瑟拉最先理解了这个问题。"死龙能动，那一定是什么东西在让它们动。不是血，不是生命力。但肯定有什么东西。"

"'死灵'？"奈萨里奥咕哝道，"它们有'死灵'？"

始祖龙们和亡灵接触的时间并不算长，但现在他们已经抓到了要点。卡雷突然记起，他本人其实是和亡灵打过非常多交道的，只不过这些迦拉克隆造出的行动死尸和蓝龙在他自己时代中面对过的那些亡灵并不全然相同。玛里苟斯的猜测看起来已经非常接近正确答案。有一股力量——或许是迦拉克隆吸走猎物生命精华之后衍生的产物——在驱动这些死尸。这与生命精华的性质非常相似，那么将其称之为"死灵精华"便算得上是非常贴切。

但是在这个步骤完成之后，迦拉克隆现在又开始吸食起这种死灵精华。为什么？卡雷默默向自己发问，他知道玛里苟斯也在想着同样的问题。为什么？

再一次，卡雷的宿主第一个发现了可能的原因。玛里苟斯抬起脑袋望向远方。只有卡雷知道他是想分辨某种特别的声音。

"没有哭喊，"玛里苟斯有些恼怒，"也没有呼救。"

"都在害怕迦拉克隆。"阿莱克丝塔萨指出，"有的逃走，有的躲起来……还有的，已经死掉了。"

"迦拉克隆还在长大，还在变化。始祖龙只有在食物足够的时候才会长大。"冰蓝色雄龙扬起翅膀指向远方的山脉，"迦拉克隆已经找不到吃的了。没有足够大的，没有好抓的……除了死龙。"

现在五头始祖龙都懂了，但卡雷透过玛里苟斯的目光发现，他们似乎都恨不得自己没有发现这个事实。比起吞食同类的怪兽，他们更加不能接受的，是一头吞食死灵的妖魔。

然而让卡雷最为担忧的，还是这种可怕的进食会如何影响迦拉克隆的扭曲变形。如果说吞食受害者的生命精华让他变成了这样的怪兽，那吞食死灵又会给他带来什么样的变化。

所有的亡灵很可能到最后都会被饥饿的迦拉克隆吞噬殆尽，但五头始祖龙都没法为此感到鼓舞。他们很清楚迦拉克隆最为偏爱的还是那些活着的猎物，尤其是他们。

在玛里苟斯看来，自己已经别无选择。于是，他再一次试图将其余同伴排除出这个悲壮的任务。玛里苟斯望着四位好友，说道："必须面对迦拉克隆。现在。就我自己。"

"不。"阿莱克丝塔萨挤到了五头始祖龙中央，"我们是亲人。我们一起战斗。直到永远。"

她所说的"亲人"并非象征他们的深厚友情，而是发自内心地觉得他们五头始祖龙就像是拥有同样的肤色，来自同一个族群，由同一种龙卵孵化而出。对于始祖龙而言，这世上再也不会有更深的羁绊。

"是的。"奈萨里奥同意了火红雌龙的说法，同时对玛里苟斯的提议表示愤慨，"我们像亲人一样并肩战斗！我们生死与共！"

"但我们不是真的亲人。"伊瑟拉反驳道,"我们的战斗方式,我们的吐息,都不一样。"她并非故意抬杠,只是想指出这些不同点仍然非常重要。

玛里苟斯点点头,他早就考虑过这点,并且一直把这当作是他们最大的王牌。或许,也是他们唯一的希望。

"我们的战斗方式不同。"他说,"我们并肩战斗,但也要利用这些差异。提尔向我们展示过一些技巧,但提尔不是始祖龙,没法像始祖龙一样想事情。我们可以比提尔做得更好,我们站在始祖龙的角度做计划。"

这是玛里苟斯唯一想到的方法,尽管卡雷似乎对此没有那么确信。提尔,强大而睿智的提尔,曾经安排过始祖龙们和他一起战斗。是的,他充分利用了五头始祖龙各自的能力,但最终的目的却只是配合他。他直面了一头始祖龙——一头巨大的始祖龙——却似乎是把对方想象成了和他一样的生物。

但提尔引出的这个观念却被证明是相当正确的,五头具有不同能力的始祖龙配合起来,要远比来自同一族群的五头始祖龙更加厉害。无论是五头玛里苟斯,还是五头奈萨里奥,都比不过他们自己所在的这个小队。

不过玛里苟斯也承认,不是任意五头不同种类的始祖龙都能在战斗中配合得如此亲密无间。要说除了他们自己之外,还有谁能在提尔面对迦拉克隆的时候帮上忙的话,他唯一能想象得出的便是由五头寇洛斯那样的强者组成的小队。

我们还没有赢,玛里苟斯简短地提醒自己。更大的可能是,我们将会失去一切。

即使不为自己考虑，玛里苟斯也必须保证其余四位同伴的安全。他必须确保自己能想出一个最佳方案，让五种截然不同的能力都发挥出最大功效。

可我只是一头始祖龙！这个念头突然在玛里苟斯的脑海中蹦了出来，让卡雷也跟着闪过一丝担忧。然而当奈萨里奥和其余同伴期待的眼神出现在视线中时，玛里苟斯立即就清楚了自己已经没有退路。

不过，还有一头始祖龙一定会愿意与他分担这份重任。他望向阿莱克丝塔萨。

后者立即就明白了他的想法。在简短地瞥了一眼玛里苟斯之后，阿莱克丝塔萨将注意力集中在了奈萨里奥身上。"你的族群是怎么战斗的？告诉……展示给我看看。"

奈萨里奥狡黠地笑了。然后展开双翼开始展示他的族群的战斗技巧。

幻境突然切换，卡雷并未感到吃惊，尽管他其实对另外四头始祖龙的能力非常感兴趣。事实上，蓝龙似乎已经适应了这个过程。他还没有意识到跳过这些内容很可能不是一件好事。

眼前的景象看上去距离先前并没有间隔太长时间。五头始祖龙仍还在这片山地之中，只不过现在他们攀上了其中一处陡峭的顶峰，正在耐心地守望。

但天空一望无际，完全没有那头巨兽的藏身之处，同时也完全看不到亡灵出没的迹象。这使得小队的领袖渐渐开始不安起来。

"迦拉克隆在哪儿？"玛里苟斯咆哮着，"在哪儿？"他焦躁地伸展了一下翅膀，然后终于明白了他们应该怎么做。"得把他引向我们！得让他知道我们在哪儿！"

他引颈长啸，吼声响彻群山。然而在他听来，这声音还是不够响亮。

玛里苟斯还没把自己的安排说出口，阿莱克丝塔萨就跟着仰起头吼了一声，其余三头始祖龙也紧跟着效仿。于是，在短短几声的调整之后，五头始祖龙就开始以同一节奏高呼起来。

整齐的呼喊声几乎撼动天宇。然而即便如此，这声音也仅仅只能被两小时飞行路程之内的始祖龙听到。

不过，迦拉克隆可不是什么普通的始祖龙。

一阵雷声从东面传来——一阵节奏诡异反常的雷声。

不，这不是雷声。玛里苟斯最终辨认了出来，这是一对无比巨大的翅膀正在迎风拍动。

其余四头始祖龙也都转向了声音的来源，然后他们便发现彼处的大地已被阴影笼罩。

迦拉克隆比起上次出现的时候又大了一半。他每隔一会儿就会咳嗽一阵子，而每次咳嗽的时候，身上的光芒都会变得黯淡一些。

玛里苟斯在离地起飞时记下了这些细节。在他看来，即便真的有可能击败迦拉克隆，这场战斗的过程也必定是艰苦卓绝。所以若想赢得胜利，始祖龙们就必须找出迦拉克隆身上所有潜在的弱点。

玛里苟斯毫不犹豫地冲向迦拉克隆，他相信每一位同伴都已经清楚了自己的战术任务。

巨兽止住了咳嗽。光芒再次泛起。迦拉克隆凝视着这些冲向自己的弱小身影，大笑了起来。一时间整个山脉都为之震颤，让玛里苟斯他们方才释出的声音显得十分渺小。

"小家伙们！"听起来他甚至有几分欣赏对手的勇气，"你们在这儿呢！"

五头始祖龙一言不发，在靠近巨兽的时候四下散开。

"我最近的食物都很干，非常干。"迦拉克隆仍然面带笑意，"很难吃，但我实在是太饿了……"却同时用冷酷的双眼盯上了玛里苟斯。"我总是……这么饿。"

他张口吐息。

五头始祖龙正在等待这一刻。他们立即向上攀升，同时把彼此间距再次拉大。迦拉克隆喷出的毒雾扩散得又快又广，与此同时，他与猎物之间的距离越来越近。落在最后的伊瑟拉几乎已经贴在毒雾的边缘，不过下一刻她便使出全力拍打翅膀，最终转危为安。

玛里苟斯按下对浅黄雌龙的担心，收起双翼垂直落下，冲向迦拉克隆。他大张其口喷出吐息。成束的冰锥刺向迦拉克隆，但这头巨兽只是不痛不痒地又笑了起来。

就在此刻，阿莱克丝塔萨瞄准了迦拉克隆的侧身喷出火浪。对于厚重的鳞片来说，火焰几乎就没什么效果。

不过对于那些增生的眼球，伤害就非常可观了。

眼球像黄油一般融化，然后纷纷滚落，只留下一个个焦黑的眼眶。得益于娴熟的技巧，阿莱克丝塔萨一个照面便毁掉了迦拉克隆左侧一大片区域的所有增生眼球。然后，又在对方反应过来之前悄然飞出视野。

畸形的始祖龙仰天咆哮，但这一次他的声调只是让玛里苟斯和卡雷觉得好笑。迦拉克隆体会到了连面对提尔时也没经受过的痛楚。

"我会第一个吃掉你！"他朝着早已躲藏起来的阿莱克丝塔萨大声吼道，"我会吸走你的生命！把你变成我的奴仆，然后再吃你一次！"

玛里苟斯一面继续着自己的攻势，一面禁不住打了个寒战。他们五个都很可能会面临这样的命运：先是被转变成死龙，然后，即便是难吃得要死，也会被迦拉克隆在饥渴的驱使下当成点心一口吞掉。

迦拉克隆刚开始找寻阿莱克丝塔萨的踪影，就被沙浪击中了另一侧的身躯。和阿莱克丝塔萨的火焰一样，诺兹多姆的攻击也是集中在那些增生所处的位置。沙浪如同利爪一般接连喷出，直到视线之内再也看不到幸存的眼球。

然后，也和火红雌龙采取的战术一样，诺兹多姆很快便消失在另一块区域。

在之前的战斗中，提尔的确是为始祖龙的战斗技巧安排了用武之地，但这一切都是以配合他为目的。像玛里苟斯这样的始祖龙——或者说所有始祖龙——都偏爱于独自狩猎。但是在遇到非常、非常巨大的猎物时，始祖龙们也会转变成团队行动的猎手。团队行动会让他们在狩猎过程中占尽优势，同时还可以让合作的技巧得到充分磨练。而提尔的惨败就源于他始终将自己摆在首要位置，在面对迦拉克隆的时候，他从未想过要让五头始祖龙在战术体系中扮演和自己同等重要的角色。

玛里苟斯和阿莱克丝塔萨一起纠正了这个错误。他们只希望自己没有从一个死胡同走进另一个死胡同。不会再有第三次机会了。或者凯旋而归，或者葬身此处——如果提尔所言非虚的话，他们此刻的命运，也就等同于这个世界的命运。

在往昔的日子里，玛里苟斯从未想过自己有一天会去担心下一餐吃什么之外的问题。他知道，其余的同伴们也都是一样；他们也都在担心着世间万物，而不仅仅是只顾自己。如果可以的话，他们甚至愿意牺牲自己的性命来保全这个世界。

战况发展至此，唯一还留在迦拉克隆视线之内的就只剩下了玛里苟斯。现在，他再次成为这头愈发暴怒的扭曲巨兽眼中唯一的焦点。

正如玛里苟斯预料的那样，迦拉克隆并没有呼出吐息。相反，这头巨兽降下两条后腿，拍向了最近的山峰。他的动作如此之快，以至于玛里苟斯才刚刚做出逃跑的动作，飞溅的石块就砸了过来。

第一块巨石几乎是擦着玛里苟斯的身子掠过。冰蓝色雄龙咬紧牙关，静待第二块巨石袭来。

不幸的是，这一块狠狠砸中了他的左翼。

玛里苟斯被砸得失去平衡，旋转着坠向一旁。一阵剧痛让他几乎就快遗忘的腿伤也跟着发作起来，然而这一切与他接下来所见的景象相比根本就不值一提。迦拉克隆已经一步步逼近过来占满他的视线，而玛里苟斯却仍还没能纠正不断加速坠落的身体。

更糟的是，他注意到迦拉克隆周身上下不管原生还是增生的肢体，都已经捧满了泥土和石块。下一刻，遮天蔽地的投掷物便会爆发出来。这头骇人的巨兽只有一个目的——为卡雷的宿主奉上不可避免的毁灭。

尽管命在旦夕，玛里苟斯仍好奇着伊瑟拉身在何处。按照计划，在玛里苟斯扰乱敌人的注意之后，就该由这头浅黄雌龙发动攻击。现在，玛里苟斯已经顾不得担心自己的命运，他只希望有谁能赶紧站出来补上空缺的位置。

但伊瑟拉终究没有出现，反而是奈萨里奥无视了自己原本的任务，一头冲向战场。他凑到迦拉克隆耳边纵声咆哮。事实上，这比玛里苟斯以往听到的任何一次吼声都还要更加响亮。

奈萨里奥几乎是不要命地贴到了迦拉克隆耳朵边上，这一股声波着实将巨兽震得不轻。巨兽不自主地松开了握着的东西，所有的泥土和石块就像风暴一样生生落向身下的山脉。

或许是自信太过膨胀，奈萨里奥竟然留在原地开始欣赏起自己的杰作。迦拉克隆挥动巨翼，当场便让他为此付出了惨痛代价。

玛里苟斯眼见着自己的计划失败得比提尔还要迅速。他原本还以为他和阿莱克丝塔萨会比两腿的生物更能理解自己的族群。可他却忘了，不管如何变形，迦拉克隆也同样是一头始祖龙。玛里苟斯不禁开始怀疑自己所做的一切是不是正在把同伴们引向毁灭。

他稳住平衡，便立即向前赶去救援同伴，却看到阿莱克丝塔萨抢在了前面。和伊瑟拉一样，她也同样放弃了自己的游击任务，但和妹妹不一样的是，这头火红雌龙甚至比奈萨里奥还要更担心同伴的安危。

她从自己亲手毁掉增生眼球的那一面接近，然后径直冲到迦拉克隆的巨口面前。在她靠近的时候，她还做出了一件在玛里苟斯和卡雷看来都无异于自杀的举动。阿莱克丝塔萨简短地吼了一声。这声音已足够将迦拉克隆的注意力牵引过去。饥渴的巨兽张大嘴，朝着面前的小家伙一口咬了过去。

阿莱克丝塔萨呼出吐息，很显然是打算耗尽自己肺部的每一丝空气。汹涌的火浪在巨型始祖龙的口腔内爆发开来,让他再次体验了一番那些增生眼球曾经遭受过的痛楚。

咽喉附近的软肉被烤得如同焦炭一般。迦拉克隆赶忙收回脑袋,吞掉火红雌龙的想法转瞬间烟消云散。玛里苟斯看得目瞪口呆,他完全没想到这头骇人的对手竟然还有如此脆弱的地方。他也曾想过或许可以试着从内部发动攻击,但谁又会愿意飞进迦拉克隆的口中呢?

看起来,阿莱克丝塔萨就愿意。

迦拉克隆止不住地抽搐咳嗽起来。他剧烈地晃动着脑袋,痛苦的咆哮响彻群山,让在场的所有始祖龙心中都不寒而栗。他拍动双翼,升到了更高的地方。抽搐和咳嗽仍还在持续,脑袋也同样还在为试图驱走痛楚而来回甩动着。

阿莱克丝塔萨则趁机飞向负伤的同伴。奈萨里奥明显还有些摸不清方向,火红雌龙伸出后腿钳住他的肩膀,然后引着他开始飞向安全的地方。

群山之上,迦拉克隆的怒吼划破天际。咳嗽和抽搐都已经止住,这头巨大的始祖龙埋下脑袋,用恶毒的眼神扫过身下的整片区域。

迦拉克隆不顾咽喉的伤势,呼出一大片毒雾。与此同时,他的目光已经盯上了玛里苟斯。

不祥的感觉在玛里苟斯心头浮起,他赶忙越过肩膀往身后望去。

已经有超过一打的亡灵聚集在他身后,切断了他的退路。玛里苟斯这才明白,原来迦拉克隆也早就制定了他的计划——并且执行得远比始祖龙小队更加成功。从亡灵龙斜掠下来的角度就可以看出,它们先前一直都潜伏在云层之上。这段时间以来玛里苟斯只发现过一具死龙，他便假设其余死龙都已经落得和那头一样的下场。可如今，他、阿莱克丝塔萨，以及奈萨里奥，都已经被迦拉克隆成功地困在了迷雾和亡灵的包围圈之中。

诺兹多姆出现在了迦拉克隆没有防备的一侧。他朝着巨兽呼出一股又一股的沙浪，显然是和玛里苟斯一样，已经意识到了现在的状况有多糟糕。

迦拉克隆头也不回，直接挥动尾巴甩向诺兹多姆。这一击完美命中，重重地打在褐色雄龙的身上。

诺兹多姆被打得头晕目眩，一头栽向旁边的山峰。石块轰然飞溅，和褐色雄龙的身躯一起朝着下方的山脉滚落而去。

在巨尾收回的时候，玛里苟斯惊骇地发现，和迦拉克隆身上的其他地方一样，这里也长满了眼球。尾巴上的眼球甚至比之前遭受袭击时损失的眼球还要更多。

迦拉克隆的吐息仍在持续。玛里苟斯在毒雾靠近的时候赶忙向后退开。阿莱克丝塔萨带着无法自理的奈萨里奥，很快便被毒雾吞没。她试着想把奈萨里奥甩向前方，但炭灰色雄龙挣扎了几下，仍没法脱逃出去。

一阵刺耳的嘶声传来，这是死龙从身后接近时玛里苟斯唯一得到的警告。卡雷的宿主转过身来直面这些新的对手，他很清楚，这其实也就等于把自己的后背暴露给了步步逼近的毒雾。

成群的死龙、剧毒的迷雾，这两者已经将玛里苟斯逼上了绝路。那头饥饿的巨兽很快便可以不费吹灰之力地将猎物吞下。冰蓝色雄龙焦急地四处张望，想要找出一条逃生的路径。可迷雾已经覆盖了身后的所有区域，而亡灵又切断了面前的所有道路。他已经无处可逃。

当死龙争先恐后地扑向他时,玛里苟斯和卡雷都只想知道,在那位失踪同伴的身上到底发生了什么。

伊瑟拉到底去了哪儿?

第二十四章

吉安娜在卡雷与法器之间半跪下来,脑海中飞快地搜索着能够拯救这头蓝龙的知识,但她同时也渴望着能够紧紧抱住他,抚慰他。如果她终究无力回天,那此刻便是卡雷最后的时光了。扭曲的变形仍在继续,卡雷的身体已经显露出越来越多的始祖龙特征。他的呼吸也变得极其急促,大法师甚至怀疑这样下去他的肺马上就要爆炸。

这绝不是这件装置原本的功能!吉安娜坚定地告诉自己。这没有道理!

她聚精会神地盯着这件一亮一熄的法器,瞳孔突然开始放大。这件她原本以为是一体成形的东西竟然是由两个部分拼凑而成的。

"他应该是找到了什么东西。"那位叫做邦妮可的牦牛人曾这样说道。她可是一个可以在大法师眼皮底下悄然消失的家伙。

但是,就在吉安娜开始把神秘的牦牛人和法器的第二部分联系到一起的时候,她忽然感觉到有谁正在注视着她。大法师迅速地抬起头来望向前方。

面前没有任何人影,或者说现在没有。然而一个诡异的想法却在吉安娜脑海里冒了出来,她开始觉得自己其实看到了某个东西。既不是巨龙,也不是人类,不过轮廓倒是非常接近后者。大法师集中精神,一个身着斗篷,头戴兜帽,仅仅比凡人形态的卡雷稍高一点的人影开始在脑海中成形。

吉安娜知道一些有关守护者的事情,他们是一种非常高大魁梧的生物,如同巨人一般,不过在需要的时候,这种生物也具有随时转换形态的能力。但如果她看到的真的是守护者,吉安娜很好奇来者为何又匆匆隐去了自己的身形。

这不是臆想……他就站在那里。而且在吉安娜注意到法器的拼接构造之前,那身影从没有出现过。

这也让她再次想起邦妮可,种种迹象都表明那家伙肯定不止是一头牦牛人这么简单。要知道,转变成这种形态对一位守护者来说根本毫无难度可言。

吉安娜很确定自己已经找到了问题关键,开始认真观察起法器两个部分的拼接点。若不是精于此道,大法师恐怕不会那么容易注意到,这两个部分其实是由法术黏结在一起。

法术……吉安娜回忆起自己初次对抗法器时的情景。也许现在的局面也有一部分是由自己造成的?

她研究了一番两个部分的拼接点,然后再次绘出那个反转的标记,将其推向前去。

标记覆盖了较小的那个部件,两个部件的接口也被完全罩在下方。在执行这一步的时候,吉安娜再次强化了自己的防护魔法。

她不知道接下来将会发生什么,所以还是得先做好最坏的打算。

两个部件都开始闪烁白光,刺得她睁不开眼。大法师向后退开。在她看来,这件法器如果不是即将爆炸,就是正打算对她发起攻击。

然而这两者都没有发生。白光一点点消退,接着,那片较小的部件自行旋转了半圈。

吉安娜眨了眨眼,试着伸出手去。

法器猛地爆发出一连串的白色能量,猝不及防地涌进她的前额。她摇晃了一下,但出乎意料的是,整个过程没有任何痛楚。

然后突然间,吉安娜看到……

* * *

世界泛起了涟漪。

这是卡雷从未经历过的景象。他感觉时间就仿佛化作了大海中的波浪,一股接着一股迎面打来。更让他不安的是,他从玛里苟斯视线中看到的一切事物也都同样化为了海浪。迷雾正在一点一点逼近,紧随其后的便是迦拉克隆。

当玛里苟斯扭头望向那些亡灵的时候,所见的情形亦是一样。就仿佛它们也都是海中的浪花,一朵又一朵正向他冲来。而如此一来,这些死龙更显得比平常还要阴森可怕。

我们死定了。卡雷满怀恐惧,同时又有些怀疑。他不相信玛里苟斯会在这里死去,可原本时代的记忆已经变得如梦如幻,卡雷甚至已经分不清那究竟真的是回忆,还是自己凭空产生的幻想。

不过那都已不再重要。重要的是他和宿主马上就要以某种非常可怕的方式死去了。

一阵悲鸣打断了卡雷的思绪，同时也将玛里苟斯的注意吸引了过去。冰蓝色始祖龙将头扭向声音传来的方向。

某些别的东西吸引了迦拉克隆的注意，尽管已经精疲力竭，阿莱克丝塔萨还是悲壮地喷出了一股火浪。在她身后，奈萨里奥——曾经不可一世的奈萨里奥——如今几乎要拼尽全力才能保持滞空。玛里苟斯立即就明白到阿莱克丝塔萨想要奈萨里奥赶紧飞走，可炭灰色雄龙毫不领情，就好像他能帮得上忙一样。

迦拉克隆嘲弄地笑了。巨兽无视了玛里苟斯，转而朝向阿莱克丝塔萨轻轻喷出一口吐息，为她送去又一小团毒雾。火红雌龙死命坚持的斗志转瞬间荡然无存。接下来的情况还要更糟，失去意识的阿莱克丝塔萨拍动着翅膀，自行飞向了面前那头巨大的对手。

迦拉克隆张开巨口，饶有兴致地等待着阿莱克丝塔萨在不知不觉中飞进他的咽喉。

玛里苟斯闭气急冲，在迷雾和亡灵之间毫不犹豫地选择了前者。卡雷很高兴宿主的抉择。毒雾马上就开始侵蚀他们的意志，但那股烦人的波动也随之消失无踪。无论命运如何，五头始祖龙都向彼此展示了他们不逊于任何真龙的忠诚。他们每一位都在拼死挽救其余同伴，都在绝境面前毫不退缩，至死不渝。

不对……不是五头，是四头……

毒雾证明了它的效用，玛里苟斯的所有思绪都开始变得混沌不清。他的冲锋最终也只能落得和塔隆妮克西娅一样的下场。翅膀渐渐迟缓。他唯一能做的便是用最后的力气维持双翼，以免就这么跌落下去生生摔死。

这也就意味着他无法为奈萨里奥——以及更加危急的阿莱克丝塔萨——做任何事情。

在玛里苟斯和卡雷自顾尚且不暇的时候，他们看到火红雌龙马上就将迎来毁灭。她朝着相反的方向勉力拍动了几下翅膀，试图减缓自己的速度，可那张吞天之口已经开始阖上。

有什么东西突然落在了迦拉克隆被阿莱克丝塔萨弄瞎的那一侧身躯之上。登陆的过程蛮横粗暴。紧接着，一片沙海像地毯一样漫过巨兽的脑袋，将其完全包覆。

卡雷和他的宿主迷迷糊糊地辨认到，遍体鳞伤的诺兹多姆正一面死死抓住巨兽，一面持续不停地接连吐息。迦拉克隆剧烈地晃动起来，想要把诺兹多姆从身上甩落。褐色的雄龙前仰后合，但始终握紧后爪丝毫不松。诺兹多姆看上去虚弱不堪，不管玛里苟斯还是卡雷都惊讶于他竟然还能飞回战场，向迦拉克隆发起进攻。

然而，由此给阿莱克丝塔萨带来的生机很快便又消散。在迦拉克隆看来，此刻的诺兹多姆无非是一个不痛不痒的小麻烦，他把注意力又转回火红雌龙。这阵骚动并没有给阿莱克丝塔萨争取到足够的逃生时间。在试图摆脱诺兹多姆的过程中，巨兽的动作吹散了大片迷雾。不过这实际上也没带来太大帮助，因为不管阿莱克丝塔萨、玛里苟斯，还是奈萨里奥，都已经吸入了太多迷雾，他们的身体都很难在短时间内恢复过来。

诺兹多姆在松爪之前喷出最后一口沙浪。沙砾打在迦拉克隆的眉间，尽管来势汹汹，巨兽却连片刻都没有被此拖延。然而诺兹多姆这一击的意图却并不止于此，就在迦拉克隆抬起头来仰望的时候，沙浪不偏不倚地射进了这头巨型始祖龙的鼻孔。

窒息的迦拉克隆本能地张嘴吸气……

就在瞬间，一头娇小的浅黄色雌龙飞到了迦拉克隆的面前，朝着他的巨口喷出吐息。

巨兽向后仰头，满脸古怪的神色。剧毒的雾气差不多已经散去，玛里苟斯和卡雷也在这个时候回忆起来，伊瑟拉的吐息在某些方面其实和迦拉克隆相当类似，只不过没有那种让人疲惫的功能而已。

伊瑟拉并没有像玛里苟斯期望的那样奔向阿莱克丝塔萨。相反，她几乎是丧失理智地只身挡在巨兽和猎物之间，继续向迦拉克隆发起猛烈攻击。卡雷和他的宿主这才明白他们一直都小看了伊瑟拉。在执行分内任务的时候她或许是犹豫了，但她绝不会抛弃阿莱克丝塔萨和其余同伴。

显然，正是伊瑟拉帮着负伤的诺兹多姆悄然来到迦拉克隆身旁，而诺兹多姆之后的所有攻势，都是在为伊瑟拉创造机会。

为伊瑟拉……同时也无心插柳地，为玛里苟斯创造了机会。

冰蓝色雄龙已经恢复了神志，他很清楚他们绝不会再有下一次机会。迦拉克隆头昏目眩地悬停着，但这并不会持续太久。如果玛里苟斯能够……

一声嘶吼传来，提醒了他身后还有别的威胁。然而当玛里苟斯转过身来打算面对这些死龙的时候，他发现这群家伙已经自己乱了阵脚，莫名其妙地撞在一起然后缠斗起来。玛里苟斯一时迷茫，但很快便意识到迦拉克隆的失控已经影响到了他的这群溃烂奴仆。

玛里苟斯朝着扭在一起的一对亡灵喷出吐息，让它们冻成一团直坠下地。他本想如法炮制，但伊瑟拉示警的嘶声将他的注意力引回了迦拉克隆身上。阿莱克丝塔萨的妹妹在迦拉克隆的脑袋上四处乱窜，不停地朝着巨兽口中吐息，同时狠狠地到处抓挠。她的对手使劲摇晃脑袋，虽然怒不可遏，但还是得先设法让自己恢复清醒。玛里苟斯钦佩于伊瑟拉所做的努力，但他同时也注意到迦拉克隆的瞳孔正在渐渐聚焦。更糟的是，随着一声响亮的喷嚏，巨兽终于成功清除了鼻孔中的沙砾。接着，他便深吸了一大口久违的空气。

不过，就在从旁观察的期间，玛里苟斯已经有了计划。这个计划与之前对抗迦拉克隆时所用的策略类似，不过在那一次，他们更多的还是各自为战。当然，此刻的迦拉克隆也比那时大了许多，但若是五头始祖龙都能坚定地执行玛里苟斯所设想的计划……

他冲到刚刚从晕眩中恢复过来的奈萨里奥身旁。"来！赶快！"

出于对他的信任，炭灰色雄龙一言不发地立即跟上。玛里苟斯飞到一处因激战而损毁的山峰顶上。这里到处都散布着从山体上碎裂的巨石。玛里苟斯一眼扫过，在两头雄龙所能承受的重量内挑出了一块最大、最尖利的巨石。

"帮我！"

两头雄龙齐心协力，伸出后腿一同抓起了这块巨石。在玛里苟斯的带领下，他们一起回到了迦拉克隆所在的方位。当巨兽映入眼帘的时候，玛里苟斯看到阿莱克丝塔萨正如他设想的那样：刚一恢复神志，就立即赶到妹妹身旁。两头雌龙刚好处在巨兽的另一侧，她们就仿佛心有灵犀一般，同进同退，逼得迦拉克隆不断改换目标却始终伤不到其中任何一个。在此过程中，她们的攻势也等于为两位雄龙做出了掩护。

迦拉克隆和那对姐妹的注意力都完全落在了对方身上，可诺兹多姆的视线却捕捉到了玛里苟斯和奈萨里奥。他也看到了两位同伴拽着的巨石。无论诺兹多姆是否领会了玛里苟斯的意图，他显然已经明白了自己需要帮助同伴靠得更近一些。

于是，这头褐色雄龙立即离开了自己所在的安全位置。和之前一样，他又一次攀升到迦拉克隆的头顶喷出吐息，迫使这头巨兽抬头向上望去。

与此同时，阿莱克丝塔萨和伊瑟拉也加快了她们的攻势。迦拉克隆一时间被弄得方寸大乱，完全不知道该先对哪一头猎物下手。

然而眼看着计划就要奏效的时候，奈萨里奥突然吼道："死龙！"

玛里苟斯费力地扭转脑袋，然后便看到一群亡灵几乎就快咬上他的尾巴。这些生物的配合看上去已经没有之前那么紧密，卡雷和他的宿主都猜测这是迦拉克隆已经放开了对这些奴仆的操控。或许他有意如此，又或许是他已经被自己的战斗弄得无暇分心。但这都已不再重要，无论如何，这些活动的尸体已经恢复了嗜血的本能，紧紧追在最近的食物身后。

而玛里苟斯和奈萨里奥在巨石的重负之下，已经变成了待宰的羔羊。

"奈萨里奥……很……强壮！"玛里苟斯吃力地吼道，绝境中的他又有了新的计划。"奈萨里奥可以独自搬动这块石头！"

炭灰色的雄龙收紧了双眼。"奈萨里奥很强壮。玛里苟斯……

同样强壮……而且，比奈萨里奥聪明！"

奈萨里奥松开一条后腿。巨石开始倾斜。玛里苟斯条件反射地加了把劲。他已经看出了奈萨里奥的意图——这原本是他自己打算去做的事情——但现在想要阻止好友已经是为时太晚。

奈萨里奥放开了另一条后腿。玛里苟斯闷哼一声，拼尽全力不让石块滑落。卡雷知道玛里苟斯原本是打算让奈萨里奥独力搬走巨石，然后自己掉头迎战亡灵。不过，这并不是因为玛里苟斯觉得面对迦拉克隆的奴仆会更为轻松；相反，这样一来反而很可能会死得更加惨烈，更加痛苦。

然而奈萨里奥也和卡雷一样了解玛里苟斯。若想确保对抗迦拉克隆的计划能够成功，玛里苟斯就必须活下来主持大局。奈萨里奥是一位让敌人闻风丧胆的斗士，是五头始祖龙中最为强大的一个，但他终究不是玛里苟斯这样的领导者。

至少目前还不是——卡雷忽然回想起了这点。在以死亡之翼这个名讳横行的时候，奈萨里奥就充分展示了自己的谋略。但那是在未来……未来？

就在卡雷纠结于是否真的存在"未来"时，奈萨里奥已经跟三头亡灵龙缠斗在了一起。玛里苟斯最后看了他一眼，然后便鼓足勇气冲向迦拉克隆。卡雷的宿主深吸一口气，再次加快了速度。他无法改变奈萨里奥将要面临的命运，但他可以让同伴的牺牲变得更有价值……即便在此过程中将会付出他和其余三头始祖龙的性命，他也在所不惜。

而当玛里苟斯一步步逼近这头扭曲的巨兽时，他深切地感受到，结局恐怕就是如此。

迦拉克隆恰在此时突然扭向一侧。他一口咬向伊瑟拉，巨大的利爪紧跟着作为后招。浅黄雌龙飞快地一一闪过，但迦拉克隆并不打算善罢甘休，再次张开巨口。

火焰打在巨兽的眼眶边缘。阿莱克丝塔萨已经连着吐息两次，打算引走巨兽的注意，然而迦拉克隆无视了这些不痛不痒的骚扰，片刻也没有停止对伊瑟拉的追击。

让玛里苟斯，或许是让在场所有始祖龙——甚至于包括迦拉克隆——都大吃一惊的是，伊瑟拉突然转身。她飞进了巨兽的血盆大口，接着立即爬升。她抬起后腿伸向前方，同时把自己的尖牙也露了出来。

她的疯狂举动为阿莱克丝塔萨创造了一个吐息的大好时机，尽管她自己其实已经有些喘不过气来。一片火海滚过迦拉克隆覆满鳞片的面部，所有增生的肢体都在高温下不断抽搐，嘶嘶作响，然后化为焦炭。如此的攻势之下，迦拉克隆终于痛苦地咆哮起来。

当他巨口张到最大的时候，伊瑟拉一头冲到巨兽先前被阿莱克丝塔萨烧伤的喉头，伸出前爪开始撕扯焦肉。污血和脓汁从新生的伤口中倾泻而出。浅黄色雌龙不顾这些恶臭的液体，在临走之时又朝着焦肉狠狠咬下一口。

迦拉克隆的吼声飙升数倍。他猛地狠咬一口，但伊瑟拉已然在前一刻完成了撤离。

看着迦拉克隆紧闭的巨口，玛里苟斯不由得为自己的计划担心起来。不过下一刻，这头庞大对手的嘴巴又再次张大。迦拉克隆剧烈地咳嗽起来——同时，有那么一刻他的体型似乎也变小了一些。

他被削弱了，玛里苟斯想道。或许不会持续太久，但他真的变弱了。

这个时候，卡雷读到了玛里苟斯计划中的大部分内容，然而这些内容丝毫都没有鼓舞到他。他的宿主打算带着骇人的巨石以自己的最快速度冲进伊瑟拉刚刚逃离的地方，对于寄宿在体内的卡雷而言，这可绝不是什么好消息。

迦拉克隆在空气中嗅到了来者的气息。他扭头转向玛里苟斯。

诺兹多姆趁此机会，朝着离他较近的那颗眼珠喷出沙浪。

无论玛里苟斯还是那头巨兽都没有注意到诺兹多姆的接近，和往常一样，这头褐色雄龙发动攻击的时机堪称完美。迦拉克隆倾斜了一下脑袋来躲避这次攻击，却因此给玛里苟斯留下了可乘之机。

冰蓝色雄龙从上颚齿间飞进巨兽口内，难忍的恶臭迎面而来，一方面是因为那些被撕裂的焦肉，另一方面则是源自这头终极食肉动物的呼吸。不管玛里苟斯还是卡雷，都在尽力忍住不要去想究竟有多少始祖龙曾经从这个咽喉中滑进胃囊。

玛里苟斯的后腿突然打滑了一下。在这个所有付出即将迎来最终回报的时刻，他却感觉石块马上就要脱爪跌落。玛里苟斯咬紧牙关又加了把劲，继续冲向那个阴森骇人的黑暗洞口。这个时候，迦拉克隆只要合上下颚吞咽一下，就可以把这头小小的始祖龙送向终结。

现在！卡雷对着自己的宿主无声地呐喊。就是现在！

但玛里苟斯又忍了一刻。他正在寻找最合适的角度。

黑暗包裹了卡雷，但这一次，却是因为迦拉克隆合上了巨口。

玛里苟斯松开后腿，同时向上斜飞。

他们俩都没法看清下坠的石块，但其结果下一刻就显露了出来。迦拉克隆的下颚再度张开，咳嗽的声音几近震耳欲聋。

冒着被咬成两截的危险，玛里苟斯迅速窜出。不过，看起来他似乎并不需要担心这种事情。迦拉克隆的咳嗽片刻未停，而原因却和上一次并不相同。正如玛里苟斯计划的那样，他所挑选的这块巨大而又奇形怪状的石块，正好抛进了巨兽的喉咙之中。石块卡在那里，切断了绝大部分进出的气流。

这头暴虐的始祖龙在半空中死命挣扎。他的巨尾打在半山腰上。后腿又踢上了另一座山峰，让无数巨石四处飞溅。

迦拉克隆仍然无法咳出喉咙的石块。他一头撞进附近的山脉，然后并没有再度起飞，而是迅速地伏低了身子。接下来，他几乎是歇斯底里地挥动手爪和长尾，毁坏着视线内的一切东西。

迦拉克隆将脑袋埋进一处山谷，死命地晃动起来。

他就快咳出来了！玛里苟斯曾寄希望于石块能卡住巨兽足够长的时间，能让他缺氧衰竭，或者直接死掉。可眼下看起来迦拉克隆还是有相当大的机会恢复呼吸。如果真的走到那一步，玛里苟斯恐怕就再没有第二次机会。

玛里苟斯找出了诺兹多姆和那对姐妹的方位，吼了一声引起他们的注意。他将自己的脑袋指向迦拉克隆。三头始祖龙很快就明白过来，他们必须靠到近处做些什么来阻止巨兽咳出石块。

尽管事态紧急，玛里苟斯还是回头寻找起了奈萨里奥。视线之内既看不到炭灰色雄龙，也看不到他那些骇人的对手。玛里苟斯嘶吼了一声，脑海中浮现出奈萨里奥被死龙撕扯吞食的景象，栩栩如生得就连卡雷也被吓了一跳。

他的嘶吼声怒意更甚，神情也愈发坚定。玛里苟斯心中所想的不仅是奈萨里奥,还包括那许许多多葬身巨兽之口的亡魂。他直视着迦拉克隆,然后倾身俯冲。

这头怪诞的巨兽飞快侧身。卡雷的宿主不敢相信直到此刻迦拉克隆都还能呼吸,但看起来确实有空气正在通过他的喉咙。虽然并不充足,却也能让迦拉克隆保持继续活动。

四头始祖龙从四个不同的方向,聚集到了巨兽头顶。

迦拉克隆埋低脑袋,身子不停地颤动。玛里苟斯从对手的呼吸声中听出了一些变化。气流并不迅急,即便石块仍然卡在喉头,它至少也被推动了一些距离,给气管腾出了更多空间。

卡雷的宿主同时还后知后觉地注意到,相对于之前来说,这头巨大的敌人对于周遭的环境更警觉了许多。

就好像听到了冰蓝色始祖龙的思绪,迦拉克隆抬起头来。他望着这四个渺小的身影。

"小——小虫豸!"迦拉克隆吞吞吐吐地说道,"等我恢复过来,就会——就会把你们全部吞掉!"咳嗽声越来越大,不过与此同时,巨兽完全地展开了双翼——不是为了升空,而是为了驱赶走身边的敌人。

翅膀赶走了伊瑟拉和阿莱克丝塔萨,却没能对玛里苟斯和诺兹多姆奏效。诺兹多姆钳住其中一只翅膀,几乎是倾尽全力地喷出吐息,同时爪子也在对手的翼膜上使劲撕扯。利爪留下了深深的伤痕——即便是迦拉克隆也并非全身上下都刀枪不入。

迦拉克隆停住咳嗽,怒不可遏地咬向诺兹多姆。于是,玛里苟斯得到了他苦苦等待的机会。他们唯一的取胜机会便是让迦拉克隆的气管保持堵塞。玛里苟斯其实早就可以确保这件事情发生,可那时的他却输给了自己的求生本能。他曾置身于巨兽口中，却丢下应尽的使命逃了出来。若是让另一块足够大的物体和石块一同卡入巨兽的喉咙，那迦拉克隆就再也别想将其咳出来了。

玛里苟斯打算用自己的身体来完成这项任务，尽管这样一来，几乎就等于是给自己判了死刑。

和宿主一样，卡雷能够理解这种牺牲，也同样乐于付出自己的生命。他仍还有一些模糊的记忆——或是臆想——除了作为寄宿于玛里苟斯体内的幽灵之外，他似乎还有另一个人生。然而这些记忆所带给他的却只有痛苦，因为无论他怎么回忆，所忆起的都只是一个失落的灵魂，一个渐行渐远的身影。

让我们为拯救这个世界而死吧。他默默地告诉玛里苟斯，尽管后者一个字都无法听到。让我们牺牲……

在后腿的支撑下，迦拉克隆立起身子将一条前爪搭上最近的山峰。不过，即便是较小的前爪，也具有足以将山峦捏成粉末的力量。双翼仍在扇动，然而不仅诺兹多姆仍在继续先前的攻势，就连阿莱克丝塔萨和伊瑟拉也开始对他另一侧的翼膜发动攻击。若是在平时，这三头始祖龙的攻击根本就无关紧要。但此时此刻，他们的攻势让呼吸困难的迦拉克隆开始变得更加摸不着方向。

但就在下一刻，一个诡异的声响从迦拉克隆口中传出。接着巨兽深吸了一口气，长达数秒的气流让玛里苟斯当场就捏了一把冷汗。

迦拉克隆的顺畅呼吸说明石块马上就要被咳出来了。玛里苟斯越来越觉得自己已经没有选择。同伴们都在履行自己的任务，扰乱巨兽的注意使其无法警觉到致命杀招。至于一致推选的领袖将会以何种方式发动最终一击，他们至今仍不清楚。

巨口张开的宽度刚好足够一头始祖龙穿过。玛里苟斯飞快地目测了一下，然后发现迦拉克隆体型似乎又变小了一些。这头巨兽的变形过程毫无逻辑可言，就好像缺少食物正在让他一步步退化回最初的模样。

玛里苟斯在接近巨兽的时候打起精神。他使出自己所能达到的最快速度，然后收起双翼像梭子一样一头撞去。迦拉克隆口内的恶臭立刻包裹了玛里苟斯，混杂其中的剧毒迷雾甚至让他又迷失了片刻。

他看到那块巨石已经被咳了一半出来。迦拉克隆正在尝试用舌根将石块挤出喉头，这个动作让玛里苟斯的任务更困难了许多。

冰蓝色雄龙抵上石块，用力往回推去。这引发了一阵强烈的反馈，迦拉克隆更加剧烈地晃动脑袋，同时还试图喷出吐息。玛里苟斯没有被此吓住，他踩住巨兽的舌根，竭尽所能将石块推向咽喉深处。

突然袭来的撞击让玛里苟斯惊了一下，但这却并非迦拉克隆所为。有什么东西狠狠击中了迦拉克隆的头骨，力道之强让巨兽的头部直到此刻都仍在震颤。玛里苟斯把这看做是天赐良机。既然这头巨大敌人的注意力已经被别的东西引走，卡雷的宿主便开始肆无忌惮地朝着石块周围喷出吐息。

石块被冻在原地，至少眼下如此。玛里苟斯和卡雷都很清楚迦拉克隆的体温将会很快融化这些寒霜。玛里苟斯只是希望这能为自己争取一些时间来调整位置。

出于对氧气的渴求，迦拉克隆张大了嘴巴。玛里苟斯瞥了一眼开口，逃离出去的欲望立即浮上心头。然而，他很清楚自己必须留在此地。

一个翻滚的身影忽然冲进了迦拉克隆口中。

很快,他便看清飞进来的其实是两头生物。其中之一是一头遍体鳞伤的嗜血亡灵,以至让卡雷和他的宿主立即开始担心是不是迦拉克隆明白了他的计划,然后把这些死龙爪牙送进口内来执行自己无法完成的工作。不过这个猜测很快便证明只是虚惊一场,因为第二头活物很明显浑身上下都充满生气。

浑身上下伤痕累累的奈萨里奥正在咧嘴笑着,所幸,玛里苟斯并没有在他身上看到任何被咬的迹象。

"走!快走!"炭灰色雄龙朝他喊道。

玛里苟斯望向自己的杰作,发现寒冰已经开始消融。巨兽忽然埋头,几乎将他们俩一同送到交错的利齿之间,同时也把石块又挤了一些出来。

"我必须留下!"他吼了回去,"你走!"

"并肩作战!像家人那样!"奈萨里奥挥翅拍飞刚刚挣扎着站起的死龙,然后望向巨石。"我留下!你走!"

但玛里苟斯却忽然冲向奈萨里奥——或者说,那头还不安分的死龙。他从背后抓住死龙的脖子,用力往后一扭,如此一来对手的爪子和牙齿就再也无法造成威胁。

迦拉克隆反复地甩动脑袋,不料却因此让玛里苟斯和奈萨里奥得到了呼吸新鲜空气的机会。毒雾的影响大为减轻,玛里苟斯带着被制服的俘虏,再次冲向巨石。

巨石正在滑出。巨兽撑开下颚,试图恢复呼吸,于是整个上颚都若隐若现地出现在玛里苟斯头顶。卡雷的宿主借着光线立即调整角度。

死龙拼命想要挣脱。玛里苟斯勒紧脖子使劲摇晃了一番这头邪物,接着便将它推向前去。

死龙撞上石块,将其又往里推了一些。不过这还不是玛里苟斯计划的全部内容。他半曲后腿,呈弓形稳住后身,已经准备好了使出自己的最大力气。

"现在!"

玛里苟斯猝然爆发。接着,奈萨里奥也弯起后腿,和好友一样使出全力抵上死龙和巨石。

凭着这股远甚于玛里苟斯的怪力,奈萨里奥将那头槁瘦敌人和巨石一起推进了迦拉克隆喉咙深处。

迦拉克隆立即给出了反应,尖利的巨牙猛地阖上。紧接着便是一声震耳欲聋的低吼。奈萨里奥在躲闪翻腾巨舌的时候,一头撞上了卡雷的宿主。玛里苟斯当场便被撞出了口外。

奈萨里奥!他还在里面!这个念头究竟是源自玛里苟斯还是卡雷已经无法考证。然而蓝龙惊愕地发现,尽管他依稀能够记起那头生物终将威胁整个艾泽拉斯,他还是忍不住希望奈萨里奥能够得救。当玛里苟斯毫不犹豫加速折返的时候,卡雷立即在心头为宿主欢呼了起来。

奈萨里奥四脚朝天,背靠巨兽的下颚,正试着在迦拉克隆疯狂摇摆的脑袋和不住翻腾的舌头间挣扎起身。如果不是因为巨兽的食道已经被堵住,奈萨里奥恐怕早就已经被吞掉了两次。

迦拉克隆的双颚猛然咬合。玛里苟斯心头一寒,然而当巨口再次张开的时候,他便发现奈萨里奥已经成功翻了个身,只不过步伐仍然还是有些不稳。

玛里苟斯躲开了那些比他身子还大的尖牙,成功蹿回口内。他伸出后腿钳住奈萨里奥的双肩,然后毫不犹豫地转身回返。为了不让好友分心,奈萨里奥完全放松了自己的四肢。

巨口正在再次合拢。玛里苟斯将全身的神经绷到极致,奋力拍动双翼。

两头始祖龙在巨兽双唇闭紧前的最后一刻成功逃出生天。奈萨里奥立即活动起来,精疲力竭的玛里苟斯顺手放开了他。

两头雄龙都没有飞远,相反,他们聚到一起便立即转身回来赶去帮助其余同伴。

然而转身后看到的景象,迫得他们立时便向上攀升。阿莱克丝塔萨、伊瑟拉和诺兹多姆也全都放弃了扰乱迦拉克隆的工作。这并不是因为玛里苟斯和奈萨里奥已经脱离了危险,而是单纯地因为继续待在迦拉克隆身边几乎就等于自寻死路。

这头庞然巨兽疯狂暴虐地四处翻滚,整块区域的山脉都被蹂躏得如同雪崩一般。他的长尾和双翼在半空中掀起狂风,即便是已经拉开了相当的距离,五头始祖龙还是被吹得东倒西歪。

迦拉克隆的咳嗽和抽搐已经到了骇人的地步。让卡雷和他的宿主感到震惊的是,迦拉克隆一头猛撞在最近的山峰上,竟然打算用这种丧心病狂的方式来咳出石块。一时间玛里苟斯甚至有些担心他会就此成功,但接下来唯一发生的便是迦拉克隆退回来甩了甩头,试图驱走头晕。

不过下一刻,他充满熊熊怒火的目光就死死盯住了玛里苟斯。

迦拉克隆展翼升空,直奔冰蓝色雄龙而去。玛里苟斯别无选择，只得转身逃离，同时默默祈祷。

不过就在他刚刚转身的时候，身后就传来了一声震天巨响。玛里苟斯扭头回望，发现迦拉克隆并没有追赶自己，而是转朝了南方。然后，他没飞多远就撞上了另一座山峰。

玛里苟斯考虑着是否要上去补上几次攻击，不过迦拉克隆接下来的动作终结了他的这个念头。迦拉克隆挣扎着再度升空，只不过一路都跌跌撞撞摇摆不定。他已经两次跌落到附近的顶峰，将山冠撞得粉碎，之后才算是稳住了平衡。迦拉克隆似乎已经对玛里苟斯和其余始祖龙都失去了兴趣。他一路向南，飞跃绵延的山脉，就仿佛远方有什么东西能帮助他恢复呼吸一般。

玛里苟斯担心着自己的猜想会变成现实，壮起胆子追了过去。奈萨里奥和其余同伴也很快加入队伍。他们都很清楚，要真让迦拉克隆恢复呼吸，五头始祖龙也就命不久矣了。

越过群山之后，是一片荒地。迦拉克隆的路径曲折摇摆，他的身体也再度发光，只不过如今所闪耀的更像是火光。许多的增生肢体都在枯萎退化。从远处望去，迦拉克隆就像是变回了一头真正的始祖龙——尽管体型仍旧硕大无比。

接着，他就突然坠落了下去。

大地爆发出轰然巨响，数里之外也能感受到猛烈的震颤。裂隙从撞击点一直向外蔓延，就仿佛四处奔窜的闪电一般。

没过多久，迦拉克隆就爬起身来再次升空。他升到了远方一座低矮山脉的高度，然后便再次跌落。这一次的冲击虽不如上一次那么剧烈，却也足够引人注目。紧接着，巨兽就开始在地面上狂躁地扑打起来。

整整好一段时间，迦拉克隆都在一面扑腾一面咳嗽。他怒目圆瞪，却仿佛已经无法视物。他猛然上窜，狠命地拍动翅膀。迦拉克隆不明所以地保持爬升，最终，他达到了一个前所未有的高度……

他的双翼不再拍打，咳嗽也同样止歇，因为迦拉克隆已经不再试图呼吸。

对卡雷和他的宿主来说，迦拉克隆就像是被永恒地冻在了空中。这头巨大的始祖龙悬停在他们面前，双翼伸展到了极限。

玛里苟斯的想法很快便被证明只是错觉。迦拉克隆像石块一样，保持着尾部向下的姿态螺旋坠落。

这一次，撞击掀起了漫天尘雾。霜雪和碎石尘埃混在一起，几乎遮掩了所有事物。玛里苟斯只能通过轮廓依稀辨认出迦拉克隆的头部在身体着陆之后又甩了半圈。巨大的头颅砸向空旷的地面，伴随着一个清脆的声响，脖子折成了一个不可思议的角度，整个下颚也都被撞得粉碎。

而直到此时，直到迦拉克隆掀起的尘埃完全落定，直到五头始祖龙得以看清眼前的景象，那块巨石和那头可怖的死龙才终于从毁坏的下颚中滚落出来。他们降落下来，在数码之外的地面上喘了口气。与合力击败的这头生物相比，他们的身形是如此微不足道。

迦拉克隆，陨落于此。

第二十五章

吉安娜终于理解了。她明白了这件法器被创造的原因,也知道了它为何会以这种方式运作。

她也知道这件东西拥有将卡雷从她身边夺走的能力,只不过如今大法师已经找到了解救他的关键。

吉安娜唯一期盼的,便是一切都还不算太迟。

* * *

他们久久地盘旋,始终不敢相信眼前所见。最终,奈萨里奥难以置信地降落在迦拉克隆的宏伟身躯上,开始试探这头巨兽是否真的已经死透。奈萨里奥全力一击,让巨兽的整副身躯都一阵颤抖……但迦拉克隆还是没有起身。

玛里苟斯降落到那个巨大头颅的前方,惊叹于他们的成果。方才的激战在脑海中一幕幕回放。那时候的他们甚至不敢想象自己能够活命,更不用说战胜对手。这场辉煌的胜利就像是南柯一梦,让他唏嘘不已。

阿莱克丝塔萨和妹妹一起降落到他身边。诺兹多姆绕着宏大的遗体飞了一圈,然后也降落下来。当褐色雄龙走向那三位同伴时,奈萨里奥也离开自己的落脚点,加入了他。

奈萨里奥来到玛里苟斯身侧。"我们赢了!我们真厉害!"

"我们很幸运。"玛里苟斯讷讷地说。

炭灰色雄龙昂着脑袋,但最终还是点了点头。"是的,也……很幸运。"

这可不是运气所能促成的结果!当奈萨里奥应声附和的时候,卡雷却在心中难以自制地抗议起来。胜利是因为大家并肩作战!

卡雷已经完全忘记了自己曾是遥远未来的一个独立个体。他已经默认了自己是藏于玛里苟斯心头的一部分。他假设其他始祖龙体内也都存在着类似的灵体,不过这也已不再重要。重要的是他与玛里苟斯——和其他同伴一起——齐心协力击败了迦拉克隆。如今,世界已然安全。

"他是对的……正如他一直坚称的那样。"一个女性的声音从背后传来。

"我们本该更相信他一些的。"接着是另一个男性的声音,玛里苟斯和卡雷都觉得这像极了提尔。

五头始祖龙不约而同地转过身来。尖牙和利爪都已经做好了迎击的准备。

不过,他们看到的只是两个藏于斗篷之下,被兜帽隐去面容的人影。其中一个和提尔第一次遇到卡雷宿主时所展现的高度相当；另一个则要稍微清瘦和低矮一些。玛里苟斯估计这个较小的身影就是那位女性，接下来的话音很快证实了他的想法。

"勇士们，向你们致敬。我们和这个世界都欠你们一份情。"

"提尔在哪儿？"玛里苟斯立即问道，"你们带走了他？"

"是的，我们带走了他。"那位男性答道，"否则的话，他很可能已经死在了那里。他目前一切安好，只是还没有完全恢复。"

这位男性越是说话，玛里苟斯就越觉得某些东西非常熟悉。"你在我脑子里说过话！你告诉我顺着山脊走！"

"当迦拉克隆不分死龙活龙一起吞食的时候，我觉得应该给你们一些喘息之机。"

玛里苟斯对此并不满意。现在，他已经知道提尔的同族一直都在暗中监视这个世界，他觉得自己需要问清楚另一件事情。"提尔战斗了！提尔几乎是舍命战斗！要是你们加入，本可以赢的！"

"力量并不意味着胜利。"那位女性庄重地答道，"我们也许能赢，但是也可能让事情变得更糟。提尔在试图说服我们加入行动的时候，也提出了和你一样的想法。那时候，我们对世间万物都漠不关心，也没有在意提尔无视了我们的建议。"

"我们没有履行好自己对这个世界的职责。"她的同伴坦率地接上话题，"我们并不适合去保护它……但你们不一样。"在出现之后，他第一次动了。他扬起一只手臂，如同提尔之前所做的那样伸向玛里苟斯和其余四头始祖龙。"提尔在许多事情上都做出了正确的判断，尤其是这一次，他找到了你们五位。他请求——或者说是要求我们——让事情走上正轨，以确保再没有迦拉克隆或是类似的东西危及艾泽拉斯。"

五头始祖龙面面相觑，完全不明白这个两腿的生物在说些什么。卡雷似乎理清了几分真相，但这些思绪很快就被无尽的混沌淹没。

"艾泽拉斯需要守护者，需要五位代表不同本源之力的存在来帮助这个世界有序发展。"现在，换成这位女性抬起手臂伸向玛里苟斯和其余同伴。

"你们，将会成为本源之力的代表。在今后的日子里，你们将会需要依照自己的决断来运用各自持有的力量。"

"更强。"玛里苟斯最终明白了，"你想让我们变得更强。"

"不仅如此。你们将会变得与现在大不一样，变得更加伟大。"这位女性在现身之后第一次犹豫了，"但前提是你们愿意守护这个世界。这也正是提尔所坚持的事情。你们已经为这个世界奋战了一次；今后你们是否愿意把这份职责当作是自己存在的意义呢？"

这番发言字字千钧，但玛里苟斯出乎意料地发现自己竟然差不多都能听懂。就在一季之前，他都绝不可能理解这么多词汇。

在明了个中含义之后，做出决定也就轻松了许多。

"我愿意。"他望向他的同伴。阿莱克丝塔萨已经点头同意。伊瑟拉紧随其后。诺兹多姆沉吟良久，然后，伴随着一阵悠长的嘶声点了点头。

只有奈萨里奥还未给出答复。玛里苟斯发现自己的好友正望着远方的群山，就仿佛是在倾听某个声音。

玛里苟斯简短地嘶吼一声，唤回了奈萨里奥的注意。然后，炭灰色雄龙几近不耐烦地脱口而出。"同意……我同意。"

"那么，让我们开始吧。"那位女性向着五头始祖龙以及虚无的空气宣称道。

刹那之间,卡雷从困扰他的混沌中清醒过来。他终于意识到这里将会发生什么。这位女性,还有她的同伴,都和提尔一样有着与体形极不相称的威仪。卡雷回忆起了她所提到了那个关键词——本源之力。那么,这里就是玛里苟斯和其余四头始祖龙成为守护巨龙的地方!

即便是对于巨龙军团的成员来说,这也是一个被尘封在历史长河中的神秘时刻。卡雷忽然忆起了这些,也忆起了在他年幼的时候,就总是会好奇那五位巨龙是如何成为这个世界的守护者的。

与此同时,许许多多的其他记忆也一并涌现脑海。卡雷记起了自己是谁,也记起了自己是如何被卷入这些幻象……

"卡雷。"

他惊骇不已。不……是玛里苟斯惊骇不已。卡雷摇了摇头,摇了摇玛里苟斯的脑袋。有史以来第一次,卡雷支配了身躯。

"卡雷,看着我。"

"吉安娜?"他喘着粗气望向声音的来源。"吉安娜……"

然而映入眼帘的却并非吉安娜的面容。相反,是阿莱克丝塔萨正坚定地注视着他。

"卡雷。"火红色雌龙低声轻语道,"看着我。"

近处,又有两个覆着兜帽的人影出现。卡雷纠结地发现自己既想知道接下来将会发生什么,又想赶紧回到属于自己的时代。此时,他比过去几个月里的任何时刻都更想拿回自己的生活,不管这生活究竟还用不用与"守护巨龙"扯上瓜葛。

"集中精神,卡雷。法器正在试图完成提尔交付的任务。它是为贯彻提尔和守护巨龙的意志而生,只不过迦拉克隆的邪恶已经在千万年间玷污了它,扭曲了它原本的功用。"

在卡雷试着理解这番话的时候,新来的两个人影抬起了手臂。他忽然感觉到某种更加伟大的存在正在借着守护者之身行动。而始祖龙进化所需的力量也正是由这些幕后的神秘存在所提供的。

泰坦。

开始了!蓝龙在心中想道。泰坦们正在注视着进化的过程,注视着守护巨龙的诞生。

在抬高手臂的时候,这些人影开始变化起来。他们开始放大。斗篷和兜帽从身上滑落,显露出四具和提尔对抗迦拉克隆时一样宏伟的身躯。守护者们仍在继续膨胀,他们的身体也开始迸发出不可思议的力量。

"卡雷!"阿莱克丝塔萨更加激动地呼喊道,"看着我!"

也只有她才能将卡雷从这个时刻中解救出来。最终,卡雷的所有注意都落在了阿莱克丝塔萨身上,看着她的双眼从爬兽转换为人形。

世界化为漩涡。除了卡雷正在注视的那双眼睛之外,其余所有东西都被卷入其中,而后又平复下来,如同水面一般。

卡雷感觉到他和玛里苟斯之间的纽带正在断裂,而与此同时,幻象对他的掌控也开始减弱。

黑暗包裹了蓝龙。举目之处,只有吉安娜的双眸如同孤天高月般为他带来光亮。卡雷紧紧锁住她的目光,因为他知道若是连这也失去,那他就真的再也无力回天。

伴随着急促的喘息,卡雷终于真正的苏醒过来。

他感觉到了身下的地板,也感觉到了魔枢的气息——蓝龙军团世代活动的痕迹,以及已植根于此的魔法网络。

但最重要的,是他不仅看到了吉安娜·普罗德摩尔的双眸,还看到了她动人的容颜。即便是在万千人海中,他也能第一时间分辨出她独一无二的人类气息。

卡雷想要开口,想要呼唤她的名字,却发现自己已经沙哑得说不出话。

"嘘。"吉安娜温柔地抚上他的面颊,"嘘……给自己点时间,缓一口气。"

然而他还是如此急切。"吉……吉安娜……你把我……把我带回来了。"

"什么都无法把你从我身边夺走。任何时候都不行。"

她的语调真诚直率。他知道她想表达的意思,而他的决心亦是一样。他抬起手臂——一条没有鳞片和利爪的手臂——抚上她的面颊。

接着,他想起了那件祸害他的东西。他望向身侧,然后发现吉安娜并没有如他期望的那般毁掉法器。它躺在那里,光芒微弱但仍然完好。

卡雷嘶吼一声,运起法术。

"不,卡雷。"大法师抬起另一只手臂,将他的脸扭向自己,"这件法器没有恶意。你还记得我在幻象中对你所说的话吗?"

"你说……"他没有继续,而是反问道。"你怎么知道的?"

"有人给了我一把钥匙,我想应该是一位守护者。又或者是那件法器本身的一部分功能。我只知道那肯定不是一头牦牛人。"

"邦妮可？"这两种可能都没有让卡雷感到惊讶。

吉安娜凭空召唤出一壶美酒，轻柔地送到他唇边。在他啜饮之时，吉安娜更进一步地解释道："那件法器清楚地说明，提尔早就计划了这一切。他唯一的错误就是没有预见到迦拉克隆会变成那种超出所有人预料的存在。作为赎罪，他想要找出那些能够击败迦拉克隆，并且愿意为守护艾泽拉斯而付出生命的勇士。"

"他找到了。找到了五头始祖龙。"卡雷轻声说道，"玛里苟斯、阿莱克丝塔萨、伊瑟拉、诺兹多姆、耐……奈萨里奥。在成为守护巨龙之前他们就已是英雄。如果不是他们这种甘于牺牲的精神，艾泽拉斯甚至不可能延续到巨龙时代。"

"在被赐予守护巨龙神力之前，他们就已经挽救了艾泽拉斯。"她停下来，睁大眼睛，"卡雷！你看到那个时刻了吗？"

"没有……我想，法器不会让我看到那个场面。幻象已经接近尾声。我原本还以为自己会回到起初，一遍又一遍地被困在其中。"卡雷回想了一下最后的时刻。"那件法器。提尔将它和五头始祖龙绑在了一起。这就是他将法器指向我——指向他们的时候所做的事情。他复制了五位龙王的记忆，尤其是第一位——玛里苟斯。只不过，提尔没有料到这件东西最终会被迦拉克隆吞进肚子。"

"法器的钥匙让我接触到了它的核心。"大法师说道，"我看到了提尔对于这件东西的寄望。他假设，或者知道在未来的某个时候，五位龙王会开始质疑自己存在的意义，会觉得他们已经无法继续肩负守护者的重任。"

这对于卡雷而言实在是太熟悉了。"在龙眠神殿，三位龙王就已经爆发了出来。而他们产生这种想法的原因，就正是因为失去了守护巨龙神力。他们已经变得太过于依赖这种力量。"他皱起眉头。"这也就是法器被唤醒的原因。它感觉到了提尔担心的事情正在发生，尽管和设计的初衷有所偏差，法器还是开始了自己的运作。唯一的问题就在于在漫长的岁月中，法器的魔力矩阵已经被迦拉克隆的邪气所腐蚀。"

卡雷挣扎着想要起身。在吉安娜的搀扶下，他最终成功了。他迈着蹒跚的步履走向了那件法器。在知道法器的真实效用之后，他已经不再感到烦扰。

提尔想要让龙王们记起他们曾经的模样，以及他们在那时候就已经完成的伟业。

在吉安娜惊讶的目光中，卡雷拾起了法器。

"你打算用它来做什么？"

一时间，幻境中经历的一切，玛里苟斯和其余四头始祖龙所做点点滴滴全都浮上心头。接下来，他需要去完成的事情只有一件。

"我要召集一场会谈。"

* * *

他静静地守在内殿之中，祈祷着自己的等待不会是竹篮打水。他在约定时刻之前的四个小时就抵达了龙眠神殿，想要比其他任何龙王都来得更早。

卡雷仍旧没有感应到任何来者。约定的时刻已然到点，其余龙王本该已经身在此处。

卡雷苦笑了一下。事实上，其余三位龙王都是在他苦苦纠缠之下才勉强答应前来龙眠神殿,若是他们临时改变主意,也并不是什么不可理解的事情。

卡雷保持着他的凡人形态。这样做的理由有许多,其中之一便是可以更加方便地操控那件法器。

此时,法器就躺在内殿圆台的正中心,卡雷面前几步之外的地方。光芒闪烁的节奏安然有序,法器的运作机理已经被卡雷和吉安娜联手校正。迦拉克隆的腐蚀已经被完全清除——至少目前看起来是如此。

如果他们不来,我就带着法器去挨个拜访他们。然而即便如此也很可能解决不了问题,那三位龙王完全可以选择避而不见。

"好吧,卡雷。可以告诉大家你坚持要求我们到此的原因了吗?"

他欢欣得几乎想要蹦起来。只见阿莱克丝塔萨正以凡人形态大步走进内殿,看上去就和与卡雷在森林中相遇时一样容光焕发。伊瑟拉和诺兹多姆仍不见踪影,但卡雷已经感觉到他们的气息就在附近。

"你们已经来了一会了?"他讷讷地问。

"我们需要……先讨论一些事情。现在我们已经准备好听你陈述了,如果你仍打算继续这场会谈的话。"

作为回应,卡雷后退几步转变为自己的龙族形态。他埋首望向阿莱克丝塔萨。"是的,我仍然坚持。"

"很好。"她一面走向平常习惯的位置,一面转换形态。当阿莱克丝塔萨停住的时候,她也和卡雷一样转变为了龙形。

几乎就是在她完成变形的同时,诺兹多姆和伊瑟拉步入了内殿。和阿莱克丝塔萨不同，他们本身就是以巨龙形态现身的。在走向惯用位置的时候，两位龙王俱是一言不发。

"感谢你们愿意来此。"蓝龙平静地说道。

"你叫我们来到底是有何用意？"伊瑟拉打断了他，"最好快些告诉我们。你说这和中间的那件东西有关，这东西看上去好像在哪里见过……"

卡雷立即开始集中精神操控法器。

诺兹多姆嘶声道："你这是在……"

提尔的造物骤然放出了光亮。

三位龙王的目光都被锁定在法器身上。卡雷长舒了一口气。法器正在让三位龙王经历卡雷所遭遇过的事情，只不过这一次，幻境的运作已经没有了混沌和痛苦。往事一幕幕浮现，从彼此的偶然初遇，一直到最终的旷世决战。

不过，卡雷被困在幻境中整整数天，三位龙王却仅仅只出神了片刻。一两分钟后，他们清醒了过来，每一位的脸上都显露诡异的神情。不幸的是，卡雷什么有用的信息也没有从中读到。

法器已然彻底黯淡。和卡雷预料的一样，阿莱克丝塔萨和其余龙王都显得有些激动。

"这是……"伊瑟拉欲言又止。

诺兹多姆注视着那件法器。"那东西……"

阿莱克丝塔萨看上去颇有些不悦。"卡雷苟斯，你不该未经我们允许就做这种事情！"

"如果我明言了，你们会接受吗？"

"当然不会！"伊瑟拉空咬一口。但接下来，语调却是出人意料地温柔。"但那样的话,我们就真的错了。"

诺兹多姆将凶恶的眼神从提尔的造物身上移向卡雷。"解释这东西……以及你自己。"

卡雷照青铜龙王的要求,如实相告了他找到这件法器的过程以及之后在幻境中经历的一切。除了应吉安娜要求隐去的与她相关的内容之外,卡雷毫无保留地全盘托出。

在他结束的时候,即便是诺兹多姆看上去也有些惊愕。

"我已经知道他把那件东西带来此处的用意了。"曾经的时间守护巨龙沉声说道,"多么愚蠢的想法,竟然觉得我们会因为这样的小插曲改变之前的决定。"

"这可不是什么小插曲。"红龙女王向他指出,"而且你的语调已经出卖了你,诺兹多姆。和我,和我的妹妹一样,你也再次经历了那段时光。你已经记起了那时的种种感受。我们所有人都是一样。"

"可这又有什么意义呢?"伊瑟拉脱口而出。

卡雷再度开口道:"意义就在于提尔想要让你们看到这些东西,这些应该被重温的东西。当艾泽拉斯面临生死抉择的时候,你们三位欣然放弃了长久以来拥有的伟大力量。千万年来,作为守护巨龙,你们不止一次证明了自己愿意为这个世界付出生命。"忐忑的目光扫过三位龙王,但谁也没有表示反对,于是他继续说道:"但提尔知道,如今我也知道,你们获得伟大的神力并不是单纯地因为你们经历了那场仪式,而是在那之前你们就好几次证明了自己的价值。以始祖龙的身份证明了你们堪当此重任。"

诺兹多姆咕哝道:"那时候我们好几次都差点死掉。"

"但你们没有。"

"不……我们已经死了。"阿莱克丝塔萨舒了口气,"不是真正意义上的终结,但我们确实死过了。我们忘记了曾经的模样。忘记了自己最初的形态。可我们的确在成为守护巨龙之前就已经存在。"她来到伊瑟拉和诺兹多姆的前方。

"我们存在过,并且战斗过,不是为我们自己,而是为世间万物。"

卡雷向后退开。阿莱克丝塔萨明白了,那其余龙王呢?

"作为一个小家伙,那时的你就非常厉害。"诺兹多姆对着伊瑟拉评价道,"好几次你都让我以为你疯了……但同时,也的确令人钦佩。"

"我得追上她的脚步。"阿莱克丝塔萨的妹妹将头指向红龙女王。"而你,总是能在最需要的时候将力量借给我们。诺兹多姆,这一点你是知道的。"

"那一天我们都战斗得非常出色。"阿莱克丝塔萨点头同意,"就连……就连玛里苟斯和奈萨里奥也是一样。"

三位龙王都沉默了片刻。然后,不约而同地转向年轻的同伴。卡雷屏息静气,深知任何举动都很可能会改变事情的走向。

阿莱克丝塔萨摇了摇头。"你真不该这样做,卡雷。"

"真是个冒失的举动。"诺兹多姆也是同样看法。

"龙来疯。"伊瑟拉做出了结论。

"不过这让我们想起了许多事情。"她的姐姐继续说道,"最重要的是,让我们想起了曾经的模样,让我们记起了我们从未改变。"阿莱克丝塔萨再一次瞥向两位龙王。"有些事情我们必须得更加慎重地考虑一下。你们同意吗？"

"非常同意。"青铜龙回答道。

伊瑟拉也点了点头。

然后，卡雷终于问出了那个一直以来困扰他的问题："有件事情我一直想不明白。我们都知道迦拉克隆被称做'诸龙之父'，但是……"

"那只是一个误会。"阿莱克丝塔萨轻声说道，"我们之后的第一批真龙只知道在他们诞生之时，那具巨大的骸骨就已经躺在龙骨荒野。为了避免龙族之中还有谁会重蹈迦拉克隆的覆辙，我们五位龙王一同尘封了那段往事。不过，基于那头巨兽的体型，许多龙族都只能把他认为是一头真龙。"

"我们放任了这种误解。"诺兹多姆接上话题，"不过，巨龙一族的诞生也的确是源自于迦拉克隆的堕落。从某种意义上来说，称他为'龙父'也不为过。"

"而我们还得继续保守这个秘密。"红龙女王平静地宣布。然后，在卡雷做出任何反应之前，阿莱克丝塔萨就已经走过去拾起了法器。"我将会妥善保管这件东西。它的工作——提尔交付它的工作——已经完成。我们也许已不再是守护巨龙，但我们仍还是我们自己。至少，在我自己看来，这个世界还是有我力所能及的事情。时间将会验证这一切。"

"我，能理解。"卡雷最终壮胆答道。

"要是没有特别紧急的事情，就不要轻易召集下一次会谈。"诺兹多姆一面说着一面舒展双翼离开平台。"答应我。"

"我……向你保证。"

"你真是个固执的家伙。"在跟着诺兹多姆离开的时候,伊瑟拉喃喃地说道,"不过,我倒是挺欣赏这一点。"

内殿中只剩下了卡雷和阿莱克丝塔萨。红龙女王握紧法器,说道:"若是能再见到活着的提尔,我一定会当面感谢他。不过我也不知道自己还有没有这个机会,那么我就只能感谢替他完成了这些事情的你,卡雷。"

"你不必——"

"不,我必须如此。是你让我们记起了成为守护巨龙之前的时光,是你用提尔的寄望激励了我们。所以我必须为此事,以及为其他许多事情感谢你。"她离开圆台,不过在抵达出口之前,她又回头望了一眼,"噢……也替我们感谢她。"

阿莱克丝塔萨步入出口,留下卡雷呆在原地。在恢复过来之后,他立即转向远处一根半隐入阴影的石柱。"你听到了吗?"

石柱上的一部分忽然从本体上剥离开来,并且缓缓化作吉安娜·普罗德摩尔。"我真不该跟你来,实在是抱歉!她不会对我下毒手吧?"

他耸耸肩。"没事的。她说不定还会再找个机会对你表达谢意。我早该想到,她,或者说三位龙王,都很可能会感应到你。"

他缩小身躯转变为凡人形态。吉安娜看在眼里,却毫不吃惊,并且在下一刻就欣然投入了他的怀抱。好一会时间里,他们谁都没有言语。

然后吉安娜开口了。"你说服他们了吗,卡雷?他们会继续关心这个世界吗?艾泽拉斯需要他们!"

艾泽拉斯需要他们。简简单单的词句,却是如此意味深长。这三位年长的巨龙拥有渊博的知识、丰富的经验，以及过人的智慧和勇气。失去他们将会是这个世界莫大的损失。卡雷很清楚个中含义，也绝不能容许这样的事情发生。

"我想他们会的。"他最终答道，"他们总是能正视自己。此刻的他们比以往任何时候都更清楚世界的现状。他们只是……迷失了一会儿。"

忽然间，她毫无预兆地吻上了他。而他，也温柔地做出回应。

当他们分开的时候，吉安娜柔声轻语道："我是如此为你骄傲，卡雷。"

"这是为什……"

"有很多理由。最重要的就是，你没有忘记自己。这个世界也同样有需要你来扮演的角色。事实上，在我看来，是好几个角色。"

在筹备会谈的时候，他与吉安娜就谈及了一些事情。在经历了漫长的幻境之后，卡雷重新考虑了他任由蓝龙军团各奔一方的决定。他仍旧觉得最好暂时保持现状，但某些因素确实让他燃起了重建蓝龙军团的打算。这不仅是为了艾泽拉斯，也是为了他的族群自身。他也曾逃避自己的责任，就和其余三位龙王一样，但从此刻开始，他将会一点一点地弥补自己的过错。

至于其他的角色。他还没有彻底弄清自己将会扮演什么样的角色，他只知道无论如何吉安娜都始终会与他共同进退。单是他们的力量联合在一起，对这个世界的作用就已经不可估量。而他们深信若是连心也彼此相通，就必定可以更好的引领艾泽拉斯。

卡雷忽然觉得弄清这个问题的过程将会非常有趣。

"我们该走了。"他对吉安娜说道。

她点了点头。在她退开的同时,卡雷变回了龙形。他压低一只翅膀以便让她攀上。

"准备好了吗?"卡雷问道。

"嗯。"

蓝色的巨龙缓缓走出内殿。黑夜将临,远方的景致在渐垂的天幕之下开始变得若隐若现。

卡雷展开双翼凌空跃起。他扭头望了一眼以确保吉安娜无恙,然后便引颈攀升。

一时兴起的卡雷绕着龙眠神殿盘旋一圈。在此过程中,蓝龙透过眼角余光又打量了迦拉克隆的骸骨一番。

一个短促的闪光引得他飞近过去。

"那是什么?"吉安娜问道。

"没什么……没什么。"

卡雷转身斜掠,在返回魔枢检查法器的残留影响之前,他得先把吉安娜安全送回达拉然。他原本不必向吉安娜隐瞒方才见的东西,但其实很可能只是自己的臆想。她也许能够理解,但卡雷还是决定把这当作是自己的小小秘密。

在那些巨大肋骨渐渐生长的阴影间,卡雷觉得自己看到了一个人影。一个穿着斗篷,似是矮小,却又仿佛和巨龙一样强大的人影。

不管那一闪而过的影像真的就是提尔,还是自己心中的臆想,卡雷都默默向他道了声感谢,为阿莱克丝塔萨,为伊瑟拉,为诺兹多姆……也为他自己。

关于作者

理查德·A.纳克是《纽约时报》评选出的奇幻文学畅销作家，也是参与《魔兽世界》系列小说创作的著名作家之一。迄今为止，他已创作了超过五十部长篇小说和众多短篇小说，其中最具影响力的作品是被魔兽玩家奉为经典的《上古之战》三部曲。

除创作《魔兽世界》系列小说外，理查德·A.纳克还参与撰写了多部游戏背景小说，其中不乏《龙枪》系列的《修玛传奇》、《暗黑破坏神》系列的《血之遗产》等广受赞誉的作品。时至今日，上述作品已被翻译成多种语言版本，广泛流传于世界各地，并深受玩家喜爱。

© 2018 Blizzard Entertainment, Inc. Dawn of The Aspects.
Warcraft and World of Warcraft are trademarks or registered trademarks of Blizzard Entertainment Inc. in U.S. and/or other countries. All other trademarks are the property of their respective owners. Original English language edition published by Simon & Schuster, Inc. (2013)
Simplified Chinese translation by New Star Press Co., Ltd.
All rights reserved.

图书在版编目（CIP）数据

巨龙的黎明 /（美）理查德·A. 纳克著；江流译. —2版.
—北京：新星出版社，2018.12（2019.5重印）
ISBN 978-7-5133-2944-6

Ⅰ.①巨… Ⅱ.①理… ②江… Ⅲ.①科学幻想小说－美国－现代 Ⅳ.①I712.45

中国版本图书馆 CIP 数据核字 (2017) 第 308701 号

巨龙的黎明

[美] 理查德·A. 纳克 著　江流 译

策划统筹：贾 骥　陈 曦
责任编辑：汪 欣
特约编辑：杨振宇　刘清远
美术编辑：马体浩　张恺珈
责任印制：李珊珊

出版发行：新星出版社
出 版 人：马汝军
社　　址：北京市西城区车公庄大街丙3号楼　100044
网　　址：www.newstarpress.com
电　　话：010-88310888
传　　真：010-65270449
法律顾问：北京市大成律师事务所

读者服务：010-88310811　service@newstarpress.com
邮购地址：北京市西城区车公庄大街丙3号楼　100044

印　刷：北京天恒嘉业印刷有限公司
开　本：910mm×1230mm　1/32
印　张：12.25
字　数：263千字
版　次：2018年12月第二版　2019年5月第二次印刷
书　号：ISBN 978-7-5133-2944-6
定　价：66.00元

版权专有，侵权必究；如有质量问题，请与印刷厂联系调换。